高等职业技术教育机电类专业规划教材

电器控制与可编程控制器应用技术

张迎辉 邓 松 编

机械工业出版社

本书同时介绍电器控制与可编程序控制器应用，共分三篇7章，第一篇共2章，介绍了低压电器基本知识，电器控制中的电气工程图及分析方法，常用电器控制电路及所使用电器的工作原理，电器元件的选用、接线方法和电路的检测方法。第二篇共4章，介绍了FX系列可编程序控制器的基本单元及其指令系统和应用；第三篇共1章，介绍了可编程序控制器的扩展模块，包括A-D、D-A模块、适配器及其应用。

本教材强调通过项目训练来强化对 FX_{2N}、FX_{3U} 及其控制系统的理解和应用，共安排了29个实训项目，具有由浅入深、由单一到综合、循序渐进、前后呼应、注重应用等特点。其中，电器控制项目5个，逻辑指令训练项目9个，顺序控制指令训练项目6个，功能指令应用训练项目4个，综合应用训练项目5个。

本书可作为应用性本科院校、高职高专院校电气自动化技术、机电一体化技术、生产过程自动化技术、计算机控制技术、建筑电气、楼宇智能化等专业教材，同时也可以作为专业技术人员的技术参考书籍。

为方便教学，本书配有电子课件、模拟试卷及习题解答等，凡选用本书作为授课教材的学校，均可来电免费索取。咨询电话：010 – 88379375；Email：cmpgaozhi@ sina. com。

图书在版编目（CIP）数据

电器控制与可编程控制器应用技术/张迎辉，邓松编. —北京：机械工业出版社，2011.7

高等职业技术教育机电类专业规划教材

ISBN 978-7-111-34485-8

Ⅰ.①电… Ⅱ.①张…②邓… Ⅲ.①电气控制 – 高等职业教育 – 教材②可编程序控制器 – 高等职业教育 – 教材 Ⅳ.①TM571.2

中国版本图书馆CIP数据核字（2011）第117749号

机械工业出版社（北京市百万庄大街22号 邮政编码100037）
策划编辑：于 宁 责任编辑：于 宁
版式设计：霍永明 责任校对：张晓蓉
封面设计：鞠 杨 责任印制：乔 宇
三河市宏达印刷有限公司印刷
2011年7月第1版第1次印刷
184mm×260mm · 20.75印张 · 577千字
0001—3000册
标准书号：ISBN 978-7-111-34485-8
定价：38.00元

前　言

　　电器控制是指用单一功能的控制电器组合实现各种控制，它是近代工业和现代工业中应用最普遍、涉及领域最多的工业控制方式，具有操作使用简单、价格低廉等特点。而可编程序控制器作为一种新型的通用工业自动化控制装置，也已广泛地应用在工业控制领域中。早期的可编程序控制器主要用于取代比较复杂的电器控制，实现逻辑控制功能，但随着可编程序控制技术、计算机技术、电子技术、信息技术的不断发展，其功能已远远超出了电器控制的控制范畴。它能很方便地实现逻辑控制、数据运算、数据处理、过程控制、定位控制、通信控制等，是现代工业中不可或缺的控制器件。

　　本书同时介绍了电器控制与可编程序控制器控制，通过电器控制的学习，学生可以掌握传统的电器控制的原理、逻辑分析方法和接线实训操作，同时也为可编程序控制器的学习打下基础。在可编程序控制中介绍了三菱小型机功能最强大的 FX$_{3U}$ PLC 和应用最广泛的 FX$_{2N}$ PLC 的综合应用。FX$_{3U}$ 与其他 FX 系列 PLC 相比，其变址应用、数据处理、位操作等功能更强大，运算速度更快，支持的扩展特殊功能模块/单元更多，操作更方便，并增加了大量的指令系统，如浮点数指令、三角函数指令、随机数指令、字符串处理指令、与变频器通信的指令以及文件寄存器的操作指令等，这些指令使可编程序控制器的应用领域更广阔，控制更精细，程序编写更灵活，比早期的 PLC 在应用上具有更大的优势。由于 FX$_{3U}$ 具有向下兼容的特点，初学者也通过本书的学习，全面系统地了解三菱系列 PLC 的指令系统和运用方法。

　　本书贯彻以就业为导向、以能力培养为核心、以技能训练为载体、注重工学结合的指导思想，根据企业实际需求和 PLC 技术的发展进行内容的选取。遵循由浅入深、循序渐进的认知规律，其内容丰富、案例典型、可操作性强，通过大量操作性训练，使学生在不断解决新问题中，学习知识、应用知识、巩固知识，达到举一反三、进而全面提高 PLC 综合应用的能力。通过综合实训项目的练习，使学生掌握面向对象的 PLC 的综合运用，可直接应用到生产实践中，这是本教材的特色之一。所有的实训项目都只给出控制要求，由学生来完成操作，同时在项目中给出知识面相近的事例程序供学生参考，避免实验时学生照搬照抄的现象，只有部分较复杂的控制，直接给出答案，作为验证性的项目。

　　本书第一篇由张迎辉编写，第二篇由邓松编写，第三篇由邓松、张迎辉共同编写，张迎辉负责本书大纲的制定，邓松负责统稿，阮友德负责全书的审稿。本书的作者及主审都是具有丰富的教学经验和实践经验的教授、高级实验师、工程师，较好地将科学性、实用性和易学性相结合，体现了技能训练的特点，书中内容深入浅出、简单明了，理论知识全面，重点更突出。

　　由于编者水平有限，加之时间仓促，书中难免出现错误，欢迎读者批评指正，联系电话：0755-26731267，电子邮箱：ds1210@ szpt. edu. cn，对您提出的宝贵意见表示感谢！

编　者

目　　录

第 一 篇

电 器 控 制

第1章 常用低压电器及控制电路

凡是根据外界特定的信号和要求，自动或手动接通或断开电路，断续或连续地改变电路参数，实现对电路的切换、控制、保护、检测及调节的器件均称为电器。电器控制则是由电器元件按照一定的控制要求连接而成的控制系统。电器控制设备及电器元件可以按不同的需要组成各种各样的电器控制线路。本章将介绍电气工程图的读图方法以及典型的基本控制电路和所使用的电器元件。

1.1 概述

1.1.1 低压电器基本知识

我国现行标准将工作在交流1200V、直流1500V及以下电路中的电器称为低压电器。低压电器种类繁多，它作为基本元器件已广泛用于发电厂、变电所、工矿企业、交通运输和国防工业等电力输配电系统和电力拖动控制系统中。

1. 低压电器的分类

低压电器的品种、规格很多，作用、构造及工作原理各不相同，因而有多种分类方法。

（1）**按用途分** 低压电器按它在电路中所处的地位和作用可分为控制电器和配电电器两大类。控制电器是指用于各种控制电路和控制系统中的电器，包括接触器、主令电器、继电器等；配电电器是指正常或事故状态下接通和断开用电设备和供电电网所用的电器，包括各类开关、断路器、熔断器等。

（2）**按动作方式分** 低压电器按它的动作方式可分为自动切换电器和非自动切换电器。前者是依靠本身参数的变化或外来信号的作用，自动完成接通或分断等动作，如接触器、继电器等；后者主要是用手动操作来进行切换，如刀开关、按钮和万能转换开关等。

（3）**按有无触头分** 低压电器按它有无触头可分为有触头电器和无触头电器两大类。有触头电器有动触头和静触头之分，利用触头的合与分来实现电路的通与断。无触头电器没有触头，主要利用晶体管的开关效应，即导通或截止来实现电路的通断。

（4）**按工作原理分** 按工作原理可分为电磁式电器和非电量控制电器。

电磁式电器由电磁机构控制电器动作，电磁式电器由感测和执行两部分组成。感测部分（电磁机构）接受外界输入的信号，使执行部分动作，实现控制的目的；执行部分即触头系统。

非电量控制电器由非电磁力控制电器触头动作。

2. 低压电器的主要技术数据

为保证电器设备安全可靠地工作，国家对低压电器的设计、制造规定了严格的标准，合格的电器产品具有国家标准规定的技术要求。在使用电器元件时，必须按照产品说明书中规定的技术条件选用。低压电器的主要技术指标有以下几项。

（1）额定电流　额定电流包括额定工作电流、额定发热电流、额定封闭发热电流和额定持续电流。额定工作电流是指在规定条件下，保证开关电器正常工作的电流值。额定发热电流是指在规定条件下，电器处于非封闭状态，开关电器在八小时工作制下，各部件温升不超过极限值时所能承载的最大电流。额定封闭发热电流是指在规定条件下，电器处于封闭状态，在所规定的最小外壳内，开关电器在八小时工作制下，各部件的温升不超过极限值时所能承载的最大电流。额定持续电流是指在规定的条件下，开关电器在长期工作制下，各部件的温升不超过规定极限值时所能承载的最大电流值。

（2）额定电压　额定电压包括额定工作电压、额定绝缘电压和额定脉冲耐受电压。额定工作电压是指在规定条件下，保证电器正常工作的电压值；额定绝缘电压是指在规定条件下，用来度量电器及其部件的绝缘强度、电气间隙和漏电距离的标称电压值，除非另有规定，一般额定绝缘电压为电器最大额定工作电压；额定脉冲耐受电压是反映电器当其所在系统发生最大过电压时所能耐受的能力。额定绝缘电压和额定脉冲耐受电压共同决定绝缘水平。

（3）绝缘强度　绝缘强度是指电器元件的触头处于分断状态时，动静头之间耐受的电压值（无击穿或闪络现象）。

（4）耐潮湿性能　指保证电器可靠工作的允许环境潮湿条件。

（5）极限允许温升　电器的导电部件通过电流时将引起发热和温升，极限允许温升是指为了防止过度氧化和烧熔而规定的最高温升值（温升值 = 测得实际温度 − 环境温度）。

（6）操作频率及通电持续率　开关电器每小时内可能实现的最高操作循环次数称为操作频率。通电持续率是电器工作于断续周期工作制时负载时间与工作周期之比，通常以百分数表示。

（7）机械寿命和电气寿命

机械开关电器在需要修理或更换机械零件前所能承受的无载操作次数称为机械寿命。在正常工作条件下，机械开关电器无需修理或更换零件的负载操作次数称为电寿命。

对于有触头的电器，其触头在工作中除机械磨损外，尚有比机械磨损更为严重的电磨损。因而，电器的电寿命一般小于其机械寿命。设计电器时，要求其电寿命为机械寿命的 20% ~ 50%。

本书在介绍控制电路的同时介绍电器，部分电器在第 2 章介绍。

1.1.2　电气工程图

为了表示电器控制系统的组成结构、工作原理及安装、调试、维修等技术要求，使其具有可读性和通用性，需要用统一的工程语言（即工程图）来表达，常用的电气工程图有 3 种，即电路图（电气系统图、原理图）、接线图和元器件布置图。电气工程图是根据国家电气制图标准，用规定的图形符号、文字符号以及规定的制图方法绘制而成的。

1. 图形符号和文字符号

我国在结合本国实际情况、并与国际接轨的思想指导下，借鉴国际电工委员会及一些工业发达国家的电工标准，先后制定了 GB/T 4728. 1 ~ B—2005 ~ 2008《电气简图用图形符号》、GB/T 6988—1997《电气技术用文件的编制》、GB/T 7159—1987《电气技术中的文字符号制定通则》等标准，并在逐渐完善和修订。现行电工标准目录包括电工国家标准（GB）、行业（专业）标准（ZBK）、部标准（JB）和部指导性文件（JB/Z）。其中 GB 为强制性标准，GB/T 为推荐性标准。

（1）图形符号　图形符号由符号要素、限定符号、一般符号以及常用的非电操作控制的动作符号（如机械控制符号等）根据不同的具体器件情况组合构成，表 1-1 为限定符号或操作符号与一般符号组合成各种类型的图形符号举例。

表 1-1　限定符号或操作符号与一般符号组成各种类型的图形符号

限定符号及操作符号		组合符号举例	
图形符号	说　明	图形符号	说　明
	接触器功能	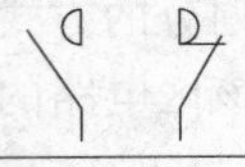	接触器触头
	限位开关、位置开关功能	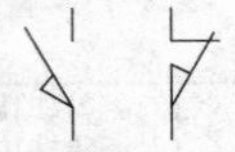	限位开关触头
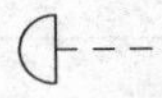	紧急开关（蘑菇头按钮）	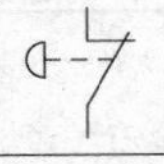	急停开关
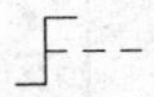	旋转按钮		旋转开关
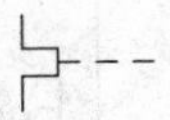	热器件操作	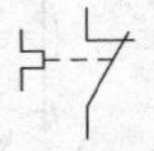	热继电器触头
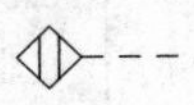	接近效应操作件	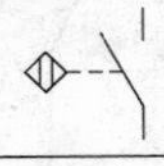	接近开关
	延时动作		时间继电器触头

更多的图形符号见附录 A。

（2）文字符号　基本文字符号、单字母符号和双字母符号表示电气设备、装置和元器件的分类，如 K 表示继电器类元件这一大类；双字母符号由一个表示大类的单字母与另一表示器件某些特性的字母组成，例如 KA 表示继电器类元件中的中间继电器（或电流继电器），KT 表示时间继电器。

（3）辅助文字符号　辅助文字符号用来进一步表示电气设备、装置和元器件的功能、状态和特征。

2. 电路图

电路图用来表达电路、设备、电器控制系统的组成部分和连接关系。通过电路图，可详细地了解电路、设备、电器控制系统的组成及工作原理，并可在测试和故障寻找时提供足够的信息，同时电路图也是编制接线图的重要依据，电路图习惯上也称为电气原理图。

（1）电路图的绘制　电路一般包括主电路和控制电路。主电路是设备的驱动电路，在控制电路的控制下，根据控制要求由电源向用电设备供电。控制电路由接触器和继电器线圈以及各种电器的动合、动断触头组合构成控制逻辑，实现所需要的控制功能。主电路、控制电路和其他辅助电路、保护电路一起构成电器控制系统。

（2）元器件的绘制　电路图中所有电器元件一般不画出实际的外形图，而是采用国家标准规定的图形符号和文字符号表示。同一电器的各个部件可根据需要画在不同的地方，但必须用相同的文字符号标注。电路图中所有电器元件的可动部分通常表示为该电器在非激励或不工作时的状态和位置。常见的器件状态如下：

1）继电器和接触器的线圈处在非激励状态。

2）断路器和隔离开关处于断开位置。

3）零位操作的手动控制开关在零位状态，不带零位的手动控制开关在图中规定位置。

4）机械操作开关和按钮在非工作状态或不受力状态。

5）保护类元器件处在设备正常工作状态，特殊情况应在图上说明。

6）继电器、接触器的常开触头在断开位置，常闭触头在闭合位置。

（3）图区和触头位置索引　电路图通常采用分区的方式建立坐标，以便于阅读查找。电路图常采用在图的下方沿横坐标方向划分的方式，并用数字标明图区，如图 1-1 所示，同时在图的上方沿横坐标方向划区，分别标明该区电路的功能。触头位置索引一般标在接触器或继电器线圈下端（右端）。

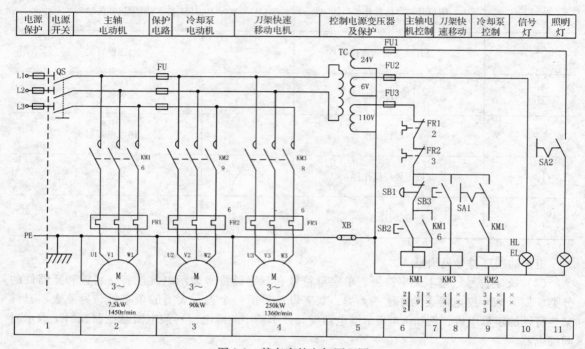

图 1-1　某车床的电气原理图

（4）电路图中技术数据的标注　电路图中元器件的参数和型号（如热继电器动作电流和整定值的标注、导线截面积等）可用小号字体标注在电器代号的下面。

3. 电器元件布置图

电器元件布置图主要是表明机械设备上所有电器设备和电器元件的实际位置，是电器控制设备制造、安装和维修必不可少的技术文件。

4. 接线图

接线图主要用于安装接线、电路检查、电路维修和故障处理。它表示设备电控系统各单元和各元器件间的接线关系，并标注出所需数据，如接线端子号、连接导线参数等。实际应用中通常与电路图和位置图一起使用。

1.1.3　电器控制电路的分析方法

在了解清楚机械设备及电器设备的构成、工作原理、相互关系以及控制要求等基本条件信息之后，即可对电器控制电路进行具体的分析。

分析电器控制电路时，通常要结合有关技术资料，将控制电路"化整为零"，即以某一电动机或电器元件（如接触器或继电器线圈）为对象，从电源开始，自上而下，自左而右，逐一分析其接通及断开的条件关系（逻辑关系条件），并区分出主令信号、联锁条件和保护要求等。按照图区标注的检索，可以方便地分析出各控制条件与输出的因果关系。常用的分析电气线路图的方法有两种，即查线读图法和逻辑代数法。

1. 查线读图法

查线读图法又称为直接读图法或跟踪追击法。查线读图法是按照电器控制电路图，根据生产过程的工作步骤依次读图，一般按照以下步骤进行。

（1）了解生产工艺与执行电器的关系　在分析电气线路之前，应该熟悉生产机械的工艺流程，充分了解生产机械要完成哪些动作，这些动作之间又有什么联系；然后进一步明确生产机械工作过程与执行电器的关系，必要时可以画出简单的工艺流程图，为分析电气线路的工作原理提供方便。

（2）分析主电路　因为主电路一般要容易些，首先弄清楚主电路的特点，控制的电动机（或其他电器）的类型，采用的起动方法、保护方式，以及它们之间的动作关系，有无换向、调速和制动要求等。

（3）分析控制电路　一般情况下控制电路要比主电路复杂一些。如果是简单的控制电路，可根据主电路中各电动机（或其他电器）的控制要求，逐一找出控制电路中的控制环节，即可分析其工作原理，从而掌握其动作情况；如果是复杂的控制电路，一般可以将控制电路分成几部分来分析，采取"化整为零"的方法，分成一些基本的、熟悉的单元电路，然后对各单元电路进行综合分析，最后得出其动作情况。

（4）分析辅助电路　辅助电路主要作为电源显示、工作状态显示、照明和故障报警显示等，大多由控制电路中的元件来控制，所以，对辅助电路进行分析也是很有必要的。

（5）分析联锁和保护环节　电气控制系统对于安全性和可靠性有很高的要求，为了实现这些要求，除了合理地选择拖动和控制方案外，在控制电路中还设置了一系列电气保护和必要的电气联锁，这些联锁和保护环节也必须弄清楚。

（6）总体检查　经过"化整为零"的局部分析，逐步分析了每一个局部电路的工作原理以及各部分之间的控制关系之后，还必须用"集零为整"的方法，检查整个控制电路，看是否有遗漏，特别要从整体角度去进一步分析和理解各控制环节之间的联系，以理解电路中每个电气元件的工作过程。

查线读图法的优点是直观性强，容易掌握，因而得到广泛采用。其缺点是分析复杂电路时容易出错，读图时需要较多的语句才能描述清楚。

2. 逻辑代数法

逻辑代数法又称为间接读图法，是通过对电路的逻辑表达式的运算来分析电路的，其关键是正确写出电路的逻辑表达式。

（1）电器元件的逻辑表示　当电器控制系统由开关量元件构成时，电路状态可用逻辑表达式的方式描述出来。通常对电器触头作如下规定：

1）用 KM、KA、SQ…等分别表示接触器、继电器、行程开关等电器的动合（常开）触头，用 $\overline{KM}$、$\overline{KA}$、$\overline{SQ}$…等表示动断（常闭）触头。

2）触头闭合时，逻辑状态为"1"；触头断开时，逻辑状态为"0"；线圈通电时状态为"1"；断电时状态为"0"。

常用的表达方式如下：

① 线圈状态：KM = 1 表示接触器线圈处于通电状态；KM = 0 表示接触器线圈处于断电状态。

② 触头处于非激励或非工作的状态：KM = 0 表示接触器的常开触头状态；$\overline{KM}$ = 1 表示接触器的常闭触头状态；SB = 0 表示常开按钮触头状态；$\overline{SB}$ = 1 表示常闭按钮触头状态。

③ 触头处于激励或工作的状态：KM = 1 表示接触器的常开触头状态；$\overline{KM}$ = 0 表示接触器的常闭触头状态；SB = 1 表示常开按钮触头状态；$\overline{SB}$ = 0 表示常闭按钮触头状态。

（2）电路状态的逻辑表示　电路中触头的串联关系可用逻辑"与"即逻辑乘（ · ）关系表达；触头的并联关系可用逻辑"或"即逻辑加（ + ）的关系表达。图1-2 为某起动控制电路中接触器 KM 线圈的逻辑表达式，可写成：$f(KM) = SB1 \cdot (SB2 + KM)$。线圈 KM 的通断由停止按钮 SB1、起动按钮 SB2 和自锁触头 KM 控制。SB1 为线圈 KM 的停止条件，SB2 为起动条件，触头 KM 则具有记忆自保功能。

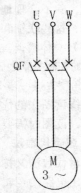

图 1-2　起动控制电路

　　逻辑代数法读图的优点是各电气元件之间的联系和制约关系在逻辑表达式中一目了然，通过对逻辑函数的运算，一般不会遗漏或看错电路的控制功能，而且为电气线路的计算机辅助分析提供方便。用逻辑代数法读图的主要缺点是，对于复杂的电路，其逻辑表达式很繁琐。

1.2　电动机直接起动控制电路

　　三相笼型异步电动机由于结构简单、价格便宜、坚固耐用等优点得到了广泛的应用。在实际生产中，它的使用率在 80% 以上。三相笼型异步电动机的控制电路大都由继电器、接触器和按钮等有触头的电器组成，本节介绍电动机直接起动控制电路。

　　电动机通电后由静止状态逐渐加速到稳定运行状态的过程称为电动机的起动，三相笼型异步电动机的起动有减压和全压起动两种方式。若将额定电压全部加到电动机定子绕组上，使电动机起动，则称为全压起动或直接起动。全压起动所用的电气设备少，电路简单，但起动电流大，会使电网电压降低而影响同一电网下其他用电设备的稳定运行。因此，容量小的电动机才允许采取直接起动。

1.2.1　低压断路器直接控制电动机运行

　　用低压断路器直接控制电动机运行的电路如图 1-3 所示。

1. 电路中的电器

　　在用低压断路器直接控制电动机运行的电路中，其控制电路由低压断路器和电动机组成。

　　（1）低压断路器　低压断路器俗称空气开关，可用来分配电能和不频繁地起动电动机，并可对供电线路及电动机等进行保护。当电路中发生严重的过载、短路、欠电压等故障时能自动切断电路，而且在切断电路后一般不需要更换零件，因而获得了广泛应用。低压断路器按其用途可分为：配电线路保护类、电动机保护类、照明线路保护类、漏电保护类等几种；按动作时间可分为一般型和快速型；按结构可分为框架式（万能式 DW 系列）和塑料外壳式（装置式 DZ 系列）。其实物图如图 1-4 所示。图形和文字符号见附录 A。

图 1-3　用低压断路器
直接控制电动机运行

a)DZ—15万能断路器

b)塑料外壳断路器

c)智能配电断路器

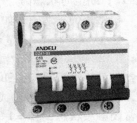

d)小型断路器

图 1-4　各类断路器

1) 低压断路器的结构。低压断路器主要由触头系统、灭弧装置、保护装置和操作机构等组成。低压断路器的触头系统一般由主触头、弧触头和辅助触头组成。灭弧装置采用栅片灭弧，其灭弧栅一般由长短不同的钢片交叉组成，放置在绝缘材料的灭弧室内。保护装置由各类脱扣器（过电流、失电及热脱扣器等）构成，以实现短路、失电压、过载等保护功能。低压断路器有较完善的保护装置，但构造复杂、价格较贵，维修麻烦。

2) 低压断路器的工作原理。低压断路器的工作原理如图 1-5 所示。图中低压断路器的 3 副主触头串联在被保护的三相主电路中，由于搭钩钩住弹簧，使主触头保持闭合状态。当电路正常工作时，电磁脱扣器中线圈所产生的吸力不能将它的衔铁吸合。当电路发生短路时，电流急剧增加，电磁脱扣器的吸力增加，将衔铁吸合，并撞击杠杆，把搭钩顶上去，

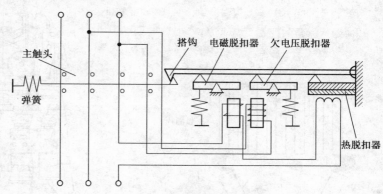

图 1-5　低压断路器工作原理

在弹簧的作用下切断主触头，实现了短路保护。当电路上电压下降或失去电压时，欠电压脱扣器的吸力减小或失去吸力，衔铁被弹簧拉开，撞击杠杆，把搭钩顶开，切断主触头，实现了失电压保护。当电路过载时，热脱扣器的双金属片受热弯曲，也把搭钩顶开，切断主触头，实现了过载保护。

3) 灭弧装置。断路器和后面讲的接触器等触头类电器都有灭弧装置，该装置在电器设备工作中具有熄灭电弧或缩短电弧发生的时间的作用。

① 电弧的产生。当动、静触头分开的瞬间，两触头间距极小，电场强度极大，在高热及强电场的作用下，金属内部的自由电子从阴极表面逸出，奔向阳极，这些自由电子在电场中运动时撞击中性气体分子，使之激励和游离，产生正离子和电子，这些电子在强电场作用下继续向阳极移动，同时撞击其他中性分子，因此，在触头间缝中产生了大量的带电粒子，使气体导电形成了炽热的电子流即电弧。电弧产生高温并有强光，可将触头烧损，并使电路的切断时间延长，严重时可引起事故或火灾。

② 电弧的分类。电弧分直流电弧和交流电弧，交流电弧有自然过零点，故其较易熄灭。

③ 灭弧的方法有如下几种：

机械灭弧：通过机械将电弧迅速拉长，用于开关电路。

磁吹灭弧：在一个与触头串联的磁吹线圈产生的磁力作用下，电弧被拉长且被吹入由固体介质构成的灭弧罩内，电弧被冷却熄灭。

窄缝灭弧：在电弧形成的磁场力、电场力的作用下，将电弧拉长进入灭弧罩的窄缝中，使其分成数段并迅速熄灭，如图 1-6 所示，该方式主要用于交流接触器中。

栅片灭弧：当触头分开时，产生的电弧在电场力的作用下被推入一组金属栅片而被分成数段，彼此绝缘的金属片相当于电极，因而就有许多阴阳极电压降，对交流电弧来说，在电弧过零时使电弧无法维持而熄灭，图 1-7 所示为金属栅片灭弧示意图。

4) 常用的低压断路器。目前，常用的低压断路器有塑壳式断路

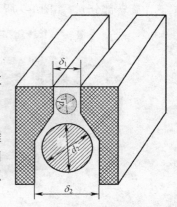

图 1-6　窄缝灭弧室的断面

器和框架式断路器。塑壳式断路器是低压配电线路及电动机控制和保护中的一种重要的开关电器，图 1-3 所示控制电路中即选用塑壳式断路器。其常用型号有 DZ5 和 DZ10 系列。DZ5-20 表示额定电流为 20A 的 DZ5 系列塑壳式低压断路器，如图 1-8 所示。

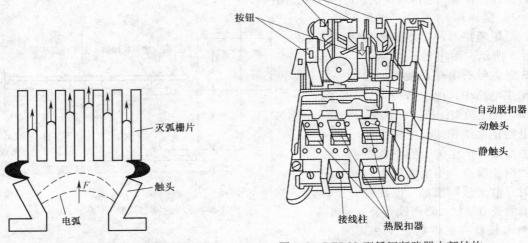

图 1-7　金属栅片灭弧示意图　　　　　图 1-8　DZ5-20 型低压断路器内部结构

框架式断路器常见型号有 DW10、DW4、DW7 等系列。其主要用于配电系统中，目前在工厂、企业最常用的是 DW10 系列，它的额定电压为交流 380V、直流 440V，额定电流有 200A、400A、600A、1 000A、1 500A、2 500A 及 4 000A 共 7 个等级。操作方式有直接手柄式杠杆操作、电磁铁操作和电动机操作等，其中 2 500A 和 4 000A 需要的操作力太大，所以只能用电动机来代替人工操作。DZ 系列低压断路器的动作时间小于 0.02s，DW 系列低压断路器的动作时间大于 0.02s。

5）低压断路器的选型。低压断路器的选型要求如下：

a）额定电压不小于安装地点电网的额定电压。

b）额定电流不小于长期通过的最大负荷电流。

c）极数和结构型式应符合安装条件、保护性能及操作方式的要求。

（2）三相异步电动机　在拖动控制中 75% 的用电设备都是三相交流异步电动机。下面介绍三相异步电动机的结构、工作原理等方面的知识。

1）三相异步电动机的结构。三相异步电动机分为两个基本部分，即定子（固定部分）和转子（旋转部分），如图 1-9 所示。

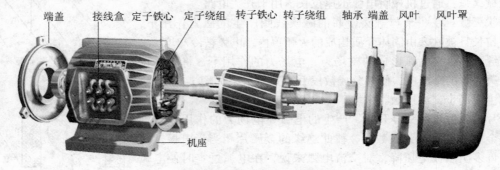

图 1-9　三相异步电动机的构造

① 定子。三相异步电动机的定子由机座（铸铁或铸钢制成）、圆筒形铁心（由互相绝缘的硅钢片或非晶带材叠成）以及嵌放在铁心内的三相对称定子绕组组成。

② 转子。根据构造上的不同，三相异步电动机的转子可分为两种型号，即笼型和绕线转子。

笼型转子绕组做成鼠笼状，就是在转子铁心的槽中嵌入铜条，其两端用端环连接，或者在槽中浇铸铝液，其外形像一个鼠笼，如图1-10所示。由于其构造简单、价格低廉、工作可靠、使用方便而被广泛应用。

绕线转子异步电动机的构造如图1-11所示，它的转子绕组同定子绕组一样，也是三相的，一般连成星形。每相的始端连接在3个铜制的集电环上，集电环固定在转轴上，在环上用弹簧压着碳质电刷。起动电阻和调速电阻是借助于电刷与集电环和转子绕组连接的。

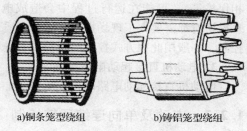

a) 铜条笼型绕组　　　b) 铸铝笼型绕组

图1-10　笼型转子

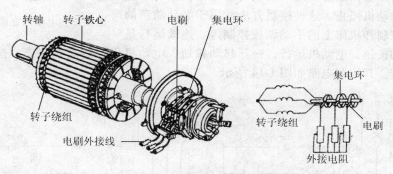

图1-11　绕线转子异步电动机的构造

2）三相异步电动机的工作原理。三相异步电动机的工作原理如下：三相交流电通入定子绕组，产生旋转磁场，磁力线切割转子导条使导条两端出现感应电动势，闭合的导条中便有感应电流流过。在感应电流与旋转磁场相互作用下，转子导条受到电磁力作用并形成电磁转矩，从而使转子转动。

3）定子绕组的接法。定子绕组的接法是指定子中三相绕组（U1U2、V1V2、W1W2）始末端（首尾端）的连接方法。如果U1、V1、W1分别为三相绕组的始端（头），则U2、V2、W2是相应的末端（尾）。笼型电动机的接线盒中有三相绕组的6个引出线端，可有星形（Y）联结和三角形（△）联结两种接法，如图1-12所示。通常3kW以下的三相异步电动机连成星形，4kW及以上的连成三角形。

2. 电动机直接起动电路工作原理

图1-3所示电路是只有主电路、没有控制电路的电路。当合上低压断路器QF时，电动机接通三相电源，电动机定子产生旋转磁场，并拖动转子旋转；当断

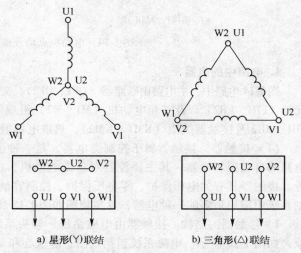

a) 星形（Y）联结　　　b) 三角形（△）联结

图1-12　定子绕组的星形（Y）联结和三角形（△）联结

开 QF 时，电动机失电，电动机惯性旋转后自动停机。

应当注意，本电路采用低压断路器直接起动、停止电动机，因电路中没有任何电动机的保护装置（如热保护、缺相保护等），可能在运行过程中会造成电动机的意外损害，且投切时都需要人工现场操作，因此不适合大型的电动机的控制，一般用此种方式控制的电动机容量不大于 3kW。

3. 电动机直接起动电路接线图

电动机直接起动电路的接线图如图 1-13 所示。

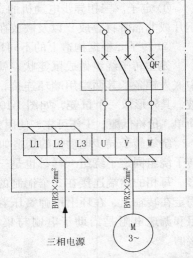

图 1-13　电动机直接起动电路接线图

1.2.2　点动及单向连续运转控制

点动控制电路和连续运行控制电路是用按钮、接触器来控制电动机运行的最简单的控制电路。

所谓点动控制，是指当按下按钮时，电动机运行；松开按钮时，电动机停止。这种控制方法常用于电动葫芦的起重电动机控制和机床上的手动调校控制等。连续运行是指当按下起动按钮，电动机运行，松开起动按钮，电动机仍保持运行状态；按停止按钮，电动机停止运转。其控制电路如图 1-14 所示。

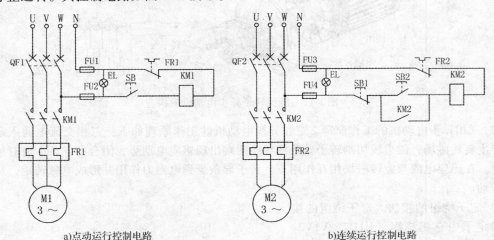

a)点动运行控制电路　　　　　　　　　　　　b)连续运行控制电路

图 1-14　电动机点动及连续运行控制电路

1. 电路中的电器

图 1-14 电路中，主电路由断路器（QF1、QF2）、交流接触器主触头（KM1、KM2）、热继电器的热元件（FR1、FR2）以及三相电动机（M1、M2）组成。控制电路中有熔断器 FU1、FU2、按钮 SB、SB1、SB2 及接触器线圈（KM1、KM2）、热继电器触头（FR1、FR2）。

（1）接触器　接触器属于控制类电器，是一种适用于远距离频繁接通和分断主电路和控制电路的自动控制电器。其主要控制对象是电动机，也可用于其他电力负载，如电热器、电焊机等。接触器具有欠电压保护、零电压保护、控制容量大、工作可靠、寿命长等优点，它是自动控制系统中应用最多的一种电器，其实物图如图 1-15 所示。

1）接触器的结构。接触器由电磁系统、触头系统、灭弧系统、释放弹簧及基座等几部分构成，如图 1-16 所示。电磁系统包括线圈、静铁心和动铁心（衔铁）；触头系统包括用于接通、切断主电路的主触头和用于控制电路中的辅助触头；灭弧装置用于迅速切断主触头断开时产生的电弧，以免使主触头烧毛、熔焊，对于容量较大的交流接触器，常采用灭弧栅灭弧。

a)CJ20接触器 b)CJ24接触器

图 1-15 接触器实物图

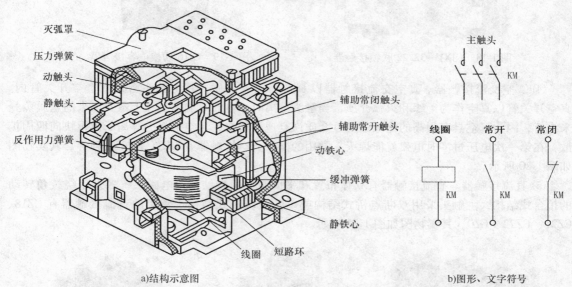

a)结构示意图 b)图形、文字符号

图 1-16 CJ10—20 型交流接触器的结构示意图及图形、文字符号

2）接触器的工作原理。接触器是利用电磁铁吸力及弹簧反作用力配合动作，使触头接通或断开。当吸引线圈通电时，铁心被磁化，吸引衔铁向下运动，使得常闭触头断开，常开触头闭合。当线圈断电时，磁力消失，在反作用力弹簧的作用下，衔铁回到原来位置，也就使触头恢复到原来的状态，如图 1-17 所示。

3）常用接触器。常用接触器的几种类型如下。

① 空气电磁式交流接触器。在接触器中，空气电磁式交流接触器应用最广泛，其产品系列和品种最多，但其结构和工作原理相同，目前常用国产空气电磁式接触器有 CJ0、CJ10、CJ12、CJ20、CJ21、CJ26、CJ29、CJ35、CJ40 等系列交流接触器。

② 机械联锁交流接触器。机械联锁交流接触器实际上是由两个相同规格的交流接触器再加上机械联锁机构和电气联锁机构所组成，保证在任何情况下不能两台接触器同时吸合。常用的机械联锁接触器有 CJX1—

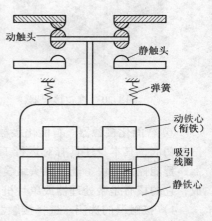

图 1-17 交流接触器工作原理图

N、CJX2—N、CJX4—N 等，CJX1 系列联锁接触器如图 1-18 所示。

③ 切换电容接触器。切换电容接触器专用于低压无功补偿设备中，投入或切除电容器组，以调整电力系统功率因数。切换电容接触器在空气电磁式接触器的基础上加入了抑制浪涌的装置，使合闸时的浪涌电流对电容的冲击和分闸时的过电压得到抑制。常用的产品有 CJ16、CJ19、CJ41、CJX4、CJX2A 等，CJ16 切换电容接触器如图 1-19 所示。

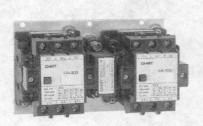

图 1-18　CJX1—32/22 联锁接触器　　　　　图 1-19　CJ16 切换电容接触器

④ 真空交流接触器。真空交流接触器以真空为灭弧介质，其主触头密封在真空开关管内。真空开关管以真空作为绝缘和灭弧介质，当触头分离时，电弧只能由触头上蒸发出来的金属蒸气来维持，因为真空具有很高的绝缘强度且介质恢复速度很快，真空电弧的等离子体很快向四周扩散，在第一次电压过零时电弧就能熄灭。常用的国产真空接触器有 CKJ、NC9 系列等，其实物图如图 1-20 所示。

⑤ 直流接触器。直流接触器有立体布置和平面布置两种结构，电磁系统多采用绕棱角转动的拍合式结构，主触头采用双断点桥式结构或单断点转动式结构。常用的直流接触器有 CZ18、CZ21、CZ22、CZ0，其实物图如图 1-21 所示。

图 1-20　真空接触器　　　　　　　图 1-21　直流接触器

⑥ 智能化接触器。智能化接触器内装有智能化电磁系统，并具有与数据总线和其他设备通信的功能，其本身还具有对运行工况自动识别、控制和执行的能力。智能化接触器由电磁接触器、智能控制模块、辅助触头组、机械联锁机构、报警模块、测量显示模块、通信接口模块等组成，它的核心是微处理器或单片机。

4）接触器的选用。选择接触器时应注意以下几点：

a）接触器主触头的额定电压应不小于负载额定电压。

b）接触器主触头的额定电流应不小于 1.3 倍负载额定电流。

c）接触器线圈额定电压的选择：当电路简单、使用电器较少时，可选用 220V 或 380V；当电路复杂、使用电器较多或不太安全的场所，可选用 36V、110V 或 127V。

d）接触器的触头数量、种类应满足控制电路要求。

e）操作频率（每小时触头通断次数）。当通断电流较大及通断频率超过规定数值时，应选用额定电流大一级的接触器型号，否则会使触头严重发热，甚至熔焊在一起，造成电动机等负载缺相运行。

（2）热继电器　电动机在实际运行中，常常遇到过载的情况。若过载电流不太大且过载时间较短，电动机绕组温升不超过允许值，这种过载是允许的。但若过载电流大且过载时间长，电动机绕组温升就会超过允许值，这将会加剧绕组绝缘的老化，缩短电动机的使用年限，严重时会使电动机绕组烧毁，这种过载是电动机不能承受的，因此在电动机的控制电路中，常常使用热继电器来进行过载（缺相）保护。

1）热继电器的结构。热继电器主要由热元件、双金属片和触头 3 部分组成，其外形、结构及符号如图 1-22 所示。

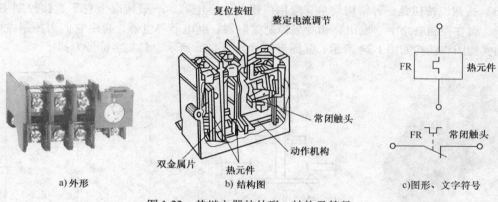

a) 外形　　b) 结构图　　c)图形、文字符号

图 1-22　热继电器的外形、结构及符号

2）热继电器的工作原理。热继电器的工作原理示意图如图 1-23 所示。图中热元件是一段电阻不大的电阻丝，接在电动机的主电路中。双金属片是由两种不同热膨胀系数的金属辗压而成，其中下层金属的热膨胀系数大，上层的热膨胀系数小。当电动机过载时，流过热元件的电流增大，热元件产生的热量使双金属片中的下层金属的膨胀变长速度大于上层金属的膨胀速度，从而使双金属片向上弯曲。经过一定时间后，弯曲位移增大，使双金属片

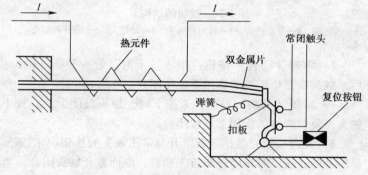

图 1-23　热继电器的工作原理示意图

与扣板分离脱扣。扣板在弹簧的拉力作用下，将常闭触头断开。常闭触头串接在电动机的控制电路中，控制电路断开使接触器的线圈断电，从而断开电动机的主电路。若要使热继电器复位，则按下复位按钮即可。热继电器就是利用电流的热效应原理，在检测到电动机不能承受的过载现象时，及时切断电动机电路，是电动机过载保护的保护电器。

当电路短路时，由于热惯性，热继电器不能立即动作使电路断开。因此热继电器只能用作电动机的过载保护，而不能起到短路保护的作用。同样，在电动机起动或短时过载时，热继电器也

不会动作，这可避免电动机不必要的停车。

3）热继电器的选用。热继电器的选用应根据电动机的接法和工作环境决定。当定子绕组采用星形联结时，选择通用的热继电器即可；如果绕组为三角形联结，则应选用带断相保护装置的热继电器。在一般情况下，可选用两相结构的热继电器；当电网电压的均衡性较差，或电动机处于工作环境恶劣、较少维护的场所时，可选用三相结构的热继电器。

4）热继电器的整定。热继电器的整定电流是指热继电器长期不动作的最大电流。超过此值即动作。热继电器动作电流的整定主要根据电动机的额定电流来确定。热继电器可以根据过载电流的大小自动调整动作时间，具有反时限保护特性。一般过载电流是整定电流的 1.2 倍时，热继电器动作时间小于 20min；过载电流是整定电流的 1.5 倍时，动作时间小于 2min；而过载电流是整定电流的 6 倍时，动作时间小于 5s。热继电器的整定电流通常与电动机的额定电流相等或是额定电流的 0.95 ~ 1.05 倍。如果电动机拖动的是冲击性负载或电动机的起动时间较长时，热继电器的整定电流则要比电动机额定电流高一些。但对于过载能力较差的电动机，则热继电器的整定电流应适当小些。

（3）按钮　按钮是一种结构简单、应用广泛的主令电器，一般情况下它不直接控制主电路的通断，而在控制电路中"发出"指令去控制接触器、继电器等电器，再由它们去控制主电路。按钮的实物图和结构如图 1-24 所示，其图形符号如图 1-25 所示，其文字符号为 SB。

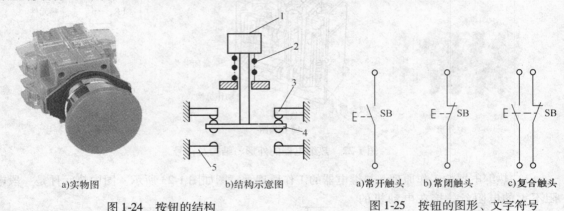

图 1-24　按钮的结构　　　　　　　　　图 1-25　按钮的图形、文字符号
a)实物图　　b)结构示意图　　　　　　a)常开触头　b)常闭触头　c)复合触头
1—按钮帽　2—复位弹簧　3—常闭静触头　4—动触头　5—常开静触头

1）常开（动合）按钮：指未按下时，触头是断开的；按下时触头闭合接通。当松开按钮后，触头在复位弹簧的作用下复位断开。

2）常闭（动断）触头：未按下时，触头是闭合的；按下触头时触头断开。当松开按钮后，触头在复位弹簧的作用下复位闭合。

3）复合按钮：是指具有常开与常闭触头的按钮。未按下时，常闭触头是闭合的，常开触头是断开的；按下时常闭触头首先断开，继而常开触头闭合。当松开按钮后，触头在复位弹簧的作用下全部复位。

按钮使用时应注意触头间的清洁，防止油污、杂质进入造成短路或接触不良等，在高温下使用的按钮应加紧固垫圈或在接线柱螺钉处加绝缘套管。带指示灯的按钮不宜长时间通电，应设法降低指示灯电压以延长其使用寿命。在工程实践中，绿色按钮常用作起动，红色按钮常用作停止触头。

（4）熔断器　熔断器是一种结构简单、使用维护方便、体积小、价格便宜的保护电器，广泛用于照明电路中的过载、短路保护及电动机电路中的短路保护，其实物图如图 1-26 所示。

熔断器由熔体（熔丝或熔片）和安装熔体的外壳两部分组成，起保护作用的是熔体，其图形符号、文字符号如图 1-27 所示。低压熔断器按形状可分为管式、插入式、螺旋式和羊角保险等；按结构可分为半封闭插入式、无填料封闭管式和有填料封闭管式等。

a)螺旋式熔断器　　　　b)插入式熔断器　　　c)快速熔断器　　　　图1-27　熔断器的图形、文字符号

图1-26　熔断器实物图

1）熔断器的特点及用途。常用熔断器的特点及用途见表1-2。

表1-2　常用熔断器的特点、用途

名　　称	类　　别	特点、用途	主要技术数据
瓷插式熔断器	RC1A	价格便宜，更换方便。广泛用于照明和小容量电动机短路保护	额定电流 I_{ge} 从 5～200A 分为 7 种规格
螺旋式熔断器	RL	熔丝周围石英砂可熄灭电弧，熔断管上端红点随熔丝熔断而自动脱落。体积小，多用于机床电气设备中	RL_1 系列额定电流 I_{ge} 有 4 种规格，即 15A、60A、100A、200A
无填料封闭管式熔断器	RM	在熔体中人为引入窄截面熔片，提高断流能力。用于低压电力网络和成套配电装置中的短路保护	RM—10 系列额定电流 I_{ge} 从 15～1000A，分为 7 种规格
有填料封闭管式熔断器	RTO	分断能力强，使用安全，特性稳定，有明显指示器。广泛用于短路电流较大的电力网或配电装置中	RTO 系列额定电流 I_{ge} 从 50～1000A，分为 6 种规格
快速熔断器	RLS	用于小容量硅整流元件的短路保护和某些适当过载保护	$I = 4I_{Te}$，0.2s 内熔断；$I = 6I_{Te}$，0.02s 熔断
	RSO	用于大容量硅整流元件的保护	$I = (4～6)I_{Te}$，0.02s 内熔断
	RS3	用于晶闸管元件短路保护和某些适当过载保护	

2）熔断器的主要参数。低压熔断器的主要参数如下：

① 熔断器的额定电流 I_{ge} 表示熔断器的规格。

② 熔体的额定电流 I_{Te} 表示熔体长期运行而不熔断的最大工作电流。

③ 熔体的熔断电流 I_b 表示使熔体开始熔断的电流，$I_b > (1.3～2.1)I_{Te}$。

④ 熔断器的断流能力 I_d 表示熔断器所能切断的最大电流。

如果电路电流大于熔断器的断流能力，熔丝熔断时电弧不能熄灭，则可能引起爆炸或其他事故。低压熔断器的几个主要参数之间的关系为：$I_d > I_b > I_{ge} \geqslant I_{Te}$。

3）熔断器的选型。熔断器的选型主要是选择熔断器的形式、额定电流、额定电压以及熔体额定电流。熔体额定电流的选择是熔断器选择的关键，其选择方法见表1-3。

表1-3　熔体额定电流的选择

负　载　性　质		熔体额定电流（I_{Te}）
电炉和照明等电阻性负载		$I_{Te} \geqslant I_N$（电动机额定流）
单台电动机	线绕转子电动机	$I_{Te} \geqslant (1～1.25)I_N$
	笼型电动机	$I_{Te} \geqslant (1.5～2.5)I_N$
	起动时间较长的某些笼型电动机	$I_{Te} \geqslant 3I_N$
	连续工作制直流电动机	$I_{Te} = I_N$
	反复短时工作制直流电动机	$I_{Te} = 1.25I_N$

（续）

负 载 性 质	熔体额定电流（I_{Te}）
多台电动机	$I_{Te} \geqslant (1.5 \sim 2.5)I_{Nmax} + \Sigma I_{de}$ I_{Nmax} 指最大一台电动机的额定电流 ΣI_{de} 指其他电动机额定电流之和

4）注意事项。在安装、更换熔体时，一定要切断电源，将刀开关拉开，不能带电作业，以免触电。熔体烧坏后，应换上和原来同材料、同规格的熔体，千万不要随意加粗熔体，或用不易熔断的其他金属丝去替换。

2. 点动、单向连续运转控制电路的工作原理

在图 1-14a 中，当电动机 M1 需要点动运转时，先闭合断路器 QF1，再按下起动按钮 SB，接触器 KM1 的线圈得电，使接触器 KM1 的三对常开主触头闭合，电动机 M1 得电运行。

当电动机 M1 需要停转时，只要松开起动按钮 SB，接触器 KM1 的线圈即失电，接触器 KM1 的三对常开主触头立即断开，电动机 M1 因失电而停转。这就是点动控制的工作原理。

图 1-14b 为单向连续运转控制电路图，当电动机 M2 需要连续运转时，先闭合断路器 QF2，再按下起动按钮 SB2，则接触器 KM2 的线圈得电，使接触器 KM2 的三对常开主触头闭合，电动机 M2 通电运行，在 KM2 的主触头闭合的同时，与 SB₂ 并联的 KM2 接触器的常开辅助触头（KM2）也闭合，松开 SB2 起动按钮，电动机 M2 仍保持运行，即实现自锁。

当电动机 M2 需要停转时，按停止按钮 SB1，接触器 KM2 的线圈失电，则接触器 KM2 的三对常开主触头断开，KM2 常开辅助触头也断开，电动机 M2 因失电而停转。松开停止按钮，电动机也不运行。

3. 接线图

点动控制与单向连续运行控制接线图如图 1-28 所示。

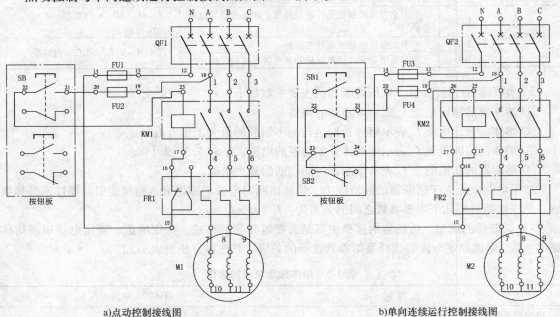

a)点动控制接线图　　　　　　　　　　　b)单向连续运行控制接线图

图 1-28　点动控制与单向连续运行控制接线图

1.2.3　顺序控制

在装有多台电动机的生产机械上，各电动机所起的作用是不相同的，有时需要按一定顺序起动，才能保证操作过程的合理性和工作的安全性、可靠性。控制电动机顺序动作的控制方式叫顺序控制，顺序控制可分为手动顺序控制和自动顺序控制，如图 1-29 所示。

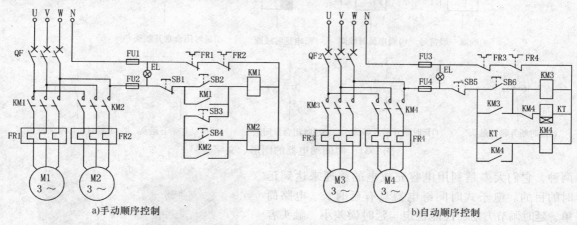

a)手动顺序控制　　　　　　　　　　　b)自动顺序控制

图 1-29　顺序控制电路图

1. 电路中的电器

与前述连续运转电路相比，自动顺序控制电路中增加了时间继电器 KT。时间继电器是电路中控制动作时间的继电器，它是一种利用电磁、机械原理或电子技术来实现触头延时接通或断开的控制电器。按其动作原理与构造的不同，可分为电磁式、电动式、空气阻尼式和晶体管（电子）式等。下面介绍两种常用的时间继电器。

（1）空气阻尼式时间继电器　图 1-30 所示的 JS7-A 系列空气阻尼式时间继电器是利用空气的阻尼作用获得延时的。此继电器结构简单，价格低廉，但是准确度低，延时误差大（±10% ~ ±20%），因此在要求延时精度高的场合不宜采用。

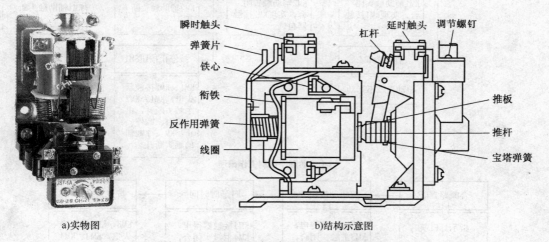

a)实物图　　　　　　　　　　　b)结构示意图

图 1-30　JS7-A 系列空气阻尼式时间继电器

时间继电器有通电延时和断电延时两种类型。通电延时型时间继电器的动作原理是：线圈通电后，触头延时动作；线圈断电时，触头瞬时复位。断电延时型时间继电器的动作原理是：线圈通电时，触头瞬时动作；线圈断电时，触头延时复位。时间继电器的图形、文字符号如图 1-31 所示，文字符号表示为 KT。

（2）电子式时间继电器　电子式时间继电器的种类很多，最基本的有延时吸合和延时释放

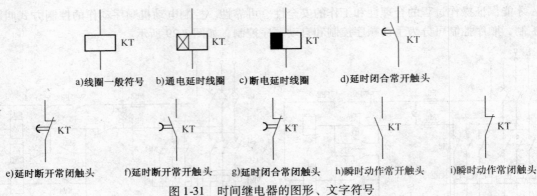

a)线圈一般符号　　b)通电延时线圈　　c)断电延时线圈　　d)延时闭合常开触头

e)延时断开常闭触头　　f)延时断开常开触头　　g)延时闭合常闭触头　　h)瞬时动作常开触头　　i)瞬时动作常闭触头

图 1-31　时间继电器的图形、文字符号

两种，它们大多是利用电容充放电的原理来达到延时的目的。电子式时间继电器具有延时长、电路简单、延时调节方便、性能稳定、延时误差小、触头容量较大等优点，因而应用广泛。其实物图如图 1-32所示。

2. 手动顺序控制电路的工作原理

手动顺序控制电路的工作原理如图 1-33a 所示，自动顺序控制电路的工作原理如图 1-33b 所示。

a)JS23时间继电器　　　b)NTE8时间继电器

图 1-32　电子式时间继电器

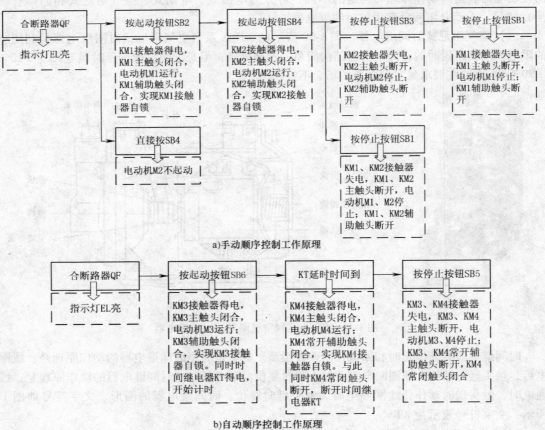

图 1-33　手动顺序控制和自动顺序控制的工作原理

在运行过程中，热继电器动作，电动机停止运行。

3. 主电路接线图

顺序控制主电路的接线图如图 1-34 所示。

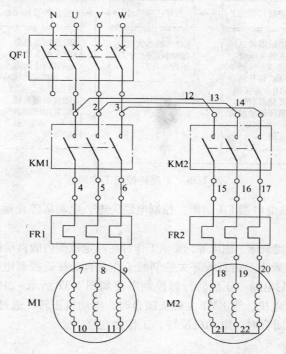

图 1-34　顺序控制主电路接线图

1.2.4　正反转控制及行程控制

1. 正反转控制

在生产和生活中，许多设备需要两个相反的方向运行，如电梯的升降，机床工作台的前进和后退，其本质就是电动机的正反转。

（1）正反转控制电路　最基本的正反转控制电路如图 1-35 所示。

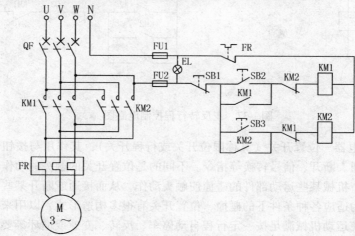

图 1-35　正反转控制电路

（2）正反转控制电路工作原理 正反转控制电路工作原理如图1-36所示。

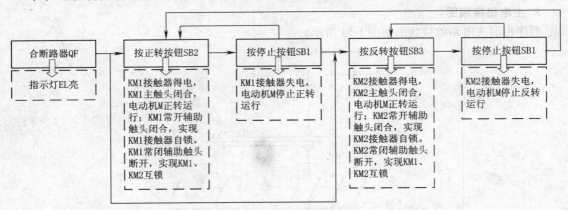

图1-36 正反转控制工作原理

在运行过程中，若热继电器 FR 动作，控制电路失电，电动机停止运行。

2. 正反转行程控制

有些生产机械，如万能铣床、刨床等，要求工作台在一定范围内能自动往返运动，以便实现对工件的连续加工，提高生产效率。由行程开关控制的工作台自动往返控制电路称为正反转行程控制。

（1）正反转行程控制电路 正反转行程控制电路如图1-37所示。主电路由两个交流接触器 KM1 和 KM2 控制同一台电机，当 KM1 主触头闭合时，电动机正转，通过机械传动机构使工作台右移。而当 KM2 主触头闭合时，电动机反转，工作台左移。

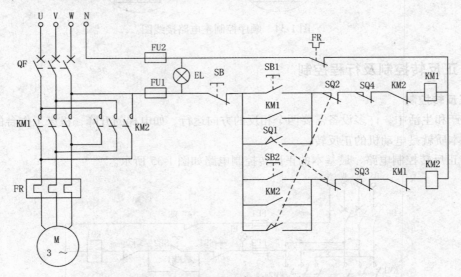

图1-37 正反转行程控制电路图

（2）电路中的电器 位置开关（又称限位开关或行程开关），其作用与按钮开关相同，可以对控制电路发出接通、断开、信号转换等指令。不同的是位置开关的触头的动作不是靠手动来完成的，而是利用生产机械某些运动部件的碰撞使触头动作，从而接通或断开某些控制电路，达到一定的控制要求。为适应各种条件下的碰撞，位置开关有很多构造形式，以用来限制机械运动的位置或行程，以及使运动机械满足按一定行程自动停车、反转、变速或循环等要求，以实现自动控制的目的。常用的位置开关有 LX—19 系列和 JLXK1 系列。各种系列位置开关的基本结构相同，都是由操作点、触头系统和外壳组成，区别仅在于使位置开关动作的传动装置不同。位置开关一般有旋转式、按钮式等数种。位置开关图形、文字符号如图 1-38 所示。JLXK1 系列位置开关实物图如图 1-39 所示。

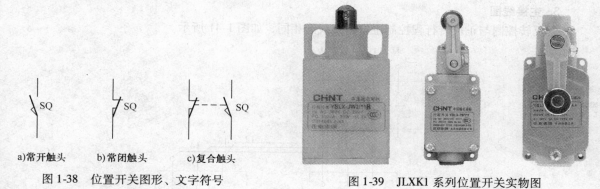

a)常开触头　　b)常闭触头　　c)复合触头

图 1-38　位置开关图形、文字符号　　　　　图 1-39　JLXK1 系列位置开关实物图

位置开关可按如下条件进行选用：

① 根据应用场合及控制对象选择种类。

② 根据安装环境选择防护型式。

③ 根据控制电路的额定电压和电流选择系列。

④ 根据机械位置开关的传力方式与位移关系选择合适的操作型式。

使用位置开关时安装位置要准确牢固，若在运动部件上安装，接线应有套管保护，使用时应定期检查防止接触不良或接线松脱造成误动作。

（3）正反转行程控制的工作原理　正反转行程控制的工作原理如图 1-40 所示。

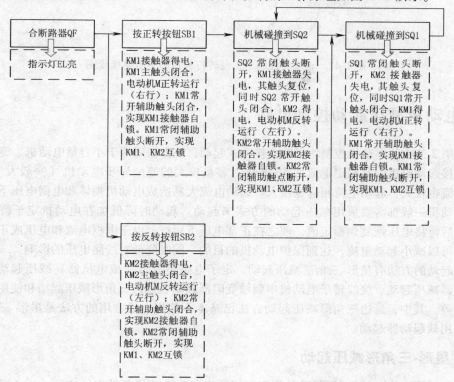

图 1-40　正反转行程控制工作原理

在运行过程中，按停止按钮，电动机停止运行。SQ3 是左行程保护，SQ4 是右行程保护，在正常情况它们均不动作，SQ3 只有在 SQ1 不能可靠动作的情况下动作，SQ4 只有在 SQ2 不能可靠动作的情况下动作。当 SQ3 或 SQ4 动作时，电动机停止运行。热继电器 FR 动作时，电动机停止运行。

3. 主接线图

正反转控制与正反转行程控制主电路接线图相同，如图 1-41 所示。

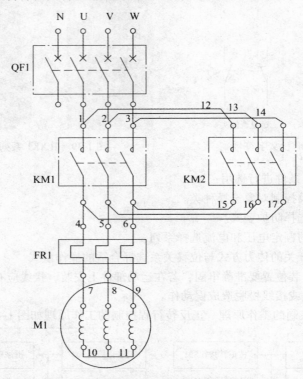

图 1-41　正反转控制与正反转行程控制主电路接线图

1.3　电动机减压起动控制电路

本章第 2 节中的电动机控制均采取直接方式起动，该方法适用于小容量电动机。笼型异步电动机的直接起动电流为其额定电流的 4 ~ 8 倍，容量较大的笼型异步电动机（一般大于 4 kW），其额定电流也较大，起动电流相应也很大。起动电流大易造成电动机损坏和电网电压下降。所以大容量电动机一般都需要采用减压起动的方式来起动。起动时降低加在电动机定子绕组上的电压，起动后再将电压恢复到额定值，使之在正常电压下运行。由于电枢电流和电压成正比，所以降低电压可以减小起动电流，达到保护电动机的目的，同时降低对线路电压的影响。

减压起动的方法有星形-三角形减压起动、定子电路串电阻（或电抗器）减压起动、定子串自耦变压器减压起动、绕线转子电动机串频敏变阻器起动、延边三角形减压起动和使用软起动器减压起动等。其中，延边三角形减压起动方法已基本不使用，最常用的方法是星形-三角形减压起动和使用软起动器起动。

1.3.1　星形-三角形减压起动

星形-三角形（Y-△）减压起动是笼型三相异步电动机减压起动方法之一。Y-△减压起动控制是指电动机起动时，使定子绕组接成星形，以降低起动时的相电压，从而降低起动电压，限制起动电流；电动机起动后，当转速上升到接近额定值时，再把定子绕组改接为三角形，使电动机绕组的电压为线电压，即在全电压下运行，可获得较大转矩。丫-△起动控制只适用于正常运行时三角形联结的笼型电动机，而且只适用于轻载起动。

1. 丫-△减压起动控制电路

丫-△起动控制电路如图 1-42 所示。

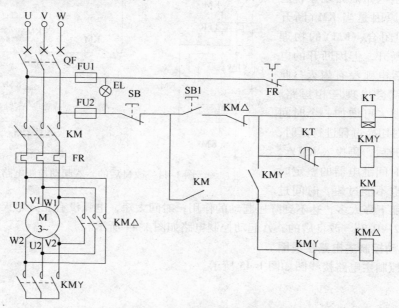

图 1-42　丫-△起动控制电路图

2. 丫-△减压起动电路工作原理

在图 1-42 所示的丫-△起动控制电路中，主电路有 KM、KM丫和 KM△三个交流接触器。当接触器 KM 和 KM丫主触头闭合时，电动机 M 定子三个绕组末端 W2、U2、V2 接在一起，即星形联结；当接触器 KM 和 KM△主触头闭合时，U1 与 W2 相连，V1 与 U2 相连，W1 与 V2 相连，三相绕组首尾相接即三角形联结。热继电器 FR 对电动机实现过载保护。其工作过程如图 1-43 所示。

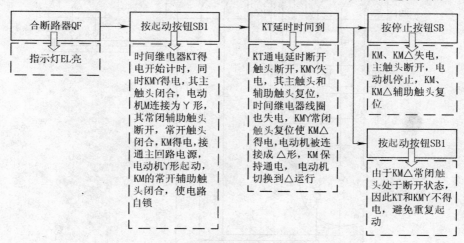

图 1-43　丫-△起动工作原理

图 1-42 所示为最简单的丫-△起
动控制电路，从原理上分析没有什
么问题，但在实际运行过程中可能
会出现问题，特别是大型电动机或
带负载起动的电动机，在丫-△切换
过程中会出现主电路短路现象，造
成这种现象的原因是当 KM丫断开
后，KM△立即闭合，KM丫的物理
触头确实已经断开，但因断开的电
流较大，断开后电弧没有熄灭，此
时投入 KM△就会出现三相短路。
要解决这个问题，可增加一个时间
继电器 KT1，对切换过程进行延时，
使电弧可靠断开后，再投入 KM△。
但切换延时的时间继电器的整定时
间不能过长，也不能过短，时间过

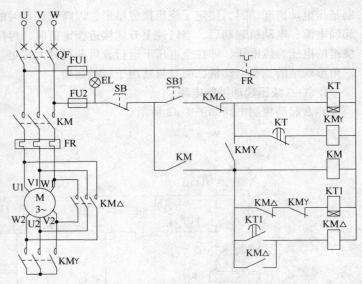

图 1-44　改良后的丫-△起动控制电路图

长，电动机速度下降太多，达不到降压起动的作用；时间太短，电弧没有充分熄灭；一般可设置
切换时间为 0.2 ~ 0.3s。改良后的丫-△起动控制电路如图 1-44 所示。

3. 丫-△起动控制主电路接线图

丫-△起动控制主电路接线图如图 1-45 所示。

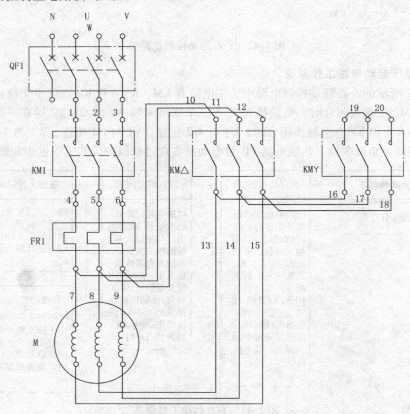

图 1-45　丫-△起动控制主电路接线图

1.3.2 定子串电阻减压起动

电动机起动时，在三相定子绕组中串接电阻，使定子绕组上的电压降低，以降低起动电流。起动结束后再将电阻短接，使电动机在额定电压下运行，这种起动方式不受电动机接线方式的限制，设备简单，因此在中小型生产机械中应用广泛。定子串电阻减压起动控制电路如图 1-46 所示。

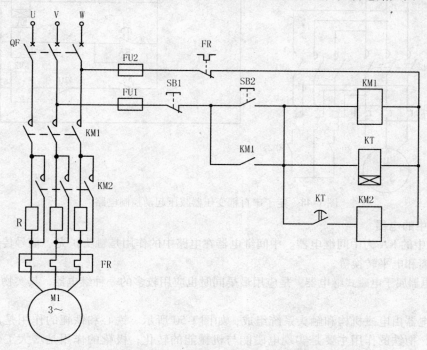

图 1-46 定子串电阻减压起动控制电路

定子串电阻减压起动工作原理如图 1-47 所示。

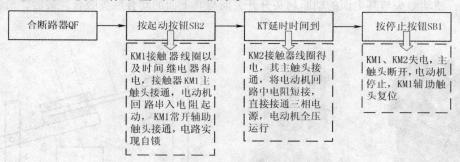

图 1-47 定子串电阻减压起动原理

定子串电阻减压起动因需要减压起动电阻，使其控制柜的体积增大，同时电能损耗较大，因此大容量电动机往往不使用这种方法实现减压起动，而是将串电阻改为串电抗器来实现减压起动。

1.3.3 定子串自耦变压器减压起动

定子串自耦变压器减压起动的控制电路如图 1-48 所示，电动机起动电流的限制是靠自耦变压器的减压作用来实现的。起动时，电动机的定子绕组接在自耦变压器的低压侧，起动完毕后，将自耦变压器切除，电动机的定子绕组直接接在电源上，全压运行。

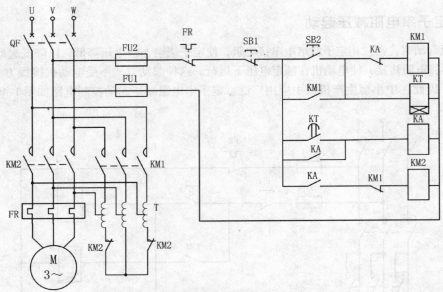

图 1-48 定子串自耦变压器减压起动控制电路

1. 电路中的电器

图 1-48 中的 KA 为中间继电器。中间继电器在电路中的作用是触头扩充、信号传递、信号放大、信号隔离和电平转换等。

中间继电器属于电磁式继电器，是应用最早同时也应用较多的一种继电器，其实物图如图 1-49 所示。

中间继电器由电磁机构和触头系统组成，如图 1-50 所示。铁心和铁轭的作用是加强工作气隙内的磁场；衔铁的作用主要是实现电磁能与机械能的转化；极靴的作用是增大工作气隙的磁导；反作用力弹簧和簧片用来提供反作用力。当线圈通电后，线圈的励磁电流就产生磁场，从而产生电磁吸力吸引衔铁，一旦磁力大于弹簧反作用力，衔铁就开始运动，并带动与之相连的触头向下移动，使动触头与其上面的动断触头分开，而与其下面的动合触头吸合，最后，衔铁被吸合

a) 中间继电器　　　　b) 小型中间继电器

图 1-49 中间继电器实物图

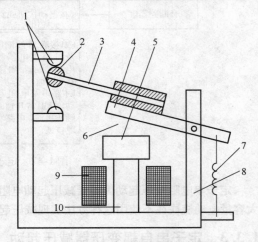

图 1-50 电磁式继电器结构图

1—静触头　2—动触头　3—簧片　4—衔铁
5—极靴　6—空气气隙　7—反作用力弹簧
8—铁轭　9—线圈　10—铁心

在与极靴相接触的最终位置上。若在衔铁处于最终位置时切断线圈电源，磁场便逐渐消失，衔铁会在弹簧反作用力的作用下，脱离极靴，并再次带动触头脱离动合触头，返回到初始位置。

2. 定子串自耦变压器减压起动电路工作原理

定子串自耦变压器减压起动工作原理如图 1-51 所示。

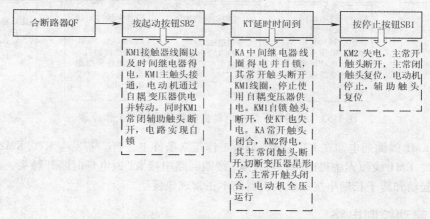

图 1-51　定子串自耦变压器降压起动工作原理

1.3.4　绕线转子电动机串频敏变阻器起动

频敏变阻器实质上是一个三相电抗器，将其串在转子电路中，其频敏变阻器等效阻抗与转子的电流频率成正比。起动瞬间，转子中感生电压的频率最高，频敏变阻器的等效阻抗最大，使转子电流受到抑制，定子电流不至于很大；随着转速的上升，转子中的感生电压频率逐渐减小，其等效阻抗也逐渐减小。当电动机达到正常转速时，转子的频率很小，其等效阻抗也变得很小。因此，绕线转子异步电动机转子串频敏变阻器起动时，随着起动过程中转子电流频率的降低，其阻抗自动减小，从而实现了平滑的低电流起动。

1. 绕线转子异步电动机串频敏变阻器起动电路

绕线转子异步电动机串频敏变阻器起动电路如图 1-52 所示。

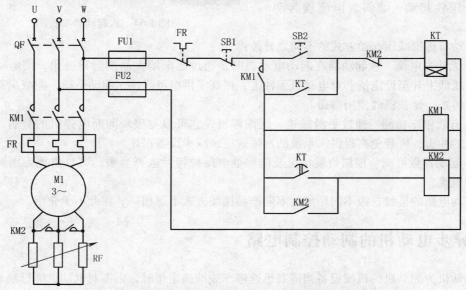

图 1-52　绕线转子异步电动机串频敏变阻器起动电路

2. 电路工作原理

绕线转子异步电动机串频敏变阻器的控制电路，其工作原理如图 1-53 所示。

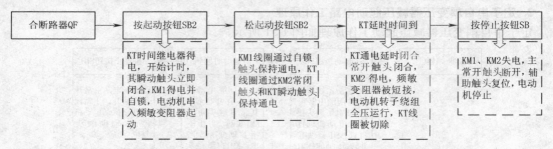

合断路器QF	→	按起动按钮SB2	→	松起动按钮SB2	→	KT延时时间到	→	按停止按钮SB

KT时间继电器得电，开始计时，其瞬动触头立即闭合，KM1得电并自锁，电动机串入频敏变阻器起动

KM1线圈通过自锁触头保持通电，KT线圈通过KM2常闭触头和KT瞬动触头保持通电

KT通电延时闭合常开触头闭合，KM2得电，频敏变阻器被短接，电动机转子绕组全压运行，KT线圈被切除

KM1、KM2失电，主常开触头断开，辅助触头复位，电动机停止

图 1-53　绕线转子异步电动机串频敏变阻器工作原理

该电路 KM1 线圈通电需在 KT、KM2 触头工作正常条件下进行，若发生 KT、KM2 触头粘连、KT 线圈故障，KM1 线圈无法得电时，可在 KT 线圈回路串接 KT 通电延时断开触头，从而避免了电动机直接起动和转子长期串接频敏变阻器的不正常现象发生。

1.3.5　软起动控制电路

软起动是一种集电机软起动、软停车、轻载节能和多种保护功能于一体的新颖型电机控制装置，其实物图如图 1-54 所示。

电动机软起动是串接于电源与被控电机之间的软起动器，通过控制其内部晶闸管的导通角，使电动机输入电压从零以预设函数关系逐渐上升变化，直至起动结束，赋予电动机全电压，即为软起动。在软起动过程中，电动机起动转矩逐渐增加，转速也逐渐增加。

软起动一般有下面几种起动方式：①斜坡升压软起动；②斜坡恒流软起动；③阶跃起动。

图 1-54　软起动器实物图

软起动与传统减压起动方式的不同之处是：

（1）无冲击电流　软起动器在起动电动机时，通过逐渐增大晶闸管导通角，使电动机起动电流从零线性上升至设定值。对电动机无冲击，提高了供电可靠性，起动平稳，能减少对负载机械的冲击转矩，延长机器使用寿命。

（2）有软停车功能　通过平滑减速，逐渐停机，它可以克服瞬间断电停机的弊病，减轻对重载机械的冲击，可避免高程供水系统的水锤效应，减少设备损坏。

（3）起动参数可调　根据负载情况及电网继电保护特性选择参数，可自由地无级调整至最佳的起动电流。

软起动电路的接线，因不同厂家的不同产品接线方式不尽相同，在此不予介绍。

1.4　异步电动机的制动控制电路

以电动机为原动机的机械设备当需要迅速停车或准确定位时，则需对电动机进行制动，使其转速迅速下降。制动可分为机械制动和电气制动，机械制动一般为电磁铁操纵抱闸制动，电气制动是电动机产生一个和转子转速方向相反的电磁转矩，使电动机的转速迅速下降。三相交流异步电动机的制动方法有反接制动、能耗制动和发电反馈制动。由于发电反馈制动在实际工程中用得较少，故在此不作介绍。

1.4.1 反接制动

异步电动机反接制动有两种，一种是在负载转矩作用下使电动机反转的倒拉反转反接制动，这种方法不能准确停车；另一种是改变三相异步电动机定子绕组中三相电源的相序，实现反接制动。

1. 反接制动控制电路

图1-55所示为相序互换的反接制动控制电路，当电动机正常运转需制动时，将三相电源相序切换，然后在电动机转速接近零时将电源及时切掉。控制电路是采用速度继电器来判断电动机的零速点并及时切断三相电源的。速度继电器 KS 的转子与电动机的轴相联，当电动机正常运转时，速度继电器的常开触头闭合；当电动机停车转速接近零时，常开触头复位，切断接触器的线圈电路。

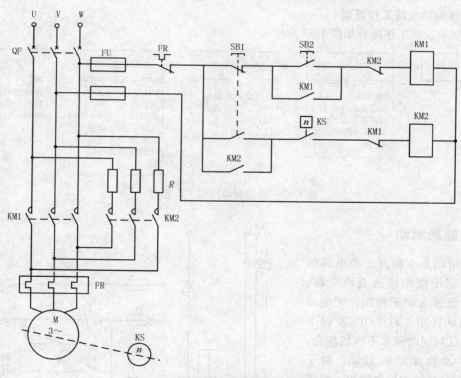

图1-55 相序互换的反接制动控制线路

2. 电路中的电器

速度继电器又称为反接制动继电器，它主要用于笼型异步电动机的反接制动控制。感应式速度继电器的结构示意图及符号如图1-56所示。它是靠电磁感应原理实现触头动作的。

速度继电器主要由定子、转子和触头3部分组成。定子的结构与笼型异步电动机相似，是一个笼型空心圆环，由硅钢片冲压而成，并装有笼型绕组。转子是一个圆柱形永久磁铁。速度继电器的轴与电动机的轴相连接。转子固定在轴上，定子与轴同心。当电动机转动时，速度继电器的转子随之转动，绕组切割磁场产生感应电动势和电流，此电流和永久磁铁的磁场作用产生转矩，使定子向轴的转动方向偏摆，通过定子柄拨动触头，使常闭触头断开、常开触头闭合。当电动机转速下降到接近零时，转矩减小，定子柄在弹簧力的作用下恢复原位，触头也复位。速度继电器可根据电动机的额定转速进行选择。

常用的感应式速度继电器有 JY1 和 JFZ0 系列。JY1 系列能在 3000r/min 的转速下可靠工作。JFZ0 型触头动作速度不受定子柄偏转快慢的影响，触头改用微动开关。JFZ0 系列 JFZ0-1 型适用于 300～1000r/min 转速下工作，JFZ0-2 型适用于 1000～3000r/min 转速下工作。速度继电器有两对常开、常闭触头，分别对应于被控电动机的正、反转运行。一般情况下，速度继电器的触头在转速达 120r/min 时能动作，100r/min 左右时能恢复正常位置。

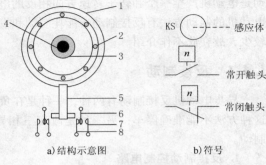

图 1-56　感应式速度继电器

1—外环　2—笼型绕组　3—永久磁铁
4—转轴　5—顶块　6—动触头
7—常开触头　8—常闭触头

3. 反接制动电路工作原理

反接制动控制工作原理如图 1-57 所示。

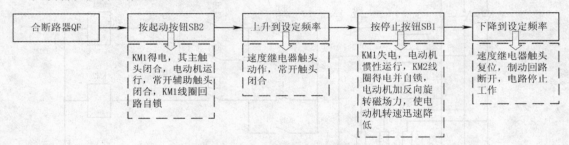

图 1-57　反接制动控制工作原理

1.4.2　能耗制动

能耗制动是在断开三相电源的同时，给定子绕组接通直流电源，让直流电流通入定子绕组，使电动机产生制动转矩。对于 10kW 以下电动机，且对制动要求不高的场合，常采用半波整流能耗制动；对于 10kW 以上容量较大的电动机，多采用有变压器全波整流能耗制动的控制电路。

1. 半波整流能耗制动控制电路

半波整流能耗制动控制电路图如图 1-58 所示。

2. 能耗制动控制电路工作原理

能耗制动控制的工作原理如图 1-59 所示。

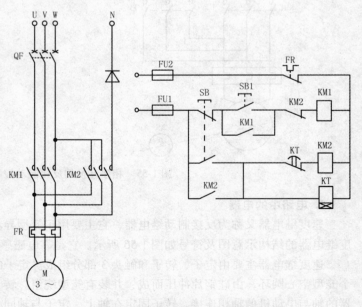

图 1-58　半波整流能耗制动控制电路

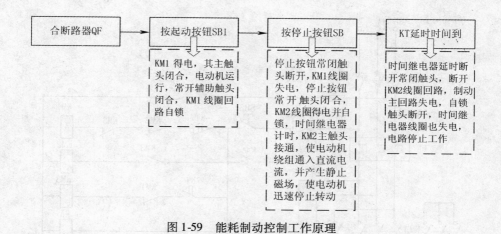

图 1-59　能耗制动控制工作原理

1.5　异步电动机的调速控制电路

由电动机同步转速公式（$n = 60f/p$）可知，改变极对数和改变电源频率可改变电机的转速，多速电动机就是通过改变电机定子绕组的接线方式而得到不同的极对数，从而达到获得不同速度的目的。双速、三速电动机是变极调速中最常用的两种形式。

1.5.1　双速电动机的控制

双速电动机定子绕组的连接方式常用的有两种：一种是将绕组从单星形改成双星形，即将图 1-60b 的连接方式转换成图 1-60c 的连接方式；另一种是从三角形改成双星形，即将图 1-60a 的连接方式转换成图 1-60c 的连接方式。这两种接法都能使电动机产生的磁极对数减少一半，即电动机的转速提高一倍。

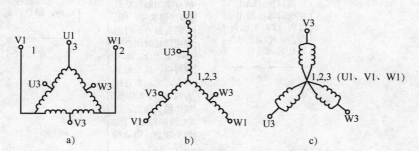

图 1-60　双速电动机定子绕组的接线图

1. 双速电动机控制电路图

图 1-61 所示是双速电动机三角形变双星形的控制电路图，当按下起动按钮，主电路接触器 KM1 的主触头闭合，电动机三角形联结，电动机以较低的速度运转；同时 KA 的常开触头闭合，使时间继电器线圈得电，经过一段时间（时间继电器的设定时间），KM1 的主触头释放，KM2、KM3 的主触头闭合，电动机的定子绕组由三角形变双星形，电动机以较高的速度运转。

2. 双速电动机控制电路的工作原理

双速电动机控制电路的工作原理如图 1-62 所示。

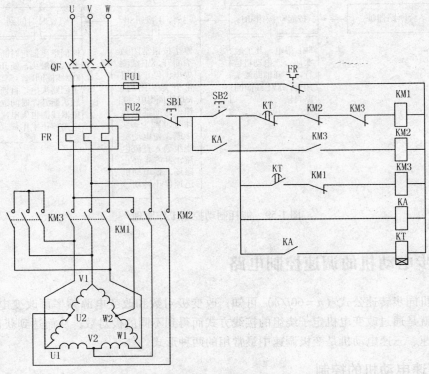

图 1-61　双速电动机三角形变双星形的控制电路

图 1-62　双速电动机工作原理

1.5.2　三速电动机的控制

三速电动机和双速电动机一样，其调速方法也是以改变磁极对数来进行调速。在结构上，双速电动机只有一套绕组，而三速电动机的内部一般装设两套独立的定子绕组。工作时，通过改变绕组的组合方式，而得到不同的磁极对数，从而得到不同的电动机转速，以达到调速的目的。

1. 三速电动机控制电路

三速电动机控制电路如图 1-63 所示。

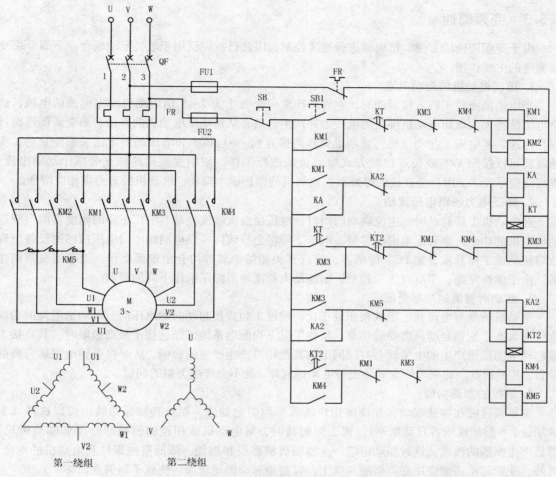

图 1-63　三速电动机的控制电路图

2. 三速电动机的工作原理

三速电动机的工作原理如图 1-64 所示。

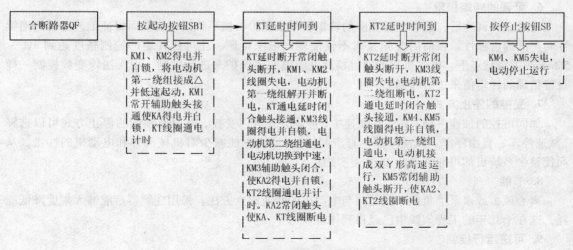

图 1-64　三速电动机的工作原理

1.5.3　变频调速

由于变频调速能方便、精确地进行速度控制，因此已被广泛用于电机拖动场合。下面介绍变频调速的主要作用。

1. 控制电动机的起动电流

当电动机通过工频直接起动时，它将会产生一个大小为 7 ~ 8 倍电动机额定电流的电流，这个电流值将大大增加电动机绕组的电应力并产生热量，从而降低电动机的寿命。而变频调速则可以在零速、零电压下起动（也可适当设置转矩提升）。一旦频率和电压的恒定比关系建立后，变频器就可以按照 V/F 或矢量控制方式带动负载进行工作。使用变频调速能充分减小起动电流，提高绕组承受力，用户最直接的好处就是电动机的维护成本降低、电动机的寿命则相应增加。

2. 降低电力线路电压波动

在电动机工频起动时，电流剧增的同时，电压也会大幅度波动，电压下降的幅度将取决于起动电动机的功率大小和配电网的容量。电压下降将会导致同一供电网络中对电压敏感的设备出现故障跳闸或工作异常，如 PC、传感器、接近开关和接触器等均会出现误动作。而采用变频调速后，由于能在零频、零压时逐步起动，则能最大程度地消除了电压下降的影响。

3. 起动时需要的功率更低

电动机功率与电流和电压的乘积成正比，通过工频直接起动时的电压高，电动机消耗的功率也将大大高于变频起动所需要的功率。某些工况下当配电系统已经达到了最高极限时，其直接工频起动电动机所产生的电涌就会对同网上的其他用户产生严重的影响，从而将受到电网运营商的警告，甚至罚款。如果采用变频器进行电动机起停，就不会产生类似的问题。

4. 可控的加速功能

变频调速能在零速起动，并按照用户的需要均匀地加速，而且其加速曲线也可以选择（直线加速、S 形加速或者自动加速）。而工频起动时，对电动机或相连的机械部分（如轴或齿轮）都会产生剧烈的振动。这种振动将进一步加剧机械磨损和损耗，降低机械部件和电动机的寿命。另外，变频起动还能应用在类似灌装线上，以避免起动振动较大，使瓶子翻倒或损坏。

5. 可调的运行速度

通过改变频率，可方便地实现速度调节。运用变频调速能优化工艺过程，并能根据工艺过程迅速改变运行速度，还能通过 PLC 或其他控制器来实现速度的变化。

6. 可调的转矩极限

通过变频调速后，能够设置相应的转矩极限来保护机械不致损坏，从而保证工艺过程的连续性和产品的可靠性。目前的变频技术不仅使转矩极限可调，还可使转矩的控制精度达到 3% ~ 5%。在工频状态下，电动机只能通过检测电流值或热保护来进行控制，而无法像变频控制一样设置精确的转矩值来进行控制。

7. 受控的停止方式

如同可控的加速一样，在变频调速中，停止方式可以受控，并且有不同的停止方式可以选择（减速停车、自由停车、减速停车 + 直流制动），同样它能减少对机械部件和电动机的冲击，从而使整个系统更加可靠，寿命也会相应增加。

8. 节能

离心风机或水泵类负载，其能耗与电动机的转速成立方比，采用变频器后能够大幅度降低能耗，这在十几年的工程实践中已经得到体现。

9. 可逆运行控制

在变频器控制中，要实现可逆运行控制无须额外增加可逆控制装置，只需要改变输出电压的相序即可, 这样就能降低维护成本和节省安装空间。

10. 减少机械传动部件

矢量控制变频器与同步电机结合, 就能节省齿轮箱等机械传动部件, 实现高效的转矩输出调节, 从而节省齿轮箱等机械传动部件, 降低了成本、节省了空间, 提高了稳定性。

1.6 直流电动机的控制电路

直流电机具有良好的起动、制动及调速性能, 易实现自动控制。虽然直流电机有多种励磁方式, 但其控制电路基本相同。

1. 直流电动机自控电路

图 1-65 所示是直流电动机正反转、调速及制动控制电路。直流电动机正反转、调速及制动控制主要由 3 个部分组成:

第一部分是直流电源部分, 如图 1-65a 所示, 它由一个交流 220/127V 的减压变压器和一个整流桥组成, 将 220V 的交流电变成 110V 的直流电提供给直流电动机。

第二部分是主电路部分, 如图 1-65b 所示, 它主要由励磁绕组 T1、T2、电枢绕组 S1、S2 及调速电阻 $R1$ (可调绕线电阻) 和制动电阻 $R2$ 组成。

第三部分是控制电路部分, 如图 1-65c 所示, 控制电路采用交流电, 通过控制电路的动作来控制直流电动机的正反转、调速及制动。

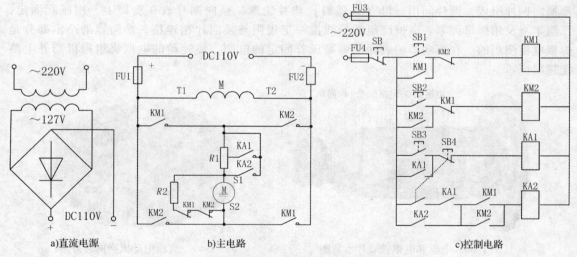

a)直流电源   b)主电路   c)控制电路

图 1-65 直流电动机正反转、调速及制动控制电路

2. 电路中的电器

直流电动机常用于对调速要求较高的生产机械 (如龙门刨床、镗床、轧钢机等) 或需要较大起动转矩的生产机械 (如起重机械和电力牵引设备等)。直流电动机按励磁方式分为并励电动机、串励电动机、复励电动机和他励电动机 4 种。下面介绍直流电动机的有关知识。

(1) 直流电动机的构造   直流电动机主要由磁极、电枢绕组和换向器等组成, 如图 1-66 所示。

1) 磁极。直流电动机的磁极及磁路如图 1-67 所示。磁极是用硅钢片叠成 (或整体式) 的, 固定在机座 (即电动机外壳) 上, 是磁路的一部分, 它分成极心和极靴 (或极掌) 两部分。极心上放置励磁绕组，极靴（或极掌）的作用是使电动机气隙中的磁感应强度的分布最为合适，并用来挡住励磁绕组。机座也是磁路的一部分，通常用铸钢制成。

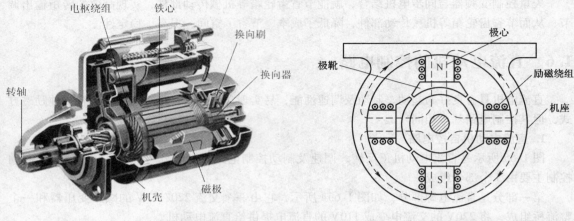

图 1-66　直流电动机的组成示意图　　　　图 1-67　直流电动机的磁极及磁路

2）电枢。电枢是直流电动机的旋转部分，包括电枢铁心和电枢绕组，电枢铁心是主磁路的主要部分，电枢绕组的作用是使电枢电流在磁场的作用下使电枢旋转，电枢铁心呈圆柱状，由硅钢片叠成，表面冲有槽，槽中放电枢绕组。电枢和电枢铁心片示意图如图 1-68 所示。

3）换向器。换向器装在电动机转轴上，其作用是改善换向，如图 1-69 所示。换向器由锲形换向铜片组成，铜片间用云母（或塑料）垫片绝缘。换向铜片放在套筒上，用压圈固定，压圈本身又用螺母固紧。电枢绕组的导线按一定规则与换向片相连接。换向器的凸出部分是焊接电枢绕组的。在换向器的表面用弹簧压着固定的电刷，使转动的电枢绕组得以与外电路连接起来。

图 1-68　电枢和电枢铁心片示意图　　　图 1-69　直流电动机换向器外形

（2）直流电动机的基本工作原理　为了讨论直流电动机的工作原理，现把复杂的直流电动机简化为图 1-70 所示的工作原理图。电动机具有一对磁极，电枢绕组只是一个线圈，线圈两端分别连在两个换向片上，换向片上压着电刷 A 和 B。

直流电机作电动机（还可作发电机）运行时，将直流电源接在两电刷之间，N 极下的有效边中的电流总是一个方向，而 S 极下的有效边中的电流总是另一个方向。这样两个边上受到的电磁转矩力的方向一致，电枢因而转动。当线圈的有效边从 N（S）极下转到 S（N）极下时，其中的电流方向由于换向片而同时改变，

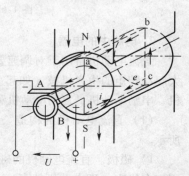

图 1-70　直流电动机工作原理图

而电磁力的方向不变，因此电动机就连续运行。

3. 直流电动机正反转、调速及制动电路工作原理

直流电动机正反转、调速及制动控制工作原理如图 1-71 所示。

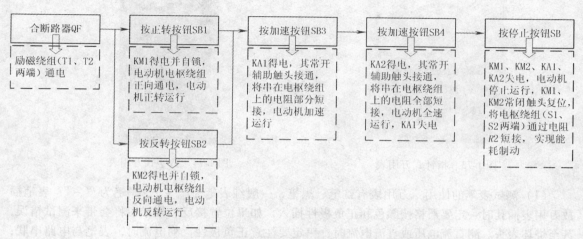

图 1-71 直流电动机正反转、调速及制动控制工作原理

1.7 电器控制应用训练

项目一 电动机单向连续运转控制

1. 实训内容

1）按照图 1-72 进行电路安装和调试。

2）熟悉交流接触器、热继电器、按钮等电器元件的工作原理、图形符号和文字符号。

3）掌握万用表的使用方法，能对各种电器元件进行测量，检测元件的好坏。

4）掌握电路的动作过程和工作原理。

5）绘制简单电器控制电路图。

2. 实训器材

断路器 1 只、接触器 1 只、热继电器 1 只、三相异步电动机 1 台、按钮 2 个、熔断器 2 只、导线若干。

3. 实训工具

万用表、剥线钳、斜口钳、尖嘴钳、十字（一字）螺钉旋具。

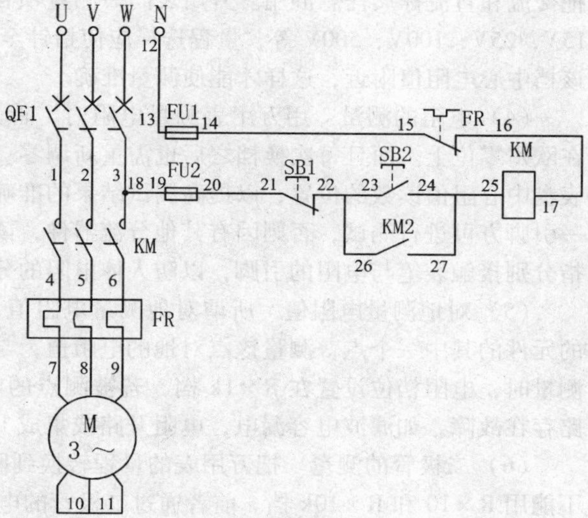

图 1-72 电动机单向连续运转控制

4. 万用表的使用

万用表是在电气安装和调试过程中使用最普遍的仪表，其种类和结构不尽相同，如图 1-73 和图 1-74 所示。使用万用表时，需掌握正确的方法，才能确保测试结果的准确性，保证人身与设备的安全。

图 1-73　指针式万用表

图 1-74　数字式万用表

（1）测试表笔的使用　万用表有红笔、黑笔，一般红表笔为"＋"，黑笔为"－"。表笔插放万用表插孔时一定要严格按颜色和正负极性插入，如果位置接反、接错，将会带来测试错误，甚至烧坏表头。测直流电压或直流电流时，一定要注意正负极性，测电流时，表笔与电路串联；测电压时，表笔与电路并联。

（2）插孔和转换开关的使用　首先要根据测试目的选择插孔或转换开关的位置，由于使用时测量电压、电流和电阻等交替进行，一定不要忘记换档。切不可用测量电流或测量电阻的档位去测量电压。如果用直流电流或电阻档去测量 220V 的交流电压，万用表则会立刻烧坏。

（3）如何正确读数　使用指针式万用表前应检查指针是否在零位上，如不在零位，可调整表盖上的机械调节器，调至零位。指针式万用表有多条标尺，一定要认清对应的读数标尺，不能把交流和直流标尺任意混用。万用表同一测量项目有多个量程，例如直流电压量程有 1V，10V，15V，25V，100V，500V 等，量程选择应使指针至满刻度的 2/3 附近。测电阻时，应将指针指向该档中心电阻值附近，这样才能使测量准确。

（4）电阻的测量　用万用表测量电阻时，首先应该将表笔短接，调节调零电位器，使指针在欧姆零位上。而且每次换档之后也需重新调零。在选择欧姆档位时，尽量选择被测阻值在接近表盘中心阻值读数的位置，以提高测试结果的准确度；如果被测电阻在电路板上，则应焊开其中一引脚方可进行测试，否则因有其他分流器件，读数会不准确！测量电阻阻值时，不要用两手手指分别接触表笔与电阻的引脚，以防人体电阻的分流，增加误差。

（5）对地测量电阻值　所谓对地测量电阻值，即是用万用表红表笔接地，黑表笔接被测量的元件的其中一个点，测量该点对地的电阻值，与正常的电阻值进行比较来判断故障的范围。在测量时，电阻档位设置在 R×1k 档，若被测点的电阻值与正常阻值相差较大，则说明该部分电路存在故障，如滤波电容漏电，电阻开路或集成 IC 损坏等。

（6）二极管的测量　把万用表的量程转换到欧姆档 R×100 或 R×1k 档来测量二极管极性。不能用 R×10 和 R×10k 档。前者通过二极管的电流太大，易损坏二极管；后者则因为内部电压较高，容易击穿耐压较低的二极管。如果测出的电阻只有几百欧到几千欧（正向电阻），则应把红、黑表笔对换一下再次测量，如果这时测出的电阻值是几百千欧（反向电阻），说明这只二极管可以使用。当测量正向电阻值时，红表笔所接的那一头是二极管的负极，而黑表笔所接的一头是该二极管的正极（根据二极管的单向导电特性）。

通过测量正反向电阻值，可以判断 PN 结的好坏，一般要求反向电阻比正向电阻大几百倍。也就是说，正向电阻越小越好，反向电阻则是越大越好。

（7）交直流电压的测量　可以用万用表的直流电压档和交流电压档分别测量直流和交流电的电压值，测量的时候把万用表与被测电路以并联的形式连接。要选择表头指针接近满刻度偏转2/3 位置的量程。如果电路上的电压大小无法预先估计，就要先用大的量程，经过粗略测量后再选用合适的量程，这样可以防止电压过高而损坏万用表。在测量直流电压时，要把万用表的红表笔接在被测的电路正极，而把黑笔接到电路的负极上，不能弄反，在测量比较高的电压时应该特别注意两只手分别握住红、黑表笔的绝缘部分去测量，或先将一支表笔固定在一端，而后触及被测试点。

使用万用表应注意以下几点：

① 使用万用表之前，应充分了解各转换开关、专用插口、测量插孔以及相应附件的作用，了解其刻度盘的读数。

② 万用表一般应水平放置在干燥、无振动、无强磁场的环境下使用。

③ 测量完毕，应将量程选择开关调到最大电压档，防止下次开始测量时不慎烧坏万用表。

5. 电器元件的选择和检查

使用万用表电阻档检查所选定的电器元件的好坏。检查的范围包括接触器主触头和常开辅助触头、线圈的阻值；热继电器的主接线端子和热动常闭触头；按钮的常开、常闭触头；电动机的绕组等。

6. 电路的装接

装接电路应遵循"先主后控，先串后并；从上到下，从左到右；上进下出，左进右出"的原则进行接线。其意思是接线时应先接主电路，后接控制电路；先接串联电路，后接并联电路；且按照从上到下，从左到右的顺序逐一连接；对于电器元件的进出线，则必须按照上面的为进线，下面的为出线，左边的为进线，右边的为出线的原则接线，以避免出现接点弄错等问题。

接线的工艺要求"横平竖直，弯成直角；少用导线少交叉，多线并拢一起走"，其意思是横线要水平，竖线要垂直，转弯要为直角，不能有斜线；尽量少用导线，并避免交叉接线，如果有一个方向有多条导线，要并在一起走线，避免接成"蜘蛛网"状。

主电路的接线方法参考图 1-28b，控制电路接线方法参考图 1-28b 或图 1-72，按照电路中位置标号的顺序进行接线。

7. 电路检测

（1）主电路检测（将熔断器断开，万用表选用 R×1 档或数字表的 200Ω 档）

① 将万用表表笔放置于电动机绕组端子（位置标号7、8、9）测量其三相绕组电阻，其三相阻值应相同。

② 将万用表表笔放置于断路器下方（位置标号1、2、3）主电路的任意两相，人为使 KM 吸合（可选有手动功能的接触器），此时可测得电动机绕组的电阻（丫形联结为电动机两相绕组的串联，△形联结为一相绕组并联于另外两相绕组相串联的阻值），再换相进行测量，三次测量结果应该相同。

如果测不到阻值（阻值无穷大），则说明这一次测量中的两相至少有一相断路，换相再次测量，则可以确定是哪一相故障。

③ 当确定某一相故障后（例如中间相），将表笔放置于2、11 位置，测量其阻值，然后逐渐缩小测量的范围到5、11，8、11，直至测到导通为止（电阻为0），即可测量出故障点。

（2）控制电路检测（指针式万用表选用 R×100 档，数字式万用表选用 2k 档）

① 将万用表表笔放置于熔断器的控制电路侧（位置标号14、20），此时测量其回路阻值为无穷大。

② 按起动按钮 SB2，此时可以测量到回路中接触器的线圈电阻，说明该电路可以正常起动。

③ 如测不到线圈电阻，可以先测量 14、17 之间是否导通，然后再检测 20、25 之间是否导通（需按住 SB2），然后逐一缩小检查的范围，找出故障点。

④ 同时按 SB1 和 SB2，此时测得电阻为无穷大，说明电路可以正常停机。

⑤ 松开 SB1、SB2，人为使 KM 吸合，此时可以测到接触器线圈电阻，说明接触器可以实现自锁。

8. 通电试车

结合前述电动机单向连续运转控制工作原理，对电路进行通电试车，其步骤如下：

闭合 QF 开关，接通电源→按起动按钮 SB2，电动机运行→松开 SB2，电动机保持运行→按停止按钮 SB1，电动机停止运行→断开 QF，关闭电路电源。

9. 实训思考

1）如图 1-72 所示，在检查主电路时，手动使接触器 KM 闭合，用万用表测得 1、2 电阻为 10Ω（丫形联结时，电动机两相绕组串联电阻为 10Ω），测得 1、3 和 2、3 为 ∞ 阻值，判断哪一相主电路出现故障？

2）电路接好后，若可以正常起动，但不能停止，则可能的原因是什么？

3）控制电路中位置标号 12 和 18 如果误接 380V，会有什么现象？

4）按起动按钮 SB2，电动机运行，松开 SB2，电动机停机，请问是什么原因？

项目二　电动机正反转控制

1. 实训内容

1）按照图 1-75 进行电路安装和调试。

2）掌握电动机正反转控制电路的工作原理和过程。

3）掌握主电路和控制电路的检测方法。

4）掌握主电路和控制电路接线的方法、规律和技巧。

5）绘制电动机正反转控制电路图。

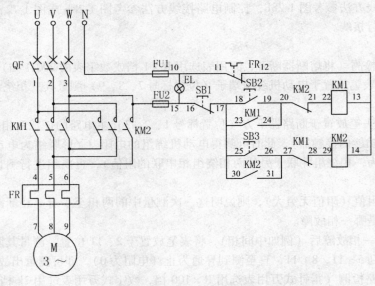

图 1-75　正反转控制电路

2. 实训器材

空气断路器 1 只、接触器 2 只、热继电器 1 只、三相异步电动机 1 台、按钮 3 个、熔断器 2

只、导线若干。

3. 实训工具

万用表、剥线钳、斜口钳、尖嘴钳、十字（一字）螺钉旋具。

4. 电器元件的选择和检查

使用万用表电阻档检查所选定的电器元件的好坏。检查的范围包括接触器主触头和常开辅助触头、线圈的阻值；热继电器的主接线端子和热动常闭触头；按钮的常开、常闭触头；电动机的绕组等。

5. 电路的装接

主电路和控制电路接线按照图 1-75 中的位置标号顺序进行接线（注意电动机为星形联结）。

6. 电路检测

（1）主电路检测（将熔断器 FU1 断开，指针式万用表选用 R×1 档，数字式万用表选用 200Ω 档）

① 将万用表表笔放置于电动机绕组端子（位置标号 7、8、9）测量其三相绕组电阻，其阻值三相相同。

② 将万用表表笔放置于断路器下方（位置标号 1、2、3）主电路任意两相，人为使 KM1 吸合（可选有手动功能的接触器），此时可测得电动机绕组的电阻，再换相进行测量，三次测量结果应该相同。同样的方法测量反转主电路，松开 KM1 接触器，人为使 KM2 吸合，此时也可测得电动机绕组的电阻，再换相进行测量，三次测量结果应该相同。

（2）控制电路检测（指针式万用表选用 R×100 档，数字式万用表选用 2k 档）

① 将万用表表笔放置于熔断器的控制电路侧（位置标号 10、15），此时测量其回路阻值为无穷大。

② 按起动按钮 SB2 或 SB3，此时均可测量到电路中接触器的线圈 KM1 或 KM2 的电阻，说明该电路可以正常起动正转或反转。

③ 手动 KM1 或 KM2 接触器，同样可以测得接触器的线圈 KM1 或 KM2 的电阻，说明该电路可以实现正转或反转自锁。

④ 同时按 KM1 和 KM2 接触器，测得电阻为∞，说明电路互锁正常。

⑤ 同时按 SB1 和 SB2 或同时按 SB1 和 SB3 测得电路电阻均为∞，说明电路可以正常停止。

7. 通电试车

参见图 1-36。

8. 实训思考

1）起动正转后，没有按停止按钮，能否按反转起动按钮？

2）图 1-75 中，若不接 KM1、KM2 的常闭辅助触头，则会出现什么后果？

3）电动机能正常正转，但反转时起动很慢且有时出现与正转运行方向一样的现象，可能是什么原因？

项目三 电动机自动顺序控制

1. 实训内容

1）按照图 1-76 进行电路安装和调试。

2）掌握电动机自动顺序正反转控制电路的工作原理和过程。

3）掌握主电路和控制电路的检测方法。

4）掌握较为复杂的控制电路等电位接线方法。

5）绘制自动顺序控制电路图。

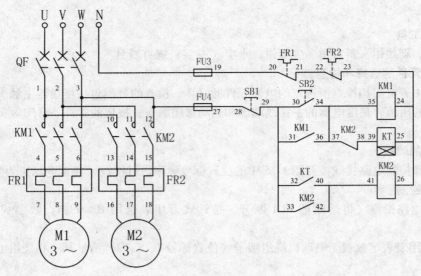

图 1-76　正反转控制线路

2. 实训器材

空气断路器 1 只、接触器 2 只、热继电器 2 只、三相异步电动机 1 台、按钮 2 个、时间继电器 1 只、熔断器 2 只、导线若干。

3. 实训工具

万用表、剥线钳、斜口钳、尖嘴钳、十字（一字）螺钉旋具。

4. 电器元件的选择和检查

使用万用表电阻档检查所选定的电器元件的好坏。检查的范围包括接触器主触头和常开辅助触头、线圈的阻值；热继电器的主接线端子和热动常闭触头；按钮的常开、常闭触头；电动机的绕组等。

5. 较复杂的控制电路接线方法

比较复杂的电路一般不采用"先串后并"的方式接线，而采用"等电位"方式接线。所谓"等电位"接线就是按照控制电路中电位在任何时候相同的点为顺序的接线方式。将图 1-76 划分"等电位"点，如图 1-77 所示。

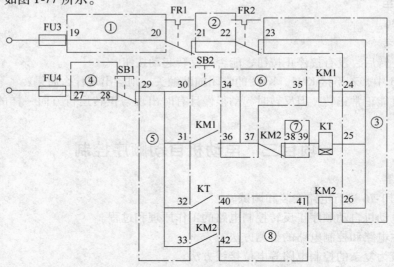

图 1-77　自动顺序控制等电位的划分

接线时按照①～⑧"等电位"点的顺序进行接线，其中"等电位"点①、②、④、⑦ 只有 1 条连线，"等电位"点③ 和⑥ 有 3 条线，"等电位"点⑤ 有 4 条线，"等电位"点⑧ 有 2 条线。总共 16 条线，加上熔断器左侧的 2 条线共 18 条线。

接线时如果"等电位"点只有 1 条线，则可以直接用导线将两个点进行连接。如果"等电位"点需要 2 条或 2 条以上的导线时，则第一个接线点应接 1 条导线，从第二个接线点开始就需要并接 1 条导线，到最后一个接线点时接 1 条导线收尾，例如"等电位"点⑤ 的接线方法是在位置标号 29 处接 1 条导线，连接到位置标号 30 处，在位置标号 30 处并 1 条导线连接到位置标号 31 处，在位置标号 31 处再并 1 条导线到位置标号 32 处，在位置标号 32 处并 1 条导线到位置标号 33 处，整个"等电位"点⑤ 就接线完毕。

6. 电路检测

（1）主电路检测（将熔断器 FU3 断开，指针式万用表选用 R×1 档，数字式万用表选用 200Ω 档）检测方法参考项目一和项目二。

（2）控制电路检测（指针式万用表选用 R×100 档，数字式万用表选用 2k 档）

① 将万用表表笔放置于位置标号 19、27 处，按起动按钮 SB2，可以测得接触器 KM1 和时间继电器 KT 线圈的并联电阻。此时如果用一条导线短接位置标号 25 和 39 测得电路电阻为 0。

② 同时按起动按钮 SB2 和停止按钮 SB1，此时测得电路电阻为∞。

③ 松开起动按钮 SB2 和停止按钮 SB1，手动 KM1 接触器，测得接触器 KM1 和时间继电器 KT 线圈的并联电阻。

④ 松开 KM1 接触器，手动 KM2 接触器，测得接触器 KM2 线圈的电阻。

⑤ 松开 KM2 接触器，短接位置标号 32、40，同样可测得接触器 KM2 线圈的电阻。

⑥ 检测完毕，拆除短接线。

7. 实训思考

1）按起动按钮后，两台电动机同时起动，可能是什么原因？

2）在图 1-76 中，KM2 的常闭触头有什么作用，该触头如何检测？

3）检测电路时，所使用的短接线未拆除就通电试车，会出现什么结果？

项目四　电动机丫/△起动控制

1. 实训内容

1）按照图 1-78 进行电路安装和调试。

2）掌握电动机丫/△起动控制电路的工作原理和过程。

3）掌握主电路的接线技巧和检测方法。

4）掌握控制电路的接线方法。

5）绘制丫/△起动控制电路图和位置索引图。

2. 实训器材

空气断路器 1 只、接触器 3 只、热继电器 1 只、三相异步电动机 1 台、按钮 2 个、时间继电器 1 只、熔断器 2 只、导线若干。

3. 实训工具

万用表、剥线钳、斜口钳、尖嘴钳、十字（一字）螺钉旋具。

4. 电器元件的选择和检查

使用万用表电阻档检查所选定的电器元件的好坏。检查的范围包括接触器主触头和常开辅助触头、线圈的阻值；热继电器的主接线端子和热动常闭触头；按钮的常开、常闭触头；电动机的绕组等。

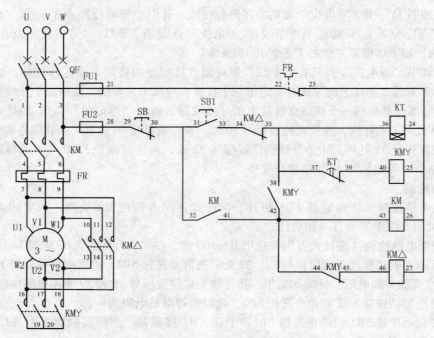

图 1-78 丫/△起动控制电路

5. 电路装接

主电路接线参照图 1-45，控制电路接线按照图 1-78 位置标号的顺序进行接线（等电位接线）。

6. 电路检测

（1）主电路检测（将熔断器 FU1 断开，指针式万用表选用 R×1 档，数字式万用表选用 200Ω 档）

① 将万用表表笔放置于图 1-78 位置标号 4、5、6（分别为 4、5 与 4、6 以及 5、6）的位置，动作 KM丫，此时测得的阻值为电动机星形联结的阻值，为两相绕组的串联。

② 用同样的测试方法，松开 KM丫，动作 KM△，此时测得电动机三角形联结时的阻值，应该为两相绕组的串联与第三相绕组的并联，其值应该小于一相绕组的阻值，大于两相绕组的并联。

③ 松开 KM△，动作 KM，分别测试位置标号 "1、7"、"2、8"、"3、9" 之间的阻值，应该为 0Ω。

（2）控制电路检测（指针式万用表选用 R×100 档，数字式万用表选用 2k 档）

① 将万用表表笔放置于位置标号 21、28 处，按起动按钮 SB1，可以测得接触器 KM丫和时间继电器 KT 线圈的并联电阻。此时如果用一条导线短接位置标号 24 和 36 测得电路电阻为 0。

② 同时按起动按钮 SB1 和停止按钮 SB，此时测得电路电阻为 ∞。

③ 松开停止按钮 SB，动作 KM丫接触器，可以测得接触器 KM丫、KM 和时间继电器 KT 线圈的并联电阻。

④ 松开起动按钮 SB1 和 KM丫接触器，手动 KM 接触器，可测得接触器 KM1 线圈和 KM△ 的并联电阻。

⑤ 动作 KM 接触器后再动作 KM丫接触器，会先断开 KM△接触器线圈，然后接通 KM丫和 KT 线圈，可以发现指针表的指针摆动一次。

⑥ 拆除短接线。

7. 实训思考

1）图 1-78 中 KM△ 常闭触头起什么作用，如何测量？

2）在图 1-78 中，时间继电器的常闭触头如何检测？

3）运行本电路，试分析本电路有何优缺点？

项目五　电动机能耗制动控制

1. 实训内容

1）按照图 1-79 进行电路安装和调试。

2）掌握电动机能耗制动控制电路的工作原理和过程。

3）掌握主电路的接线技巧和检测方法。

4）绘制能耗制动控制电路图和位置索引图。

2. 实训器材

空气断路器 1 只、接触器 2 只、热继电器 1 只、三相异步电动机 1 台、按钮 2 个、时间继电器 1 只、熔断器 2 只、整流二极管 1 只、导线若干。

3. 实训工具

万用表、剥线钳、斜口钳、尖嘴钳、十字（一字）螺钉旋具。

能耗制动控制电路图如图 1-79 所示。

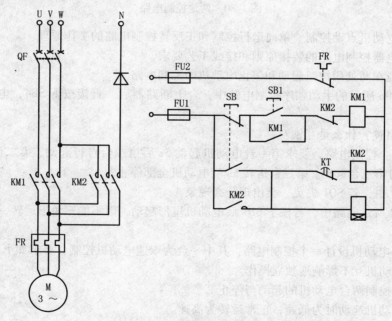

图 1-79　能耗制动控制线路

4. 电器元件的选择和检查

写出接触器、时间继电器和整流二极管的检测过程和方法。

5. 电路装接

简要叙述接线的步骤、顺序和方法。

6. 电路检测

叙述主电路和控制电路的检测方法和过程。

7. 实训思考

1）叙述电动机在制动过程中的原理和过程。

2）按制动按钮，电动机正常停止但不制动，分析可能的原因有哪些。

3）通电试车时，若出现断路器跳闸，则可能是什么原因？

4）分析电路的优缺点。

习 题 一

1. 电气工程图有哪些种类，各有什么特点和用途？

2. 查线读图法的一般步骤是什么？

3. 用逻辑代数法读图有什么特点？

4. 用逻辑代数法表示图 1-80 所示电路。

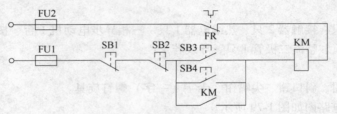

图 1-80　两地控制电路

5. 请说出电动机点动控制、单向运行控制和正反转控制电路的工作原理。

6. 请说出电器控制电路的装接原则和接线工艺要求。

7. 试画出能在两处用按钮起动和停止电动机的控制电路。

8. 在图 1-29a 所示的手动顺序控制电路中，合上断路器后，直接按下 SB4，电动机 M2 能否起动？

9. 什么是自锁？什么是互锁？

10. 设计一个控制电路，要求第一台电动机起动 5s 后第二台自行起动，第二台运行 5s 后第一台停止，同时第三台起动，第三台运转 5s 后电动机全部停止。

11. 图 1-37 中，若 SQ1 失灵，会出现什么现象？

12. 图 1-42 所示电路中，若按下 SB1 后电动机星形起动，但不能三角形运转，试分析有可能是哪里的故障？

13. 为两台电动机设计一个控制电路，其中一台为双速电动机控制，要求如下：

1）两台电动机互不影响地独立操作。

2）能同时控制两台电动机的起动与停止。

3）双速电动机起动时为低速，正常运转为高速。

4）当一台电动机过载时，两台电动机均停止。

14. 能耗制动控制的原理是什么？

第2章 其他常用电器

第1章已经介绍了在不同的控制电路中使用的电器，这些只是控制电器（或配电电器）中的一部分，还有很多经常使用的电器没有介绍，本章将对其进行系统的介绍。

2.1 开关电器

开关电器属于配电电器，包括刀开关、负荷开关、断路器等，用于电能的分配、小型电器设备的控制等，断路器在第1章中已经介绍了部分内容，在此介绍刀开关、负荷开关和剩余电流断路器（俗称漏电保护开关）。

2.1.1 刀开关和负荷开关

刀开关俗名闸刀开关，是用于电源隔离或手动控制容量较小、不频繁起动的电动机的开关电器，可分为开启式负荷开关和封闭式负荷开关。各类刀开关实物图如图2-1所示。其图形及文字符号参见附录A。

a)开启式负荷开关　　　　　　b)双投刀开关

图2-1　各类刀开关

1. 开启式负荷开关

开启式负荷开关俗称胶盖闸刀开关，是由刀开关和熔丝组合而成的一种电器，其外形和内部结构如图2-2所示。刀开关作为手动不频繁地接通和分断电路用，熔丝作为保护用。刀开关结构简单，使用维修方便，价格便宜，在小容量电动机中得到广泛应用。

2. 封闭式负荷开关

封闭式负荷开关俗称铁壳开关，是由刀开关、熔断器、速断弹簧等组成，并装在金属壳内，其结构如图2-3所示。开关采用侧面手柄操作，并设有机械联锁装置，使箱盖打开时不能合闸；刀开关合闸时，箱盖不能打开，保证了用电安全。手柄与底座间的速断弹簧使开关通断动作迅速，灭弧性能好。封闭式负荷开关能工作于粉尘飞扬的场所。

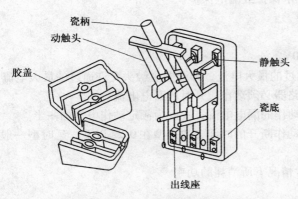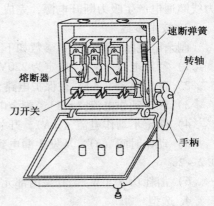

图2-2　开启式负荷开关结构示意图　　　　　图2-3　封闭式负荷开关结构示意图

2.1.2　剩余电流断路器

剩余电流断路器俗称漏电保护开关，是一种最常用的漏电保护电器。它既能控制电路的通与断，又能保证其控制的电路或设备发生漏电或人身触电时迅速自动跳闸，切断电源，从而保证电路或设备的正常运行及人身安全，实物图如图 2-4 所示，其图形、文字符号与普通断路器相同。

a)三相塑料剩余电流断路器　　b)单相剩余电流断路器

图 2-4　三相和单项剩余电流断路器

1. 结构

剩余电流断路器由零序电流互感器、漏电脱扣器（包括电子开关和电磁机构）、开关装置 3 部分组成。零序电流互感器用于检测漏电电流；漏电脱扣器将检测到的漏电电流与一个预定基准值比较，从而判断剩余电流断路器是否动作；开关装置通过漏电脱扣器的动作来控制被保护电路的闭合或分断。

2. 保护原理

剩余电流断路器的原理图如图 2-5 所示。正常情况下，剩余电流断路器所控制的电路没有发生漏电和人身触电等接地故障时，$I_相 = I_零$（$I_相$ 为相线上的电流，$I_零$ 为零线上的电流），故零序电流互感器的二次回路没有感应电流信号输出，也就是检测到的漏电电流为零，开关保持在闭合状态，电路正常供电。当电路中有人触电或设备发生漏电时，因为

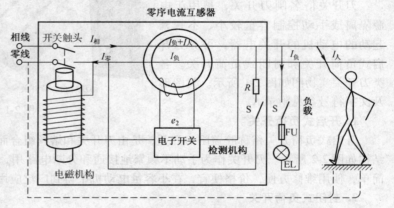

图 2-5　剩余电流断路器开关原理图

$I_相 = I_负 + I_人$，而 $I_零 = I_负$，所以，$I_相 > I_零$，通过零序电流互感器铁心的磁通 $\varPhi_相 - \varPhi_零 \neq 0$，故零序电流互感器的二次线圈感生漏电信号，漏电信号输入到电子开关输入端，促使电子开关导通，磁力线圈通电产生吸力断开电源，完成人身触电保护或漏电保护。

3. 技术参数

剩余电流断路器的技术参数如下：

1）额定电压（V），规定为 220V 或 380V。

2）额定电流（A），被保护电路允许通过的最大电流，即开关主触头允许通过的最大电流。

3）额定动作电流（mA），剩余电流断路器必须动作跳开时的漏电电流。

4）额定不动作电流（mA），开关不应动作的漏电电流，一般为额定动作电流的一半。

5）动作时间（s），从发生漏电到开关动作断开的时间，快速型在 0.2s 以下，延时型一般为 0.2 ~ 2s。

6）消耗功率（W），开关内部元件正常情况下所消耗的功率。

4. 选型

剩余电流断路器主要根据其额定电压、额定电流以及动作电流和动作时间等几个主要参数来

选择。选用剩余电流断路器时，其额定电压应与电路工作电压相符。剩余电流断路器额定电流必须大于电路最大工作电流。对于带有短路保护装置的剩余电流断路器，其极限通断能力必须大于电路的短路电流。漏电动作电流及动作时间的选择可按电路泄漏电流大小选择，也可按分级保护方式选择，具体选择方法如下。

（1）按电路泄漏电流大小选择　任何供电线路和电器设备都有一定的泄漏电流存在，选择剩余电流断路器的漏电动作电流，首先应大于电路的正常泄漏电流。若漏电动作电流小于电路的正常泄漏电流，漏电保护开关就无法投入运行，或者由于经常动作而破坏了供电的可靠性。

实测泄漏电流的方法较复杂，在一般情况下可按经验公式来选择漏电动作电流。对照明电路和居民生活用电的单相电路，可按式（2-1）选择。

$$I_{\Delta n} \geqslant \frac{I_H}{2000} \tag{2-1}$$

对三相三线或三相四线动力或动力照明混合电路，可按式（2-2）选择。

$$I_{\Delta n} \geqslant \frac{I_H}{1000} \tag{2-2}$$

式中，$I_{\Delta n}$ 为漏电动作电流；I_H 为电路最大负荷电流。

（2）按分级保护方式选择　剩余电流断路器最好能分级装设，如图 2-6 所示。第一级保护是干线保护，主要用来排除用电设备外壳带电、导体落地等单相接地故障，是以消除事故隐患为目标的保护；第二级保护是电路末端用电设备或分支电路的保护，是以防止触电为主要目标的保护。两级漏电保

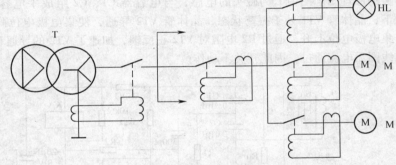

图 2-6　剩余电流断路器分级装设示意图

护的装设能够减少触电事故，保证了设备的用电安全。两级保护在时间上互相匹配，使出现故障时能缩小停电面积，方便排除故障和维修设备。剩余电流断路器安装时必须保证接线正确，否则会引起误动作或发生漏电时拒绝动作。

第一级保护：安装在干线上的剩余电流断路器，其漏电动作电流应小于电路或用电设备的单相接地故障电流（单相接地故障电流一般都在 200mA 以上），同时还应大于被保护电路的三相不平衡泄漏电流。因此，漏电动作电流可选择 60 ~ 120mA，动作时间选择 0.2s 或更长些。若剩余电流断路器安装在变压器总出线处，则视变压器容量而定。对于 100kVA 以下的变压器，漏电动作电流可选择 100 ~ 300mA。

第二级保护：在正常条件下，家庭用户的线路、临时接线板、电钻、吸尘器、电锯等均可安装漏电动作电流为 30mA、动作时间为 0.1s 的剩余电流断路器；在狭窄的危险场所使用 220V 手持电动工具，或在发生人身触电后同时可能发生二次性伤害的地方（如在高空作业或在河岸边）使用电动工具，可安装漏电动作电流为 15mA、动作时间在 0.1s 以内的剩余电流断路器。

2.1.3　接近开关

接近开关（又称无触头位置开关）的用途除行程控制和限位保护外，还可作为检测金属体的存在、高速计数、测速、定位、变换运动方向、检测零件尺寸、液面控制及用作无触头按钮

等。它具有工作可靠、寿命长、无噪声、动作灵敏、体积小、耐振、操作频率高和定位精度高等优点，接近开关的实物如图 2-7 所示。其图形和文字符号见附录 A。

接近开关以高频振荡型最常用，它占全部接近开关产量的 80% 以上。其电路形式多样，但电路结构不外乎是由振荡、检测及晶体管输出等部分组成。它的工作基础是高频振荡电路状态的变化。

当金属物体进入以一定频率稳定振荡的线圈磁场时，由于该物体内部产生涡流损耗，使振荡回路电阻增大，能量损耗增加，以致振荡减弱直至终止。因此，在振荡电路后面接上放大电路与输出电路，就能检测出金属物体存在与否，并能给出相应的控制信号去控制继电器，以达到控制的目的。

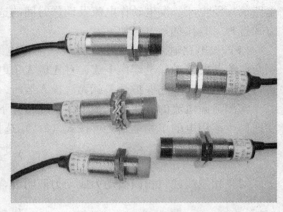

图 2-7　接近开关实物图

图 2-8 所示为 LXJ0 型晶体管无触头接近开关的原理图。图中 L 为磁头的电感，与电容器 C1、C2 组成了电容三点式振荡回路。正常情况下，晶体管 VT1 处于振荡状态，晶体管 VT2 导通，使集电极电位降低，VT3 基极电流减小，其集电极电位上升，通过 R2 电阻对 VT2 正反馈，加速了 VT2 的导通和 VT3 的截止，继电器 KA 的线圈无电流通过，因此开关不动作。

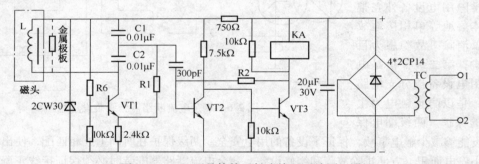

图 2-8　LXJ0 型晶体管无触头接近开关原理图

当金属物体接近线圈时，则在金属体内产生涡流，此涡流将减小原振荡回路的品质因数 Q 值，使之停振。此时 VT2 的基极无交流信号，VT2 在 R2 的作用下加速截止，VT3 迅速导通，继电器 KA 线圈有电流通过，继电器 KA 动作，使其常闭触头断开，常开触头闭合。

2.2　继电器

继电器是一种根据某种输入信号的变化，而接通或断开控制电路，实现控制目的的电器。继电器的输入信号可以是电流、电压等电量，也可以是温度、速度、时间、压力等非电量，而输出通常为触头的接通或断开动作。继电器一般不用来直接控制有较大电流的主电路，而是通过接触器或其他电器对主电路进行控制。因此，同接触器相比较，继电器的触头断流容量较小，一般不需灭弧装置，但对继电器动作的准确性则要求较高。在第 1 章中已经介绍了几种继电器以下介绍另几种常用的继电器。

2.2.1　温度继电器

在温度自动控制或报警装置中，常采用带电触头的汞温度计或由热敏电阻、热电偶等制成的各种型式的温度继电器。图 2-9 所示为欧姆龙 E5C 温度继电器的实物图。

图 2-10 所示为用热敏电阻作为感温元件的温度继电器。晶体管 VT1、VT2 组成射极耦合双稳态电路。晶体管 VT3 之前串联接入稳压管 VS1，可提高反相器开始工作的输入电压值，使整个电路的开关特性良好。适当调整电位器 RP2，可减小双稳态电路的回差。RT 采用负温度系数的热敏电阻器，当温度超过极限值时，使 A 点电位上升至 2～4V，触发双稳态电路翻转。

图 2-9　欧姆龙 E5C 温度继电器

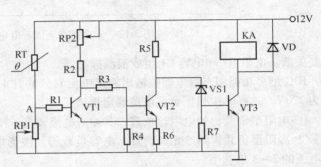

图 2-10　电子式温度继电器的原理图

此电路的工作原理如下：当温度在极限值以下时，RT 呈现很大电阻值，使 A 点电位在 2V 以下，则 VT1 截止，VT2 导通，VT2 的集电极电位约 2V 左右，远低于稳压管 VS1 的 5～6.5V 的稳定电压值，VT3 截止，继电器 KA 不吸合。当温度上升到超过极限值时，RT 阻值减小，使 A 点电位上升到 2～4V，VT1 立即导通，迫使 VT2 截止，VT2 集电极电位上升，VS1 导通，VT3 导通，KA 吸合。该温度继电器可利用 KA 的常开或常闭触头对加热设备进行温度控制，对电动机能实现过热保护等，可通过调整电位器 RP1 来实现对不同温度的设定。

2.2.2　固态继电器

固态继电器（SSR）是近年发展起来的一种新型电子继电器，具有开关速度快、工作频率高、质量轻、使用寿命长、噪声低和动作可靠等一系列优点，不仅在许多自动化装置中代替了常规电磁式继电器，而且广泛应用于数字程控装置、调温装置、数据处理系统及计算机 I/O 接口电路中，其实物图如图 2-11 所示。

固态继电器按其负载类型分类，可分为直流型（DC-SSR）和交流型（AC-SSR）。常用的 JGD 系列多功能交流固态继电器工作原理如图 2-12 所

a)三相固态继电器　　　　b)单相固态继电器

图 2-11　三相和单相固态继电器

示。当无信号输入时，光耦合器中的光敏晶体管截止，晶体管 VT1 饱和导通，晶闸管 VT2 截止，晶体管 VT1 经桥式整流电路引入的电流很小，不足以使双向晶闸管 VT3 导通。

有信号输入时，光耦合器中的光敏晶体管导通，当交流负载电源电压接近零点时，电压值较低，经过 VD1～VD4 整流，R3 和 R4 上分压不足以使晶体管 VT1 导通。而整流电压却经过 R5 为晶闸管 VT2 提供了触发电流，故 VT2 导通。这种状态相当于短路，电流很大，只要达到双向晶闸管 VT3 的导通值，VT3 便导通。VT3 一旦导通，不管输入信号存在与否，只有当电流过零才能

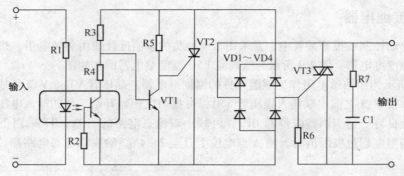

图 2-12　多功能交流固态继电器工作原理

恢复关断。电阻 R7 和电容 C1 组成浪涌抑制器。

　　JDG 型多功能固态继电器按输出额定电流划分共有 4 种规格，即 1A、5A、10A、20A，电压均为 220V，选择时应根据负载电流确定规格。

　　① 电阻型负载，如电阻丝负载，其冲击电流较小，按负载额定电流的 80% 选用。

　　② 冷阻型负载，如冷光卤钨灯、电容负载等，浪涌电流比工作电流高几倍，一般按负载额定电流的 2～3 倍选用。

　　③ 电感性负载，其瞬变电压及电流均较高，额定电流要按接入冷阻型负载时选用。

　　固态继电器用于控制直流电动机时，应在负载两端接入二极管，以阻断反电动势。控制交流负载时，则必须估计过电压冲击的强度，并采取相应保护措施（如加装 RC 吸收电路或压敏电阻等）。控制感性负载时，固态继电器的两端还需加压敏电阻。

2.2.3　光电继电器

　　光电继电器是利用光敏元件把光信号转换成电信号的光敏器材，广泛用于计数、测量和控制等方面，其实物图如图 2-13 所示。光电继电器分亮通和暗通两种，亮通是指光敏元件受到光照射时，继电器吸合；暗通是指光敏元件无光照射时，继电器吸合。

　　图 2-14 所示为 JG—D 型光电继电器原理图。此电路属亮通电路，可指示工件是否存在或工件所在位置。继电器 KA 的动作电流大于 1.9mA，释放电流小于 1.5mA，发光头 EL 与接收头 VT1 的最大距离可达 50m。

图 2-13　光电继电器

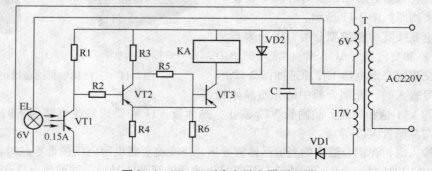

图 2-14　JG—D 型光电继电器原理图

　　此电路工作原理如下：220V 交流电经变压器 T 降压、二极管 VD1 整流、电容器 C 滤波后作为继电器的直流电源。T 的二次侧 6V 组交流电源直接向发光头 EL 供电。晶体管 VT2、VT3 组成射级耦合双稳态触发器。在光线没有照射到接收头光敏晶体管 VT1 时，VT2 基极处于低电位而导通，VT3 截止，继电器 KA 不吸合。当光照到 VT1 上时，VT2 基极变为高电位而截止，VT3 即导通，KA 吸合，因此能准确地反应被测物是否到位。

使用光电继电器必须注意，光电继电器在安装、使用时，应避免振动及阳光、灯光等其他光线的干扰。

2.2.4　断相与相序保护继电器

断相与相序保护继电器用于三相交流电动机控制电路中，作为断相保护及在不可逆转传动设备中作相序保护。该电器适用范围广、使用方便，其实物图如图 2-15 所示。

2.2.5　电子式液位继电器

电子式液位继电器可用于工业生产及家用水塔水位自动控制，其实物图如图 2-16 所示。通常液位继电器需要连接 3 个探针，其中 1 个探针放置于参考位置（最低位），另外 2 个探针分别放置于高水位和低水位。其输出为继电器节点输出。

图 2-15　断相与相序保护继电器

图 2-16　电子式液位继电器

2.2.6　信号继电器

信号继电器是一种保护电器，其实物图如图 2-17 所示，一般用作监控保护，在配电高压柜二次保护回路上应用较多。例如，变压器油温过高，温度继电器常开触头闭合，这个触头串在信号继电器的线圈回路上，导致信号继电器线圈吸合，信号继电器动作，高压开关断开，卸掉该台变压器的负载，从而保护变压器。信号继电器种类繁多，有的直接就是蜂鸣报警或者闪光作为报警信号。

图 2-17　信号继电器

2.2.7　接触式继电器

接触式继电器是从接触器引申出来的。外形像接触器，如图 2-18 所示。该继电器有接触触头，只是容量小，可作控制电磁线圈、信号放大或传递控制信号之用，有的作为中间转换之用，如 JZC1 系列、JZC4 系列。接触式继电器具有结构先进、重量轻、功耗小、使用寿命长、安全可靠，性能指标高等特点。

图 2-18　JZC4 接触式继电器

2.2.8　交直流电流继电器

　　交直流电流继电器其特点是交直流公用，是一种过电流瞬时动作的电磁式继电器，用于交流电压 380V 以下及直流 440V 以下，电流至 1200A 的一次回路中，作为电力系统的过电流保护元件，其实物图如图 2-19 所示。

2.3　其他电器

图 2-19　交直流电流继电器

1. 电机保护器

　　电机保护器（电子热继电器）是以金属电阻电压效应原理实现对电动机各种保护的，有别于热继电器的金属电阻热效应原理，也有别于穿芯式电动机保护器（电子热继电器）中电流互感器磁效应原理。其实物图如图 2-20 所示。

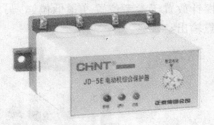

图 2-20　电动机综合保护器

　　电机保护器的优点是：①体积小，方便实现与热继电器互换；②不存在热继电器容易出现的热疲劳及技术参数难以恢复初始状态等问题，保护参数稳定，重复性好；③具有多种保护功能，能够对因断相、过载、堵转、轴承磨损、过电压、欠电压而引起的过电流进行保护；④使用寿命长。因此广泛应用在石油、钢铁、冶金、纺织、化工、水泥、矿山等各行各业。

2. 计数器

　　计数器用于计数控制电路，能按预置的数字接通和分断电路。其实物图如图 2-21 所示。计数信号输入方式有 3 种，即触头信号输入计数、电平信号输入计数（5～30V）、传感器信号输入计数等。

3. 电脑时控开关

　　电脑时控开关适用于在交流电路中作延时定时元件。可按预定的时间接通或断开各种控制电路的电源，适用于路灯、霓虹灯、广告招牌灯、广播电视设备以及各种家用电器中。时控

图 2-21　计数器

开关采用 8 位微处理芯片，直接封装在印制电路板上，采用液晶显示器显示、大功率继电器输出、后备电源时钟等，其实物图如图 2-22 所示。

4. 电流-时间转换器

　　电流-时间转换器如图 2-23 所示，该转换器用于交流电动机减压起动（如丫-△起动、电阻减压起动、自耦变压器减压起动、电抗器减压起动等）过程中以电流或时间为函数自动进行电压的转换。电流-时间转换器有按电流转换和时间转换两种方式，用本装置可以同时取代一个电流继电器和一个时间继电器，而起到电流转换和延时保护的双重功能，专用于笼型电动机在间断周期工作制下实现堵转保护之用。当电动机被堵住或者起动时间过长（超过规定时间）时，自动

切断电源，使电动机停止。此外，本装置也可单独作为时间继电器使用。

图 2-22 电脑时控开关

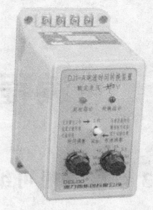

图 2-23 电流-时间转换器

习 题 二

1. 开关电器的种类和各自的适用范围是什么？
2. 剩余电流断路器的工作原理是什么？如何选择剩余电流断路器？
3. 按照工作原理或结构特征继电器可分为哪些类型？举例说明其用途。
4. 电动机的保护电器有哪些？其特点是什么？
5. 固态继电器与普通电压型继电器各自的优缺点是什么？

第二篇

可编程序控制器基本单元

第3章 常用可编程序控制器及基本单元

3.1 可编程序控制器概述

可编程序控制器英文全称是 Programmable Controller，其缩写为 PC，但为了和个人计算机 (Personal Computer，PC) 区别，把可编程序控制器叫做可编程序逻辑控制器 (Programmable Logical Controller)，简称 PLC，但 PLC 已远远超越逻辑控制的概念，它已经成为工业控制中最重要、应用场合最多的工业控制计算机。

国内 PLC 生产厂商约 30 家，比较知名的 PLC 品牌有北京和利时公司生产的 HOLLiAS LK 和 HOLLiAS LM 系列；深圳矩形科技有限公司（原德维森）生产的 ATCS PPS 和 ATCS V80 系列；深圳汇川技术有限公司生产的 H2U 系列；南京德冠科技有限公司生产的嘉华 JH200 和 CA 系列等。当前国产 PLC 市场占有率越来越高，性能与国外 PLC 产品相当，有的技术指标甚至超过国外品牌。

国外主要的品牌厂商有日本的三菱（MITSUBISHI）、欧姆龙（OMRON）、夏普（SHARP）、富士（FUJI），德国西门子（SIEMENS），美国 ROCKWELL 公司所属 A-B 公司、法拉克（GE-FANUC）公司，法国施奈德（SCHNEIDER）等。

3.1.1 可编程序控制器的分类及技术性能指标

1. PLC 的分类

（1）按照输入/输出点数分 按照输入/输出点数分，PLC 可以分为小型机、中性机和大型机。小型机一般是指输入/输出点数在 256 点或以下（FX_{3U} 系列为 384 点），用户存储器容量一般在 4K 左右的可编程序控制器（FX_{3U} 系列为 64K，FX_{2N} 系列为 8K），这类 PLC 的特点是价格低廉、体积较小，适合于控制单台设备和机电一体化产品；中型机的输入/输出点数在 256 ~ 2048 之间，用户存储器在 8K 以上，中型机不仅具有开关量和模拟量控制功能，还具有更强的数字计数能力，有较强的通信能力，指令也更加丰富，适用于复杂的逻辑控制系统及过程控制场合；大型机的输入/输出点数在 2048 点以上，用户存储器在 16K 以上，性能与工业控制计算机相当，具有计算、控制和调节的功能，还具有强大的网络通信能力、冗余能力，大型 PLC 适用于大型设备自动化控制以及自动化监控系统中。

（2）按结构形式分 按照 PLC 结构形式的不同可以将 PLC 分为整体式、模块式和板式。整体式结构是将 PLC 的基本部件，如 CPU 板、输入输出板、电源板等安装在一个标准的机壳内，构成一个整体，组成 PLC 的基本单元，基本单元上设有扩展接口，通过扩展电缆与扩展单元或适配器相连，如 I/O 模块、模拟量处理模块、通信模块等，整体式 PLC 具有体积小、成本低、安装方便等优点，被广泛使用；模块式结构 PLC 是由一些标准模块单元组成，如 CPU 模块、输入输出模块、电源模块及各种功能模块等，这些模块只需按要求插在基板上即可使用，各模块的功能是独立的，外形尺寸一致，可根据需要灵活配置；板式 PLC 一般不加任何封装，直接将 PLC 的 CPU、输入/输出、电源安装在 1 块（或 2 块）电路板上，有的板式 PLC 还增加了模拟量处理单元，这种类型的 PLC 一般价格较低，安装时需要考虑防护的问题。

2. PLC 的主要技术性能指标

（1）I/O 点数　是指 PLC 外部 I/O 端子的总和，这是一个非常主要的技术指标，选择 PLC 时需要考虑 PLC 的输入和输出的点数，并留一定裕量。

（2）扫描速度　即执行 1 步（或 1000 步）指令所需要的时间，FX_{2N} 系列 PLC 执行 1 步指令的时间是 $0.08\mu s$，FX_{3U} 系列 PLC 执行 1 步指令的时间是 $0.065\mu s$。性能越好的 PLC，执行指令的速度越快。

（3）用户存储器容量　是指存储用户程序的存储器空间大小，一般的 PLC 的用户存储器为几 K 到几十 K，大型 PLC 的容量在 1M 以上，这里所指的存储容量是按程序步来指定的，一个存储单位可以存放 1 个程序步，如 8K 容量的存储器可以存放 8000 步用户程序。

（4）指令系统　PLC 的指令系统是衡量其控制功能的主要指标。PLC 的指令种类越多，它的控制功能就越强大。

（5）内部软元件　内部软元件用于存放变量状态、运算中间结果和数据等，还有许多的特殊功能软元件为用户提供特定的功能，因此软元件的配置情况是衡量 PLC 硬件功能的一个指标。

（6）特殊功能模块　PLC 基本单元只能实现基本控制功能，为了实现一些特定的功能，还需要配置特殊功能模块，如 A-D、D-A 模块、高速计数模块、位置控制模块、温度控制模块、通信模块等，因此在配置基本单元的同时还应考虑基本单元是否支持这些特殊功能模块。

3.1.2　可编程序控制器的基本原理

PLC 的工作原理与个人计算机的工作原理是一致的，PLC 是在系统程序的管理下，通过运行用户程序实现控制功能，但是计算机与 PLC 的执行用户程序的方式有所不同，计算机是采用等待任务的工作方式，而 PLC 则采用循环扫描的工作方式。

PLC 的工作模式有两种，即停止模式和运行模式。当处于停止模式时，PLC 只进行内部处理和通信服务；当处于运行模式时，PLC 要进行内部处理、通信服务同时还循环执行输入处理、程序处理和输出处理。

（1）内部处理　在内部处理阶段，PLC 的 CPU 检查内部硬件是否正常，如果硬件出现异常，立即报警并停止执行用户程序，如果硬件没有异常，将监控定时器复位。

（2）通信服务　在通信服务阶段，PLC 能与其他的智能装置通信，响应编程命令等。

（3）输入处理　在 PLC 输入处理阶段，PLC 读入所有输入端子的通断状态，并将读入的状态存入内存中对应的输入映像寄存器中，此时，输入映像寄存器被刷新，然后进入程序执行阶段和输出处理阶段。在后面两个阶段，输入映像寄存器与外界隔离，即使输入信号发生变化，其映像寄存器的内容也不会发生变化，只有在下一个扫描周期的输入处理阶段才能进行刷新。

在 PLC 的存储器中，设置了一片区域用来存放输入信号和输出信号的状态，称为输入映像寄存器和输出映像寄存器。其他软元件也有对应的映像寄存器，它们统称为元件映像寄存器。

（4）程序处理　程序处理即执行用户控制程序，其执行的顺序是从左到右，从上到下，逐句逐行扫描，但遇到流程控制指令，则按照流程控制指令的要求执行，当用户程序中需要输入/

输出状态时，PLC 从输入/输出映像寄存器中读出对应的映像寄存器的状态，按照用户程序进行各种运算，运算结果保存在元件映像寄存器中。因此元件映像寄存器（输入映像寄存器除外）中所寄存的内容，会随程序的执行而变化。

（5）输出处理　在输出处理阶段，PLC 将输出映像寄存器的状态传送到输出锁存器中，并通过输出端子进行输出，用于控制外部设备的运行。在执行输入处理和程序处理时，输出锁存器的状态不会发生变化。

输入处理、程序处理和输出处理执行过程如图 3-1 所示。

输入处理、程序处理、输出处理按照循环的工作方式进行，这也是 PLC 工作方式的一大特点，也可以说 PLC 是"串行"工作的，这和传统的继电控制系统"并行"工作有着质的区别，串行工作方式避免了继电器控制系统中触点竞争和时序失配的问题。

3.1.3　PLC 的编程语言

可编程序控制器常用的编程语言主要有梯形图、指令表、顺序功能图、功能块图、结构文本等。手持编程器多采用指令表（助记符语言）；计算机软件编程采用梯形图语言、指令表也有采用顺序功能图、功能块图的，其中以梯形图最为常用。下面对梯形图和指令表作一简单介绍。

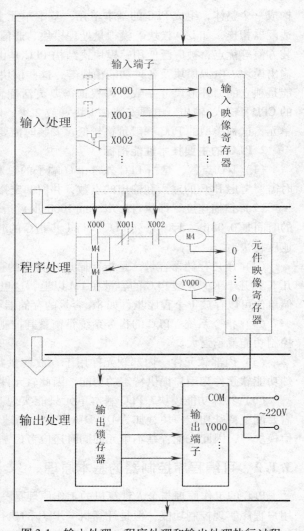

图 3-1　输入处理、程序处理和输出处理执行过程

1. 梯形图

梯形图是一种以图形符号及其在图中的相互关系来表示控制关系的编程语言，梯形图的表达方式沿用了电气控制系统中的继电器-接触器控制电路图的形式，二者的基本构思是一致的，只是使用符号和表达方式有所区别。梯形图直观易懂，易被电气工程人员掌握，特别适合于开关量的逻辑控制。

梯形图自上而下逐行编写，每一行则按从左至右的顺序编写。梯形图通常有左右两条母线，右侧母线可以省略。两母线之间是内部软继电器（软元件）的常开触点、常闭触点，以及软继电器的线圈组成的逻辑行，相当于电路回路。每个逻辑行必须以触点与左母线连接开始，以线圈（或执行类指令）与右母线连接而结束，触点代表逻辑输入条件，如外部的开关、按钮或内部条件等，线圈代表逻辑输出结果，用来控制外部的设备，如指示灯、继电器线圈等。

梯形图中的触点有两种（脉冲触点除外）：即常开触点（┤├）和常闭触点（┤/├），这些触点可以是 PLC 的外接开关对应的内部映像触点，也可以是 PLC 内部继电器触点，或内部定时、计数器的触点。每一个触点都有自己的编号（软元件名称 + 数字编号），以示区别。同一编号的触点在梯形图中可以有常开和常闭两种状态，使用次数不限。梯形图中的触点可以任意的串联、并联、混联，但在绘制触点连接时，必须遵循梯形图的结构规则。PLC 梯形图如图 3-2a 所示。

2. 指令表

指令表编程语言是一种类似于计算机汇编语言中与指令相似的助记符表达式，指令表就是由助记符表达式构成的程序。指令表程序相对梯形图程序而言较难阅读，用户编写程序时可以用助记符直接编写，也可以借助编程软件很容易将梯形图转换成助记符。图 3-2b 为梯形图对应的用助记符表示的指令表。

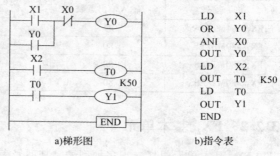

a) 梯形图   b) 指令表

图 3-2　PLC 梯形图与指令表

注意：不同厂家生产的 PLC 所使用的助记符各不相同，因此同一梯形图写成的助记符语句也不相同。用户在使用助记符编程时，必须先弄清 PLC 的型号及内部各软元件编号、使用范围和每一条助记符的使用方法。

本书以三菱 FX$_{3U}$ 和 FX$_{2N}$ 为目标机型，其他三菱系列（及型号）PLC 也可以作为参考，国产 PLC 有部分品牌与三菱系列有很多相似之处，只要学好一种 PLC，再参照 PLC 产品手册，相信对其他品牌 PLC 也可以运用自如。

3.2 三菱 FX$_{3U}$、FX$_{2N}$系列 PLC 基本单元

FX 系列可编程序控制器由基本单元、扩展单元、扩展模块、扩展功能板及适配器等组成。基本单元也就是人们通常所说的 PLC 本体，它是可编程序控制器的核心控制部件。

3.2.1 FX$_{3U}$基本单元

FX$_{3U}$基本单元包括十多种型号，其型号表现形式如下：

$$FX_{3U}—○○M□/□$$

其中"FX$_{3U}$"为系列名称；"○○"为输入输出点数；"M"为基本单元。"□/□"为输入输出方式，"R/ES"指 DC24V（源型/漏型）输入，继电器输出；"T/ES"指 DC24V（源型/漏型）输入，晶体管漏型输出；"T/ESS"指 DC24V（源型/漏型）输入，晶体管源型输出。

FX$_{3U}$基本单元选型见表 3-1。

表 3-1　FX$_{3U}$基本单元选型

型　号	输入输出点数	输入点数	输出点数	输出方式
FX$_{3U}$-16MR/ES	16	8	8	继电器
FX$_{3U}$-16MT/ES	16	8	8	晶体管漏型
FX$_{3U}$-16MT/ESS	16	8	8	晶体管源型
FX$_{3U}$-32MR/ES	32	16	16	继电器
FX$_{3U}$-32MT/ES	32	16	16	晶体管漏型
FX$_{3U}$-32MT/ESS	32	16	16	晶体管源型
FX$_{3U}$-48MR/ES	48	24	24	继电器
FX$_{3U}$-48MT/ES	48	24	24	晶体管漏型
FX$_{3U}$-48MT/ESS	48	24	24	晶体管源型
FX$_{3U}$-64MR/ES	64	32	32	继电器
FX$_{3U}$-64MT/ES	64	32	32	晶体管漏型

（续）

型　　号	输入输出点数	输入点数	输出点数	输出方式
FX$_{3U}$-64MT/ESS	64	32	32	晶体管源型
FX$_{3U}$-80MR/ES	80	40	40	继电器
FX$_{3U}$-80MT/ES	80	40	40	晶体管漏型
FX$_{3U}$-80MT/ESS	80	40	40	晶体管源型

3.2.2　FX$_{2N}$基本单元

FX$_{2N}$基本单元包括二十多种型号，其型号表现形式如下：

$$FX_{2N}—○○M□—△$$

其中"FX$_{2N}$"为系列名称；"○○"为输入输出点数；"M"为基本单元。"□"为输出形式，其中"R"指继电器输出；"T"指晶体管输出；"S"指双向晶闸管输出。

"△"表示其他区分，无符号指 PLC 电源 AC100/240V，内部供电 DC24V；"X"指输入专用；"YR"指输出专用（继电器）；"YS"指输出专用（双向晶闸管）；"YT"指输出专用（晶体管）。

FX$_{2N}$基本单元选型见表 3-2。

表 3-2　FX$_{2N}$基本单元选型

AC 电源，DC24V 供电			DC 电源，DC24V 供电		输入点数	输出点数
继电器输出	晶体管输出	晶闸管输出	继电器输出	晶体管输出		
FX$_{2N}$ – 16MR – 001	FX$_{2N}$ – 16MT – 001	—	—	—	8	8
FX$_{2N}$ – 32MR – 001	FX$_{2N}$ – 32MT – 001	FX$_{2N}$ – 32MS – 001	FX$_{2N}$ – 32MR – D	FX$_{2N}$ – 32MT – D	8	8
FX$_{2N}$ – 48MR – 001	FX$_{2N}$ – 48MT – 001	FX$_{2N}$ – 48MS – 001	FX$_{2N}$ – 48MR – D	FX$_{2N}$ – 48MT – D	8	8
FX$_{2N}$ – 64MR – 001	FX$_{2N}$ – 64MT – 001	FX$_{2N}$ – 64MS – 001	FX$_{2N}$ – 64MR – D	FX$_{2N}$ – 64MT – D	16	16
FX$_{2N}$ – 80MR – 001	FX$_{2N}$ – 80MT – 001	FX$_{2N}$ – 80MS – 001	FX$_{2N}$ – 80MR – D	FX$_{2N}$ – 80MT – D	16	16
FX$_{2N}$ – 128MR – 001	FX$_{2N}$ – 128MT – 001	—	—	—	16	16

3.2.3　基本单元的组成及结构

FX 系列 PLC 基本单元为整体式结构，其外视图如图 3-3 所示。

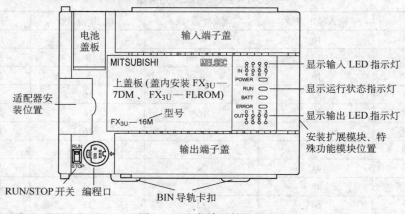

图 3-3　基本单元外视图

基本单元结构框图如图 3-4 所示。

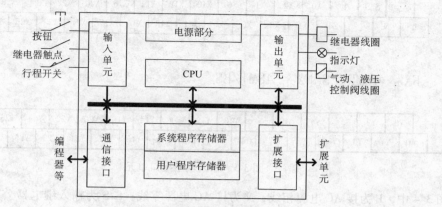

图 3-4　基本单元结构框图

1. CPU

CPU 是整个 PLC 系统的核心，指挥 PLC 有条不紊地进行各种工作。PLC 中常用的 CPU 有 8080、8086、80286、80386，以及单片机 8031、8096，位片式微处理器 AM2900、AM2901、AM2903 等。三菱 FX_{2N} 和 FX_{3U} 使用的 CPU（双 CPU）是与该系列同名的 32 位处理器。

CPU 的主要作用如下：

1）故障诊断。诊断电源、可编程序控制器内部电路的故障，根据故障或错误的类型，显示出相应的信息，以提示用户及时排除故障或纠正错误。

2）检查用户程序。对正在输入的用户程序和 PLC 运行过程中的错误进行检查，发现错误立即输出错误代码并进行相关处理。

3）接收现场的状态或数据信息。将现场输入的信息保存起来，在需要时将其调出并送到需要该数据的地方。

4）执行用户程序并输出运算结果。当 PLC 处于运行状态时，CPU 按照用户程序存放的先后顺序，逐条读取、解释和执行程序，完成用户程序中规定的各种操作，并将程序执行的结果送至输出端口，以控制可编程序控制器的外部负载。

2. 存储器

PLC 的存储器可以分为系统程序存储器、用户程序存储器和工作数据存储器。

1）系统程序存储器。存放由可编程序控制器生产厂家编写的系统监控程序，并固化在 ROM 内，用户不能直接更改。

2）用户程序存储器。用户根据控制要求而编制的应用程序称为用户程序。不同性能的 PLC 其用户存储器容量有所不同，小型的 PLC 的存储容量一般在 8KB 以下，FX_{3U} 用户存储器容量为 64KB，FX_{2N} 用户存储器容量为 8KB。

3）工作数据存储器。用于存放程序运行过程中产生的数据，如元件映像寄存器、累加器、堆栈数据存储器。

3. 输入/输出接口单元

输入/输出单元是 PLC 与外部设备传送状态信号的接口部件，由于外部输入设备和输出设备所需的信号电平是多种多样的，而 PLC 内部 CPU 只能处理标准电平的信息，因此输入/输出单元都具有良好的光电隔离、滤波以及电平转换功能。此外，输入/输出单元设有状态指示灯，使工作状况更直观，便于程序调试和维护。

输入输出接口单元如图 3-5 所示。

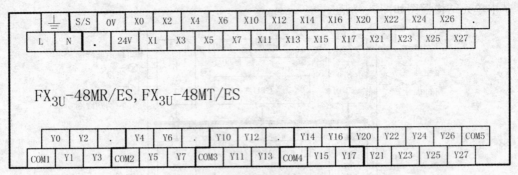

图 3-5　输入输出接口单元

图 3-4 中，L 为接 AC 电源相线；N 为接 AC 电源零线；S/S 为输入继电器公共点；COM1 ~ COM5 为输出公共点；0V、24V 为 PLC 提供给外部的 DC24V 电源（可用于输入继电器电源）；X □为输入信号接口；Y□为输出信号接口；"·"为空端子。

（1）开关量输入接口　开关量输入接口是连接外部开关量输入器件的接口，开关量输入器件包括按钮、选择开关、数字拨码开关、行程开关、接近开关、光敏开关、继电器触点、传感器等。输入接口的作用是把现场开关量（高低电平）信号变成可编程序控制器内部处理的标准信号。

按可接纳的外部信号的类型不同，输入接口可分为直流输入接口和交流输入接口，一般整体式 PLC 中输入接口都采用直流输入，由基本单元提供输入电源，不再需要外接电源。

开关量输入接口的接线方法如图 3-6、图 3-7 所示。

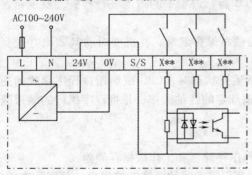

图 3-6　漏型输入接线

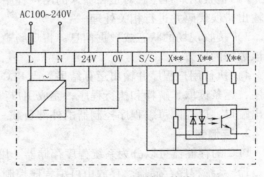

图 3-7　源型输入接线

FX$_{3U}$ 系列 PLC 接线需按图 3-6、图 3-7 所示接成漏型或源型，但 FX$_{2N}$ 系列 PLC 一般都在内部已经接成源型或漏型，不需要连接 S/S 端子。

（2）开关量输出接口　开关量输出接口是 PLC 控制执行机构动作的接口，开关量输出执行机构包括接触器线圈、气动控制阀、液压阀、电磁阀、电磁铁、指示灯、智能装置等设备。开关量输出接口的作用是将 PLC 内部的标准状态信号转换为现场执行机构所需的开关量信号。

开关量输出接口分为三类：

1）继电器输出。如图 3-8 所示，继电器输出采用电磁隔离，用于交流、直流负载，但接

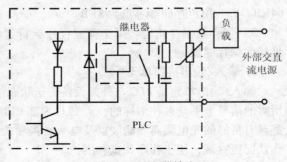

图 3-8　继电器输出

通断开的频率低。

2）晶体管输出。如图 3-9 所示，晶体管输出采用光电隔离，其输出有较高的接通断开频率，只能用于直流负载。

3）双向晶闸管输出。如图 3-10 所示，晶闸管输出采用光触发型双向晶闸管作为输出控制部件，仅适用于交流负载。

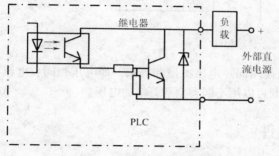 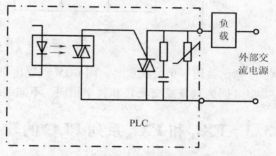

图 3-9　晶体管输出（源型）　　　　　图 3-10　双向晶闸管输出

晶体管输出又分源型输出和漏型输出，源型 COM 端接直流正极，漏型 COM 端接直流负极，如图 3-11、图 3-12 所示。

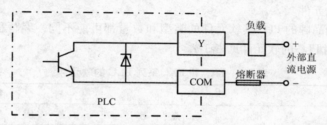

图 3-11　漏型输出

输出电路的负载电源由外部提供，负载电流一般不超过 2A（查看相关手册）。使用中输出电流额定值与负载性质有关。

输出端子有两种接线方式，一种是输出各自独立（无公共点），其接线方法如图 3-13 所示；另一种是每 4～8 个输出点构成一组，共用一个公共点（COM 点），如图 3-14 所示。

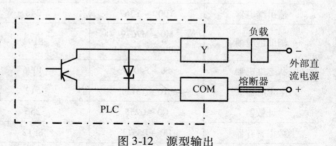

图 3-12　源型输出

COM1	Y000	COM2	Y001	COM3	Y002	COM4	Y003	COM5	Y004

接触器　　　继电器　　　指示灯　　气动控制阀　　其他智能设备

AC380V　　　AC380V　　　DC24V　　DC24V　　　DC24V

图 3-13　输出无公共点接线

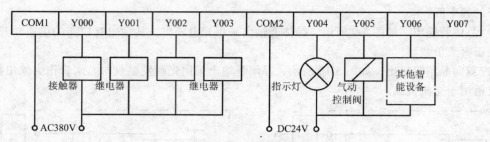

图 3-14　输出有公共点接线

输出共用一个公共点时，同 COM 点输出必须使用同一电压类型和等级，即电压相同、电流类型（同为直流或交流）和频率相同，不同组之间可以用不同类型和等级的电压。

3.3　FX$_{3U}$ 和 FX$_{2N}$ 系列 PLC 的软元件

在电气控制中，为了实现某一控制功能，会使用到各种电器元件，如接触器、中间继电器、时间继电器等，这些元器件我们可把它称为硬元件。在 PLC 内部也有实现各种不同功能的元件，这些元件是虚拟元件，它是由监控程序生成的，是等效硬元件的模拟抽象元件，并非实际物理元件，因此把它叫做软元件。

不同厂家、不同品牌的 PLC 其软元件的类型和数量都可能不同，编写程序时需查看相关手册。FX$_{3U}$ 和 FX$_{2N}$ 系列 PLC 的软元件见表 3-3。

表 3-3　FX$_{3U}$ 和 FX$_{2N}$ 系列 PLC 的软元件

软元件名称	FX$_{3U}$		FX$_{2N}$	
	范　围	点　数	范　围	点　数
输入继电器	X000 ~ X367	248	X0 ~ X267	184
输出继电器	Y000 ~ Y367	248	Y0 ~ Y267	184
辅助继电器	M0 ~ M7679 M8000 ~ M8511	8192	M0 ~ M3071 M8000 ~ M8255	3328
状态继电器	S0 ~ S4095	4096	S0 ~ S999	1000
定时器	T0 ~ T511	512	T0 ~ T255	256
计数器	C0 ~ C255	256	C0 ~ C255	256
数据寄存器	D0 ~ D8511	8512	D0 ~ D8195	8196
变址寄存器	V0 ~ V7	8	V0 ~ V7	8
	Z0 ~ Z7	8	Z0 ~ Z7	8
文件寄存器	D1000 ~ D7999 R0 ~ R32767	7000 + 32768	D1000 ~ D7999	7000
扩展文件寄存器	ER0 ~ ER32767	32768	×	×
指针	P0 ~ P4095	4096	P0 ~ P127	128
	I0 * * ~ I5 * *	6	I0 * * ~ I5 * *	6
	I6 * * ~ I8 * *	3	I6 * * ~ I8 * *	3
	I010 ~ I060	6	I010 ~ I060	6
嵌套	N0 ~ N7	8	N0 ~ N7	8

（续）

软元件名称	FX₃U		FX₂N	
	范　围	点　数	范　围	点　数
常数	10 进制 K	—	10 进制 K	—
	16 进制 H		16 进制 H	
	实数 E	—	实数 E	—
	字符串 ""	不定	×	×
位字	Kn□	不定	Kn□	不定
字位	D□.b	不定	×	×
缓冲寄存器 BFM 字	U□\G□	不定	×	×

1. 输入继电器（X）

输入继电器与 PLC 的输入端子相连，用于接收外部开关量信号，通过输入端子将外部输入状态读入到输入映像寄存器。FX₃U 和 FX₂N 系列 PLC 的输入继电器均采用八进制地址编号，如 X000、X001～X007；X010、X011～X017，而没有 X008、X009、X018、X019 等编号。

FX₃U 输入继电器分配区间：X000～X367，共 248 个点。

FX₂N 输入继电器分配区间：X000～X267，共 184 个点。

输入继电器受外部电路驱动（硬驱动），而不受执行类指令驱动，如 "OUT X000"、"SET X010" 等指令是错误的。

2. 输出继电器（Y）

输出继电器与 PLC 的输出端子相连，是 PLC 向控制部件发送控制信号的窗口，再由控制部件驱动外部负载。当 PLC 的输出继电器动作后，程序中的软触点动作，同时输出单元中的硬件继电器（也可是晶体管或晶闸管）也动作，注意输出继电器在程序中可以多次使用，但输出的硬件继电器只有一个常开触点可以使用。FX₃U 和 FX₂N 系列 PLC 的输出继电器也采用八进制地址编号，如 Y000、Y001～Y007；Y010、Y011～Y017，没有 Y008、Y009、Y018、Y019 等编号。

FX₃U 输出继电器分配区间：Y000～Y367，共 248 个点；

FX₂N 输出继电器分配区间：Y000～Y267，共 184 个点。

FX₃U 输入继电器和输出继电器总点数不超过 384 点，FX₂N 输入继电器和输出继电器总点数不超过 256 点。

3. 辅助继电器（M）

（1）一般辅助继电器　一般辅助继电器相当于电气控制中的中间继电器，只是辅助继电器的触点在程序中可以无限次的使用，而中间继电器的触点使用次数是有限的。辅助继电器触点不能直接驱动外部负载，它只在程序运算过程当中起辅助运算作用，例如可以用它来保存逻辑运算中间结果、可以用来作为标志位等。

FX₃U 和 FX₂N 系列 PLC 一般通用继电器分配区间：M0～M499，共 500 个点。

（2）保持型辅助继电器　保持型辅助继电器与一般辅助继电器不同的是它可以保持电源中断时瞬间的状态，重新通电后恢复该状态。保持型辅助继电器是由锂电池保持 RAM 中映像寄存器的内容，或将之存入 EEPROM 中。

保持型辅助继电器 FX₃U 系列分配区间为 M500～M7679，共 7180 个点，其中 M500～M1023 区间可以通过参数单元设置为一般辅助继电器；FX₂N 系列分配区间为 M500～M3071，共 2572 个点，其中 M500～M1023 区间也可以通过参数单元设置为一般辅助继电器。

（3）特殊辅助继电器　特殊辅助继电器是执行特殊功能的辅助继电器，是系统赋予的功能，不能由用户编写程序定义其功能。

　　FX_{3U} 系列 PLC 特殊辅助继电器的分配区间：M8000 ~ M8511；

　　FX_{2N} 系列 PLC 特殊辅助继电器的分配区间：M8000 ~ M8255。

　　常用的特殊辅助继电器有：

　　M8000：运行监控常开触点（PLC 运行时接通）。

　　M8001：运行监控常闭触点（PLC 运行时断开）。

　　M8002：PLC 初始化脉冲（PLC 运行时接通一个脉冲）。

　　M8003：PLC 初始化脉冲（PLC 运行时断开一个脉冲）。

　　M8011：10ms 周期脉冲输出（接通 5ms，断 5ms）。

　　M8012：100ms 周期脉冲输出（接通 50ms，断 50ms）。

　　M8013：1s 周期脉冲输出（接通 500ms，断 500ms）。

　　M8014：1min 周期脉冲输出（接通 30s，断 30s）。

　　M8020：运算结果为 0 标志。

　　M8021：减法运算结果超过最大负值标志。

　　M8022：减法运算结果进位或移位结果发生溢出时接通。

　　M8034：禁止所有输出。

　　M8035：强制运行模式。

　　M8036：强制运行标志。

　　M8037：强制停止。

　　M8040：禁止转移（状态转移程序有效）。

　　M8041：转移开始（状态转移程序有效）。

　　M8042：启动脉冲（状态转移程序有效）。

　　M8043：原点回归结束（状态转移程序有效）。

　　M8044：原点条件（状态转移程序有效）。

　　M8045：切换模式，不执行所有输出（状态转移程序有效）。

　　M8046：TLT 动作状态，当 M8047 接通时除报警专用状态外，其他状态其中有一个接通，则 M8046 接通（状态转移程序有效）。

　　M8047：STL 监控有效（状态转移程序有效）。

　　其他特殊辅助继电器功能查看附录 B。

　　4. 状态继电器（S）

　　状态继电器是步进顺序控制编程所需要的软元件，需要与 STL 指令组合使用，如果不进行步进顺序控制，状态继电器也可以作为辅助继电器使用。

　　FX_{3U} 系列 PLC 状态继电器的分配区间（在顺序控制程序中时）：

　　S0 ~ S9：初始状态。

　　S10 ~ S19：回零状态。

　　S20 ~ S499：一般状态继电器。

　　S500 ~ S899 及 S1000 ~ S4095：保持用状态继电器。

　　S900 ~ S999：报警专用状态继电器。

其中 S500 ~ S899 可以通过参数设定为一般状态继电器。

　　FX_{2N} 系列 PLC 状态继电器的分配区间（在顺序控制程序中时）：

　　S0 ~ S9：初始状态。

　　S10 ~ S19：回零状态。

S20 ~ S499：一般状态继电器。

S500 ~ S899：保持型状态继电器，这一区间可以通过参数设定为一般状态继电器。

S900 ~ S999：报警专用状态继电器。

5. 定时器（T）

定时器类似电气控制电路中的时间继电器，用于程序中时间的设定。定时器由两个寄存器（当前值和设定值寄存器）和一个无限次使用的触点组成（包括常开和常闭）。

FX_{3U} 系列 PLC 定时器的分配区间：

T0 ~ T199：100ms 定时器。

T200 ~ T245：10ms 定时器。

T246 ~ T249：1ms 保持型（积算）定时器。

T250 ~ T255：100ms 保持型定时器。

T256 ~ T511：1ms 定时器。

FX_{2N} 系列 PLC 定时器的分配区间：

T0 ~ T199：100ms 定时器。

T200 ~ T245：10ms 定时器。

T246 ~ T249：1ms 保持型定时器。

T250 ~ T255：100ms 保持型定时器。

6. 计数器（C）

计数器是用于程序中记录触点接通次数的软元件，计数器与定时器一样由两个寄存器（当前值和设定值寄存器）和一个无限次使用的触点组成（包括常开和常闭）。

FX_{3U} 和 FX_{2N} 系列 PLC 计数器的分配区间：

C0 ~ C99：16 位一般计数器。

C100 ~ C199：16 位保持型计数器。

C200 ~ C219：32 位双向计数器。

C220 ~ C234：32 位保持型双向计数器。

C235 ~ C255：高速计数器。

FX_{3U}、FX_{2N} 高速计数器分配区间见表 3-4。

表 3-4　FX_{3U}、FX_{2N} 高速计数器（32 位）分配区间

计数方式	计数器编号	硬件/软件计数	输入端子分配							
			X0	X1	X2	X3	X4	X5	X6	X7
单向单计数输入	C235	硬件计数	加减							
	C236	硬件计数		加减						
	C237	硬件计数			加减					
	C238	硬件计数				加减				
	C239	硬件计数					加减			
	C240	硬件计数						加减		
	C241	软件计数	加减	复位						
	C242	软件计数			加减	复位				
	C243	软件计数					加减	复位		
	C244	软件计数	加减	复位					启动	
	C244	硬件计数							加减	
	C245	软件计数			加减	复位				启动
	C255	硬件计数								加减

（续）

计数方式	计数器编号	硬件/软件计数	输入端子分配							
			X0	X1	X2	X3	X4	X5	X6	X7
单向双计数输入	C246	硬件计数	加	减						
	C247	软件计数	加	减	复位					
	C248	软件计数				加	减	复位		
	C248	硬件计数				加	减			
	C249	软件计数	加	减	复位				启动	
	C250	软件计数				加	减	复位		启动
双向双计数输入	C251	硬件计数	A 相	B 相						
	C252	软件计数	A 相	B 相	复位					
	C253	硬件计数				A 相	B 相	复位		
	C253	软件计数				A 相	B 相			
	C254	软件计数	A 相	B 相	复位				启动	
	C255	软件计数				A 相	B 相	复位		启动

注：有底纹的为 FX$_{3U}$ 系列 PLC 特有的计数器，通过特殊辅助继电器 M8380 ~ M8392 可设定为硬件计数或软件计数。硬件计数是指用输入点进行计数的方式；软件计数是通过功能指令进行计数的方式，如 HSZ、HSCS、HSCR 等指令。

7. 数据寄存器（D）

数据寄存器是保存数值数据和字符数据等用途的软元件，1 个数据寄存器只能存放 16 位数据，将 2 个数据寄存器组合后就可以保存 32 位数值数据。

FX$_{3U}$ 系列 PLC 数据寄存器的分配区间：

D0 ~ D199：一般数据寄存器。

D200 ~ D511：保持型数据寄存器（可修改）。

D512 ~ D7999：停电保持专用数据寄存器。

D8000 ~ D8511：特殊数据寄存器。

其中 D1000 ~ D7999 可作为文件寄存器使用。

FX$_{2N}$ 系列 PLC 数据寄存器的分配区间：

D0 ~ D199：一般数据寄存器。

D200 ~ D511：保持型数据寄存器（可修改）。

D512 ~ D7999：停电保持专用数据寄存器。

D8000 ~ D8255：特殊数据寄存器。

其中 D1000 ~ D7999 可作为文件寄存器使用。

D8000 ~ D8476 为特殊功能数据寄存器，常用的有：

D8013：实时时钟（0 ~ 59s）。

D8014：实时时钟（0 ~ 59min）。

D8015：实时时钟（0 ~ 23h）。

D8016：实时时钟（1 ~ 31 日）。

D8017：实时时钟（1 ~ 12 月）。

D8018：实时时钟（0 ~ 99 年）。

D8019：实时时钟（0 ~ 6 周）。

D8040 ~ D8047：S0 ~ S899、S1000 ~ S4095 中 ON 状态的编号从小到大保存到 D8040 ~ D8047 中，其他特殊数据寄存器功能查看附录 B。

8. 变址寄存器（V、Z）

FX$_{3U}$ 和 FX$_{2N}$ 系列 PLC 中有 16 个变址寄存器 V0 ~ V7、Z0 ~ Z7，在 32 位操作时 V、Z 合并使用，V 为高位，Z 位低位。变址寄存器用于改变软元件的地址，如 V7 = 10 时，数据寄存器 D10V7 则指的是数据寄存器 D20，变址寄存器也可以是常数组合（FX$_{3U}$），例如 K50Z7 相当于常数 60。

9. 文件寄存器（D、R）**和扩展文件寄存器**（ER）

文件寄存器是对相同地址数据寄存器设定初始值的软元件（FX$_{3U}$ 和 FX$_{2N}$ 系列相同），通过参数设定，可以将 D1000 及以后的数据寄存器定义为文件寄存器，最多可以到 D7999，可以指定 1 ~ 14 个块（每个块相当于 500 点文件寄存器），但是每指定一个块将减少 500 步程序内存区域。

文件寄存器 R 和扩展文件寄存器（ER）则是 FX$_{3U}$ 特有，R 是扩展数据寄存器（D）用的软元件，通过电池进行停电保持。使用存储器盒时，文件寄存器 R 的内容也可以保存在扩展文件寄存器（ER）中，而不必使用电池保护。

文件寄存器 R 可以作为数据寄存器来使用，处理各种数值数据，可以用通用指令进行操作，如 MOV、BIN 指令等，但在作为文件寄存器使用时必须使用专用指令（FNC290 ~ 295）进行操作。

FX$_{3U}$ 系列 PLC 文件寄存器的分配区间是 R0 ~ R32767；

扩展文件寄存器的分配区间是 ER0 ~ ER32767。

分别可分为 16 个段，即段 0 ~ 段 15，每个段 2048 个寄存器。

10. 指针（P、I）

P 是分支用指针，是 CJ（跳转）和 CALL（调用）指令跳转或调用指令的位置标签。

FX$_{3U}$ 系列 PLC 分支用指针的分配区间是 P0 ~ P62、P64 ~ P4095；其中 P63 表示跳转到 END 步，在程序中不可标注位置，即在 END 步前不标注 P63。

FX$_{2N}$ 系列 PLC 分支用指针的分配区间是 P0 ~ P62、P64 ~ P127；其中 P63 表示跳转到 END 步，在程序中不可标注位置。

I 是中断指针，中断包括 3 种中断方式，即输入中断、定时器中断和计数器中断，这些中断需要和应用指令 EI（允许中断）、IRET（中断返回）、DI（禁止中断）一起使用。

1）输入中断。FX$_{3U}$ 和 FX$_{2N}$ 系列 PLC 的输入中断分配见表 3-5。

表 3-5　**FX$_{3U}$ 和 FX$_{2N}$ 系列 PLC 的输入中断分配**

中断输入	中断指针		禁止中断标志位
	上升沿中断	下降沿中断	
X000	I001	I000	M8050
X001	I101	I100	M8051
X002	I201	I200	M8052
X003	I301	I300	M8053
X004	I401	I400	M8054
X005	I501	I500	M8055

注：输入中断要求接通（上升沿）或者断开（下降沿）时间在 5μs 以上。

2）定时器中断。FX$_{3U}$ 和 FX$_{2N}$ 系列 PLC 的定时器中断分配了 3 个点，即 I6□□、I7□□、I8□□，指针名称后面的 □□ 是设定定时器中断的时间，单位为 ms，如 I655 表示每 55ms 执行一次中断程序。

3）计数器中断。计数器中断是根据 DHSCS（高速计数器用比较置位）指令的结果执行的中断，当计数器当前值与比较值相等时执行中断程序，FX$_{3U}$ 和 FX$_{2N}$ 系列 PLC 计数器中断指针分配区间为 I010、I020、I030、I040、I050、I060 共 6 个点。

11. 常数（K、H、E、" "）

1）常数 K。K 表示十进制整数的符号，主要用于指定定时器和计数器的设定值或是应用指令的操作数中的数值，十进制常数的指定范围如下。

16 位数据时：K – 32768 ~ K32767；32 位数据时：K – 2147483648 ~ K2147483647。

2）常数 H

H 表示十六进制数的符号，主要用于指定应用指令的操作数的数值，也可以用于指定 BCD 数据，十六进制常数的指定范围如下：

16 位数据时：H0 ~ HFFFF；32 位数据时：H0 ~ HFFFFFFFF。

3）常数 E。E 是表示实数（又叫浮点数）的符号，用于指定应用指令的操作数，实数的指定范围为：

$$-1.0 \times 2^{128} ~ -1.0 \times 4^{-126}；0；1.0 \times 4^{-126} ~ 1.0 \times 2^{128}$$

设定方法是：将实数直接进行指定，如把实数 100.12 送入到 D0 可以用以下指令表示：

DEMOV　E100.12　D0

也可以用"数值 + 指数"形式进行指定，例如：

DEMOV　E1.0012 + 2　D0

4）字符串""。字符串操作是 FX$_{3U}$ 系列 PLC 特有的功能，使用专用的指令进行操作。字符串可分为字符串常数和字符串数据，字符串常数采用程序中直接指定字符串的 ASCII 码的方式表示，字符串数据是从指定软元件开始到 NUL 代码（00H）为止，以字节为单位的一串 ASCII 数据称为一个字符串。

12. 位字（Kn□ 即位组合成字）

位字是 FX$_{3U}$ 和 FX$_{2N}$ 系列 PLC 通用的字元件。对于位元件 X、Y、M、S，仅处理 ON/OFF 状态信息，但通过多个位元件的组合也可以把位元件组合为字而进行数值处理，即可用 Kn + 起始位软元件的地址来表示，其中 n 表示以 4 为单位的软元件组，如 K2Y000 表示 Y000 ~ Y007 软元件组成的 8 位数据，K4M100 表示 M100 ~ M115 组成的 16 位数据，16 位数据时可以指定 n 为 1 ~ 4，32 位时可以指定 n 为 1 ~ 8。

13. 字位（D□. b 即字元件中的位）

字位是字元件（数据寄存器 D）中的位，可以作为位元件使用，字位是 FX$_{3U}$ 特有的功能，其表现形式为"D□. b"，其中□是字元件的地址，b 为字元件的位数指定。如置位 D100 的 bit15 位可以用指令"SET D100. F"。通常情况下，字位与普通的位元件使用方法相同，但其使用过程中不能进行变址操作。

14. 缓冲寄存器 BFM 字（U□ \ G□）

FX$_{2N}$ 系列和 FX$_{3U}$ 系列 PLC 读取缓冲寄存器均可采用 FROM 和 TO 指令实现，FX$_{3U}$ 系列 PLC 还可通过缓冲寄存器 BFM 字直接存取方式实现，其缓冲寄存器 BFM 字表现形式为 U□ \ G□，其中"U□"表示模块号，"G□"表示 BFM 号，例如读取 0#模块 20#缓冲寄存器到 D0，可用指令"MOV U0 \ G20 D0"完成。

习　题　三

1. 可编程序控制器的主要技术性能指标有哪些？如何选用可编程序控制器？
2. 叙述可编程序控制器的工作原理。它与电器控制的工作原理有何异同？
3. 可编程序控制器的输入/输出方式有哪些？有什么特点？
4. 可编程序控制器有哪些位元件和字元件？输入/输出继电器有什么特点？
5. 什么是特殊功能辅助继电器和特殊功能寄存器？各有何用途？

第 4 章　FX₃ᵤ 和 FX₂ₙ 逻辑指令及应用

4.1　逻辑指令

FX 系列 PLC 指令分为 3 大类，即逻辑指令（又叫基本指令）、顺控指令和功能指令（又叫应用指令）。逻辑指令是执行简单逻辑运算操作的指令，主要是对位元件（或位信息）进行操作，也包括部分非位元件操作的指令，如 NOP、END 指令。以下介绍逻辑指令。

FX₃ᵤ 系列 PLC 有 29 条逻辑指令，FX₂ₙ 系列 PLC 有 27 条逻辑指令，见表 4-1。

表 4-1　逻辑指令表

类别	符号	名称	功能	操作元件	FX₃ᵤ	FX₂ₙ
触点类指令	LD	取	常开触点逻辑运算开始	X、Y、M、S、D□.b、T、C	√	√
	LDI	取反	常闭触点逻辑运算开始	X、Y、M、S、D□.b、T、C	√	√
	LDP	取上升沿脉冲	检测到上升沿运算开始	X、Y、M、S、D□.b、T、C	√	√
	LDF	取下降沿脉冲	检测到下降沿运算开始	X、Y、M、S、D□.b、T、C	√	√
	AND	与	串联常开触点	X、Y、M、S、D□.b、T、C	√	√
	ANI	与反	串联常闭触点	X、Y、M、S、D□.b、T、C	√	√
	ANDP	与上升沿脉冲	检出上升沿的串联连接	X、Y、M、S、D□.b、T、C	√	√
	ANDF	与下降沿脉冲	检出下降沿的串联连接	X、Y、M、S、D□.b、T、C	√	√
	OR	或	并联常开触点	X、Y、M、S、D□.b、T、C	√	√
	ORI	或反	并联常闭触点	X、Y、M、S、D□.b、T、C	√	√
	ORP	或上升沿脉冲	检出上升沿的并联触点	X、Y、M、S、D□.b、T、C	√	√
	ORF	或下降沿脉冲	检出下降沿的并联触点	X、Y、M、S、D□.b、T、C	√	√
执行类指令	OUT	输出	线圈驱动输出	Y、M、S、D□.b、T、C	√	√
	SET	置位	线圈置位	Y、M、S、D□.b	√	√
	RST	复位	线圈复位	Y、M、S、D□.b、T、C、D、R、V、Z	√	√
	PLS	上升沿脉冲	运算结果为 0→1 瞬间，输出一个脉冲	Y、M	√	√
	PLF	下降沿脉冲	运算结果为 1→0 瞬间，输出一个脉冲	Y、M	√	√
结合类指令	ANB	块与	并联块的串联连接	—	√	√
	ORB	块或	串联块的并联连接	—	√	√
	MPS	存储进堆栈	将运算结果压入堆栈	—	√	√
	MRD	读取堆栈	读取堆栈	—	√	√
	MPP	读取并出堆栈	读取并清楚堆栈当前层	—	√	√
	INV	反转	运算结果取反	—	√	√
	MEP	M.E.P	运算结果有上升沿导通	—	√	×
	MEF	M.E.F	运算结果有下降沿导通	—	√	×
主控	MC	主控开始	连接到母线公共触点	—	√	√
	MCR	主控结束	解除连接到母线的公共触点	—	√	√
其他	NOP	空操作	不进行处理	—	√	√
	END	结束	程序结束	—	√	√

注：表中 D□.b 只适用于 FX₃ᵤ 系列 PLC。

逻辑指令通常在程序中占用一个程序步，但以下情况例外。OUT 指令在步进顺序控制程序中指定跳转方向时占用 2 个程序步，在驱动 D□.b 时占用 3 个程序步，驱动定时器和计数器占用

3 个程序步，驱动高速计数器时占用 5 个程序步；SET 指令在步进顺序控制程序中指定转移方向时占用 2 个程序步，在驱动 D□. b 时占用 3 个程序步；脉冲触点占用 2 个程序步，脉冲触点操作元件为 D□. b 时占用 3 个程序步。此外，MC 指令占用 3 个程序步；MCR 占用 2 个程序步。

4.1.1　触点类指令

1. LD 和 LDI 指令

LD 和 LDI 是连接母线的触点指令，LD 表示连接母线的常开触点，LDI 表示连接母线的常闭触点，LD 和 LDI 还可用于块操作（块的开始）以及在顺序控制中连接状态元件。LD 和 LDI 连接母线时的梯形图如图 4-1 所示。

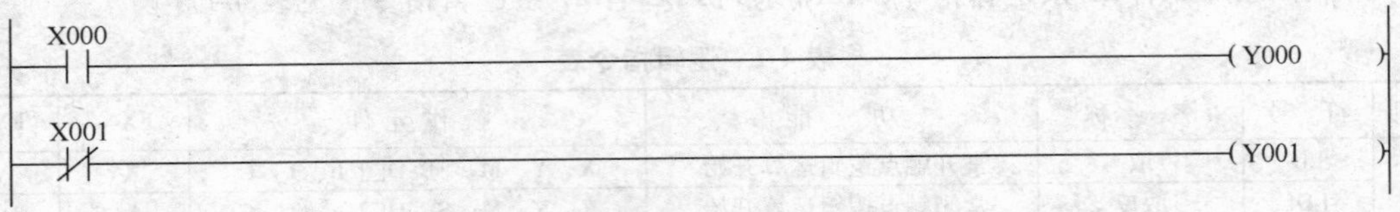

图 4-1　LD 和 LDI 指令应用的梯形图

图 4-1 第一个回路中连接左母线是 X000，且为常开，第二个回路连接左母线是 X001，且为常闭，因此用指令表达为：

0	LD X000	2	LDI X001
1	OUT Y000	3	OUT Y001

对于 FX$_{3U}$系列 PLC，LD 和 LDI 还可以执行变址操作，其梯形图如图 4-2 所示。

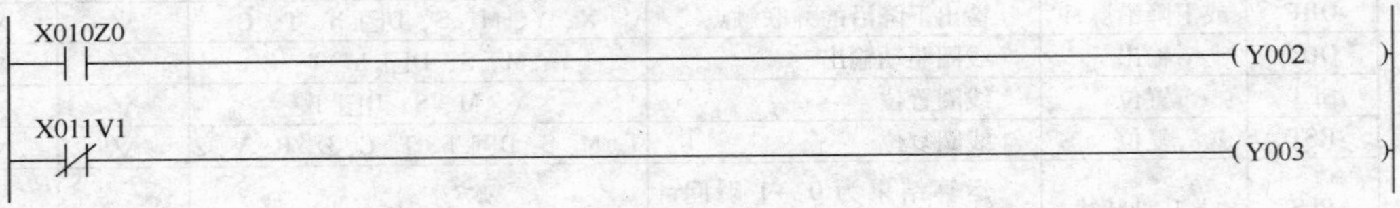

图 4-2　LD 和 LDI 变址操作梯形图

图 4-2 中，如 Z0 = 2，V1 = 5，则 X012 为 ON 时，Y002 得电，当 X016 为 ON 时，Y003 断电。**使用变址触点时需注意**，状态继电器 S、字位 D□. b、特殊辅助继电器 M8□□□和 32 位计数器不能执行变址操作。FX$_{2N}$系列 PLC 不能执行变址操作。

2. AND 和 ANI 指令

AND 和 ANI 指令是执行与逻辑的指令，表示与前一个（左边）触点或电路块的串联关系，AND 是串联常开触点，ANI 是串联常闭触点。其梯形图表现形式如图 4-3 所示。

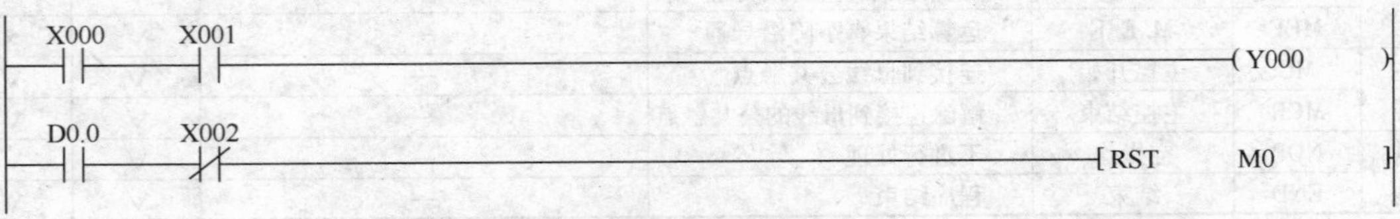

图 4-3　AND 和 ANI 指令的梯形图表现形式

图 4-3 用指令表达形式为：

0 LD X000	3 LD D0.0
1 AND X001	6 ANI X002
2 OUT Y000	7 RST M0

对于 FX₃U系列 PLC，AND 和 ANI 指令也可以进行变址操作，其规则与 LD 和 LDI 指令相同。

3. OR 和 ORI 指令

OR 和 ORI 指令是执行或逻辑的指令，表示与上一个触点或电路块的并联关系，OR 是并联常开，ORI 指令是并联常闭触点。其梯形图如图 4-4 所示。

图 4-4　OR 和 ORI 指令应用的梯形图

图 4-4 用指令表达形式为：

0 LD X000	4 LD X002
1 OR Y000	5 ORI X003
2 AND X001	6 SET D0.0
3 OUT Y000	

对于 FX₃U系列 PLC，OR 和 ORI 指令也可以进行变址操作，其规则与 LD 和 LDI 相同。

4. LDP、LDF、ANDP、ANDF、ORP、ORF 指令

LDP、LDF、ANDP、ANDF、ORP、ORF 指令是触点脉冲化的指令，其中 LDP、ANDP、ORP 指令是检测上升沿的触点指令，LDF、ANDF、ORF 指令是检测下降沿的触点指令。

LDP 指令：连接左母线，且该指令驱动的位元件由 0→1 瞬间接通一个脉冲。

LDF 指令：连接左母线，且该指令驱动的位元件由 1→0 瞬间接通一个脉冲。

ANDP 指令：与其他触点或电路块串联，且该指令驱动的位元件由 0→1 瞬间接通一个脉冲。

ANDF 指令：与其他触点或电路块串联，且该指令驱动的位元件由 1→0 瞬间接通一个脉冲。

ORP 指令：与其他触点或电路块并联，且该指令驱动的位元件由 0→1 瞬间接通一个脉冲。

ORF 指令：与其他触点或电路块并联，且该指令驱动的位元件由 1→0 瞬间接通一个脉冲。

LDP、LDF、ANDP、ANDF、ORP、ORF 指令的梯形图表现形式如图 4-5 所示。

图 4-5 用指令形式表达为：

0 LDP X000	12 LD X001
2 SET Y000	13 ANDF X003
3 LDF X001	15 DEC D0
5 RST Y000	18 LDP X000
6 LD X000	20 ORP X001
7 ANDP X002	22 ORF X004
9 INC D0	24 SET M0

图 4-5　触点脉冲化指令的梯形图表现形式

LDP、LDF、ANDP、ANDF、ORP、ORF 指令对于 FX$_{3U}$ 和 FX$_{2N}$ 系列 PLC 均不能进行变址操作。

4.1.2　执行类指令

1. OUT 指令

OUT 指令是对输出继电器（Y）、辅助继电器（M）、状态继电器（S）、定时器（T）、计数器（C）及字位（D□.b）的线圈驱动的指令，当驱动回路为 ON 时，OUT 指定的位元件得电，触点动作，当驱动回路为 OFF 时，OUT 指定的位元件失电，触点复位。OUT 指令的梯形图表现形式如图 4-6 所示。

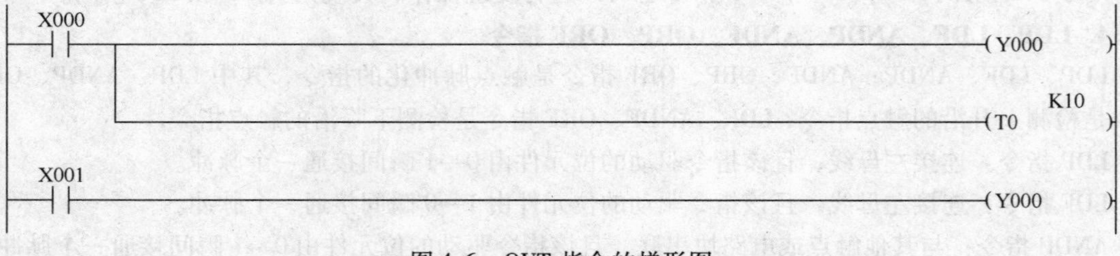

图 4-6　OUT 指令的梯形图

OUT 指令可以连续使用，但同一编号软元件在程序中只能驱动一次，否则出现双（多）线圈，如图 4-6 所示，第一个回路连续输出 OUT Y000，OUT T0 K10，是完全可以的，但第二个回路中又出现 OUT Y000，这样就出现了双线圈，这是编程不允许的。

对于 FX$_{3U}$ 系列 PLC，OUT 指令也可以进行变址操作，其梯形图如图 4-7 所示。

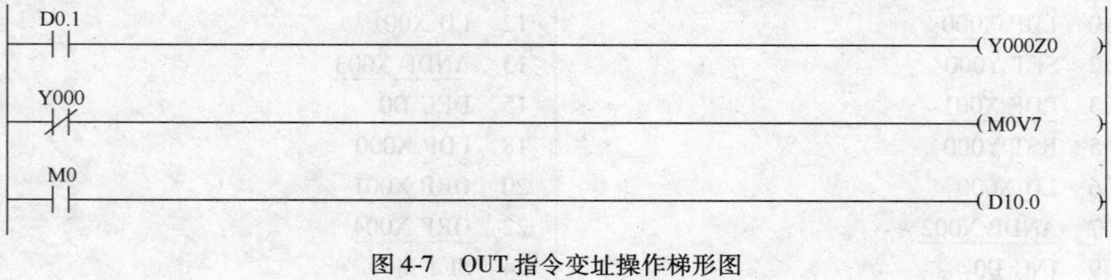

图 4-7　OUT 指令变址操作梯形图

状态继电器 S、字位 D□.b、特殊辅助继电器 M8□□□和 32 位计数器不能执行变址操作，如图 4-7 中第三个回路是不能执行变址操作的。FX₂N系列 PLC 不能执行变址操作。

2. SET 和 RST 指令

SET 指令是位元件（Y、M、S、D□.b）置位指令，当驱动回路为 ON 时（1 个脉冲即可），SET 指令立刻置位指定的位元件（T、C 不能置位），置位后即使驱动的回路为 OFF，SET 指令指定的位元件也保持为 ON。

RST 指令执行 SET 指令的逆操作，当 RST 指令被驱动后，立即复位指定的位元件，同时 RST 指令还可以复位字元件，例如 D、V、Z、R，使字元件中的数据为 0。

SET、RST 指令表现形式如图 4-5 所示。

对于 FX₃U系列 PLC，SET 指令可以对 Y 和 M（特殊辅助继电器除外）进行变址操作，而 S 元件和字位不能进行变址操作。RST 指令可以对 Y 和 M（特殊辅助继电器除外）以及定时器 T 和 16 位计数器 C 进行变址操作，字元件不能进行变址操作。

对于 FX₂N系列 PLC 不能进行变址操作。

3. PLS 和 PLF 指令

PLS 是上升沿脉冲输出指令，驱动 PLS 指令回路接通时的一个扫描周期内，指定的软元件（Y、M）输出一个脉冲。

PLF 是下降沿脉冲输出指令，驱动 PLF 指令回路断开时的一个扫描周期内，指定的软元件输出一个脉冲。PLS、PLF 指令的梯形图表现形式和时序图如图 4-8 所示。

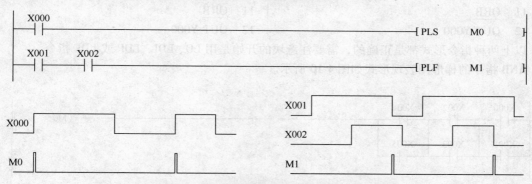

图 4-8　PLS 和 PLF 指令的梯形图表现形式和时序图

用指令表现形式为：

0	LD X000		4	AND X002
1	PLS M0		5	PLF M1
3	LD X001			

当 X000 由 0→1 的瞬间 PLS 指令驱动 M0 接通 1 个脉冲，当 X001 和 X002 同时接通，然后断开（运算结果 1→0）瞬间，PLF 指令使 M1 接通 1 个脉冲。

PLS 和 PLF 只对软元件 Y 和 M 有效，且 FX₃U系列 PLC 可以进行变址（特殊 M 除外）操作。

4.1.3　结合类指令

1. ORB 和 ANB 指令

ORB 指令是串联块的并联指令，ANB 指令是并联块的串联指令。串联块是指两个以上触点串联组成的块，并联块是指两个以上触点并联组成的块，对于块操作必须要使用块操作 ORB 和 ANB 指令。

ORB 指令的梯形图表现形式如图 4-9 所示。

图 4-9 ORB 指令的梯形图表现形式

其指令表现形式为:

0	LD M0	或者	0	LD M0
1	AND M1		1	AND M1
2	LD D0. 0		2	LD D0. 0
5	AND D0. 1		5	AND D0. 1
8	LDI S0		8	ORB
9	ANI S1		9	LDI S0
10	ORB		10	ANI S1
11	ORB		11	ORB
12	OUT Y000		12	OUT Y000

以上两种指令形式都是正确的,需要注意块的开始是用 LD、LDI、LDP 或 LDF 指令。

ANB 指令的梯形图表现形式如图 4-10 所示。

图 4-10 ANB 指令的梯形图表现形式

其指令表现形式为:

0	LD X000	或者	0	LD X000
1	OR X001		1	OR X001
2	LD X002		2	LD X002
3	OR X003		3	OR X003
4	LDI X004		4	ANB
5	OR X005		5	LDI X004
6	ANB		6	OR X005
7	ANB		7	ANB
8	OUT M0		8	OUT M0

以上两种指令表现形式都是正确的,同样块开始都有 LD、LDI、LDP 或 LDF 指令。

既有并联块又有串联块的电路梯形图如图 4-11 所示。

图 4-11 串并联电路块梯形图

其指令表现形式为：

1	LD M0		7	<u>ORB</u>	先合并并联电路块
2	OR M1		8	OR M6	
3	LD M2		9	<u>ANB</u>	合并串联电路块
4	AND M3		10	OR M7	
5	LD M4		11	OUT M10	
6	AND M5				

2. MPS、MRD 和 MPP 指令

MPS、MRD 和 MPP 指令分别是压栈、读栈和出栈指令。很多时候，程序中需要一个触点或一个电路块驱动多个输出，而各个输出的回路中还有其他运算条件，这就需要进行堆栈操作，在 FX₃ᵤ 和 FX₂ₙ 系列 PLC 中有 11 个堆栈存储区域，用于存放运算的中间结果（位逻辑运算的状态），MPS、MRD 和 MPP 指令的应用如图 4-12 所示。

图 4-12 MPS、MRD 和 MPP 指令的应用

图 4-12 中，常开触点 X000 对于 4 个输出 Y000、M0、Y001、Y002 都同时需要，如果使用前面所讲的指令，则不能清楚地表达出其逻辑关系，如果表达为：

0	LD X000		6	OUT Y001
1	AND X001		7	ANI X003
2	OUT Y000		8	AND X004
4	OUT M0		9	OUT Y002
5	AND X002			

则将逻辑关系变为图 4-13 所示的梯形图：

显然这种表达方式是错误的。图 4-12 应该表达为：

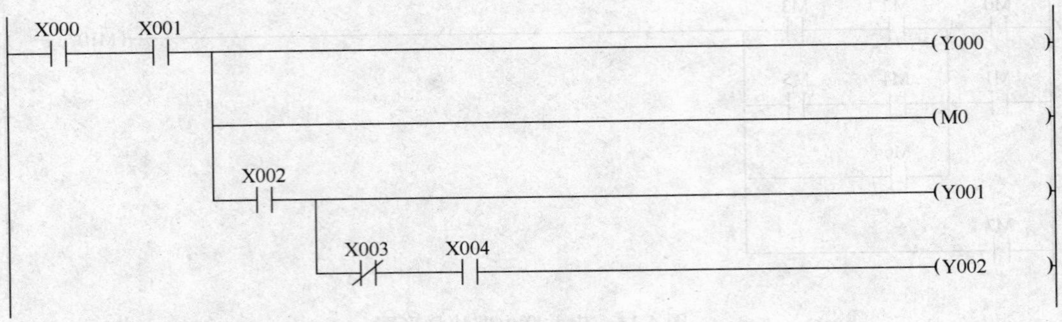

图 4-13　错误的表达方法

0　LD X000

1　<u>MPS</u>　　　　　　　将前面运算结果压入堆栈

2　AND X001

3　OUT Y000

4　<u>MRD</u>　　　　　　　读最上层堆栈

5　OUT M0

6　<u>MRD</u>　　　　　　　读最上层堆栈

7　AND X002

8　OUT Y001

9　<u>MPP</u>　　　　　　　读最上层堆栈并清除最上层堆栈内容（第二层自动上移到最上层）

10　ANI X003

11　AND X004

12　OUT Y002

堆栈也可以嵌套，如图 4-14 所示。

图 4-14　堆栈嵌套

将图 4-14 转化为指令表形式：

0　LD M100

1　ORI M101

2　MPS　　　　　　　　　压入堆栈（此时为第一层）

3　AND M102

4　OUT Y000

5　MRD

6　AND M103

7　MPS　　　　　　　　　　　　压入堆栈（此时为第一层，前面压入堆栈变为第二层）

8　AND M104

9　OUT Y001

10　MPP　　　　　　　　　　　弹出第一层堆栈（第二层变为第一层）

11　OUT Y002

12　MRD　　　　　　　　　　　读堆栈（此时为第一次压栈的内容）

13　ANI M106

14　OUT Y003

15　MPP　　　　　　　　　　　全部堆栈弹出

16　OUT Y004

以上程序是两层嵌套，还可以进行多层嵌套，但嵌套的层数不能超过 11 层。此外，堆栈也可以并列使用，也可以既嵌套又并列使用，但 MPS 和 MPP 连续的数量差不能超过 11 次，且 MPS和 MPP 必须对应使用，即有 MPS 必须对应一个 MPP，否则程序出错，MRD 则根据需要来确定是否使用和使用的次数。

3. INV 指令

INV 指令是将 LD、LDI、LDP、LDF 指令后的运算结果取反的指令，不带任何操作数，如图4-15 所示。

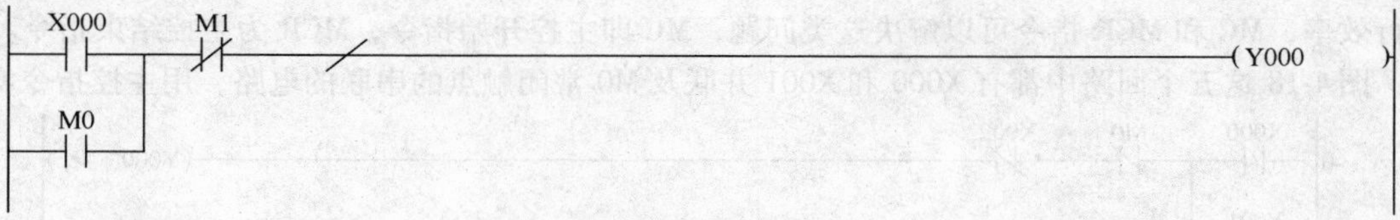

图 4-15　INV 指令应用举例

图 4-15 中的"/"是 INV 指令在梯形图中的表现形式，它的作用是将"/"前的运算结果取反，然后通过 Y000 输出，用指令表达如下：

0　LD X000　　　　　　　　　　　3　INV

1　OR M0　　　　　　　　　　　　4　OUT Y000

2　ANI M1

INV 指令不一定只加在输出之前，在 INV 指令后面也可以有其他的条件存在，如图 4-16 也是合法的：

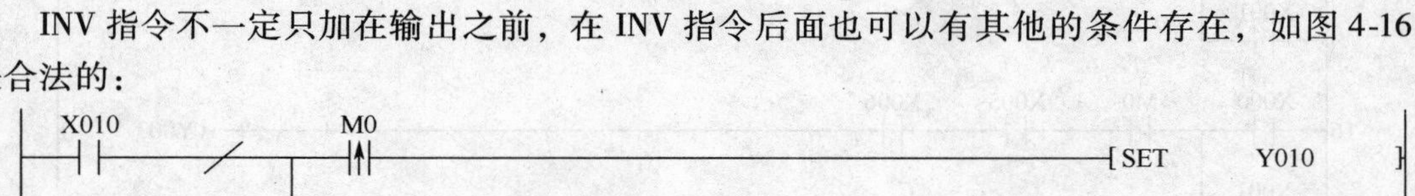

图 4-16　INV 指令的使用

对于块操作中出现的 INV 指令，如果 INV 出现在块以内，则将块内 INV 指令前出现的 LD、LDI、LDP、LDF 后的运算取反；如果出现在块以后，则将 INV 指令以前的块（最大的块）运算结果取反。

4. MEP 和 MEF 指令

MEP 和 MEF 是 FX₃ᵤ系列 PLC 独有的指令，FX₂ₙ系列 PLC 不支持此指令，MEP 和 MEF 是将运算结果脉冲化的指令，不需要带任何软元件。MEP 是检测运算结果上升沿输出指令，即检测到 MEP 指令前的运算结果由 0→1 瞬间，输出一个脉冲；MEF 是检测运算结果下降沿输出指令，即检测到 MEF 指令前的运算结果由 1→0 瞬间，输出一个脉冲，其表现形式如图 4-17 所示。

图 4-17　MEP 和 MEF 指令的表现形式

图 4-17 中的"↑"是 MEP 指令在梯形图中的表现形式，它的作用是检测"↑"之前的电路运算结果的上升沿，如果检测到上升沿则通过 M0 输出一个脉冲；"↓"是 MEF 在梯形图中的表现形式，它的作用是检测"↓"之前电路运算结果的下降沿，如果检测到下降沿则通过 M1 输出一个脉冲。

4.1.4　主控指令 MC 和 MCR

在编写程序时，经常会遇到多个控制回路同时受同样的触点或同样逻辑的电路块驱动的情况，如果在每个回路中都串入这些触点或电路块，将占用很多的存储单元，降低程序的编写和程序的执行效率，MC 和 MCR 指令可以解决这类问题，MC 即主控开始指令，MCR 为主控结束指令。

图 4-18 这五个回路中都有 X000 和 X001 并联及 M0 常闭触点的串联的电路，用主控指令实现

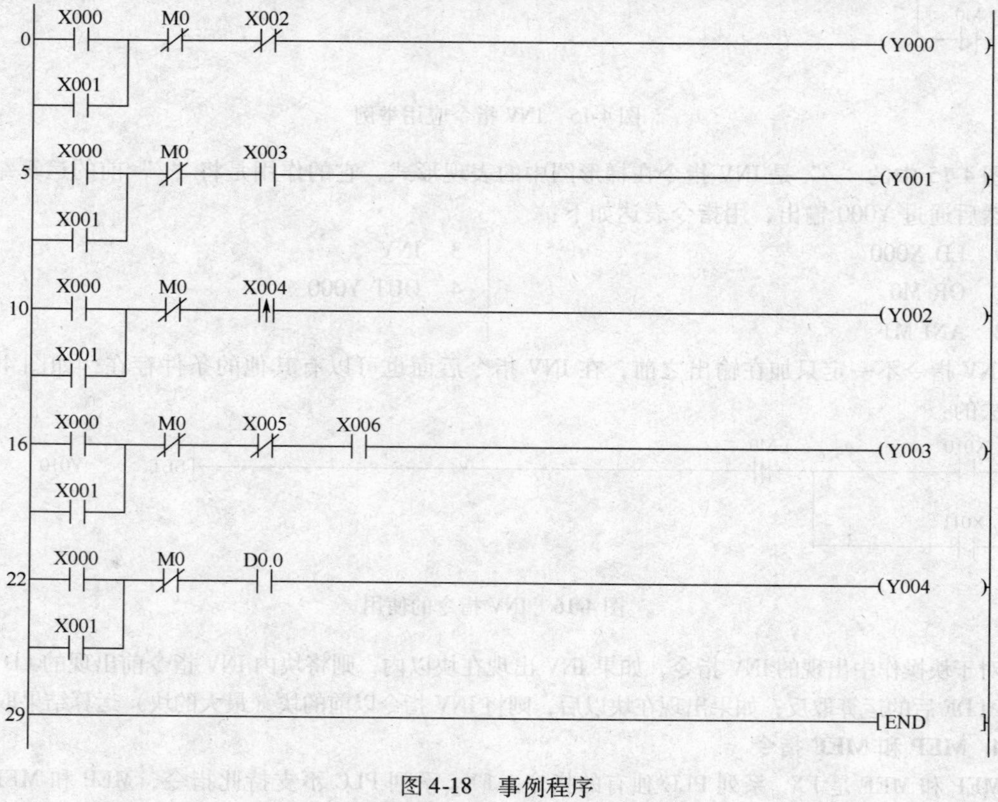

图 4-18　事例程序

同样的功能，则如图 4-19 所示。

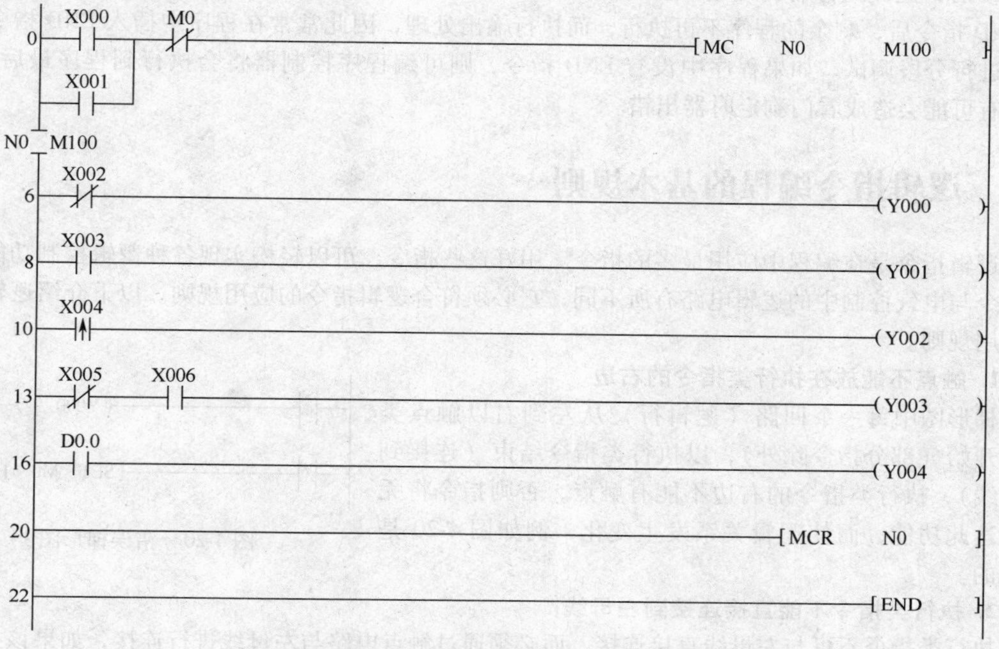

图 4-19　MC 和 MCR 指令应用举例

图 4-18 和图 4-19 两段程序实现同样的功能，但图 4-19 图形更加简单，而且占用的程序步更少，将图 4-19 转化为指令为：

0　LD X000	16　LD D0.0
1　OR X001	19　OUT Y004
2　ANI M0	20　MCR N0
3　MC N0 M100	22　END
6　LDI X002	
7　OUT Y000	
⋯	

以上程序中主控开始用 MC N0 M100，其中 N0 表示嵌套的编号可以是 N0、N1～N7 共 8 层，且编号不能重复，如果没有嵌套，只有并行使用的情况，编号是可以重复使用的，但要注意 MC 和 MCR 是一一对应的关系，否则程序出错，程序中 M100 是主控触点，可以指定为辅助继电器 M（特殊辅助继电器除外）和输出软元件 Y，其他位元件不能指定。

4.1.5　其他指令

1. NOP 指令

NOP 指令为空操作指令，在程序中加入 NOP 指令，可编程序控制器会无视其存在执行其他指令。在执行程序清除后，所有的用户存储空间都是 NOP 指令。

NOP 指令的作用是在程序调试中加入一些 NOP 指令，当需要更改、增加程序时，只需要很少的改动程序就能实现，调试程序时，也可以把已经写好的指令改为 NOP 指令，忽略掉这些指令的存在。

2. END 指令

END 指令是程序结束指令。程序全部编制完毕后，在程序末尾加 END 指令，当程序运行到

END 步后，立即执行输出处理，然后循环执行程序。如果在程序中插入 END 指令，则程序执行到 END 指令后，剩余的程序不再执行，而执行输出处理，因此常常在程序中插入 END 指令来对程序进行分段调试。如果程序中没有 END 指令，则可编程序控制器将会执行到程序最后一步，这样有可能会造成看门狗定时器出错。

4.2 逻辑指令编程的基本规则

逻辑指令是在编程中应用最多的指令。用好这些指令，可以轻松实现各种逻辑控制功能。逻辑指令与电气控制中的逻辑电路有所不同，它必须符合逻辑指令的应用规则。以下介绍逻辑指令的使用规则。

1. 触点不能放在执行类指令的右边

梯形图中每一个回路（逻辑行）从左到右以触点类指令开始（部分指令除外），以执行类指令结束（连接到右母线），执行类指令的右边不能有触点，否则指令将无法表达此功能，而使逻辑关系发生变化，例如图 4-20 是错误的。

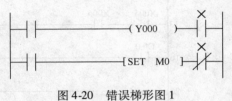

图 4-20　错误梯形图 1

2. 执行类指令不能直接连接到左母线

执行类指令不可与左母线直接连接，而必须通过触点电路与左母线进行连接，如果该执行类指令是无条件执行，可以用运行接通的触点来驱动，如 M8000 等。

3. 梯形图中线圈不能重复驱动

在梯形图中线圈不要重复驱动，否则只有最下面一个驱动有效，而使控制功能发生变化，重复驱动线圈错误梯形图如图 4-21 所示。但在有程序流程控制的程序中允许重复驱动，条件是重复线圈不能在同一个扫描周期被扫描。

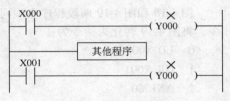

图 4-21　错误梯形图 2

4. 梯形图中不能有垂直触点

电器控制电路中，垂直触点是允许的，但 PLC 的指令系统不能表达垂直触点的逻辑关系，因此有垂直功能逻辑的电路应该进行转化后指令才可以正确地表达其关系。垂直触点错误梯形图如图 4-22 所示。

5. 串联的并联块往左移

在一个串联回路中如果有并联电路块，则应将其直接连接左母线上，直接串联的触点往后移，如图 4-23 所示。如果回路中均是并联电路块则不需移动，摆放的顺序不受限制。

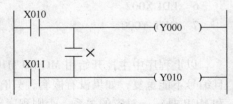

图 4-22　错误梯形图 3

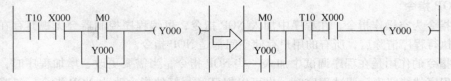

图 4-23　串联的并联块左移

6. 并联的串联块往上移

在一个并联回路中如果有多个触点串联的电路块则向上移动，单一的并联触点往下移动，如

图 4-24 所示。如果回路中均是串联电路块也不需移动，摆放的顺序不受限制。

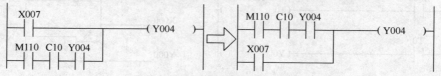

图 4-24　并联的串联块上移

7. 注意回路的顺序

由可编程序控制器的工作原理可知，可编程序控制器指令执行的过程是串行执行的过程，因此指令的放置顺序将有可能影响输出的结果，在编写程序时需要注意。如图 4-25 所示，两段程序是完全一样的程序，只是摆放的顺序不同，最终的执行结果是不一样的。

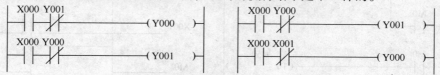

图 4-25　程序编写顺序与执行结果实例

8. 注意指令的使用次数

有些指令在程序中有使用次数的限制，如果超出使用次数限制，程序结果有可能会出现异常。逻辑指令的次数限制如下：LD LDI 连续使用（无执行类指令）最多 8 次；MPS、MPP 的使用数量差 <11 次；MC、MCR 嵌套时最多 8 次；END 1 次。

4.3　基本程序的编写

1. 起-保-停程序

根据异步电动机直接起停控制电路，转换为相应的 PLC 梯形图程序，即构成可编程控制中的起-保-停程序。梯形图程序如图 4-26 所示，X000 为起动按钮；X001 为停止按钮。

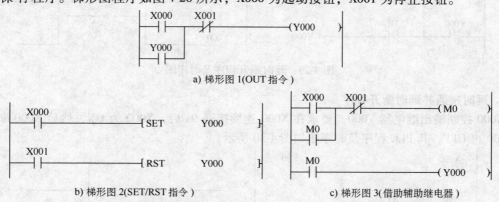

图 4-26　起-保-停基本电路

图 4-26 中 3 个电路均为起-保-停电路，图 4-26a 起动是 X000，保持是 Y000 的常开触点，停止是 X001，构成起-保-停程序；图 4-26b 保持用 SET 指令来实现；图 4-26c 保持由辅助继电器来实现，这种方式是在程序中最常见的方式，在控制程序中用于设置运行标志等。

2. 延时接通程序（通电延时）

1）接通开关 X000，延时 5s 后输出继电器 Y000 接通，PLC 程序及时序图如图 4-27 所示。

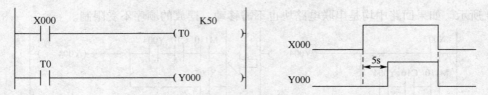

图 4-27　延时接通程序及时序图

2）按下起动按钮 X000，延时 5s 后输出继电器 Y000 接通；当按下停止按钮 X001 后，输出 Y000 断开，PLC 程序及时序图如图 4-28 所示。

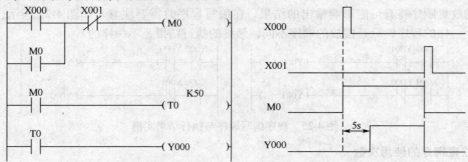

图 4-28　有锁定功能的延时接通程序及时序图

图 4-28 电路中使用按钮起动定时器，因此在程序中使用了辅助继电器起-保-停电路，使定时器线圈能保持通电。

3. 延时断开程序（断电延时）

输入信号 X000 接通后，输出继电器 Y000 马上接通，当 X000 断开后，输出延时 5s 后断开，PLC 程序及时序图如图 4-29 所示。

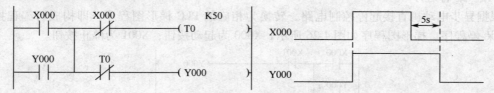

图 4-29　延时断开程序及时序图

4. 延时接通并延时断开程序

X000 控制输出继电器 Y000，要求在 X000 连续接通 9s 后，Y000 为 ON，然后 X000 断开 7s 后 Y000 再 OFF，其 PLC 程序及时序图如图 4-30 所示。

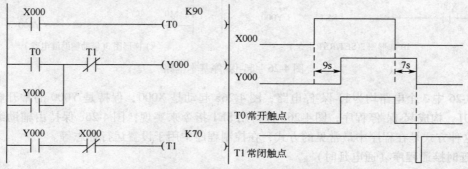

图 4-30　延时接通并延时断开程序及时序图

5. 长延时程序

FX₃ᵤ、FX₂ₙ系列 PLC 的定时器均为 16 位定时器，其最长直接定时时间为 3276.7s，需要定时更长时间时，则要采用长延时电路，下面介绍长延时程序。

（1）多个定时器组合　用 FX₃ᵤ、FX₂ₙ系列 PLC 实现 5000s 的延时程序如图 4-31 所示。

（2）定时器与计数器的组合　利用定时器的组合，可以实现大于 3276.7s 的定时，但更长时间定时如几万秒甚至更长的定时，则需要较多的定时器，电路也变得复杂，可以采用定时器与计数器的组合来实现。

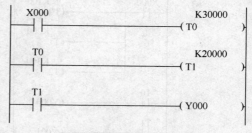

图 4-31　延时 5000s

当 X000 接通后，延时 20000s 输出继电器 Y000 接通；当 X000 断开后，输出继电器 Y000 断开，程序及时序图如图 4-32 所示。

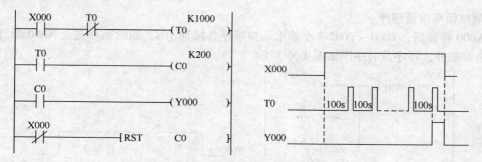

图 4-32　定时器与计数器组合程序及时序图

（3）两个计数器组合　PLC 内部的特殊辅助继电器提供了 4 种时钟脉冲，即 10ms（M8011）、100ms（M8012）、1s（M8013）、1min（M8014），可利用计数器对这些时钟脉冲计数实现长延时的功能。

如当 X000 接通后，延时 50000s 输出继电器 Y000 接通；当 X000 断开后，输出继电器 Y000 断开，程序及时序图如图 4-33 所示。

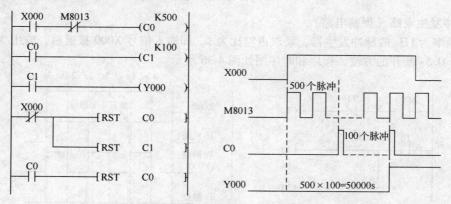

图 4-33　用计数器延时 50000s 程序及时序图

6. 顺序延时接通程序

当 X000 接通后，输出端 Y000、Y001、Y002 按顺序每隔 10s 输出接通，用 3 个定时器 T0、

T1、T2 设置不同的定时时间，可实现按顺序先后接通，当 X000 断开后输出同时停止，程序及时序图如图 4-34 所示。

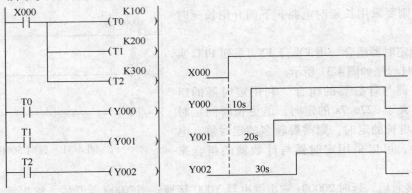

图 4-34　顺序延时接通电路及时序图

7. 顺序循环接通程序

当 X000 接通后，Y000 ~ Y002 3 个输出端按顺序各接通 10s，如此循环直至 X000 断开后，3个输出全部断开，程序及时序图如图 4-35 所示。

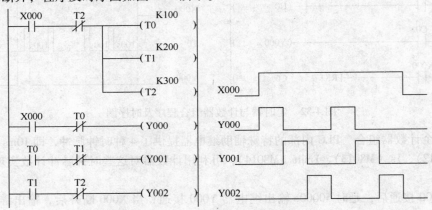

图 4-35　顺序循环接通程序及时序图

8. 脉冲发生电路（振荡电路）

设计频率为 1Hz 的脉冲发生器，要求占空比为 1。即输入信号 X000 接通后，输出 Y000 产生 0.5s 接通、0.5s 断开的方波，程序和时序图如图 4-36 所示。

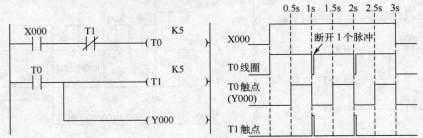

图 4-36　脉冲发生电路及时序图

9. 二分频程序

输入端 X000 输入一个频率为 f 的方波，要求输出端 Y000 输出一个频率为 $f/2$ 的方波，图

4-37为一个基本指令二分频程序及其时序图。

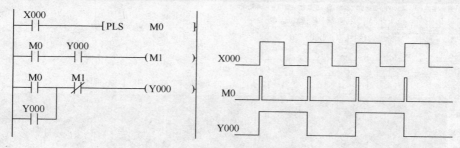

图 4-37　二分频电路及时序图

　　由于 PLC 程序是按顺序执行的，图 4-37 中当 X000 的上升沿到来时，M0 接通一个扫描周期，此时 M1 线圈不会接通，Y000 线圈接通并自锁，而当下一个扫描周期时，虽然 Y000 是接通的，但此时 M0 已经断开，所以 M1 也不会接通，直到下一个 X000 的上升沿到来时，M1 才会接通，并把 Y000 断开，从而实现二分频。

4.4　GX Developer 编程软件

　　三菱 PLC 编程软件有很多版本，包括早期的 FXGP/DOS 和 FXGP/WIN-C 及现在常用的 GPP For Windows 和最新的 GX Developer（简称 GX）。实际上，GX Developer 是 GPP For Windows 的升级版本，相互兼容，但界面更友好、功能更强大、使用更方便。

　　这里介绍 GX Developer Version8. 52E（SW8D5C – GPP – C）版本，它适用于 Q 系列、QnA 系列、A 系列以及 FX 系列 PLC 等。GX 编程软件可以编写梯形图程序和状态转移图程序（全系列），它支持在线和离线编程功能，并具有参数设置、软元件注释、声明、注解及程序监视、测试、故障诊断和程序检查等功能。此外，它还具有突出的运行写入功能，而不需要频繁操作 STOP/RUN 开关，方便程序调试。

　　GX 编程软件可在 Windows 98/Windows 2000/Windows XP 以及 Windows Vista 操作系统中运行，该编程软件简单易学，有直观形象的视窗界面。此外，GX 编程软件可直接设定 CC-link 及其他三菱网络的参数，能方便地实现监控、故障诊断、程序的传送及程序的复制、删除和打印等功能。下面介绍 GX 编程软件的使用方法。

1. GX 软件的安装

　　首先进入到 GX 安装目录，找到 EnvMEL 子目录，进入该子目录，执行该目录下 SETUP. EXE，安装 GX 软件的运行环境。

　　退出 EnvMEL 子目录，回到 GX 安装目录，执行该目录下 SETUP. EXE，在该安装向导下输入相关信息及序列号完成安装。

2. GX 编程软件的使用

　　在计算机上安装好 GX 编程软件后，运行 GX 软件，其界面如图 4-38 所示。

　　可以看到该窗口编辑区域是不可用的，工具栏中除了新建和打开按钮可见以外，其余按钮均不可见，单击图 4-38 中的 🗋 按钮，或执行“工程”菜单中的“创建新工程”命令，可创建一个新工程，出现如图 4-39a 所示对话框。

　　如图 4-39b、c 所示，选择 PLC 所属系列和型号，此外设置项还包括程序的类型，即梯形图或 SFC（顺控程序），选择梯形图，并设置文件的保存路径和工程名称等。注意 PLC 系列和 PLC 类型两项是必须设置项，且须与所连接的 PLC 一致，否则程序将可能无法写入 PLC。设置好上述

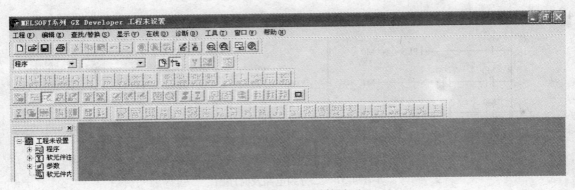

图 4-38　运行 GX 后的界面

a) 创建新工程对话框　　　　　b) 选择 PLC 系列　　　　　c) 选择 PLC 类型

图 4-39　建立新工程

各项后出现图 4-40 所示界面，即可进行程序的编制。

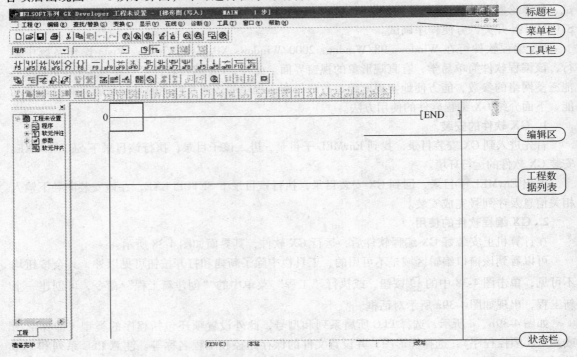

图 4-40　GX Developer 软件程序开发界面

（1）菜单栏　GX 编程软件有 10 个菜单项。"工程"菜单项可执行工程的创建、打开、关闭、删除、打印等；"编辑"菜单项提供图形程序（或指令）编辑的工具，如复制、粘贴、插入行（列）、删除行（列）、画连线、删除连线等，此外还可在"文档生成"子菜单下进行注释、注解、申明的编辑；"查找/替换"菜单项主要用于查找/替换设备、指令等；"变换"菜单下的执行命令只在梯形图编程方式可见，程序编好后，需要将图形程序转化为系统可以识别的指令，因此需要进行变换才可存盘、传送等；"显示"菜单用于梯形图与指令之间切换，以及注释、申明和注解的显示或关闭等；"在线"菜单主要用于实现计算机与 PLC 之间程序的传送、监视、调试及检测等；"诊断"菜单主要用于 PLC 诊断、网络诊断及 CC-link 诊断，属于 PLC 联机状态下的操作；"工具"菜单主要用于程序检查、参数检查、数据合并、参数清除、ROM 传送、IC 存储卡读写等，属于非联机状态下的操作；"窗口"菜单主要是对开发界面窗口显示进行设置、切换；"帮助"菜单主要用于查阅各种出错代码、特殊软元件分配等。

（2）工具栏　工具栏分为主工具、图形编辑工具、视图工具等，它们在工具栏的位置是可以拖动改变的。主工具栏提供文件新建、打开、保存、复制、粘贴等功能；图形工具栏只在图形编程时才可见，提供各类触点、线圈、连接线等图形；视图工具可实现屏幕显示切换，如可在主程序、注释、参数等内容之间实现切换，也可实现屏幕放大/缩小和打印预览等功能。此外，工具栏还提供程序的读/写、监视、查找和程序检查等快捷执行按钮。

（3）编辑区　编辑区是程序、注解、注释、参数等的编辑的区域。

（4）工程数据列表　以树状结构显示工程的各项内容，如程序、软元件注释、参数等。

（5）状态栏　状态栏显示当前的状态，如鼠标所指按钮功能提示、读写状态、PLC 的型号等。

3. 梯形图程序的编制

下面通过一个具体实例，介绍用 GX Developer 编程软件在计算机上编制如图 4-41 所示梯形图程序的操作步骤。

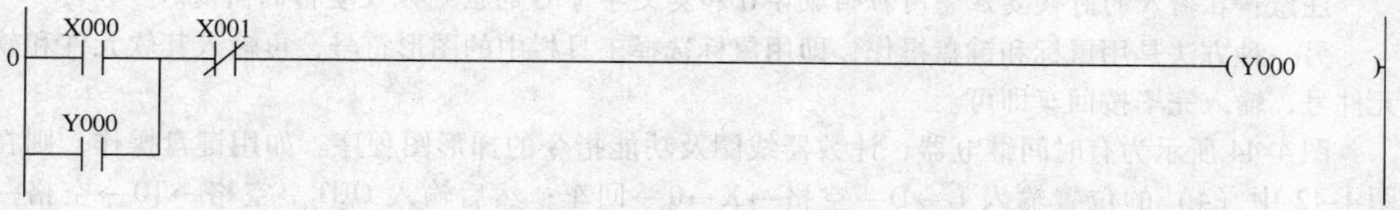

图 4-41　实例梯形图程序

在用计算机编制梯形图程序之前，首先单击图 4-42 所示程序编制画面中的（1）位置 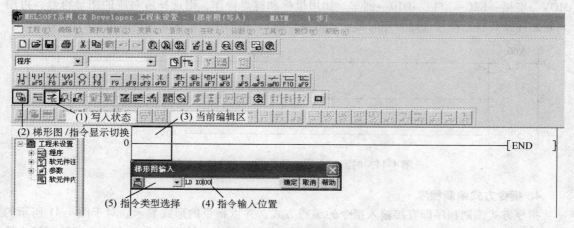 按

图 4-42　程序编制画面

钮或按功能键"F2"，进入写模式（查看状态栏），然后单击图 4-42 中的（2）位置 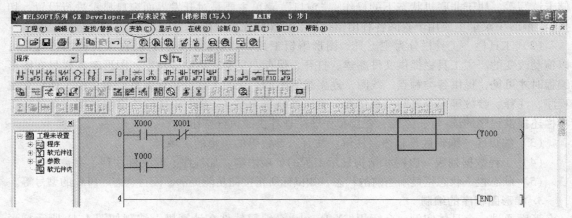按钮，选择梯形图显示，即程序在编辑区中以梯形图的形式显示。下一步是选择当前编辑的区域如图 4-42 中的（3）位置，当前编辑区为蓝色方框。

梯形图的绘制有两种方法，一种方法是用键盘操作，即通过键盘输入完整的指令，如在图 4-42 中（4）的位置输入 L→D→空格→X→0→回车（或单击确定），则 X000 的常开触点就在编辑区域中显示出来，蓝色编辑框自动后移，然后再输入"AND X001"（或 LDI X001）、"OUT Y000"，再将蓝色编辑框定位到 X000 触点下方，输入"OR Y000"，即绘制出如图 4-41 所示图形。梯形图程序编制完后，在写入 PLC 之前，必须进行变换，单击图 4-43 中"变换"菜单下的"变换"命令，或直接按"F4"完成变换，此时编辑区不再是灰色状态，可以存盘或传送。

图 4-43　程序变换前的画面

注意：在输入的时候要注意阿拉伯数字 0 和英文字母 O 的区别以及空格的问题。

另一种方法是用鼠标和键盘操作，即用鼠标选择工具栏中的图形符号，再输入其软元件和软元件号，输入完毕按回车即可。

图 4-44 所示为有时间继电器、计数器线圈及功能指令的梯形图程序。如用键盘操作，则在图 4-42 中（4）的位置输入 L→D→空格→X→0→回车；然后输入 OUT→空格→T0→空格→K100→回车；用鼠标单击 按钮，在 X000 右侧插入一条竖线，在竖线右下方输入 OUT→空格→C0→空格→K6→回车；再在 X000 右侧下方延长"|"线（插入一条"|"线），然后输入 MOV→空格→K20→空格→D10→回车。如用鼠标和键盘操作，则选择所对应的图形符号，再输入软元件及其软元件号（以及定时器、计数器参数），再回车，依次完成所有指令的输入。

图 4-44　时间继电器、计数器、功能指令的输入

4. 指令方式编制程序

指令方式编制程序即直接输入指令的编程方式，并以指令的形式显示。对于图 4-41 所示的梯形图，其指令表程序在屏幕上的显示如图 4-45 所示。输入指令的操作与上述介绍的用键盘输

入指令的方法完全相同，只是显示不同。指令表程序不需变换，且可在梯形图显示与指令表显示之间切换（ALT + F1）。

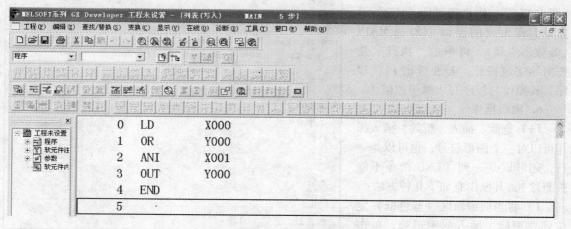

图 4-45　指令方式编制程序的界面

5. 程序的传送

程序编制完毕后，将程序写入到 PLC 的 CPU 中，或将 PLC 中 CPU 的程序读到计算机中，一般需要 3 个步骤。

（1）PLC 与计算机的连接　正确连接计算机（已安装好了 GX 编程软件）和 PLC 的编程电缆（专用电缆），特别是 PLC 端口方向，按照通信口针脚排列方向轻轻插入，不要弄错方向或强行插入，否则容易造成损坏。

（2）进行通信设置　程序编制完后，单击"在线"菜单中的"传输设置"后，双击"PC I/F"右侧图标，出现如图 4-46 所示的窗口，在 PC I/F 中需要设置连接端口的类型、端口号、通信速率，PLC I/F 保持默认，单击"确定"。

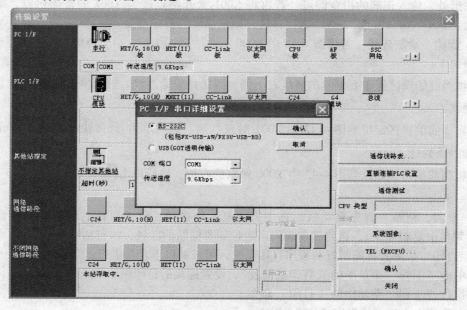

图 4-46　通信设置界面

（3）程序写入/读出　程序写入到 PLC 时，单击"在线"菜单中的"写入 PLC"，则出现如图 4-47 所示窗口，在出现的窗口中勾选 MAIN（参数、注释），再单击"执行"并按向导完成操作。若要读出 PLC 程序，其操作与程序写入操作相似。

6. 编辑操作

（1）删除、插入　删除、插入操作可以对一个图形符号，也可以是一行，还可以是一列（END 指令不能被删除），其操作有如下几种方法：

1）将当前编辑区（蓝色框）定位到要删除、插入的图形处，单击鼠标右键，在快捷菜单中选择需要的操作。

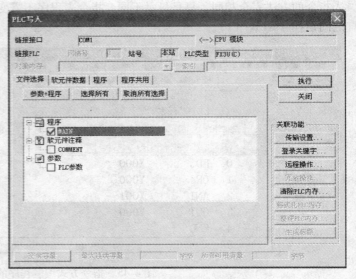

图 4-47　程序写入界面

2）将当前编辑区定位到要删除、插入的图形处，在"编辑"菜单中执行相应的命令。

3）将当前编辑区定位到要删除的图形处，然后按键盘上的"Del"键，即可。

4）若要删除某一段程序，可拖动鼠标选中该段程序，然后按键盘上的"Del"键，或执行"编辑"菜单中的"删除行"或"删除列"命令。

5）按键盘上的"Ins"键，使屏幕右下角显示"插入"，然后将光标移到要插入的图形处，输入要插入的指令即可。

（2）修改　若发现梯形图有错误，可进行修改操作，如将图 3-43 中的 X001 常闭触点改为常开触点。首先按键盘上的"Insert"键，使屏幕右下角显示"写入"，然后将当前编辑区定位到要修改的图形处，输入正确的指令即可。若再将 X001 常开触点改为 X002 的常闭触点，则可在该位置输入"LDI　X002"或"ANI　X2"，即将原来错误的程序覆盖。

（3）删除、绘制连线　若将图 4-43 中 X000 右边的竖线去掉，并在 X001 右边加一竖线，其操作步骤如下：

1）将当前编辑区置于要删除的竖线右上侧，即选择删除连线。然后单击 ⬚ 按钮，再回车即可删除竖线。

2）将当前编辑区定位到图 4-43 中 X001 触点右侧，然后单击 ⬚ 按钮，再回车即可在 X001 右侧添加一条竖线。

3）将当前编辑区定位到图 4-43 中 Y000 触点的右侧，然后单击 ⬚ 按钮，再回车即可添加一条横线。

（4）复制、粘贴　首先拖动鼠标选中需要复制的区域，单击鼠标右键执行复制命令（或"编辑"菜单中复制命令），再将当前编辑区定位到要粘贴的区域，执行粘贴命令即可。

（5）打印　如果要将编制好的程序打印出来，可按照以下几步进行：

1）单击"工程"菜单中的"打印机设置"，设置连接的打印机。

2）执行"工程"菜单中的"打印"命令。

3）在选项卡中选择梯形图或指令列表。

4）设置要打印的内容，如主程序、注释、申明等。

5）设置好后，可以进行打印预览，如符合打印要求，则执行"打印"命令。

（6）保存、打开工程　当程序编制完毕后，必须先进行变换（即单击"变换"菜单中的"变换"），然后按 ▦ 按钮或执行"工程"菜单中的"保存"或"另存为"命令。系统会提示（如果新建时未设置）保存的路径和工程的名称，设置好路径并且输入工程名称后单击"保存"即可。当需要打开保存在计算机中的程序时，单击 ▤ 按钮，在弹出的窗口中选择所保存的驱动器和工程名称单击"打开"即可。

（7）其他功能

如要执行单步执行功能，单击"在线"→"调试"→"单步执行"，可以使 PLC 一步一步按程序步执行，从而判断程序是否正确。执行在线修改功能时，单击"工具"→"选项"→"运行时写入"，然后根据对话框进行操作，可在线修改程序。此外，还可改变 PLC 的型号、梯形图逻辑测试等。

4.5　逻辑指令的应用

项目六　电动机的正反转控制

1. 控制要求

用 PLC 基本逻辑编程指令，编制电动机正、反转连续运转控制程序。按正转起动按钮，电动机正转，正转指示灯亮，按停止按钮，电动机停止，正转指示灯熄灭；按反转起动按钮，电动机反转，反转指示灯亮，按停止按钮，电动机停止，反转指示灯熄灭；热继电器动作，电动机停止运行，指示灯熄灭；电动机正反转由两个接触器控制。

2. 完成内容

列出 I/O 分配并画出 I/O 接线图，编写控制程序并进行调试。

3. 提高

调试完毕后，将控制要求改为可以直接正反转控制程序。

4. 提供器材

FX₃ᵤ－48MR（FX₂ₙ－48MR）PLC、AC220V（380V）接触器 2 个、热继电器 1 个、电动机 1 台、按钮 3 个、24V 指示灯 2 个。

5. 事例程序——两台电动机的起停控制

（1）控制要求　用 PLC 基本逻辑编程指令，编写两台电动机的控制程序。按起动按钮 SB1 时电动机 M1 起动，按下停止按钮 SB2 时电动机 M1 停止；按起动按钮 SB3，电动机 M2 起动；按停止按钮 SB4 时电动机 M2 停止；M1、M2 不能同时运行（一台电动机停止后才可以起动另一台电动机）。

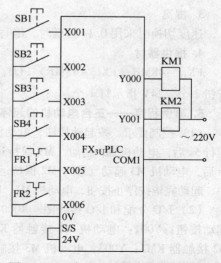

图 4-48　两台电动机的起停控制接线图

（2）I/O 分配和 I/O 接线图　X001：电动机 M1 起动按钮；X002：电动机 M1 停止按钮；X003：电动机 M2 起动按钮；X004：电动机 M2 停止按钮；X005：电动机 M1 热继电器；X006：电动机 M2 热继电器；Y000：电动机 M1 接触器 KM1；Y001：电动机 M2 接触器 KM2，接线图如图 4-48 所示。

（3）控制程序　梯形图如图 4-49 所示。

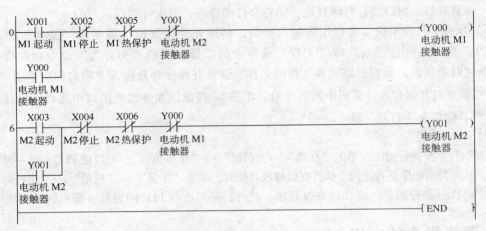

图 4-49　两台电动机的起停控制

其指令表程序如下：

0	LD X001	5	OUT Y000	10	ANI Y000
1	OR Y000	6	LD　X003	11	OUT Y001
2	ANI X002	7	OR Y001	12	END
3	ANI X005	8	ANI X004		
4	ANI Y001	9	ANI X006		

项目七　三速电动机的控制（一）

1. 控制要求

按起动按钮，电动机最低速起动，KM1、KM2 闭合；低速运行 3s，电动机切换中速运行，此时 KM1、KM2 先断开，再使 KM3 闭合；中速运行 3s，然后电动机切换高速运行，此时 KM3 断开、再使 KM4、KM5 闭合；运行和起动期间按停止按钮，立即停机。

2. 完成内容

列出 I/O 分配并画出 I/O 接线图，编写控制程序并进行调试。

3. 提高

速度切换时采用 0.1s 的延时，编写出控制程序。

4. 提供器材

FX$_{3U}$ – 48MR（FX$_{2N}$ – 48MR）PLC、AC220V（380V）接触器 5 个（或用 5 个指示灯代替）、按钮 2 个、24V 指示灯 1 个。

5. 事例程序——三台电动机的起停控制（一）

（1）控制要求　按起动按钮，电动机 M1 立即起动；M1 运行 5s 后，电动机 M2 起动（M1 保持运行状态）；M2 运行 5s 后，电动机 M3 起动（M1、M2 保持运行状态）；起动过程中、起动完毕按停止按钮，电动机 M1、M2、M3 立即停止。

（2）I/O 分配和 I/O 接线图　X000：停止按钮；X001：起动按钮；Y001：电动机 M1 接触器 KM1；Y002：电动机 M2 接触器 KM2；Y003：电动机 M3 接触器 KM3。接线图如图 4-50 所示。

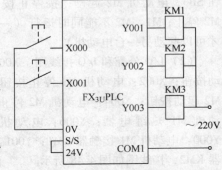

图 4-50　三台电动机的控制接线图

（3）控制程序　梯形图如图 4-51 所示。

图 4-51　三台电动机的起停控制（一）

其指令表程序如下：

0	LD X001	5	OUT T0 K50	14	OUT Y002
1	OR M0	8	OUT T1 K100	15	LD T1
2	ANI X000	11	LD M0	16	OUT Y003
3	OUT M0	12	OUT Y001	17	END
4	LD M0	13	LD T0		

项目八　电动机的星形-三角形起动控制

1. 控制要求

按起动按钮，KMㄚ先闭合（将电动机连接成星形），0.5s 后主接触器 KM 再闭合（接通电源）；起动过程 5s（KM 接通的时间）后断开 KMㄚ，0.2s 后 KM△接通（三角形运行）；起动期间或正常运行期间按停止按钮，电动机停止运行；热继电器动作电动机停止运行。

2. 完成内容

列出 I/O 分配并画出 I/O 接线图，编写控制程序并进行调试。

3. 提高

设置一个指示灯，要求在星形-三角形起动期间，指示灯闪烁，闪烁周期为 1s，闪烁次数为 5 次。

4. 提供器材

FX₃ᵤ－48MR（FX₂ᵥ－48MR）PLC、AC220V（380V）接触器 3 个、热继电器 1 个、380V 电动机 1 台、按钮 2 个、24V 指示灯 1 个。

5. 事例程序——三台电动机的起动控制（二）

（1）控制要求　按起动按钮，电动机 M1、M2 起动，5s 后 M2 停止，电动机 M3 起动，按停止按钮电动机全部停止。

（2）I/O 分配和 I/O 接线图　X000：停止按钮；X001：启动按钮；Y001：电动机 M1 接触器 KM1；Y002：电动机 M2 接触器 KM2；Y003。电动机 M3 接触器 KM3，接线图与图 4-50 相同。

（3）控制程序　梯形图如图 4-52 所示。

图 4-52　三台电动机的起动控制（二）

其指令表程序如下：

0　LD X001	4　LD Y001	10　OUT Y002
1　OR Y001	5　OUT T0 K50	11　LD T0
2　ANI X000	8　LD Y001	12　OUT Y003
3　OUT Y001	9　ANI T0	13　END

项目九　电动机的自动正反转控制（一）

1. 控制要求

用 PLC 基本逻辑编程指令编制电动机自动正、反转控制程序。要求电动机正转 3s，停 2s，然后反转 2s，停 3s，循环 3 个周期后自动停止；运行过程中，按停止按钮电动机停止；热继电器动作电动机自动停止，并输出报警指示灯，按解除报警按钮停止报警。

2. 完成内容

列出 I/O 分配并画出 I/O 接线图，编写控制程序并进行调试。

3. 提高

起动前设置延时 2s 起动报警后，再起动自动正反转。

4. 提供器材

FX$_{3U}$ – 48MR（FX$_{2N}$ – 48MR）PLC、AC220V（380V）接触器 2 个、热继电器 1 个、电动机 1 台、按钮 3 个、24V 指示灯 1 个。

5. 事例程序——两台电动机的循环控制（一）

（1）控制要求　按起动按钮电动机 M1 运行 3s 后停止，电动机 M2 立即运行，4s 后 M2 停止，依此循环 4 个周期后停止，在运行过程中按停止按钮 2 台电动机停止运行；任意一台电动机热继电器动作，电动机均停止运行。

（2）I/O 分配和 I/O 接线图　X000：起动按钮；X001：停止按钮；X002：M1 热继电器；X003：M2 热继电器；Y000：电动机 M1 接触器 KM1；Y001：电动机 M2 接触器 KM2。接线图如图 4-53 所示。

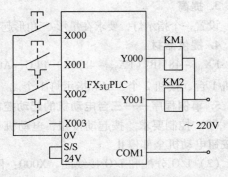

图 4-53　两台电动机的循环控制接线图（一）

（3）控制程序 梯形图如图4-54所示。

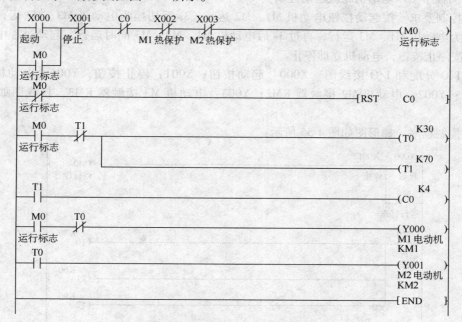

图4-54 两台电动机的循环控制程序（一）

其指令表程序如下：

0 LD X000	8 RST C0	22 ANI T0
1 OR M0	9 LD M0	23 OUT Y000
2 ANI X001	10 ANI T1	24 LD T0
3 ANI C0	11 OUT T0 K30	25 OUT Y001
4 ANI X002	14 OUT T1 K70	26 END
5 ANI X003	17 LD T1	
6 OUT M0	18 OUT C0 K4	
7 LDI M0	21 LD M0	

项目十 电动机的顺序控制（一）

1. 控制要求

按起动按钮，电动机M1立即起动，2s后电动机M2起动，再过2s后电动机M3起动；起动完毕后，按停止按钮，电动机M3立即停止，1.5s后电动机M2停止，再过1.5s电动机M1停止；未起动完毕，停止功能无效。

2. 完成内容

列出I/O分配并画出I/O接线图，编写控制程序并进行调试。

3. 提高

调试完毕后，将项目中控制要求改为未起动完毕，按停止按钮，电动机M1、M2、M3立即停止。

4. 提供器材

FX₃ᵤ-48MR（FX₂ₙ-48MR）PLC、AC220V（380V）接触器3个、电动机3台（不接主电路无须电动机）、按钮2个。

5. 事例程序——电动机轮流起动控制（一）

（1）控制要求　按起动按钮电动机 M1、M2 运行，3s 后切换为电动机 M2、M3 运行，再过 3s 后切换为电动机 M1、M3 运行，再过 3s 后电动机 M1、M2、M3 同时运行，起动过程中和起动完毕后，按停止按钮，电动机立即停止。

（2）I/O 分配和 I/O 接线图　X000：起动按钮；X001：停止按钮；Y001：电动机 M1 接触器 KM1；Y002：电动机 M2 接触器 KM2；Y003：电动机 M3 接触器 KM3。接线图如图 4-50 所示。

（3）控制程序　梯形图如图 4-55 所示：

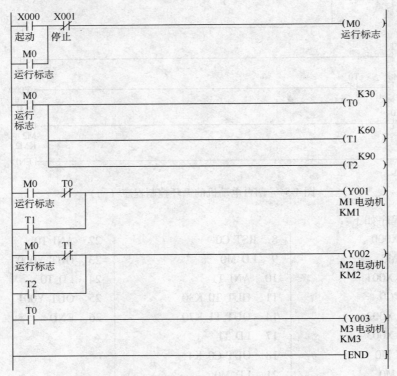

图 4-55　电动机轮流起动控制程序（一）

其指令表程序如下：

0	LD X000	11	OUT T2 K90	20	OR T2
1	OR M0	14	LD M0	21	OUT Y002
2	ANI X001	15	ANI T0	22	LD T0
3	OUT M0	16	OR T1	23	OUT Y003
4	LD M0	17	OUT Y001	24	END
5	OUT T0 K30	18	LD M0		
8	OUT T1 K60	19	ANI T1		

项目十一　指示灯控制（一）

1. 控制要求

待机状态黄灯亮；按起动按钮黄灯熄灭，绿灯先闪烁 3 次（周期为 1s），然后常亮；按停止按钮，绿灯熄灭，红灯亮 5s 熄灭，然后回到待机状态；运行过程中（绿灯亮），按紧急事故按钮，黄绿红灯均闪烁，周期为 2s，按停止按钮，回到待机状态。

2. 完成内容

列出 I/O 分配并画出 I/O 接线图，编写控制程序并进行调试。

3. 提高

调试完毕后，将以上控制要求改为：按紧急按钮黄灯常亮，绿灯闪烁，周期为 1s，红灯闪烁周期 2s；按停止按钮，回到待机状态。

4. 提供器材

FX$_{3U}$ – 48MR（FX$_{2N}$ – 48MR）PLC、按钮 3 个、DC24V 黄绿红指示灯各 1 个。

5. 事例程序——指示灯控制（二）

（1）控制要求　待机状态所有指示灯不亮；按起动按钮，绿灯亮，同时黄灯闪烁，闪烁 3 次（周期为 1s），然后黄灯熄灭；按停止按钮，绿灯立即熄灭，红灯亮 5s 后停止；运行过程中按紧急事故按钮，黄灯、红灯闪烁 5 次（周期为 1s）后自动熄灭。

（2）I/O 分配和 I/O 接线图　X010：起动按钮；X011：停止按钮；X012：紧急事故按钮；Y010：绿灯；Y011：黄灯；Y012：红灯。接线图如图 4-56 所示。

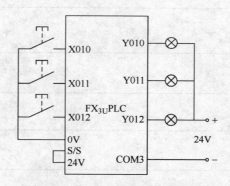

图 4-56　指示灯控制（二）接线图

（3）控制程序　梯形图如图 4-57 所示。

其指令表程序如下：

0	LD X010	19	RST M100	36	LD M102
1	SET M100	20	LD M101	37	AND M8013
2	LD M100	21	OUT T3 K50	38	OR T1
3	OUT T0 K30	24	LD T3	39	OUT Y010
6	LD M100	25	RST M101	40	LD M100
7	ANI T0	26	LD M100	41	OUT Y011
8	ANI T2	27	AND X012	42	LD M101
9	OUT T1 K5	28	SET M102	43	ANI T3
12	LD T1	29	RST M100	44	LD M102
13	OUT T2 K5	30	LD M102	45	AND M8013
16	LD M100	31	OUT T4 K50	46	ORB
17	AND X011	34	LD T4	47	OUT Y012
18	SET M101	35	RST M102	48	END

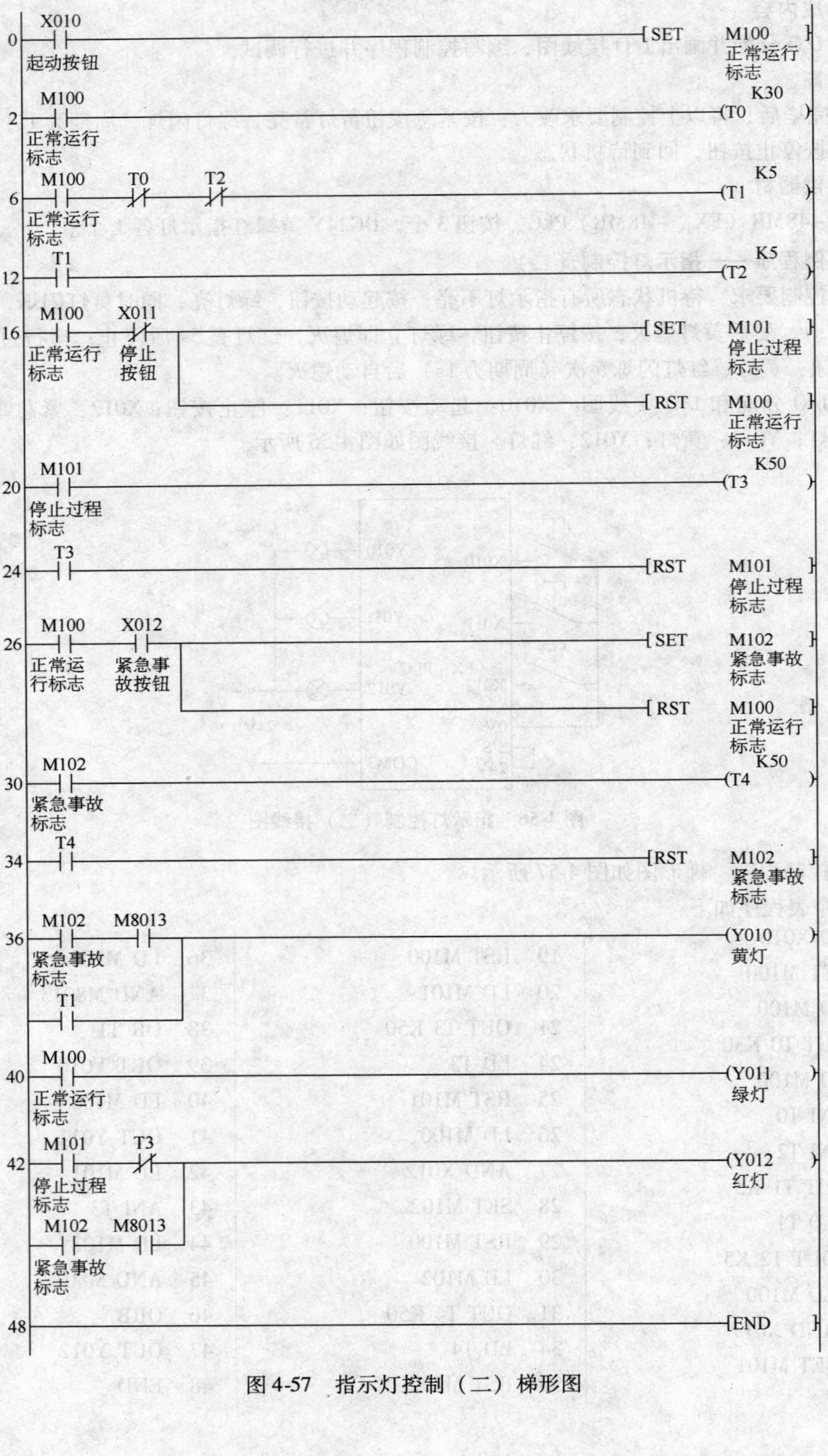

```
      X010                                              ┌SET    M100
0    ─┤├─────────────────────────────────────────────┤       正常运行
     起动按钮                                           └       标志

      M100                                                     K30
2    ─┤├──────────────────────────────────────────────────────(T0  )
     正常运行
     标志

      M100    T0    T2                                         K5
6    ─┤├────┤/├──┤/├───────────────────────────────────────(T1  )
     正常运行
     标志

      T1                                                      K5
12   ─┤├──────────────────────────────────────────────────────(T2  )

      M100   X011                                       ┌SET    M101
16   ─┤├────┤├───┬────────────────────────────────────┤       停止过程
     正常运行  停止                                      └       标志
     标志    按钮  │                                    ┌RST    M100
                  └────────────────────────────────────┤       正常运行
                                                        └       标志

      M101                                                     K50
20   ─┤├──────────────────────────────────────────────────────(T3  )
     停止过程
     标志

      T3                                                ┌RST    M101
24   ─┤├─────────────────────────────────────────────┤       停止过程
                                                        └       标志

      M100   X012                                       ┌SET    M102
26   ─┤├────┤├───┬────────────────────────────────────┤       紧急事故
     正常运   紧急事                                     └       标志
     行标志  故按钮 │                                   ┌RST    M100
                  └────────────────────────────────────┤       正常运行
                                                        └       标志

      M102                                                     K50
30   ─┤├──────────────────────────────────────────────────────(T4  )
     紧急事故
     标志

      T4                                                ┌RST    M102
34   ─┤├─────────────────────────────────────────────┤       紧急事故
                                                        └       标志

      M102   M8013                                             
36   ─┤├────┤├───┬─────────────────────────────────────────(Y010 )
     紧急事故                                             黄灯
     标志    │
      T1     │
     ─┤├─────┘

      M100                                                     
40   ─┤├───────────────────────────────────────────────────(Y011 )
     正常运行                                             绿灯
     标志

      M101   T3                                                
42   ─┤├────┤/├──┬─────────────────────────────────────────(Y012 )
     停止过程                                             红灯
     标志    │
      M102   M8013
     ─┤├────┤├────┘
     紧急事故
     标志

48   ──────────────────────────────────────────────────────[END ]
```

图 4-57　指示灯控制（二）梯形图

项目十二　数码管控制（一）

1. 控制要求

停止状态数码管不显示；按起动按钮，数码管依次显示 A、B、C、D（显示为 A、B、C、D）4 个字符，间隔为 1s，依此循环；按停止按钮，停止显示。

2. 完成内容

列出 I/O 分配并画出 I/O 接线图，编写控制程序并进行调试。

3. 提高

将 A、B、C、D 4 个字符显示改为 A、B、C、D、E、F 6 个字符显示，依此循环，间隔为 1s。

4. 提供器材

FX₃ᵤ－48MR（FX₂ₙ－48MR）PLC、按钮 2 个、DC24V 电源，共阳（阴）数码管 1 只（限流电阻 7×1.5kΩ）。

5. 事例程序——数码管控制（二）

（1）控制要求　按起动按钮数码管依次显示 1、2、3 然后停留，间隔 1s；按停止按钮停止显示。

（2）I/O 分配和 I/O 接线图　X020：起动按钮；X021：停止按钮；Y000~Y006：数码管 a~g。接线图如图 4-58 所示。

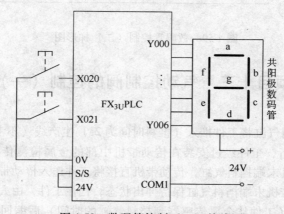

图 4-58　数码管控制（二）接线图

注意：数码管每一个段码回路中还应该串联 1.5kΩ 的电阻。

（3）控制程序　梯形图如图 4-59 所示。

其指令表程序如下：

0　LD X020	8　OUT T1 K20	16　OUT Y001
1　OR M10	11　LD T0	17　LD M10
2　ANI X021	12　OUT Y000	18　ANI T0
3　OUT M10	13　OUT Y003	19　OR T1
4　LD M10	14　OUT Y006	20　OUT Y002
5　OUT T0 K10	15　LD M10	21　END

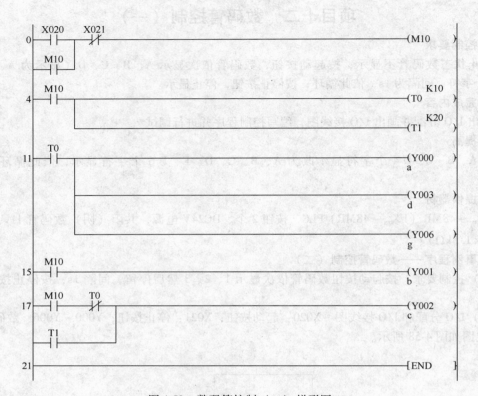

图 4-59　数码管控制（二）梯形图

项目十三　气动控制阀的控制（一）

1. 控制要求

按下起动按钮，推料气缸将工件推入（推料时间为2s）生产线（不考虑没工件情况），传动带机（电动机拖动）运行，工件经过安装在传动带机中部的金属检测传感器，如果检测到为金属工件，则缩回传动带机末端挡料气缸，传动带机直接将工件送入传动带机末端出料仓；如果检测到为非金属，则传动带机末端挡料气缸保持伸出状态，挡住工件，由人工取走工件。检测到金属后，传动带机运行5s（工件从金属传感器到挡料气缸的时间）后缩回挡料气缸，使金属工件自动进入末端料仓，再经过5s，挡料气缸伸出，传动带机停止运行；检测到非金属后，传动带机运行5s停止；运行过程中按停止按钮传动带机停止运行；按起动按钮可以再次起动（挡料气缸初始状态为伸出状态，挡住工件）。

2. 完成内容

列出I/O分配并画出I/O接线图，编写控制程序并进行调试。

3. 提高

将程序改为自动循环工作方式运行。

4. 提供器材

FX$_{3U}$-48MR（FX$_{2N}$-48MR）PLC、生产线试验台一套（含双杆推料气缸、单缸挡料气缸、三位五通气动控制阀、二位五通气动控制阀、金属检测传感器、接触器、传动带机）、按钮两只。

5. 事例程序——气动控制阀的控制（二）

（1）控制要求 按下起动按钮，由光敏传感器检测出料仓有无工件；如果无工件，10s 后输出红色灯报警，按停止按钮或加入工件停止报警；如有工件，推料气缸将工件推入（推料时间 2s）生产线，传动带机（电动机拖动）运行，挡料气缸保持缩回状态，将第一个工件直接放入传动带机末端的进料仓（第一个工件从入料仓到末端出料仓需要 25s）；完成后将第二个工件推入生产线，第二个工件在传动带机运行 20s（到挡料气缸位置），伸出挡料气缸挡住工件，人工从生产线取走工件，5s 后缩回挡料气缸；传动带机运行时间 50s 后停止（每个工件处理时间为 25s）；运行过程中，按停止按钮，传动带机停止运行（挡料气缸初始状态为缩回状态，不挡工件）。

（2）I/O 分配和 I/O 接线图 X010：起动按钮；X011：停止按钮；X000：光电检测；Y000：推料气缸气动控制阀；Y001：挡料气缸气动控制柜；Y002：红色报警指示灯；Y010：传动带机接触器。接线图如图 4-60 所示。

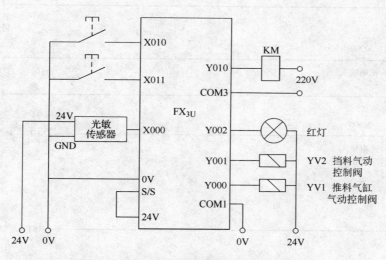

图 4-60 气动控制阀的控制（二）接线图

（3）控制程序 梯形图如图 4-61 所示。

其指令表程序如下：

0　LD X010	17　OUT T3 K100	
1　SET M100	20　LD T3	34　LD M0
2　LD X011	21　OUT Y002	35　ANI T4
3　OR T0	22　LDP M100	36　OUT Y000
4　RST M100	24　ORP T1	37　LD T2
5　LD Y010	26　AND X000	38　OUT Y001
6　OUT T0 K500	27　SET M0	39　LD T4
9　OUT T1 K250	28　LD T4	40　SET Y010
12　OUT T2 K450	29　RST M0	41　LD T0
15　LD M100	30　LD M0	42　RST Y010
16　ANI X000	31　OUT T4 K20	43　END

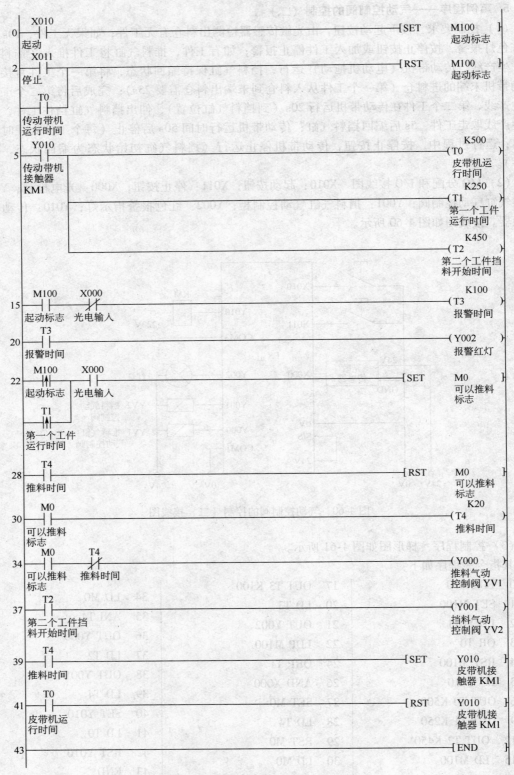

图 4-61　气动控制阀控制（二）梯形图

项目十四　简易三层电梯的控制（一）

1. 控制要求

3 个楼层各安装 1 个呼叫按钮及轿厢位置（平层）感应开关；按呼叫按钮，如果轿厢位置低于呼叫楼层，则电梯轿厢上升到呼叫楼层停止；如果轿厢位置高于呼叫位置，则电梯轿厢下降到呼叫楼层停止；如果轿厢在当前呼叫楼层，电梯轿厢不动作。电梯在运行中呼叫无效，不考虑同时呼叫的情况。

2. 完成内容

列出 I/O 分配并画出 I/O 接线图，编写控制程序并进行调试。

3. 提高

当楼层有有效呼时，楼层指示灯亮，轿厢到呼叫楼层后，指示灯熄灭，并用数码管显示轿厢所在楼层。

4. 提供器材

FX₃U-48MR（FX₂N-48MR）PLC、简易电梯模型 1 套（可用接触器、按钮和开关代替）、指示灯 3 只、数码管 1 只（有限流电阻）。

5. 事例程序——简易三层电梯的控制（二）

（1）控制要求　3 个楼层各安装 1 个呼叫按钮及轿厢位置（平层）感应开关；按呼叫按钮，如果轿厢位置低于呼叫楼层，则轿厢上升到呼叫楼层停止；如果轿厢位置高于呼叫位置，则电梯轿厢下降到呼叫楼层停止；如果轿厢在当前呼叫楼层，电梯轿厢不动作。电梯在一层时，二层三层同时呼叫，电梯上升到二层停 2s，再上升到三层停止；电梯在三层时，一层二层同时呼叫，电梯下降到二层停 2s，再下降到一层停止。

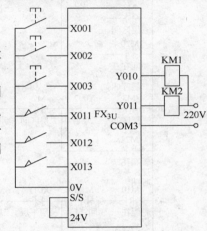

图 4-62　简易三层电梯的
控制（二）接线图

（2）I/O 分配和 I/O 接线图　X001：一层呼叫；X002：二层呼叫；X003：三层呼叫；X011：一层平层位置；X012：二层平层位置；X013：三层平层位置；Y10：上升 KM1；Y11：下降 KM2。接线图如图 4-62 所示。

（3）控制程序　梯形图如图 4-63 所示。

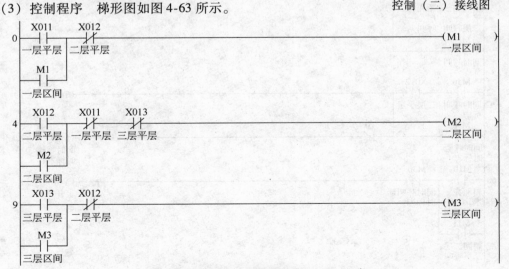

图 4-63　简易三层电梯的控制（二）程序

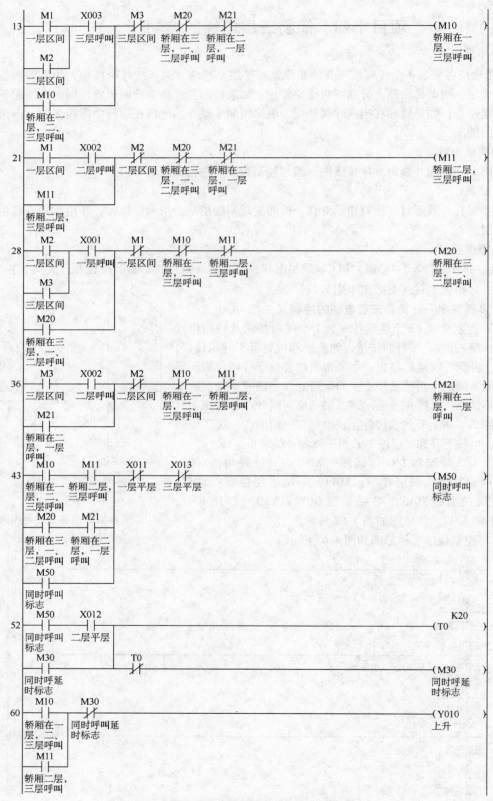

图 4-63　简易三层电梯的控制（二）程序（续）

图 4-63　简易三层电梯的控制（二）程序（续）

其指令表程序如下：

0　LD X011	23　OR M11	46　AND M21
1　OR M1	24　ANI M2	47　ORB
2　ANI X012	25　ANI M20	48　OR M50
3　OUT M1	26　ANI M21	49　ANI X011
4　LD X012	27　OUT M11	50　ANI X013
5　OR M2	28　LD M2	51　OUT M50
6　ANI X011	29　OR M3	52　LD M50
7　ANI X013	30　AND X003	53　AND X012
8　OUT M2	31　OR M20	54　OR M30
9　LD X013	32　ANI M1	55　OUT T0 K20
10　OR M3	33　ANI M10	58　ANI T0
11　ANI X012	34　ANI M11	59　OUT M30
12　OUT M3	35　ANI M20	60　LD M10
13　LD M1	36　LD M3	61　OR M11
14　OR M2	37　AND X002	62　ANI M30
15　AND X003	38　OR M21	63　OUT Y010
16　OR M10	39　ANI M2	64　LD M20
17　ANI M3	40　ANI M10	65　OR M21
18　ANI M20	41　ANI M11	66　ANI M30
19　ANI M21	42　OUT M21	67　OUT Y011
20　OUT M10	43　LD M10	68　END
21　LD M1	44　AND M11	
22　AND X002	45　LD M20	

习　题　四

1. 梯形图与指令表转化。

（1）将图 4-64 ~ 图 4-67 转换为指令表程序。

（2）将下列指令表程序转换为梯形图。

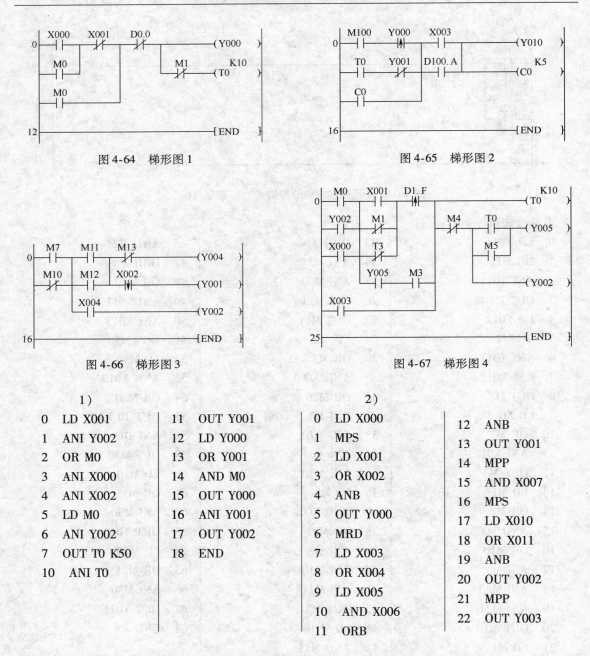

图 4-64　梯形图 1

图 4-65　梯形图 2

图 4-66　梯形图 3

图 4-67　梯形图 4

1)		2)	
0　LD X001	11　OUT Y001	0　LD X000	12　ANB
1　ANI Y002	12　LD Y000	1　MPS	13　OUT Y001
2　OR M0	13　OR Y001	2　LD X001	14　MPP
3　ANI X000	14　AND M0	3　OR X002	15　AND X007
4　ANI X002	15　OUT Y000	4　ANB	16　MPS
5　LD M0	16　ANI Y001	5　OUT Y000	17　LD X010
6　ANI Y002	17　OUT Y002	6　MRD	18　OR X011
7　OUT T0 K50	18　END	7　LD X003	19　ANB
10　ANI T0		8　OR X004	20　OUT Y002
		9　LD X005	21　MPP
		10　AND X006	22　OUT Y003
		11　ORB	

2. 程序设计。按以下要求用基本指令编写梯形图程序，并写出指令表程序。

（1）长延时程序。控制要求：设计一个 2h 的延时程序，当 X000 接通 2h 后 Y000 得电，当 X000 断开时，Y000 失电。

（2）计数程序。控制要求：用 PLC 程序对饮料生产线上的盒装饮料进行计数（计数输入 X000），该饮料 16 盒/箱，每计数 16 次（1 箱）打包装置（Y000）动作 5s。

（3）电动机的控制。控制要求：有两台三相异步电动机 M1 和 M2，M1 起动后，M2 才能起动；M1 停止后，M2 延时 30s 后才能停止；M2 还可以进行点动（与 M1 状态无关）。

（4）响铃控制。控制要求：每按一次按钮，无论时间长短，均要求响铃叫响 10s。输入信号 X000，输出信号 Y000。

（5）工作台自动往复控制程序。控制要求：正反转起动信号 X000、X001，停车信号 X002，左右限位开关 X003、X004，输出信号 Y000、Y001，要求程序中有互锁功能。

（6）抢答器控制。控制要求：4 个抢答台 A、B、C、D，当裁判员按下开始抢答按键，开始抢答指示灯亮，即可以进行抢答，优先抢中者其对应指示灯亮；裁判员按下按复位按键，所有灯熄灭；抢答时，有 2s 指示灯报警。

（7）彩灯顺序控制系统。控制要求：A 灯亮 1s，灭 1s；B 灯亮 1s，灭 1s；C 灯亮 1s，灭 1s；D 灯亮 1s，灭 1s。A、B、C、D 亮 1s，灭 1s；循环 3 次。

（8）按钮计数控制。控制要求：按按钮 3 次指示灯亮，再按两次指示灯熄灭，依此循环。输入信号 X000，输出信号 Y000。

（9）圆盘旋转控制。控制要求：按下起动按钮 X000，圆盘开始旋转，输出 Y000，转动一周（10 个脉冲，脉冲输入信号 X001）停 3s，再旋转，如此重复，按下停止信号 X002，圆盘立即停止。

（10）抢答器控制。控制要求：4 路抢答，实现优先抢答。用数码管显示抢中的台号。

（11）单按钮单路输出控制。控制要求：使用一个按钮控制一盏灯，实现奇数次按下灯亮，偶数次按下灯熄灭。输入信号 X000，输出信号 Y000。

（12）单按钮两输出控制。控制要求：使用一个按钮控制两盏灯，第一次按下时第一盏灯亮，第二盏灯灭；第二次按下时第一盏灯灭，第二盏灯亮；第三次按下时两盏灯都亮；第四次按下时两盏灯都灭。按钮信号 X001，第一盏灯信号 Y001，第二盏灯信号 Y002。

（13）鼓风机控制。控制要求：鼓风机系统一般由引风机和鼓风机两级构成。当按下起动按钮（X000）之后，引风机先工作，工作 5s 后，鼓风机工作。按下停止按钮（X001）之后，鼓风机先停止工作，5s 之后，引风机才停止工作。控制鼓风机的接触器由 Y001 控制，引风机的接触器由 Y002 控制。

（14）彩灯的控制。控制要求：设计一个由 5 个灯组成的彩灯组。按下起动按钮之后，从第一个彩灯开始，相邻的两个彩灯同时点亮和熄灭，不断循环，每组点亮的时间为 3s。按下停止按钮之后，所有彩灯立刻熄灭。其点亮的顺序是 1、2→3、4→5、1→2、3→4、5→循环。

第 5 章　顺序控制指令及其应用

5.1　顺序控制指令

顺序控制是指以预定的受控执行机构动作顺序及相应的转步（状态步）条件，按流程执行的自动控制，其受控设备通常是动作顺序不变或相对固定的生产机械。这种控制系统的状态步转移（状态转移）的主令信号大多数是行程开关、光敏开关、干簧管开关、霍尔元件开关等，有时也采用定时器或计数器之类的信号作为状态转移的条件。

为了使顺序控制系统工作可靠，通常采用步进式顺序控制电路结构。控制系统的任一状态步（以下简称步）的激活（得电）必须以前一步的得电并且状态转移主令信号已发出为条件。对该系统而言，若前一步的动作未完成，则后一步的动作无法执行。这种控制系统的互锁严密，即便状态转移主令信号元件失灵或出现误操作，亦不会导致动作顺序错乱。

1. 状态元件

在步进顺程程序当中，S 元件用于定义动作的状态。每一个 S 元件被视为一个控制工序，通过若干个 S 元件将整个控制过程划分成多个工序，便可以将复杂的控制过程转化为便于理解的控制流程。S 元件区间定义请见第 3 章第 3 节。

2. STL 和 RET 指令

STL 指令是步进开始指令，是具有特殊功能的触点，其作用如下：

1）驱动输出。由 STL 触点与其他执行条件（可无条件输出）配合驱动执行类指令。

2）指定转移（跳转）的条件。步进顺序控制程序通过连接在 STL 触点的逻辑电路设置转移（跳转）到其他状态的条件。

3）指定转移（跳转）的方向。由 STL、转移条件驱动 SET（或 OUT）指令与 S□指定转移（跳转）的方向。

4）复位上一状态功能。转移（跳转）走的 STL 触点将会被新激活的 STL 触点复位（产生一个复位脉冲）。

5）未激活的状态不扫描。系统只扫描被激活的状态，而当 STL 触点断开时，系统不扫描。

RET 指令是步进返回指令，当步进程序执行完毕，程序指针需要重新回到母线扫描其他的程序，RET 指令可以使程序指针返回到母线，否则程序将扫描不到 END 步而出错。

STL 和 RET 指令在程序中占用 1 个程序步。

3. 步进梯形图与步进原理图

步进梯形图是以梯形图的形式来编写顺序控制程序的方式，下面以电动机的自动正反转为例来介绍步进梯形图程序的编写，其控制要求是：

按起动按钮→电动机正转 2s→停止 2s→电动机反转 3s→停止 2s→循环；按停止按钮，停止运行。

输入输出分配是，X000：起动按钮；X001：停止按钮；Y000：正转接触器；Y001：反转接触器。步进梯形图程序如图 5-1 所示。

步进梯形图是用梯形图的形式来表现步进顺序控制的方式，这种表现方式初学者难以看懂，很容易跟逻辑指令梯形图混淆，将图 5-1 步进梯形图转化为步进原理图如图 5-2 所示。

步进原理图对于初学者理解步进顺序控制程序执行过程有很大帮助，图 5-2 中，程序执行过

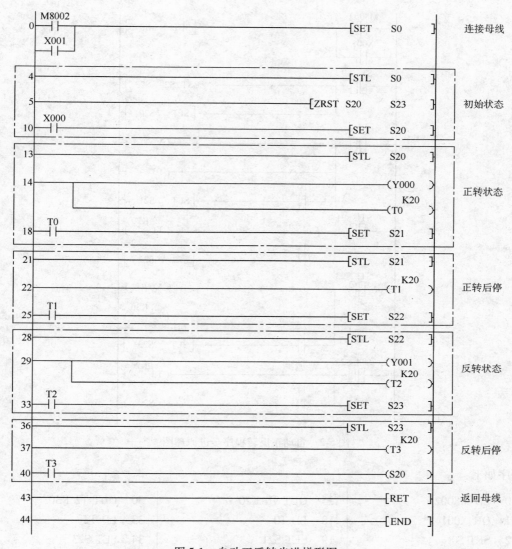

图 5-1　自动正反转步进梯形图

程如下：

　　当 PLC 由 STOP→RUN，初始脉冲 M8002 使初始状态 S0 置位，此时 S0 的 STL 触点被激活，其驱动的指令"ZRST　S20　S23"生效，当按下起动按钮 X000，转移条件满足，S20 被置位，S20 的 STL 触点被激活，此时 S0 的 STL 触点被复位，STL S20 触点被激活后 Y000 输出，电动机正转，同时定时器 T0 计时，当 T0 计时 3s 后，T0 触点接通，转移条件满足，置位 S21，S21 的 STL 触点被激活，S20 的 STL 触点被复位，S20 驱动的电路将无效，Y000 输出停止。S21 的 STL 触点被激活后，驱动的电路工作，T1 得电计时，2s 后置位 S22，S22 的 STL 触点被激活，S21 被复位，S22 的 STL 触点驱动的电路工作，Y001 输出，电动机反转，同时定时器 T2 计时，3s 后置位 S23，S23 的 STL 触点被激活，S22 被复位，定时器 T3 计时，2s 后输出 S20，程序跳转到 S20，然后实现循环。

　　按下停止按钮 X001，S0 被置位，S0 的 STL 触点被激活，执行"ZRST　S20　S23"指令，S20 ~ S23 被复位，所有输出停止，S0 的 STL 触点保持激活状态，等待下次起动。图 5-1 的指令

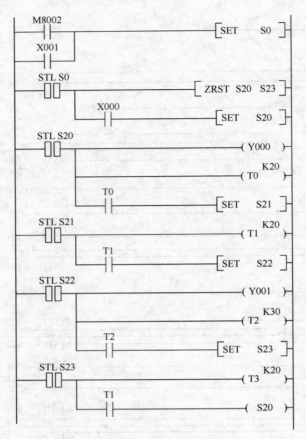

图 5-2　自动正反转程序步进原理图

表程序如下：

0	LD M8002	15　OUT T0 K20	30　OUT T2 K30
1	OR X001	18　LD T0	33　LD T2
2	SET S0	19　SET S21	34　SET S23
4	STL S0	21　STL S21	.36　STL S23
5	ZRST S20 S23	22　OUT T1 K20	37　OUT T3 K20
10	LD X000	25　LD T1	40　LD T3
11	SET S20	26　SET S22	42　OUT S20
13	STL S20	28　STL S22	44　RET
14	OUT Y000	29　OUT Y001	45　END

4. SFC 程序

SFC 即顺序功能图（Sequential Function Chart）也叫状态转移图，是描述控制系统的控制过程、功能和特性的一种图形语言，专门用于编制顺序控制程序。SFC 程序从本质上讲与步进梯形图没什么区别，只是图形表现形式不一样而已，但 SFC 程序更易读，更容易理解，结构清晰明了，因此步进程序建议用顺序功能图来编写。

将图 5-1 自动正反转步进梯形图转化为顺序功能图，如图 5-3 所示。

以上程序是没有分支的简单程序，除此之外，还有分支程序，包括选择分支程序和并行分支

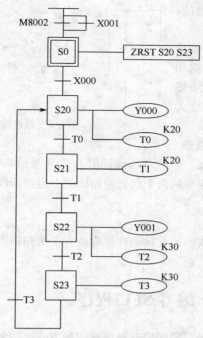

图 5-3　自动正反转顺序功能图

程序,以及选择分支和并行分支程序组成的复杂分支程序。选择分支和并行分支将在 5.4 节顺控指令应用事例中进行介绍。

5.2　顺序控制指令的基本规则

顺序控制指令与基本指令编程思路上有所不同,其编程规则也不一样,在编写程序时需要遵循以下基本规则。

1. 步进顺序控制程序回路/分支数规则

程序中可以有多个独立的步进顺序控制程序,每一个独立的步进顺序控制末尾必须加 RET 返回,但总数不能超过 10 路;每个步进顺控程序中可以有并行分支和选择性分支,也可以二者同时存在,但一个独立的顺控程序中分支的回路不能超过 8 个,整个程序总的回路不能超过 16 路。

2. 步进顺序控制程序的转移条件规则

步进顺序控制程序转移条件不能有 ANB 和 ORB 指令,否则将出错。如果转移条件比较复杂需要块操作运算时,可以将转移条件放到该状态元件负载端进行处理,将负载的转移条件转化为辅助继电器触点,如图 5-4 所示。串联块的操作方法类似。

3. 步进顺序控制程序中不能使用的指令

步进顺序控制程序中不应有 MC、MCR SRET IRET 等指令。MPS、MPP、MRD 不能直接连接到 STL 触点。

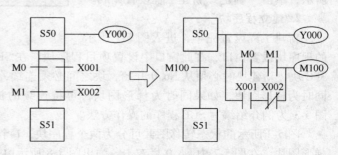

图 5-4　转移条件为块的处理

4. 步进顺序控制程序中输出的处理

步进顺序控制程序中直接输出的执行类指令需上移，有条件输出需下移，如图 5-5 所示。如果所有输出均为有条件输出，摆放的顺序无限制。

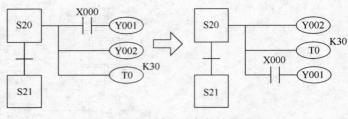

图 5-5　直接输出和条件输出处理

5. 步进顺序控制允许重复线圈

步进顺序控制允许重复线圈，但注意可能同时有效（激活）的状态不能有重复线圈。定时器的线圈也可以重复使用，但相邻的两个状态使用同一个定时器线圈时，在状态转移时定时器当前值无法清零。

6. 相邻状态互锁

相邻的两个状态所驱动的线圈，在状态转移时会有 1 个扫描周期同时被驱动，如果这两个输出有互锁限制，请在程序中加互锁。

5.3　用 GX Developer 编写 SFC 程序

用 GX Developer 调试软件编写顺序控制程序有两种方式，一种是在梯形图程序类型（新建项目时选择程序类型）中直接输入指令的方式进行编写，如果熟悉规则，也可以直接编写步进梯形图，如图 5-1 所示；第二种是用 SFC（状态功能图）方式来编写步进顺控程序，这两种方式只是在软件界面上看到的形式不一样，其实程序本身没有任何区别，而且相互之间可以互相转换。以下介绍用 SFC 方式编写程序。

1. 新建项目

打开 GX Developer 软件界面，单击新建 □ 按钮，或执行"工程"菜单中的"创建新工程"命令，选择 PLC 所属系列和型号，设置程序的类型为 SFC，并设置文件的保存路径和工程名称等，如图 5-6 所示，单击"确定"新建工程设置完成。

2. 建立程序块

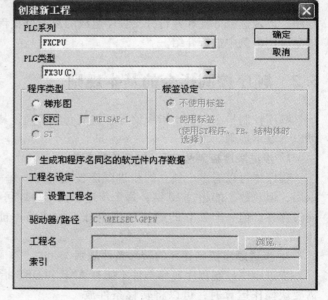

图 5-6　新建 SFC 程序

新建工程设置完毕，进入图 5-7 所示的程序块设置窗口，在此窗口中设置项目程序块。在 SFC 程序中至少包含 1 个梯形图块和 1 个 SFC 块。新建块时必须从 No.0 开始，块之间必须连续，否则将不能转换，且要注意相邻块不能同时为梯形图块，如果同时为梯形图块，可将连续的梯形图块合并为一个梯形图块。下面以图 5-3 为例介绍编写 SCF 程序的操作方法。

图 5-3 所示的状态转移图共可分为两个程序块，1 个梯形图块和 1 个 SFC 块，首先建立一个梯形图块，在图 5-7 中 No.0 栏双击，弹出图 5-8 所示窗口，在窗口中输入块标题"程序 A"，并

图 5-7　块设置窗口

选择梯形图块。单击"执行"进入梯形图块编辑界面。

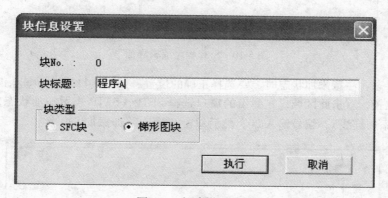

图 5-8　新建梯形图块

3. 梯形图块编辑

梯形图块建好后，进入图 5-9 所示的梯形图程序编辑界面，按图 5-3 所示输入梯形图部分程序（本例中只有连接初始状态部分），输入时可以使用指令输入方式和梯形图输入方式，建议使用指令输入方式。如果采用梯形图输入方式，程序编辑结束时，需要对所编写程序进行变换。

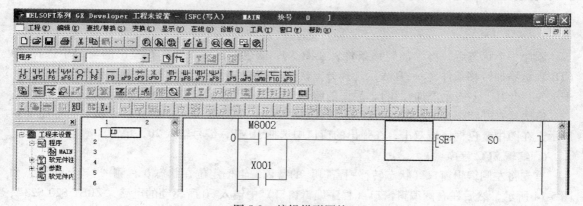

图 5-9　编辑梯形图块

4. 建立 SFC 块

梯形图块编辑完毕，退出当前编辑窗口，单击关闭当前窗口按钮（图 5-9 中菜单栏右端关闭按钮）退回到图 5-7 所示块设置窗口。

在图 5-7 中 No.1 栏双击，在弹出的块设置窗口中，输入块标题"程序 B"，并在块类型选项中选择 SFC，单击"执行"建立 1 个 SFC 块。

5. 构建状态转移框架

新建 SFC 块完成后，进入 SFC 程序编辑界面，如图 5-10 所示。

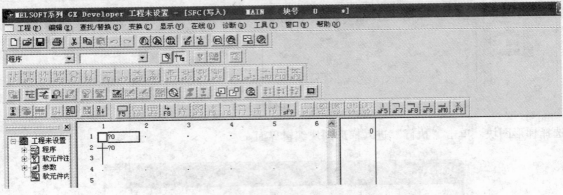

图 5-10　SFC 程序编辑界面

首先添加状态，注意添加状态时，要选择正确的位置，如图 5-11 所示，S20 正确的位置是在图中蓝色框的位置，双击此区域，在弹出的窗口选择 SETP（SETP 表示添加状态，JUMP 表示添加跳转，┃表示添加连线），编号输入 20，然后单击"确定"即添加 S20 状态。

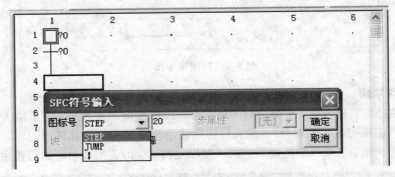

图 5-11　新建状态

添加一个状态后，再添加转移条件，在图 5-12 蓝色框区域双击，在弹出的窗口中选择 TR（TR 表示添加转移条件，－－D 表示选择分支，＝＝D 表示并行分支，－－C 表示选择合并，＝＝C 表示并行合并，┃表示添加竖线），后面的编号自动生成，也可以自行修改，但注意不要重复。

依次建立好状态 S21～S23 和转移条件 TR1～TR4，最后在 TR4 下建立一个跳转，如图 5-13 所示，在图中蓝色框区域双击，在弹出的窗口中选择 JUMP，编号输入 20，单击"确定"完成。

6. 编辑 SFC 程序

首先将左侧编辑窗口（状态转移图窗口）的蓝色编辑框定位在状态 0 右侧"？0"位置，如图 5-14 所示，然后在右侧编辑窗口（程序编辑窗口）中输入 S0 所驱动的电路"ZRST S20 S23"，可以采用梯形图方式输入和指令方式输入，采用梯形图方式输入时需在输入完成后进行变换，此

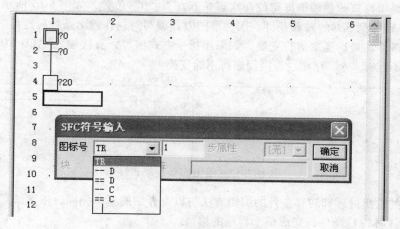

图 5-12　新建转移条件

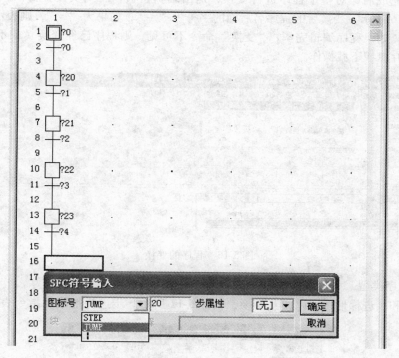

图 5-13　新建跳转

时"？0"变为"0"，表示 S0 状态的输出处理已经完成，如果该状态没有输出的电路，则有"？"存在不会影响程序的执行。

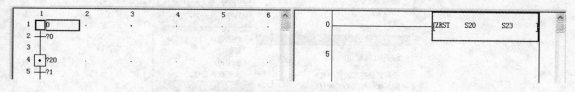

图 5-14　编辑 SFC 程序 1

再把左侧编辑窗口蓝色编辑框定位在状态 0 下方 "? 0" 位置，如图 5-15 所示，在右侧编辑窗口中输入 S0 转移到 S20 的转移条件，用梯形图方式编写时，在输出条件后连接 "TRAN" 表示该回路为转移条件，最后还要进行变换。如果用指令方式编写，直接输入 "LD X000" 即可，注意转移条件中不能有 "?" 存在，否则程序将不能变换。

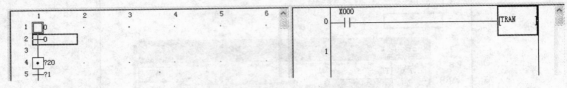

图 5-15　编辑 SFC 程序 2

其他状态的输出处理和转移条件的编辑方法与以上介绍的基本相同，依次编写好各状态的输出电路和转移（跳转）条件，完成整个程序的编写。

7. 程序的变换

程序编辑完成后，对整个程序进行变换，退出编辑窗口，回到块设置窗口，执行 "变换" 命令，如图 5-16 所示，变换后的程序名后面的字符为 " - "；如果为 " * "，则表示程序有错误，需要进行修改。如果程序编辑完毕，"变换" 命令不可见，则程序已经变换（或不需变换），此时可直接进行存盘或下载操作。

图 5-16　程序的变换

8. 改变程序类型

SFC 程序和步进梯形图可以相互切换，如图 5-17 所示。步进梯形图和指令表之间也可以相

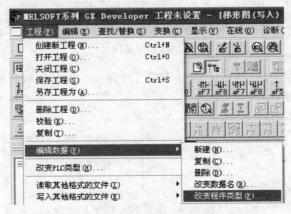

图 5-17　SFC 程序与步进梯形图的切换

互转换，切换时直接单击 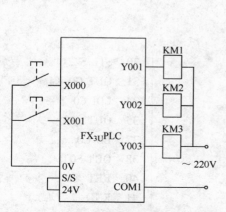 按钮即可。SFC 程序要转换为指令表时，则需要先转换为步进梯形图，再转换为指令表。

5.4　顺序控制指令的应用

项目十五　三速电动机的控制（二）

1. 控制要求

用 PLC 的步进顺序控制指令编写程序。按起动按钮，电动机以最低速起动，KM1、KM2 闭合；低速运行 3s，电动机切换为中速运行，此时先断开 KM1、KM2，再使 KM3 闭合；中速运行时间为 3s，然后电动机切换为高速运行，此时断开 KM3、再使 KM4、KM5 闭合；运行和起动期间按停止按钮，立即停机。

2. 完成内容

列出 I/O 分配并画出 I/O 接线图，编写控制程序并进行调试。

3. 提高

在起动低速时设置报警指示灯亮，中速运行阶段设置报警指示灯闪烁（周期为 1s）。

4. 提供器材

FX_{3U}-48MR（FX_{2N}-48MR）PLC、AC220V（380V）接触器 5 个（或用 5 个指示灯代替）、按钮 2 个、24V 指示灯 1 个。

5. 事例程序——三台电动机的起停控制（三）

（1）控制要求　按起动按钮，电动机 M1 立即起动；M1 运行 5s 后，电动机 M2 起动（M1 停止）；M2 运行 5s 后，电动机 M3 起动（M2 停止）；起动完毕按停止按钮，电动机 M3 立即停止，起动过程中按停止按钮停止无效。

（2）I/O 分配和 I/O 接线图　X000：停止按钮；X001：起动按钮；Y001：电动机 M1 接触器 KM1；Y002：电动机 M2 接触器 KM2；Y003：电动机 M3 接触器 KM3。接线图如图 5-18 所示。

（3）控制程序

三台电动机的起停控制程序如图 5-19 所示。

图 5-18　三台电动机的起停控制（三）接线图

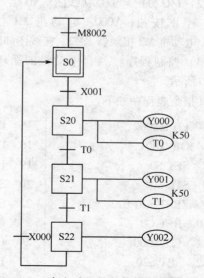

图 5-19　三台电动机的起停控制程序（三）

其指令表程序如下：

0　LD M8002	9　OUT T0 K50	21　SET S22
1　SET S0	12　LD T0	23　STL S22
3　STL S0	13　SET S21	24　OUT Y002
4　LD X001	15　STL S21	25　LD X000
5　SET S20	16　OUT Y001	26　OUT S0
7　STL S20	17　OUT T1 K50	28　RET
8　OUT Y000	20　LD T1	29　END

项目十六　电动机的自动正反转控制（二）

1. 控制要求

用 PLC 步进顺序控制指令编制电动机自动正、反转控制程序。要求电动机正转 3s，停 2s，然后反转 2s，停 3s，循环 3 个周期后自动停止；运行过程中，按停止按钮电动机停止；热保护动作电动机自动停止，并输出报警指示灯，按解除报警按钮停止报警。

2. 完成内容

列出 I/O 分配并画出 I/O 接线图，编写控制程序并进行调试。

3. 提高

起动前设置延时 2s 启动报警后，再起动自动正反转。

4. 提供器材

FX$_{3U}$-48MR（FX$_{2N}$-48MR）PLC、AC220V（380V）接触器 2 只、按钮 2 个、24V 指示灯 1 个。

5. 事例程序——两台电动机的循环控制（二）

（1）控制要求　用 PLC 步进顺序控制指令编制程序，按起动按钮电动机 M1 运行，4s 后停止，电动机 M2 立即运行，3s 后 M2 停止，依此循环 4 个周期后停止，在运行过程中按停止按钮两台电动机停止运行。

（2）I/O 分配和 I/O 接线图　X000：起动按钮 SB；X001：停止按钮；Y000：电动机 M1 接触器 KM1；Y001：电动机 M2 接触器 KM2。接线图如图 5-20 所示。

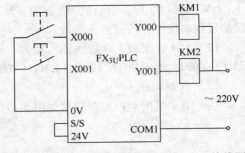

图 5-20　两台电动机的循环控制（二）接线图

（3）控制程序　两台电动机的循环控制程序如图 5-21 所示。

其指令表程序如下：

0　LD M8002	15　OUT Y000	30　STL S22
1　OR X001	16　OUT T0 K40	31　OUT C0 K4
2　SET S0	19　LD T0	34　LDI C0
4　STL S0	20　SET S21	35　OUT S20
5　ZRST S20 S22	22　STL S21	37　LD C0
10　RST C0	23　OUT Y001	38　OUT S0
11　LD X000	24　OUT T1 K30	40　RET
12　SET S20	27　LD T1	41　END
14　STL S20	28　SET S22	

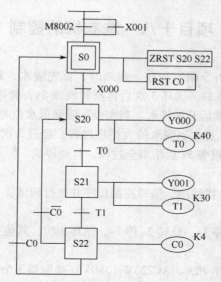

图 5-21　两台电动机的循环控制程序（二）

项目十七　电动机的顺序控制（二）

1. 控制要求

用 PLC 的步进顺序控制指令编写程序。按起动按钮，电动机 M1 立即起动，2s 后电动机 M2 起动，再过 2s 电动机 M3 起动；起动完毕后，按停止按钮，电动机 M3 立即停止，1.5s 钟后电动机 M2 停止，再过 1.5s 电动机 M1 停止；未起动完毕，按停止按钮，电动机 M1、M2、M3 立即停止。

2. 完成内容

列出 I/O 分配并画出 I/O 接线图，编写控制程序并进行调试。

3. 提高

调试完毕后，将控制要求中起动完毕电动机 M1、M2、M3 立即停止，改为停止功能无效，编写出控制程序，并进行调试。

4. 提供器材

FX$_{3U}$-48MR（FX$_{2N}$-48MR）PLC、AC220V（380V）接触器 3 个、按钮 2 个。

5. 事例程序——电动机轮流起动控制（二）

（1）控制要求　按起动按钮电动机 M1、M2 运行，3s 后切换为电动机 M2、M3 运行，再过 3s 切换为电动机 M1、M3 运行，再过 3s 后电动机 M1、M2、M3 同时运行，起动过程中和起动完毕后，按停止按钮，电动机立即停止。

（2）I/O 分配和 I/O 接线图　X000：起动按钮；X001：停止按钮；Y001：电动机 M1 接触器 KM1；Y002：电动机 M2 接触器 KM2；Y003：电动机 M3 接触器 KM3。接线图如图 4-50 所示。

（3）控制程序　电动机轮流控制程序如图 5-22 所示。

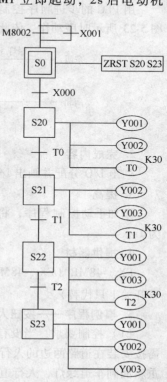

图 5-22　电动机轮流
起动控制程序（二）

项目十八　洗衣机的控制

1. 控制要求

用 PLC 的步进顺序控制指令编写程序。起动时，首先进水，到达要求的水位后停止进水，开始洗涤；正转洗涤 2s，暂停 3s，循环 3 次后再反转洗涤 2s，暂停 3s，循环 3 次后，再正转洗涤，如此正/反转循环 2 个周期后开始排水。当水位下降到低水位时，进行脱水（同时排水），脱水时间为 5s；这样完成一次从进水到脱水的大循环过程；经过 3 次上述大循环后（第 2、3 次为漂洗），进行洗衣完成报警，报警 5s 后结束全过程，自动停机。

2. 完成内容

列出 I/O 分配并画出 I/O 接线图，编写控制程序并进行调试。

3. 提高

将洗涤过程改为正转 2s 停 3s，反转 2s 停 3s，循环 3 次，其他控制环节不变。

4. 提供器材

FX$_{3U}$-48MR（FX$_{2N}$-48MR）PLC、AC220V（380V）接触器 3 个、按钮 2 个、开关 2 个（高水位和低水位开关）、指示灯 3 个（进水电磁阀、排水电磁阀及报警用）。

5. 事例程序

请参考项目十七中事例程序。

项目十九　十字路口交通灯的控制（一）

1. 控制要求

用 PLC 的步进顺序控制指令编写程序。自动起动后，东西向和南北向交通信号灯按时序图 5-23 所示时序动作，依此循环；按停止按钮所有信号灯熄灭。

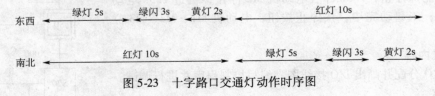

图 5-23　十字路口交通灯动作时序图

2. 完成内容

列出 I/O 分配并画出 I/O 接线图，编写控制程序并进行调试。

3. 提高

添加手动控制程序，将选择开关拨到手动位置，东西向和南北向所有灯闪烁，闪烁周期为 1s。

4. 提供器材

FX$_{3U}$-48MR（FX$_{2N}$-48MR）PLC、交通灯模板（或用三色指示灯各 4 只、按钮 2 只、两位钮子开关 1 只代替）。

5. 事例程序——按钮人行道

（1）控制要求　当没有行人穿越车道时，车道为绿灯，人行道为红灯；当行人需要通过时，需按安装在道路两边的人行道按钮，此时车道和人行道信号灯动作如图 5-24 所示，经过 22s 后，重新回到车道绿灯，人行道红灯的状态。

（2）I/O 分配和 I/O 接线图　X000、X001：人行道按钮；Y000：车道绿灯；Y001：车道黄灯；Y002：车道红灯；Y003：人行道绿灯；Y004：人行道红灯。接线图如图 5-25 所示。

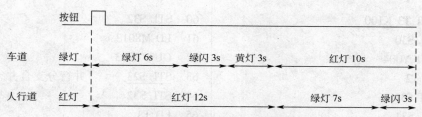

图 5-24　按钮人行道动作时序图

（3）控制程序　按钮人行道程序如图 5-26 所示。其指令表程序如下：

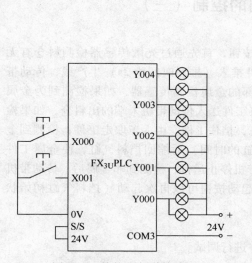

图 5-25　按钮人行道接线图

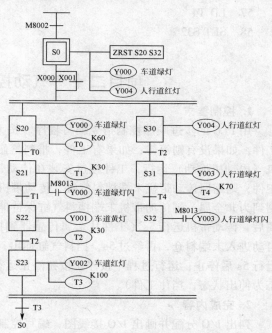

图 5-26　按钮人行道程序

0	LD M8002	23	SET S21
1	SET S0	25	STL S21
3	STL S0	26	OUT T1 K30
4	ZRST S20 S32	29	LD M8013
9	OUT Y000	30	OUT Y000
10	OUT Y004	31	LD T1
11	LD X000　　　　　并行分支开始	32	SET S22
12	OR X001	34	STL S22
13	SET S20	35	OUT Y001
15	SET S30	36	OUT T2 K30
17	STL S20	39	LD T2
18	OUT Y000	40	SET S23
19	OUT T0 K60	42	STL S23
22	LD T0	43	OUT Y002

44	OUT T3 K100	60	STL S32
47	STL S30	61	LD M8013
48	OUT Y004	62	OUT Y003
49	LD T2	63	STL S23　　　并行分支合并
50	SET S31	64	STL S32
52	STL S31	65	LD T3
53	OUT Y003	66	OUT S0
54	OUT T4 K70	68	RET
57	LD T4	69	END
58	SET S32		

项目二十　气动控制阀的控制（三）

1. 控制要求

用 PLC 的步进顺序控制指令编写程序。按下起动按钮，首先通过光敏传感器检测料仓有无工件，如果没有则等待；如果有工件，推料气缸将工件推入（推料时间为 2s）生产线，传动带机（电动机拖动）运行，工件经过安装在传动带机中部的金属检测传感器，如果检测到为金属工件，则缩回传动带机末端挡料气缸，传动带机直接将工件送入传动带机末端的出料仓，如果检测到为非金属，则传动带机末端挡料气缸保持伸出状态，挡住工件，由人工取走工件；检测到金属后，传动带机运行 5s（工件从金属传感器到挡料气缸的时间）后缩回挡料气缸，使金属工件自动进入末端料仓，再经过 5s，挡料气缸伸出，传动带机停止运行；检测到非金属后，传动带机运行 5s 后停止；运行过程中按停止按钮停止运行；按起动按钮可以再次起动（挡料气缸初始状态为伸出状态，挡住工件）。

2. 完成内容

列出 I/O 分配并画出 I/O 接线图，编写控制程序并进行调试。

3. 提高

设计金属和非金属的计数程序，设定的金属（非金属）个数到后才停机。

4. 提供器材

FX$_{3U}$-48MR（FX$_{2N}$-48MR）PLC、生产线试验台 1 套（包括双杆推料气缸、单缸挡料气缸、三位五通气动控制阀、二位五通气动控制阀、光敏传感器、金属检测传感器、接触器、传动带机）、按钮 2 只。

5. 事例程序——气动控制阀的控制（四）

（1）控制要求　按下起动按钮，由光敏传感器检测出料仓有无工件；如果无工件，10s 后输出红色灯报警，按停止按钮或加入工件停止报警；如果有工件，推料气缸将工件推入（推料时间 2s）生产线，传动带机（电动机拖动）运行，运行 5s 后挡料气缸缩回，将第一个（奇数）工件直接放入传动带机末端的进料仓，5s 后再伸出气缸；传动带机再运行 5s 后将下一个工件推入生产线，第二个（偶数个）工件在传动带机运行 15s（到挡料气缸位置）时，人工从生产线取走工件，依次连续动作。运行过程中，按停止按钮，传动带机停止运行（挡料气缸初始状态为伸出状态，挡住工件）。

（2）I/O 分配和 I/O 接线图　X010：起动按钮；X011：停止按钮；X000：光敏检测；Y000：推料气缸气动控制阀；Y001：挡料气缸气动控制阀；Y002：红色指示灯；Y010：传动带机接触

器。接线图如图 5-27 所示。

（3）控制程序　气动控制阀的控制（四）程序如图 5-28 所示。其指令表程序如下：

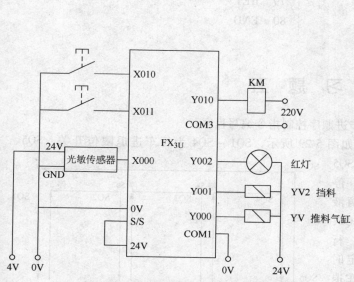

图 5-27　气动控制阀的控制（四）接线图

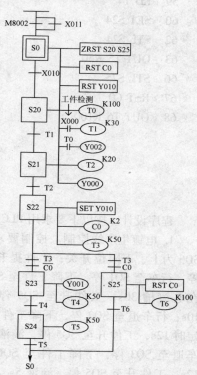

图 5-28　气动控制阀的控制（四）程序

0	LD M8002	
1	OR X011	
2	SET S0	
4	STL S0	
5	ZRST S20 S25	
10	RST C0	
11	RST Y10	
12	LD X010	
13	SET S20	
15	STL S20	
16	OUT T0 K100	
19	LD X000	
20	OUT T1 K30	
23	LD T0	
24	OUT Y002	
27	LD T1	
28	SET S21	
30	STL S21	
31	OUT T2 K20	
34	OUT Y000	
35	LD T2	
36	SET S22	
38	STL S22	
39	SET Y010	
40	OUT C0 K2	
43	OUT T3 K50	
46	LD T3	选择分支开始
47	ANI C0	
48	SET S23	
50	LD T3	
51	AND C0	
52	SET S25	
54	STL S23	
55	OUT Y001	

56	OUT T4 K50		71	STL S24	选择分支合并
59	LD T4		72	LD T5	
60	SET S24		73	OUT S0	
62	STL S24		75	STL S25	
63	OUT T5 K50		76	LD T6	
66	STL S25		77	OUT S0	
67	RST C0		79	RET	
68	OUT T6 K100		80	END	

习 题 五

程序设计。按以下要求用 PLC 的步进顺序控制指令编写程序。

1. 电镀生产线控制。控制要求：如图 5-29 所示，SQ1 ~ SQ4 为行车进退限位开关，SQ5、SQ6 为上、下限位开关；工件提升至 SQ5 停，行车至 SQ1 停，下降工件至 SQ6，停在电镀槽 30s；工件升至 SQ5 停，滴液 10s；行车退至 SQ2 停，下降工件至 SQ6，定时 12s，工件升至 SQ5 停，滴液 5s，行车退至 SQ3 停，下降工件至 SQ6，定时 12s，工件升至 SQ5 停，滴液 5s，行车退至 SQ4 停，下降工件至 SQ6，完成一次循环。

图 5-29　电镀槽示意图

2. 传动带机控制。控制要求：传动带运输机传输系统分别用电动机 M1、M2、M3 带动，按下起动按钮，先起动最末一台传动带机 M3，经 5s 后再依次起动其他传动带机。正常运行时，M3、M2、M1 均工作。按下停止按钮时，先停止最前面的一台传动带机 M1，待料送完毕后再依次停止其他传动带机。

3. 三自由度机械手控制系统的设计。控制要求：在初始位置（上、左、加紧/放松限位开关确定）处，按下起动按钮，系统开始工作；机械手首先向下运动，运动到最低位置停止；机械手开始夹紧工件，一直到把工件夹紧为止（由定时器控制）；机械手开始向上运动，一直运动到最上端（由上限位开关确定）；上限位开关闭合后，机械手开始向右运动；运行到右端后，机械手开始向下运动；向下到位后，机械手把工件松开，一直到松限位开关有效（由松限位开关控制）；工件松开后，机械手开始向上运动，直至触动上限位开关（上限位开关控制）；到达最上端后，机械手开始向左运动，直到触动左限位开关，此时机械手已回到初始位置。要求实现连续循环工作；正常停车时，要求机械手回到初始位置时才能停车；按下急停按钮时，系统立即停止。

4. 汽车库自动门控制系统。控制要求：当汽车到达车库门前时，超声波开关接收到车辆的信号，开门上升；当升到顶点碰到上限开关时，门停止上升；汽车驶入车库后，光电开关发出信号，门电动机反转，门下降，碰到下限开关后门电动机停止。试画出输入输出设备与 PLC 的接线图、设计出梯形图程序并加以调试。

5. 六盏灯控制。控制要求：按下起动按钮 X000，六盏灯（Y0 ~ Y5）依次都亮，间隔时间为

1s；按下停止按钮 X001，灯反方向（Y5～Y0）依次熄灭，间隔时间为 1s；按下急停按钮 X002，六盏灯立即全灭。

6. 两种液体混合装置控制。控制要求：如图 5-30 所示，有两种液体 A、B 需要在容器中混合成液体 C 待用，初始时容器是空的，所有输出均失效。按下起动按钮，阀门 1（Y000）打开，注入液体 A；到达 M 位置时，阀门关闭，阀门 2（Y001）打开，注入液体 B；到达 H 位置时，阀门 2 关闭，打开加热器 R；当温度传感器达到 60℃时，关闭 R，打开阀门 3，释放液体 C；当水位到达最低位液位传感器 L（断开）时，关闭阀门 3 进入下一个循环。按下停止按钮，要求停在初始状态。

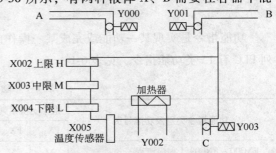

图 5-30　两种液体混合控制示意图

起动信号 X000；停车信号 X001；H（X002）；I（X003）；L（X004）；温度传感器 X005；阀门 1（Y000）；阀门 2（Y001）；加热器 R（Y002）；阀门 3（Y003）。

7. 喷泉控制。控制要求：喷泉有 A、B、C 三组喷头。起动后，A 组喷头先喷 5s，后 B、C 组同时喷，5s 后 B 组停止工作，再 5s C 组停止工作，而 A、B 组又喷，2s 后 C 组喷，持续 5s 后全部停，再过 3s 重复上述过程。

8. 机床主轴多次进给控制。控制要求：机床进给由液压驱动。电磁阀 DT1 得电主轴前进，失电后退。同时，还用电磁阀 DT2 控制前进及后退速度，得电快速，失电慢速。其工作过程如图 5-31 所示。

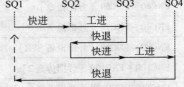

图 5-31　机床控制示意图

9. 工件检测系统。控制要求：图 5-32 是一个工件检测系统示意图，图中 3 个光电传感器为 BL1、BL2、BL3。BL1 检测是否为正品，是正品则"ON"；BL2 检测工件是否是次品，如果是次品则为"ON"；BL3 检测有无次品落下。当次品移到 2 号位置时，电磁控制阀 YV 得电，推料气缸将工件推入次品库，若无次品则正品移到正品库箱。于是完成了正品和次品分开的任务。用状态转移图编写出控制程序，记录正品和次品的数量。

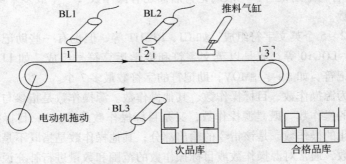

图 5-32　工件检测系统示意图

第6章 功能指令及应用

功能指令是实现某一功能或完成某一操作的指令，FX$_{3U}$系列 PLC 有 25 类功能指令，FX$_{2N}$系列 PLC 有 15 类功能指令，见表 6-1。

表 6-1 功能指令分类表

功能指令类别及功能号区	指令支持系列		功能指令类别及功能号区	指令支持系列	
	FX$_{3U}$	FX$_{2N}$		FX$_{3U}$	FX$_{2N}$
FNC00 ~ FNC09［程序流程］	√	√	FNC160 ~ FNC169［时钟运算］	√	√
FNC10 ~ FNC19［传送与比较］	√	√	FNC170 ~ FNC179［外部设备］	√	√
FNC20 ~ FNC29［算术与逻辑运算］	√	√	FNC180 ~ FNC189［其他指令］	√	×
FNC30 ~ FNC39［循环与移位］	√	√	FNC190 ~ FNC199［数据块处理］	√	×
FNC40 ~ FNC49［数据处理］	√	√	FNC200 ~ FNC209［字符串处理］	√	×
FNC50 ~ FNC59［高速处理］	√	√	FNC210 ~ FNC219［数据表处理］	√	×
FNC60 ~ FNC69［方便指令］	√	√	FNC220 ~ FNC249［比较触点指令］	√	√
FNC70 ~ FNC79［外部设备 I/O］	√	√	FNC250 ~ FNC269［数据处理 3］	√	×
FNC80 ~ FNC89［外部设备 SER］	√	√	FNC270 ~ FNC274［变频器通信］	√	×
FNC100 ~ FNC109［数据传送 2］	√	×	FNC275 ~ FNC279［数据传送 3］	√	×
FNC110 ~ FNC139［浮点运算］	√	√	FNC280 ~ FNC289［高速处理 2］	√	×
FNC140 ~ FNC149［数据处理 2］	√	√	FNC290 ~ FNC299［扩展文件寄存器控制］	√	×
FNC150 ~ FNC159［定位］	√	√			

1. 功能指令的表现形式

FX 系列 PLC 所有功能指令的表示形式是一致的，每一条功能指令都有功能编号（FNC00 ~ FNC□□□），且都有一个助记符，一般助记符后面还有操作数（一个或多个操作数），只有少数功能指令不带操作数。

助记符一般由 2 ~ 5 个英文字符组成，如 CJ、RIGHT 等，但也有一些助记符是以英文字符和数字组成，如 RS2、LOG10 等，或是以英文字符和数学运算符号组成，如 LD =、BKCMP > 等，还有特殊字符的助记符，如 $+、$MOV，助记符的字符数最多 7 个。

操作数可以分为源操作数、目标操作数、其他操作数。源操作数是指参与运算且其内容不随该指令执行而变化的操作数（既是源操作数，又是目标操作数的除外）；目标操作数是指其内容随该指令执行而变化的操作数，是该指令的输出部分；其他操作数是指既不是源操作数，又不是目标操作数的操作数，通常对源操作数或目标操作数的范围和数量进行补充说明。

源操作数在程序说明中我们用［S］表示，对于可以进行变址操作的用［S.］表示，有多个源操作数时，用［S1］、［S2］或［S1.］、［S2.］等表示。

目标操作数在程序说明中用［D］表示，对于可以进行变址操作的用［D.］表示，有多个目标操作数时，用［D1］、［D2］或［D1.］、［D2.］等表示。

其他操作数在程序说明中用 n 表示，对于可以进行变址目标操作的用 n. 表示，有多个目标操作数时用 n1、n2 或 n1.、n2. 等表示，此外其他操作数还可以用 m 来表示。

　　功能指令中助记符占用 1 个程序步，操作数占用 2 个程序步（16 位）或 4 个程序步（32 位），只有 TBL（FNC152）指令例外。

2. 指令类型

　　（1）16 位连续型指令　16 位连续型指令的所有的操作数均为一个字（16 位），操作数数据指定范围为 −32768 ~ 32767，指令在每个扫描周期均被执行，16 位连续型指令由助记符 + 操作数组成，例如"ZRST　Y000　Y007"、"INC　D0"等。

　　（2）16 为脉冲型指令　16 位脉冲型指令的所有的操作数同样为一个字（16 位），操作数数据指定范围为 −32768 ~ 32767，但指令只在驱动回路条件满足（ON）时执行一次，要再次执行必须断开驱动回路，重新接通驱动回路。16 位脉冲型指令由"助记符后 + P + 操作数"组成，例如"MOVP　D0　D10"、"ADDP　D100　D101　D110"等。

　　（3）32 位连续型指令　32 位连续型指令的操作数为双字（32 位），操作数指定的范围为 −2147483648 ~ 2147483647，指令在每个扫描周期均被执行。32 位连续型指令由"D + 助记符 + 操作数"组成（FNC220 ~ FNC249 除外），例如"DCMP　D0　K100000　M0"、"DMEAN　D20　D40　K10"等均是 32 位连续型指令。

　　（4）32 位脉冲型指令　32 位脉冲型指令的操作数同样为双字（32 位），操作数数据指定范围为 −2147483648 ~ 2147483647，但指令只在驱动回路条件满足（ON）时执行一次。32 位脉冲型指令由"D + 助记符 + P + 操作数"组成，例如"DWANDP　D10　D12　D14"、"DFORMP　K1　K20　K4M0　K1"等均是 32 位脉冲型指令。

　　在 32 位指令中，如果指定的操作数为数据寄存器或文件寄存器，则将自动占用 2 个数据寄存器或文件寄存器单元，如指定 D0，则占用 D0、D1，指定 R100 则占用 R100、R101，其中 D0、R100 为低 16 位，D1、R101 为高 16 位。

6.1　程序流程类指令

　　程序流程类指令是与控制程序流程相关的指令，程序流程指令见表 6-2。

表 6-2　程序流程类指令

FNC No.	助记符	指令名称	FX_{3U}	FX_{2N}	FNC No.	助记符	指令名称	FX_{3U}	FX_{2N}
00	CJ	条件跳转	√	√	05	DI	中断禁止	√	√
01	CALL	子程序调用	√	√	06	FEND	主程序结束	√	√
02	SRET	子程序返回	√	√	07	WDT	警戒时钟	√	√
03	IRET	中断返回	√	√	08	FOR	循环开始	√	√
04	EI	中断允许	√	√	09	NEXT	循环结束	√	√

1. 条件跳转指令 CJ（CONDITIONAL JUMP）

功能号：FNC00；指令形式：CJ（P）；16 位占用 3 步			
操作数类别	适合操作数		
	字元件	位元件	其他
［Pn.］	—	—	P

　　［Pn］：指针编号。

　　CJ 指令是条件跳转指令，当执行 CJ 指令条件满足时，程序指针跳转到指定标签的指令。跳转指令 CJ 和 CJP 表现形式如图 6-1 所示。

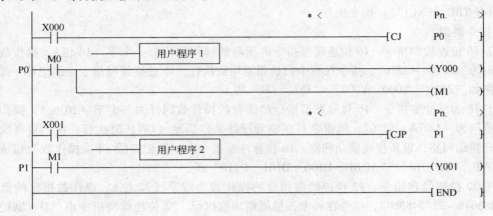

图 6-1　CJ（CJP）指令

图 6-1 中，当 X000 接通时，CJ P0 指令被执行，程序将跳过用户程序 1 到标签 P0 处，执行 P0 后的程序，当 X000 断开，程序连续执行；当 X001 接通，程序仅占用一个扫描周期跳过用户程序 2 到标签 P1。跳转指针编号为 P0 ~ P4095（FX$_{2N}$ P0 ~ P127）。下面介绍跳转指令的作用及基本规则。

1）减少扫描时间。跳转指令执行后，跳过的程序将不执行（不扫描），因此可以缩短程序扫描周期。

2）使双线圈或多线圈成为可能。跳转指令解决了基本指令编程时不能使用双线圈的问题，使双线圈或多线圈成为可能，但双线圈只存在于不同指针的程序段（不会被同时执行）。在主程序内（包括未标指针的程序段内）、同一指针程序段内（包括子程序内）、可能同时执行的两个指针程序段内不应该有双（多）线圈的存在。

3）两条或多条跳转指令可以使用同一编号的指针。两条跳转指令可以使用同一编号的指针，但必须注意：标号不能重复使用，如果用了重复标号，则程序出错。

4）跳转指令可以往前面跳转。跳转指令除了往后跳转外，也可以往跳转指令前面的指针跳转，但必须注意：跳转指令后的 END 指令将有可能无法扫描，因此会引起警戒时钟出错。

5）条件跳转指令 CJ 和子程序调用指令 CALL 不能同时使用同一指针。

6）跳转指令在主控程序中的动作规则如图 6-2 所示。

① 跳过整个主控区：对于跳过整个主控区的跳转不受限制。

② 从主控区外跳到主控区内：跳转独立于主控操作，如

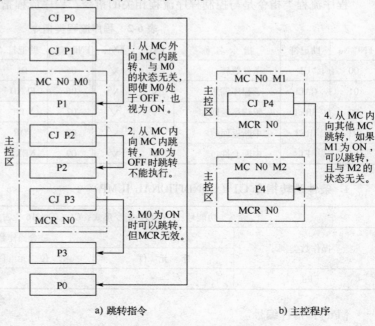

a) 跳转指令　　　　　　　　　b) 主控程序

图 6-2　跳转指令与主控程序

图 6-2 中 CJ P1 执行时，不论 M0 的状态如何，均视为 ON。

③ 在主控区内跳转：当主控开关为 OFF 时，跳转不可能执行；当主控开关为 ON 时，跳转可以执行。

④ 从主控区内往主控区外跳转：主控开关为 OFF 时，跳转不能执行；当主控开关为 ON 时，可以执行跳转，这时 MCR 被忽略，但不会出错。

⑤ 从一个主控区跳转到另一个主控区：如图 6-2 所示，M1 为 ON 时，跳转可以执行，跳转时不论 M2 的状态如何，均看作 ON，MCR N0 被忽略；当 M1 为 OFF 时，跳转不能执行。

7）跳转时，其他指令的执行情况

① 如果 Y、M、S 被 OUT、SET、RST 指令驱动，则跳转期间即使 Y、M、S 的驱动条件改变了，它们仍保持跳转发生前的状态，因为跳转期间根本不执行这些程序。

② 如果通用定时器或计数器被驱动后发生跳转，则暂停计时和计数，并保留当前值，跳转指令不执行时定时或计数继续进行。

③ 积算定时器 T246 ~ T255 和高速计数器 C235 ~ C255 如被驱动后再发生跳转，则即使该段程序被跳过，计时和计数仍然继续，其延时触点也能动作。

8）指针 P63 为跳转到 END 步指针，程序中不用标记

2. 子程序调用指令 CALL 和子程序返回指令 SRET（SUBROUTINE CALL，SUBROUTINE RETURN）

操作数类别	功能号：FNC01；指令形式：CALL（P），16 位占用 3 步		
	适合操作数（括号内只支持 FX$_{3U}$ 系列 PLC）		
	字 元 件	位 元 件	其 他
[Pn.]	—	—	P

操作数类别	功能号：FNC02；指令形式：SRET；16 位占用 1 步		
	适合操作数（括号内只支持 FX3U 系列 PLC）		
	字 元 件	位 元 件	其 他
无	—	—	—

CALL 指令是子程序调用指令；SRET 是子程序返回指令，不需要驱动触点的单独指令，无操作数。CALL 指令和 SRET 指令的表现形式如图 6-3 所示。

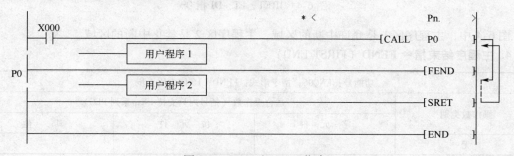

图 6-3 CALL 和 SRET 指令

图 6-3 中，当 X000 为 ON 时，CALL P0 指令被执行，用户程序 1（主程序）被跳过，程序指针跳转到 P0 执行用户程序 2（子程序），执行完用户程序 2 后，由 SRET 指令将程序指针返回到 CALL P0 下一步即用户程序 1，执行到程序 FEND，然后重复扫描过程，但如果使用 CALLP 则只

调用一个扫描周期。

CALL 调用指令的基本规则如下：

① 调用指令可以调用同一指针的子程序，但指针不能重复标记。

② 调用指令可以嵌套，但最多不能超过 4 层。

③ 用 CALL 指令，必须对应 SRET 指令。

④ 不能与 CJ 指令使用同一指针标签。

3. 中断返回指令 IRET、中断允许指令 EI 和中断结束指令 DI
（INTERRUPTION RETURN，INTERRUPTION ENABLE，INTERRUPTION DISENABLE）

操作数类别	FNC03 IRET，FNC04 EI，FNC05 DI；16 位占用 1 步		
	适合操作数（括号内只支持 FX$_{3U}$系列 PLC）		
	字 元 件	位 元 件	其 他
无	—	—	—

IRET 指令写在中断子程序末尾，当执行完中断子程序后，IRET 指令使程序指针返回到主程序（中断前指针下一步）；EI 为中断允许，只有中断被允许才可以执行中断；DI 是中断禁止，如果在程序中设置了中断允许，在某一区域设置中断禁止，则需要用 EI 和 DI 指令进行设置，如图 6-4 所示。

图 6-4　IRET、EI、DI 指令

图 6-4 中，主程序区 1 是允许中断的区域，主程序区 2 是禁止中断的区域。

4. 主程序结束指令 FEND（FIRST END）

操作数类别	功能号：FNC06；指令形式：FEND；16 位占用 1 步		
	适合操作数（括号内只支持 FX$_{3U}$系列 PLC）		
	字 元 件	位 元 件	其 他
无	—	—	—

FEND 指令表示主程序结束，为单独指令，不需要触点驱动。此指令与 END 的作用相同，即执行输入处理、输出处理、警戒时钟刷新、向第 0 步程序返回，FEND 指令执行的过程如图 6-5、图 6-6 所示。

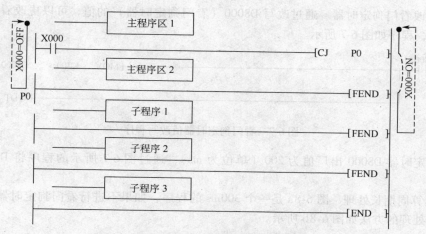

图 6-5 FEND 指令在跳转程序中的执行过程

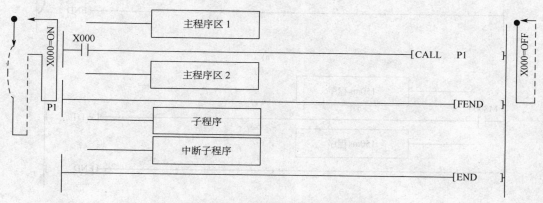

图 6-6 FEND 指令在调用程序中的执行过程

调用子程序和中断子程序必须在 FEND 指令之后,且必须有 SRET 或 IRET 指令返回。FEND 指令可以重复使用,但必须**注意**:在最后一个 FEND 指令和 END 指令之间必须写入子程序(CJ 或 CALL 指令调用)或中断子程序。

FEND 与 END 指令的不同在于,FEND 指令可以被 CJ 指令和 CALL 指令跳过,而 END 指令则不能。

5. 警戒时钟指令 WDT(WATCHDOG TIMER)

功能号:FNC07;指令形式:WDT;16 位占用 1 步		
操作数类别	适合操作数		
	字 元 件	位 元 件	其 他
无	—	—	—

WDT 指令是对看门狗定时器进行操作的指令。当系统中连接较多特殊扩展设备(模拟量模块、通信模块、定位模块等)时,缓冲存储区的初始化时间将会变长,且同时执行多个 FROM/TO 指令也会造成运算时间延长;此外执行高速计数时,运算时间也会延长。这可能会出现看门狗定时器出错,因此在这些情况下需要对看门狗定时器进行刷新。

（1）更改看门狗定时器　通过改写 D8000（看门狗定时器）的值，可以更改看门狗定时器的检测时间，程序如图 6-7 所示。

图 6-7　看门狗定时器值改写程序

看门狗定时器 D8000 出厂值为 200（单位为 ms），通过图 6-7 所示的程序将 D8000 的值改为 300。

（2）运算周期长处理　图 6-8a 是一个 300ms 的程序，如果不进行看门狗定时器处理，程序将会出错，处理的方法如图 6-8b 所示。

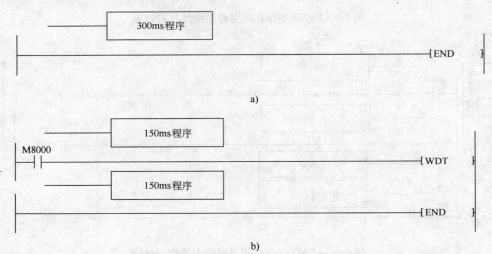

图 6-8　看门狗定时器刷新处理程序

6. 循环开始指令 FOR 和循环结束指令 NEXT

功能号：FNC08；指令形式：FOR；16 位占用 3 步			
操作数类别	适合操作数（括号内只支持 FX3U 系列 PLC）		
	字 元 件	位 元 件	其 他
[S.]	Kn□、T、C、D、（R、U□＼G□、）V、Z	—	K、H

功能号：FNC09；指令形式：NEXT；16 位占用 1 步			
操作数类别	适合操作数		
	字 元 件	位 元 件	其 他
无	—	—	—

FOR 和 NEXT 是设置循环的指令，FOR 指令指定循环开始以及设置循环次数，NEXT 指令指定循环范围，应与 FOR 指令进行对应，如图 6-9 所示。

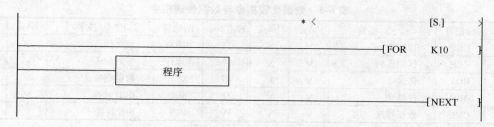

图 6-9　FOR、NEXT 指令

图 6-9 中 FOR、NEXT 指令为单独使用，此外 FOR、NEXT 可以并行使用，可以嵌套使用，也可以既嵌套又并行使用，但要注意 FOR 和 NEXT 指令的对应关系，图 6-10 所示为嵌套循环，图 6-11 所示为嵌套并行循环。

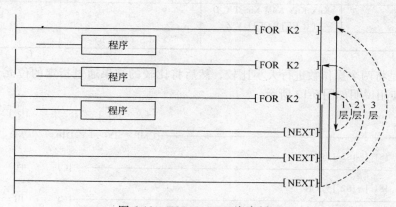

图 6-10　FOR、NEXT 嵌套循环

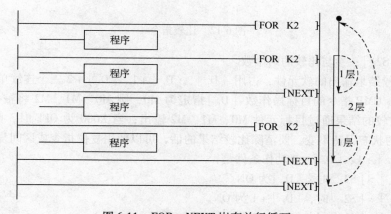

图 6-11　FOR、NEXT 嵌套并行循环

注意：FOR 和 NEXT 指令最多可以嵌套 5 层，程序中对应的 FOR 指令应该在 NEXT 指令之前，不能颠倒，对应的 FOR 和 NEXT 指令之间应该有程序，不能空循环。

6.2　数据比较指令与数据传送指令（一）

数据比较与数据传送类指令是最基本的数据操作指令，见表 6-3。

表 6-3　数据比较指令与数据传送指令

FNC No.	助记符	指 令 名 称	FX₃U	FX₂N	FNC No.	助记符	指 令 名 称	FX₃U	FX₂N
10	CMP	比较指令	√	√	15	BMOV	成批传送	√	√
11	ZCP	区间比较	√	√	16	FMOV	多点传送	√	√
12	MOV	传送	√	√	17	XCH	数据交换	√	√
13	SMOV	位移动	√	√	18	BCD	BCD 转换	√	√
14	CML	取反传送	√	√	19	BIN	BIN 转换	√	√

1. 比较指令 CMP（COMPARE）

功能号：FNC10；指令形式：（D）CMP（P）；16 位占用 7 步，32 位占用 13 步

操作数类别	适合操作数（括号内只支持 FX₃U 系列 PLC）		
	字 元 件	位 元 件	其 他
［S1.］［S2.］	KnX KnY KnM KnS T C D（R U□ \ G□）V Z	—	K H E
［D.］	—	Y M S（D□. b）	—

　　CMP 指令是将两个操作数进行大小比较，然后将比较的结果通过指定的位元件进行输出的指令，指令的使用说明如图 6-12 所示。

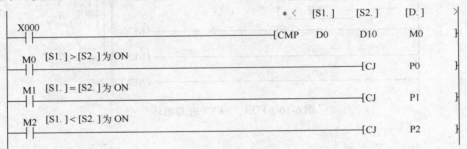

图 6-12　比较指令

　　［S1.］和［S2.］：参与比较的两个数。

　　［D.］：比较结果输出的软元件，占用［D.］、［D.］+1、［D.］+2 三个连续单元。

　　图 6-12 中，CMP 指令的目标操作数［D.］指定为 M0，则 M0、M1、M2 将被占用。当 X000 为 ON 时，则比较的结果通过目标元件 M0、M1、M2 输出；当 X000 为 OFF 时，则指令不执行，M0、M1、M2 的状态保持不变，要清除比较结果的话，可以使用复位指令或区间复位指令。

　　［D.］、［D.］+1、［D.］+2 动作条件是：

　　① 当［S1.］>［S2.］时，［D.］为 ON。

　　② 当［S1.］=［S2.］时，［D.］+1 为 ON。

　　③ 当［S1.］<［S2.］时，［D.］+2 为 ON。

2. 区间比较指令 ZCP（ZONE COMPARE）

功能号：FNC11；指令形式：（D）ZCP（P）；16 位占用 9 步，32 位占用 17 步

操作数类别	适合操作数（括号内只支持 FX₃U 系列 PLC）		
	字 元 件	位 元 件	其 他
［S1.］［S2.］［S.］	KnX KnY KnM KnS T C D（R U□ \ G□）V Z	—	K H
［D.］	—	Y M S（D□. b）	

ZCP 指令是将一个数据与两个源数据（设定的区间）进行比较的指令，指令的使用说明如图 6-13 所示。

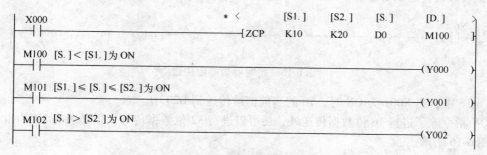

图 6-13 区间比较指令 ZCP

[S1.]、[S2.]：用于设定数据区间的两个数或保存设定区间的两个数的软元件地址。

[S.]：与设定区间进行比较的数或保存与设定区间进行比较的数的软元件地址。

[D.]：比较结果输出的软元件，占用 [D.]、[D.]+1、[D.]+2 三个连续单元。

源数据 [S1.] 的值不能大于 [S2.] 的值，若 [S1.] 大于 [S2.] 的值，则执行 ZCP 指令时，将 [S2.] 看作等于 [S1.]。

图 6-13 中，当 X000 为 ON 时，执行区间比较，若 D0 < K10，则 M100 为 ON；若 K10 ≤ D0 ≤ K20，则 M101 为 ON；若 D0 > K20，则 M102 为 ON；当 X000 = OFF 时，不执行 ZCP 指令，M100、M101、M102 的状态保持不变。

[D.]、[D.]+1、[D.]+2 动作条件是：

① 当 [S1.] > [S.] 时，[D.] 为 ON。

② 当 [S1.] ≤ [S.] ≤ [S2.] 时，[D.]+1 为 ON。

③ 当 [S.] > [S2.] 时，[D.]+2 为 ON。

3. 传送指令 MOV（MOVE）

功能号：FNC12；指令形式：(D) MOV (P)；16 位占用 5 步，32 位占用 9 步			
操作数类别	适合操作数（括号内只支持 FX₃ᵤ系列 PLC）		
	字 元 件	位 元 件	其 他
[S.]	KnX KnY KnM KnS T C D (R U□ \ G□) V Z	—	K H
[D.]	KnY KnM KnS T C D (R U□ \ G□) V Z	—	—

MOV 指令是执行数据传送的指令，其使用说明如图 6-14 所示。

图 6-14 MOV 指令

[S.]：传送的数据或保存传送数据的软元件地址。

[D.]：传送的目标软元件地址。

图 6-14 中，当 X000 为 ON 时，将常数 K100 送入 D10；当 X000 变为 OFF 时，该指令不执行，D10 内的数据不变。

传送指令可以将常数传送到数据寄存器、将数据传送到数据寄存器，此外定时器或计数器的当前值也可以被传送到寄存器，如图 6-15 所示。

图 6-15　定时器当前值传送

图 6-15 中，当 X001 为 ON 时，T0 的当前值被传送到 D20 中。

MOV 指令除了进行 16 位数据传送外，还可以进行 32 位数据传送，但必须在 MOV 指令前加 D，如图 6-16 所示。

```
                                            指定源地址 D1、D0   指定目标地址 D11、D10
   X000
   ─┤├─                                           ─[DMOV  D0      D10    ]
                                                        指定目标地址 D21、D20
   X001
   ─┤├─                                           ─[DMOV  C235    D20    ]
```

图 6-16　32 位数据传送

数据传送的指令形式还有 MOVP 和 DMOVP。

4. 位移动传送指令 SMOV（SHIFT MOVE）

功能号：FNC13；指令形式：SMOV（P）；16 位占用 11 步			
操作数类别	适合操作数（括号内只支持 FX$_{3U}$ 系列 PLC）		
	字 元 件	位 元 件	其 他
[S.]	KnX KnY KnM KnS T C D（R U□ \ G□）V Z	—	—
m1 m2	—	—	K H
[D.]	KnY KnM KnS T C D（R U□ \ G□）V Z	—	—
n	—	—	K H

SMOV 位移动传送指令是将源操作数和目标操作数变换成 4 位 BCD 数据，然后将源操作数 m1 位（BCD 位 1~4）起的 m2 位数传送到目标的 n 位数起始处，与目标数据进行合并，然后转换为 BIN 数据，保存到目标软元件中，如图 6-17 所示。

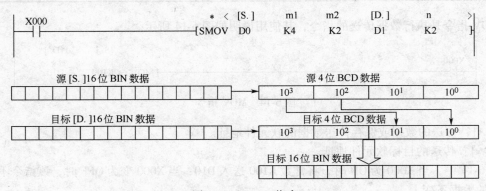

图 6-17　SMOV 指令

[S.]：保存位移动传送的数据的软元件地址。

m1：移动的起始位置（1~4）。

m2：移动的 BCD 位的个数（1~4）。

[D.]：保存移动的目标数据的软元件地址。

n：移动到目标的起始位置（1~4）。

5. 取反传送指令 CML（COMPLEMENT）

	功能号：FNC14；指令形式：(D) CML (P)；16 位占用 5 步，32 位占用 9 步		
操作数类别	适合操作数（括号内只支持 FX$_{3U}$ 系列 PLC）		
	字 元 件	位 元 件	其 他
[S.]	KnX KnY KnM KnS T C D (R U□ \ G□) V Z	—	K H
[D.]	KnY KnM KnS T C D (R U□ \ G□) V Z	—	—

CML 指令是以数据中的位为单位，取反后传送到目标数据单元的指令，如图 6-18 所示。

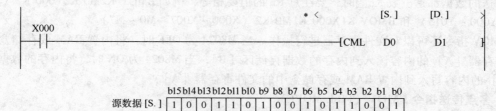

图 6-18　CML 指令

[S.]：取反传送的源操作数或保存源操作数的软元件地址。

[D.]：取反传送的目标操作数软元件地址。

图 6-18 中为 16 位连续执行指令，取反传送的其他指令形式包括 CMLP、DCML、DCMLP。

6. 成批传送指令 BMOV（BLOCK MOVE）

	功能号：FNC15；指令形式：CML (P)；16 位占用 7 步		
操作数类别	适合操作数（括号内只支持 FX$_{3U}$ 系列 PLC）		
	字 元 件	位 元 件	其 他
[S.]	KnX KnY KnM KnS T C D (R U□ \ G□)	—	—
[D.]	KnY KnM KnS T C D (R U□ \ G□)	—	—
n	D	—	K H

BMOV 成批传送指令是将指定点数的多个数据进行传送的指令，如图 6-19 所示。

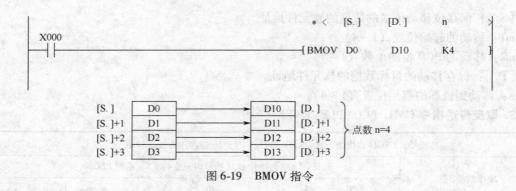

图 6-19　BMOV 指令

[S.]：保存传送源数据的软元件起始地址。

[D.]：保存传送目标数据的软元件起始地址。

n：传送的点数，传送点数应≤K512（H1FF）。

成批传送还可以实现数据的双向传送。当 M8024 为 OFF 时，数据由 [S.]→ [D.]；当 M8024 为 ON 时，数据由 [D.]→ [S.]，只需要控制 M8024 的 ON/OFF 状态，即可以控制数据的传送方向。

传送的数据都是位数 Kn□时，要注意 Kn 的值要相等，例如 BMOV K2M0 K2Y000 K2（M0 ~ M15→Y000 ~ Y015）和 BMOV K1X000 K1M0 K2（X000 ~ X007→M0 ~ M7）。

BMOV 指令还可以对文件寄存器进行操作。当 M8024 为 OFF 时，将内置 RAM 或存储盒中的文件寄存器 [A] 的内容读入到内存的数据存储区 [B]；当 M8024 为 ON 时，将内存的数据存储区 [B] 的内容写入到内置 RAM 或存储盒中的文件寄存器 [A]。

7. 多点传送指令 FMOV（FILL MOVE）

功能号：FNC16；指令形式：（D）FMOV（P）；16 位占用 7 步，32 位占用 13 步			
操作数类别	适合操作数（括号内只支持 FX$_{3U}$ 系列 PLC）		
	字 元 件	位 元 件	其 他
[S.]	KnX KnY KnM KnS T C D (R U□ \ G□) V Z	—	K H
[D.]	KnY KnM KnS T C D (R U□ \ G□)	—	—
n	—	—	K H

FMOV 指令是将同一数据传送到指定点数的软元件中的多点传送指令，如图 6-20 所示。

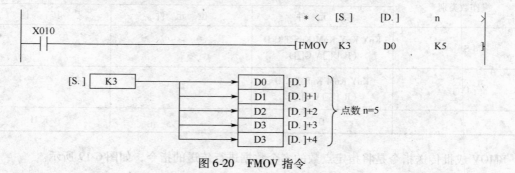

图 6-20　FMOV 指令

［S.］：多点传送的源操作数或保存源操作数的软元件地址。

［D.］：多点传送目标操作数的软元件起始地址。

n：传送的点数，传送点数应 K1（H1）≤n≤512（H1FF），应当注意执行 32 位操作时，传送的一个点是两个数据单元。

8. 数据交换指令 XCH（EXCHANGE）

操作数类别	适合操作数（括号内只支持 FX$_{3U}$ 系列 PLC）		
	字 元 件	位 元 件	其 他
功能号：FNC17；指令形式：（D）XCH（P）；16 位占用 5 步，32 位占用 9 步			
［S.］	KnY KnM KnS T C D（R U□ \ G□）V Z	—	—
［D.］	KnY KnM KnS T C D（R U□ \ G□）V Z	—	—

XCH 指令是将两个数据单元中的数据进行交换的指令，如图 6-21 所示。

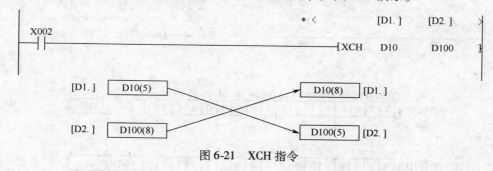

图 6-21 XCH 指令

［D1.］、［D2.］：保存进行交换数据的软元件地址。

图 6-21 中，当 X002 为 ON 时，执行 D10 和 D100 数据交换，D10 交换前的数值为 5，D100 交换前数值为 8，交换后 D10 数值为 8，D100 数值为 5。

但要**注意**：上例中采用连续执行指令，数据交换后，到下一个扫描周期还将进行交换，只要 X002 为 ON，交换就一直进行，因此应采用脉冲执行 XCHP 指令。

9. 转换指令 BCD 和 BIN（BINARY CODE TO DECIMAL，BINARY）

操作数类别	适合操作数（括号内只支持 FX$_{3U}$ 系列 PLC）		
	字 元 件	位 元 件	其 他
FNC18（D）BCD（P），FNC19（D）BIN（P）；16 位占用 5 步，32 位占用 9 步			
［S.］	KnX KnY KnM KnS T C D（R U□ \ G□）V Z	—	—
［D.］	KnY KnM KnS T C D（R U□ \ G□）V Z	—	—

BCD 指令是将 BIN 数据转换为 BCD 数据，然后传送到目标单元的指令。如图 6-22 所示：

［S.］：保存 BCD 转换源操作数的软元件地址（BIN 数据）。

［D.］：保存 BCD 转换目标操作数的软元件地址（BCD 数据）。

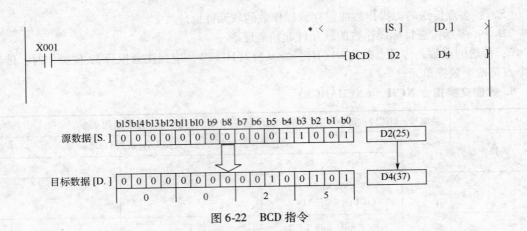

图 6-22　BCD 指令

BIN 指令是将 BCD 数据转换为 BIN 数据，然后将其传送到目标单元的指令。BIN 指令是 BCD 指令的逆操作，如图 6-23 所示。

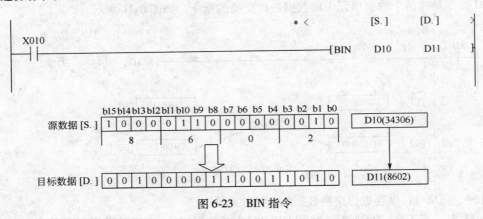

图 6-23　BIN 指令

[S.]：保存 BIN 转换源操作数的软元件地址（BCD 数据）。

[D.]：保存 BIN 转换目标操作数的软元件地址（BIN 数据）。

6.3　算术与逻辑运算指令

算术与逻辑运算指令是执行四则运算和逻辑运算的指令，见表 6-4。

表 6-4　算术与逻辑指令

FNC No.	助记符	指令名称	FX₃U	FX₂N	FNC No.	助记符	指令名称	FX₃U	FX₂N
20	ADD	BIN 加法	√	√	25	DEC	BIN 减 1	√	√
21	SUB	BIN 减法	√	√	26	WAND	逻辑与	√	√
22	MUL	BIN 乘法	√	√	27	WOR	逻辑或	√	√
23	DIV	BIN 除法	√	√	28	WXOR	逻辑异或	√	√
24	INC	BIN 加 1	√	√	29	NEG	求补码	√	√

1. BIN 加法运算指令 ADD（ADDITION）

操作数类别	适合操作数（括号内只支持 FX$_{3U}$ 系列 PLC）		
	字 元 件	位 元 件	其 他
[S1.] [S2.]	KnX KnY KnM KnS T C D （R U□ \ G□）V Z	—	K H
[D.]	KnY KnM KnS T C D （R U□ \ G□）V Z	—	—

功能号：FNC20；指令形式：（D ADD（P）；16 位占用 7 步，32 位占用 13 步

ADD 加法运算指令，其使用说明如图 6-24 所示。

图 6-24　ADD 指令

[S1.]：被加数或存放被加数的软元件地址。

[S2.]：加数或存放加数的软元件地址。

[D.]：存放加法运算结果的软元件地址。

图 6-24 中，当 X000 为 ON 时，将 D0 与 D2 的二进制数相加，其结果送到指定目标 D4 中。数据的最高位为符号位（0 为正，1 为负），符号位也以代数形式进行加法运算。

当运算结果为 0 时，0 标志 M8020 动作；当运算结果超过 32767（16 位运算）或 2147483647（32 位运算）时，进位标志 M8022 动作；当运算结果小于 –32768（16 位运算）或 –2147483648（32 位运算）时，借位标志 M8021 动作。

进行 32 位运算时，字元件的低 16 位被指定，紧接着该元件编号后的软元件将作为高 16 位。

源操作数和目标操作数可以指定为同一元件，在这种情况下必须注意，如果使用连续执行的指令（ADD、DADD），则每个扫描周期运算结果都会变化，因此，可以根据需要使用脉冲执行的形式加以解决。

2. BIN 减法运算指令 SUB（SUBTRACTION）

操作数类别	适合操作数（括号内只支持 FX$_{3U}$ 系列 PLC）		
	字 元 件	位 元 件	其 他
[S1.] [S2.]	KnX KnY KnM KnS T C D （R U□ \ G□）V Z	—	K H
[D.]	KnY KnM KnS T C D （R U□ \ G□）V Z	—	—

功能号：FNC21；指令形式：（D）SUB（P）；16 位占用 7 步，32 位占用 13 步

SUB 减法运算指令，其使用说明如图 6-25 所示。

图 6-25　SUB 指令

［S1.］：被减数或存放被减数的软元件地址。

［S2.］：减数或存放减数的软元件地址。

［D.］：存放减法运算结果的软元件地址。

图 6-25 中，当 X000 为 ON 时，将 D0 与 D2 的二进制数相减，其结果送到指定目标 D4 中。标志位的动作情况、32 位运算时的软元件的指定方法、连续与脉冲执行的区别等与 ADD 指令相同。

3. BIN 乘法运算指令 MUL（MULTIPLICATION）

功能号：FNC22；指令形式：（D）MUL（P）；16 位占用 7 步，32 位占用 13 步

操作数类别	适合操作数（括号内只支持 FX$_{3U}$ 系列 PLC）		
	字 元 件	位 元 件	其 他
［S1.］　［S2.］	KnX KnY KnM KnS T C D （R U□ \ G□）V Z	—	K H
［D.］	KnY KnM KnS T C D （R U□ \ G□）V Z	—	

MUL 乘法运算指令，其 16 位运算的使用说明如图 6-26 所示。

图 6-26　MUL 指令

［S1.］：被乘数或存放被乘数的软元件地址。

［S2.］：乘数或存放乘数的软元件地址。

［D.］：存放乘法运算结果的软元件地址。

16 位运算时，运算结果以 32 位数据的形式存入指定的目标，其中低 16 位存放在指定的目标元件中，高 16 位存放在指定目标的下一个元件中，运算结果的最高位为符号位。

MUL 乘法指令 32 位运算的使用说明如图 6-27 所示。

图 6-27　32 位 MUL 运算

图 6-27 中将［S1.］（D11 D10）×［S2.］（D21 D20）→［D.］（D33 D32 D31 D30）。

32 位运算时，两个源操作数的乘积，以 64 位数据的形式存入目标指定的元件（低位）和紧接其后的 3 个元件中，结果的最高位为符号位。但必须**注意**：目标元件为位字时，只能得到低 32 位的结果，不能得到高 32 位的结果，解决的办法是先把运算目标指定为字元件，再将字元件的内容通过传送指令送到位字中。

4. BIN 除法运算指令 DIV（DIVISION）

操作数类别	适合操作数（括号内只支持 FX₃U 系列 PLC）		
	字 元 件	位 元 件	其 他
功能号：FNC23；指令形式：(D) ADD (P)；16 位占用 7 步，32 位占用 13 步			
[S1.] [S2.]	KnX KnY KnM KnS T C D (R U□ \ G□) V Z	—	K H
[D.]	KnY KnM KnS T C D (R U□ \ G□) V Z	—	—

DIV 除法运算指令，其 16 位运算的使用说明如图 6-28 所示。

```
                                    * <    [S1.]     [S2.]     [D.]      >
   X002
   ├─┤ ┤──────────────────────────[DIV    D5        D10       D15      ]┤
```

图 6-28　DIV 指令

[S1.]：被除数或存放被除数的软元件地址。

[S2.]：除数或存放除数的地址。

[D.]：除法运算结果存放的软元件地址，[D.] 的后一元件存入余数。

DIV 除法 32 位运算的使用说明如图 6-29 所示。

```
                                    * <    [S1.]     [S2.]     [D.]      >
   X002
   ├─┤ ┤──────────────────────────[DDIV   D5        D10       D15      ]┤
```

图 6-29　32 位 DIV 运算

图 6-29 中，将 [S1.]（D6 D5）÷ [S2.]（D11 D10）→ [D.]（商 D16 D15，余数 D18 D17）。

被除数由 [S1.] 指定的软元件和其相邻的下一软元件组成，除数由 [S2.] 指定的软元件和其相邻的下一软元件组成，其商和余数存入 [D.] 指定元件开始的连续 4 个元件中，运算结果最高位为符号位。

DIV 指令的 [S2.] 不能为 0，否则运算会出错。目标 [D.] 指定为位字时，进行 32 位运算时将无法得到余数。

5. BIN 加 1 运算指令 INC 和 BIN 减 1 运算指令 DEC（INCREMENT，DECREMENT）

操作数类别	适合操作数（括号内只支持 FX₃U 系列 PLC）		
	字 元 件	位 元 件	其 他
FNC24 (D) INC (P)，FNC25 (D) DEC (P)；16 位占用 3 步，32 位占用 5 步			
[D.]	KnY KnM KnS T C D (R U□ \ G□) Z	—	—

INC 指令是执行操作数加 1 的指令，其使用说明如图 6-30 所示。

图 6-30　INC 指令

［D. ］：存放加 1 指令目标操作数的软元件地址。

图 6-30 中 X000 每 ON 一次，［D. ］所指定元件的内容就加 1，如果是连续执行的指令，则每个扫描周期都将执行加 1 运算。

16 位运算时，如果目标元件的内容为 + 32767，则执行加 1 指令后将变为 – 32768，但标志位不动作；32 位运算时， + 2147483647 执行加 1 指令变为 – 2147483648，标志位也不动作。

DEC 指令是执行操作数减 1 的指令，其使用说明如图 6-31 所示。

图 6-31　DEC 指令

［D. ］：存放减 1 指令目标操作数的软元件地址。

图 6-31 中 X001 每 ON 一次，［D. ］所指定元件的内容就减 1，如果是连续执行的指令，则每个扫描周期都将执行减 1 运算。

16 位运算时，如果 – 32768 执行减 1 指令变为 + 32767，但标志位不动作；32 位运算时， – 2147483648 执行减 1 指令变为 + 2147483647，标志位也不动作。

6. 逻辑与指令 WAND、逻辑或指令 WOR、逻辑异或指令 WXOR（WORD AND，WORD OR，EXCLUSIVE OR）

操作数类别	适合操作数（括号内只支持 FX$_{3U}$ 系列 PLC）		
	字 元 件	位 元 件	其　他
［S1. ］［S2. ］	KnX KnY KnM KnS T C D (R U□ \ G□) V Z	—	K H
［D. ］	KnY KnM KnS T C D (R U□ \ G□) V Z	—	—

FNC26（D）WAND（P）；FNC27（D）WOR（P）；FNC28（D）WXOR（P）16 位占用 7 步，32 位占用 13 步

WAND 逻辑与指令是将 2 个数按位进行逻辑与运算的指令，其使用说明如图 6-32 所示。

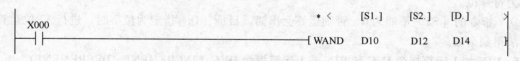

图 6-32　WAND 指令

［S1. ］、［S2. ］：逻辑与运算源操作数或存放源操作数的软元件地址。

［D. ］：存放逻辑与运算结果的软元件地址。

图 6-32 中，X000 为 ON 时，对 ［S1. ］和 ［S2. ］两个源操作数所对应的位进行与运算，将其结果送到 ［D. ］。运算法则是 1 ∧ 1 = 1，1 ∧ 0 = 0，0 ∧ 1 = 0，0 ∧ 0 = 0。

WOR 逻辑或指令是将 2 个数按位进行或运算的指令，其指令的使用说明如图 6-33 所示。

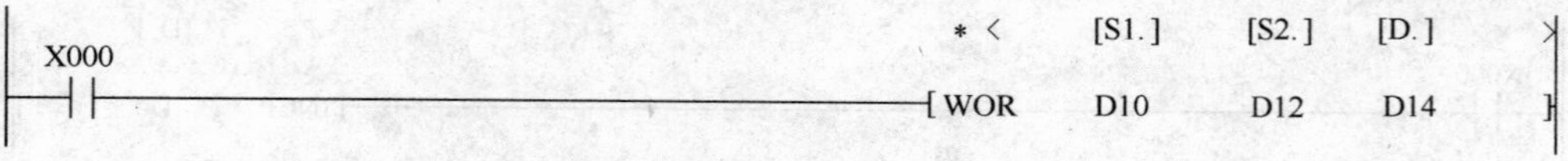

```
        X000                                    *<    [S1.]    [S2.]    [D.]    >
        ─┤├─────────────────────────────────────[ WOR     D10      D12      D14    ]
```

图 6-33　WOR 指令

[S1.]、[S2.]：逻辑或运算源操作数或存放源操作数的软元件地址。

[D.]：存放逻辑或运算结果的软元件地址。

图 6-33 中，X000 为 ON 时，对 [S1.] 和 [S2.] 两个源操作数所对应的位进行或运算，将其结果送到 [D.]。运算法则是 $1 \vee 1 = 1$，$1 \vee 0 = 1$，$0 \vee 1 = 1$，$0 \vee 0 = 0$。

WXOR 逻辑异或指令是将 2 个数按位进行逻辑异或运算指令，其指令的使用说明如图 6-34 所示。

图 6-34　WXOR 指令

[S1.]、[S2.]：逻辑异或运算源操作数或存放源操作数的软元件地址。

[D.]：存放逻辑异或运算结果的软元件地址。

图 6-34 中，X000 为 ON 时，对 [S1.] 和 [S2.] 两个源操作数所对应的位进行异或运算，将其结果送到 [D.]。运算法则是 $1 \oplus 1 = 0$，$1 \oplus 0 = 1$，$0 \oplus 1 = 1$，$0 \oplus 0 = 0$。

7. 求补码指令 NEG（NEGATION）

功能号：FNC29；指令形式：（D）NEG（P）；16 位占用 3 步，32 位占用 5 步

操作数类别	适合操作数（括号内只支持 FX$_{3U}$ 系列 PLC）		
	字 元 件	位 元 件	其 他
[D.]	KnY KnM KnS T C D （R U□ \ G□）V Z	—	—

NEG 指令是将目标数据转换为补码（取反加 1）的指令，其说明如图 6-35 所示。

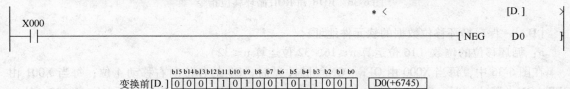

图 6-35　NEG 指令

[D.]：求补码目标操作数（源操作数）的软元件地址。

6.4　循环与移位指令

循环与移位指令是将数据按位或字向指定方向循环、移位的指令，循环与移位指令见表 6-5。

表 6-5　循环与移位指令

FNC No.	助记符	指 令 名 称	FX$_{3U}$	FX$_{2N}$	FNC No.	助记符	指 令 名 称	FX$_{3U}$	FX$_{2N}$
30	ROR	右循环移位	√	√	35	SFTL	位左移	√	√
31	ROL	左循环移位	√	√	36	WSFR	字右移	√	√
32	RCR	带进位右循环移位	√	√	37	WSFL	字左移	√	√
33	RCL	带进位左循环移位	√	√	38	SFWR	移位写入	√	√
34	SFTR	位右移	√	√	39	SFRD	移位读出	√	√

1. 右循环移位指令 ROR 和左循环移位指令 ROL（ROTATION RIGHT，ROTATION LEFT）

	适合操作数（括号内只支持 FX_{3U} 系列 PLC）		
FNC30（D）ROR（P），FNC31（D）ROL（P）；16 位占用 5 步，32 位占用 9 步			
操作数类别	字 元 件	位 元 件	其 他
[D.]	KnY KnM KnS T C D （R U□ \ G□）V Z	—	—
n	D（R）	—	K H

ROR、ROL 指令是使 16 位或 32 位数据的各位向右/向左循环移位的指令，指令的执行过程如图 6-36 所示。

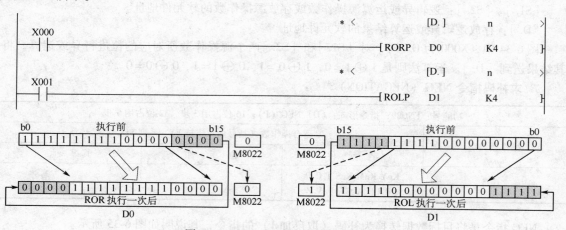

图 6-36　ROR 和 ROL 循环移位指令

[D.]：保存循环移位数据的软元件地址。

n：循环移位的位数（16 位运算 n≤16，32 位运算 n≤32）。

在图 6-36 中，每当 X000 由 OFF→ON（脉冲）时，D0 的各位向右移动 4 位；每当 X001 由 OFF→ON（脉冲）时，D1 的各位向左移动 4 位，将移动的最后一位送入到标志位 M8022。执行完该指令后，D0、D1 的各位发生相应的移位，但奇/偶校验位并不发生变化。

对于连续执行的指令，在每个扫描周期都会进行循环移位动作，所以一定要注意。对于位字，Kn 的 K 值应为 K4（16 位）或 K8（32 位），如 K4M0，K8M0。

2. 带进位的右循环指令 RCR 和带进位的左循环指令 RCL（ROTATION RIGHT WITH CARRY，ROTATION LEFT WITH CARRY）

	适合操作数（括号内只支持 FX_{3U} 系列 PLC）		
FNC32（D）RCR（P），FN33（D）RCL（P）；16 位占用 5 步，32 位占用 9 步			
操作数类别	字 元 件	位 元 件	其 他
[D.]	KnY KnM KnS T C D （R U□ \ G□）V Z	—	—
n	D（R）	—	K H

RCL、RCR 指令是使 16 位或 32 位数据连同进位一起向右/向左循环移位的指令，指令的执行过程如图 6-37 所示。

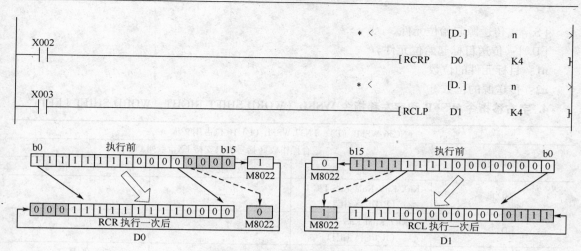

图 6-37 RCL 和 RCR 循环移位指令

[D.]：保存循环移位（带进位位）数据的软元件地址。

n：循环移位的位数（16 位运算 n≤16，32 位运算 n≤16）。

在图 6-37 中，每当 X002 由 OFF→ON（脉冲）时，D0 的各位连同进位位向右移动 4 位；执行完该指令后，每当 X003 由 OFF→ON（脉冲）时，D0 的各位连同进位位向左移动 4 位。执行完该指令后 D0 的各位和进位位发生相应的移位，奇/偶校验位也会发生变化。

对于连续执行的指令，在每个扫描周期都会进行循环移位动作，所以一定要注意。

3. 位右移指令 SFTR 和位左移指令 SFTL（SHIFT RIGHT，SHIFT LEFT）

操作数类别	FNC34 SFTR（P），FN35 SFTL（P）；16 位占用 9 步		
	适合操作数（括号内只支持 FX$_{3U}$ 系列 PLC）		
	字 元 件	位 元 件	其 他
[S.]	—	X Y M S（D□.b）	—
[D.]	—	Y M S	—
n1	—	—	K H
n2	D（R）	—	K H

SFTR 位右移和 SFTL 位左移指令，是将源操作数指定的位元件（组）插入到目标操作数队列左（右），并使原来的位执行右（左）移操作的指令，其余的位将溢出，如图 6-38 所示。

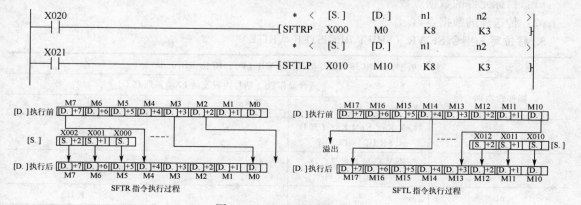

图 6-38 SFTR 和 SFTL 指令

[S.]：传送源起始位元件。

[D.]：传送目标起始位元件。

n1：目标元件的位数。

n2：传送源的位数。

4. 字右移指令 WSFR 和字左移指令 WSFL（WORD SHIFT RIGHT，WORD SHIFT LEFT）

操作数类别	适合操作数（括号内只支持 FX₃ᵤ 系列 PLC）		
	字元件	位元件	其他
[S.]	KnX KnY KnM KnS T C D （R U□\G□）	—	—
[D.]	KnY KnM KnS T C D （R U□\G□）	—	—
n1	—	—	K H
n2	D（R）	—	K H

FNC36 WSFR（P），FN37 WSFL（P）16 位占用 9 步

WSFR 字右移和 WSFL 字左移指令是将源操作数指定的字元件（组）插入到目标操作数队列左（右）边，并使原来的字组执行右（左）移操作的指令，其余的数据将溢出，如图 6-39 所示。

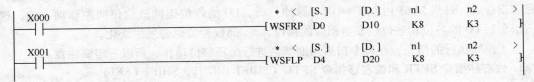

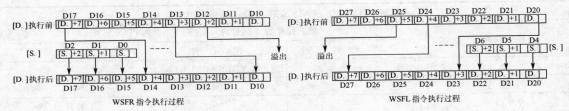

图 6-39　WSFR 和 WSFL 指令

[S.]：传送源起始字元件。

[D.]：传送目标起始字元件。

n1：目标元件的数据点数。

n2：传送源的数据点数。

5. 移位写入指令 SFWR（SHIFT REGISTER WRITE）

操作数类别	适合操作数（括号内只支持 FX₃ᵤ 系列 PLC）		
	字元件	位元件	其他
[S.]	KnX KnY KnM KnS T C D （R U□\G□）	—	—
[D.]	KnY KnM KnS T C D （R U□\G□）	—	—
n1	—	—	K H

功能号：FNC38；指令形式：SFWR（P）；16 位占用 7 步

SFWR 指令是将指定数据单元的数移位写入到目标软元件组的指令，其指令执行过程如图 6-40 所示。

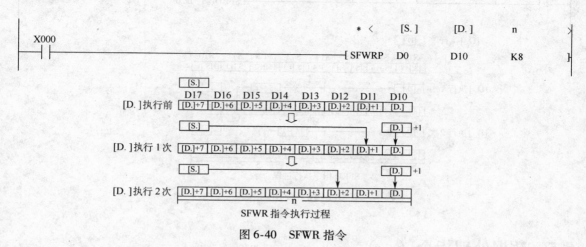

SFWR 指令执行过程

图 6-40　SFWR 指令

[S.]：保存移位写入的源数据软元件地址。

[D.]：移位写入的目标软元件起始地址。

n：目标数据的点数。

图 6-40 程序中当 X000 由 OFF 变为 ON 时，将 [S.] 的数据内容写入到 [D.+1] 中；[S.] 的内容有变化后，再执行 X000 由 OFF 变 ON，新数据 [S.] 数据内容写入到 [D.+2] 中，[D.] 保存已经存放数据的点数；当 [D.] 的内容超过 n-1 时，数据将不能写入，M8022 进位标志置 ON。

6. 移位读出指令 SFRD（SHIFT REGISTER READ）

功能号：FNC39；指令形式：SFRD（P）；16 位占用 7 步			
操作数类别	适合操作数（括号内只支持 FX_{3U} 系列 PLC）		
	字 元 件	位 元 件	其 他
[S.]	KnY KnM KnS T C D（R U□ \ G□）	—	—
[D.]	KnY KnM KnS T C D（R U□ \ G□）V Z	—	—
n			K H

SFRD 指令是将指定数组中的数移位读出到指定目标字元件的指令，其指令执行过程如图 6-41 所示。

[S.]：移位读出源数据软元件地址。

[D.]：读出保存目标软元件地址。

n：源数据点数。

图 6-41 程序中，当 X001 由 OFF 变为 ON 时，将 [S.]+1 的数据内容读取到 [D.] 中；再次执行输入由 OFF 变 ON 时，将新数据 [S.]+2 的数据内容写入到 [D.] 中。[S.] 的初始值为 n-1，当 [S.] 的内容 =0 时，数据将不能读出，零标志 M8020 置 ON。

图 6-41 中使用脉冲执行指令，如果使用连续执行指令，则每个扫描周期都会执行。

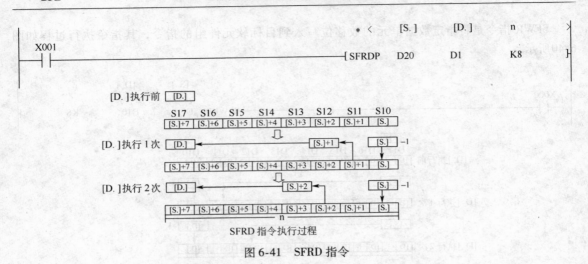

图 6-41 SFRD 指令

6.5 数据处理指令（一）

数据处理指令见表 6-6。

表 6-6 数据处理指令

FNC No.	助记符	指令名称	FX$_{3U}$	FX$_{2N}$	FNC No.	助记符	指令名称	FX$_{3U}$	FX$_{2N}$
40	ZRST	区间复位	√	√	45	MEAN	平均值	√	√
41	DECO	译码	√	√	46	ANS	信号报警器置位	√	√
42	ENCO	编码	√	√	47	ANR	信号报警器复位	√	√
43	SUM	ON 位数计算	√	√	48	SOR	BIN 数据开方运算	√	√
44	BON	ON 位数计算	√	√	49	FLT	BIN 整数转换为二进制浮点数	√	√

1. 区间复位指令 ZRST（ZONE RESET）

功能号：FNC40；指令形式：ZRST（P）；16 位占用 5 步			
操作数类别	适合操作数（括号内只支持 FX$_{3U}$ 系列 PLC）		
	字 元 件	位 元 件	其 他
[D1.] [D2.]	T C D（R U□\ G□）	Y M S	—

ZRST 指令是将指定的区间软元件进行复位的指令，其指令形式如图 6-42 所示。

图 6-42 ZRST 指令

[D1.]：区间复位的开始软元件地址。

[D2.]：区间复位的末尾软元件地址。

图 6-42 中，当 X000 由 STOP→ON 时，将复位 Y0～Y10、S20～S30、T0～T10、D0～D10。

在 ZRST 指令中，[D1.]和[D2.]应该是同一种类的元件，而且[D1.]的编号要比[D2.]小，如果[D1.]的编号比[D2.]大，则只有[D1.]指定的元件能够复位。

另外，[D1.]和[D2.]在复位计数器时，不能跨越 16 位和 32 位定时器区间，应当将 16 位和 32 位定时器分别复位。

2. 译码指令 DECO（DECODE）

操作数类别	适合操作数（括号内只支持 FX$_{3U}$ 系列 PLC）		
	字 元 件	位 元 件	其　他
[S.]	T C D（R U□\ G□）V Z	X Y M S	K H
[D.]	T C D（R U□\ G□）	Y M S	—
n	—	—	K H

功能号：FNC41；指令形式：DECO（P）；16 位占用 7 步

DECO 是将二进制数据译码为一个 ON 位的位置编号数据的指令，其指令执行过程如图 6-43 所示。

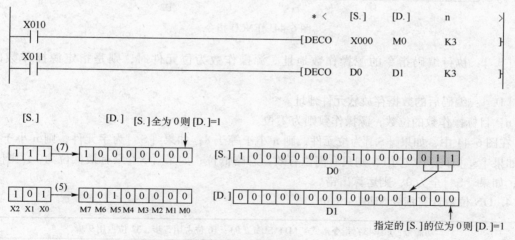

图 6-43　DECO 指令

[S.]：执行译码指令的源操作数。源操作数为位元件时，则是指定源操作数的起始位。

[D.]：译码后的数据存放软元件。

n：源操作数的位数，目标操作数则为 2^n 位。

在图 6-43 中，如果目标元件[D.]为位元件，则 n 的值应该小于等于 8；如果目标元件，为字元件，则 n 的值应当小于等于 4；如果[S.]中的数为 0，则执行的结果在目标中为 1。

在使用目标元件为位元件时应注意，该指令会占用大量的位元件（n＝8 时占用 256 点），所以在使用时注意不要重复使用这些元件。

3. 编码指令 ENCO（ENCODE）

功能号：FNC42；指令形式：ENCO（P）；16 位占用 7 步

操作数类别	适合操作数（括号内只支持 FX$_{3U}$ 系列 PLC）		
	字 元 件	位 元 件	其 他
[S.]	T C D（R U□\ G□）V Z	X Y M S	K H
[D.]	T C D（R U□\ G□）V Z	—	—
n	—	—	K H

ENCO 指令是将一个 ON 位的位置编码数据转换为二进制编码译码的指令，是 DECO 指令的逆操作，其执行过程如图 6-44 所示。

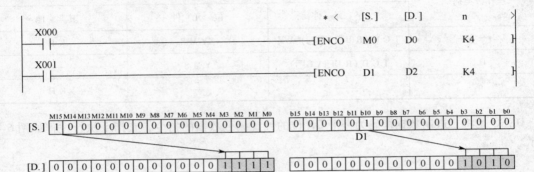

图 6-44　ENCO 指令

[S.]：执行编码指令的源操作数地址。源操作数为位元件时，则是指定源操作数的起始位。

[D.]：编码后的数据存放软元件地址。

n：目标操作数的位数，源操作数则为 2^n 位。

在图 6-44 中，如果 [S.] 为位元件，则 n 小于等于 8；如果 [S.] 为字元件，则 n 小于等于 4；如果 [S.] 有多个位为 1，则只有高位有效，忽略低位；如果 [S.] 只有最低位为 1，则 [D.] = 0；如果 [S.] 全为 0，则运算出错。

4. ON 位数计算指令 SUM

功能号：FNC43；指令形式：（D）SUM（P）；16 位占用 5 步，32 位占用 9 步

操作数类别	适合操作数（括号内只支持 FX$_{3U}$ 系列 PLC）		
	字 元 件	位 元 件	其 他
[S.]	KnX KnY KnM KnS T C D（R U□\ G□）V Z	—	K H
[D.]	KnY KnM KnS T C D（R U □\ G□）V Z	—	—

SUM 指令是对字数据单元中"1"的个数进行统计的指令，指令形式如图 6-45 所示。

[S.]：指定源操作数。

[D.]：计算 ON 的位数结果存放地址。

图 6-45　SUM 指令

图 6-45 中，当 X000 为 ON 时，将 D10 中 1 的个数存入 D0，若 D10 中没有为 "1" 的位时，则零标志 M8020 动作，其执行过程如图 6-46 所示。

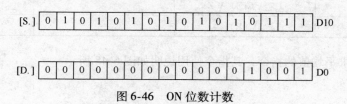

图 6-46　ON 位数计数

对于 32 位操作，将 [S.] 指定元件的 32 位数据中 "1" 的个数存入 [D.] 所指定的元件中，[D.] +1 各位均为 0。

5. ON 位判断指令 BON（BIT ON CHECK）

功能号：FNC44；指令形式：（D）BON（P）；16 位占用 7 步, 32 位占用 13 步

操作数类别	适合操作数（括号内只支持 FX$_{3U}$ 系列 PLC）		
	字 元 件	位 元 件	其 他
[S.]	KnX KnY KnM KnS T C D（R U□ \ G□）V Z	—	K H
[D.]	V Z	Y M（D□. b）	—
n	D（R）	—	K H

BON 指令是用于判断指定数据单元中指定位的 ON/OFF 状态的指令，其指令使用说明如图 6-47 所示。

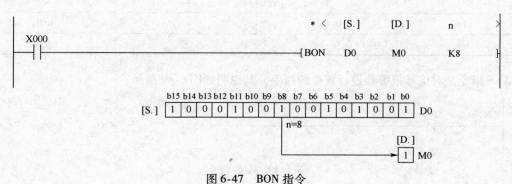

图 6-47　BON 指令

[S.]：指定源字软元件地址。

[D.]：判断结果通过 [D.] 位软元件输出。

n：指定要判断字元件中的位。

6. 平均值指令 MEAN

功能号: FNC45; 指令形式: (D) MEAN (P); 16 位占用 7 步, 32 位占用 13 步

操作数类别	适合操作数 (括号内只支持 FX₃U 系列 PLC)		
	字 元 件	位 元 件	其 他
[S.]	KnX KnY KnM KnS T C D (R U□\G□)	—	—
[D.]	KnY KnM KnS T C D (R U□\G□) V Z	—	—
n	D (R)	—	K H

MEAN 指令是求平均值的指令, 其指令使用说明如图 6-48 所示。

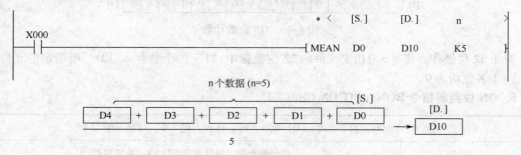

图 6-48 MEAN 指令

[S.]: 求平均数的源数据单元起始软元件。

[D.]: 平均值存放地址。

n: 源数据的点数, n 的值应该是 1 ~ 64 之间的数值, 否则运算出错。

7. 信号报警器置位指令 ANS (ANNUNCIATOR SET)

功能号: FNC46; 指令形式: ANS (P); 16 位占用 7 步

操作数类别	适合操作数 (括号内只支持 FX₃U 系列 PLC)		
	字 元 件	位 元 件	其 他
[S.]	T	—	—
m	D (R)	—	K H
[D.]	—	S	—

ANS 指令是对信号报警器进行置位的指令, 其说明如图 6-49 所示。

图 6-49 ANS 指令

[S.]: 报警指定的定时器, 指定范围为 T0 ~ T199。

m: 定时的时间值 (时间单位 100ms)。

[D.]: 输出报警器地址。

M8049: 信号报警器有效特殊辅助继电器, M8049 = 1 时, M8048 和 D8049 工作。

M8048：M8049 = 1 时，状态继电器 S900 ~ S999 中其中一个动作，M8048 = 1。

D8049：保存 S900 ~ S999 中动作的报警继电器的最小编号。

8. 信号报警器复位指令 ANR（ANNUNCIATOR RESET）

操作数类别	适合操作数（括号内只支持 FX₃U 系列 PLC）		
	字 元 件	位 元 件	其 他
	—	—	—

功能号：FNC47；指令形式：ANR（P）；16 位占用 1 步

ANR 指令是对信号报警器中已经置位的最小编号进行复位的指令，指令说明如图 6-50 所示。

```
 X002
──┤ ├──────────────────────────────────────[ANRP     ]
```

图 6-50　ANR 指令

图 6-50 中，当 X002 由 OFF→ON 时，复位被置位的最小编号报警状态继电器；当 X002 再次由 OFF→ON 时，依次由小到大复位。

当使用连续执行的指令时，每一个扫描周期依次复位一个状态。

9. BIN 数据开方运算指令 SQR（SQUARE ROOT）

操作数类别	适合操作数（括号内只支持 FX₃U 系列 PLC）		
	字 元 件	位 元 件	其 他
[S.]	D（R U□/G□）	—	K H
[D.]	D（R U□/G□）	—	

功能号：FNC48；指令形式：(D) SQR (P)；16 位占用 5 步，32 位占用 9 步

SQR 指令是求平方根的指令，其指令说明如图 6-51 所示。

图 6-51　SQR 指令

[S.]：求平方根的源数据或保存求平方根数据的软元件地址。

[D.]：保存所求平方根值软元件地址（舍去小数，取整数）。

M8020：结果为 0 时（真 0），M8020 置 ON（有舍去结果为 0 不置 ON）。

M8021：有舍去小数时，M8021 置 ON。

10. BIN 整数转换为二进制浮点数指令 FLT（FLOAT）

操作数类别	适合操作数（括号内只支持 FX₃U 系列 PLC）		
	字 元 件	位 元 件	其 他
[S.]	D（R U□/G□）	—	—
[D.]	D（R U□/G□）	—	

功能号：FNC49；指令形式：(D) FLT (P)；16 位占用 5 步，32 位占用 9 步

FLT 指令是将 BIN 数据转换为二进制浮点数的指令，指令说明如图 6-52 所示。

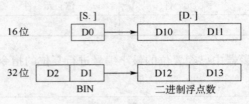

图 6-52　FLT 指令

[S.]：BIN 源数据地址。

[D.]：转换后二进制浮点数存放地址。

M8020：真 0 时，置 ON。

M8021：有舍去时，置 ON。

常数 K 和 H 不需要进行浮点数的转换，在二进制浮点数运算中，K 和 H 自动转换为浮点数。二进制浮点数的表示方法如图 6-53 所示。

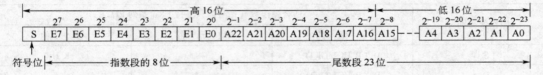

图 6-53　二进制浮点数的表示方法

二进制浮点数 $= \pm (2^0 + A22 \times 2^{-1} + A21 \times 2^{-2} + \cdots + A0 \times 2^{-23}) \times 2^{(E7 \times 2^7 + E6 \times 2^6 + \cdots + E0 \times 2^0)} \div 2^{127}$

6.6　高速处理指令（一）

高速处理指令可以使用可编程序控制器最新的输入输出信息，进行中断高速处理，高速处理指令见表 6-7。

表 6-7　高速处理指令

FNC No.	助记符	指令名称	FX$_{3U}$	FX$_{2N}$	FNC No.	助记符	指令名称	FX$_{3U}$	FX$_{2N}$
50	REF	输入输出刷新	√	√	55	HSZ	区间比较（高速计数器）	√	√
51	REFF	输入刷新和滤波调整（带滤波器设定）	√	√	56	SPD	脉冲密度	√	√
52	MTR	矩阵输入	√	√	57	PLSY	脉冲输出	√	√
53	HSCS	比较置位（高速计数器）	√	√	58	PWM	脉宽调制	√	√
54	HSCR	比较复位（高速计数器）	√	√	59	PLSR	带加减速的脉冲输出	√	√

1. 输入输出刷新指令 REF（REFRESH）

功能号：FNC50；指令形式：REF（P）；16 位占用 5 步

操作数类别	适合操作数		
	字 元 件	位 元 件	其 他
[D.]	—	X Y	—
n	—	—	K H

在程序执行过程中，可由 REF 指令读取最新的输入（X）信息和将输出（Y）扫描结果立即输出，从而改善因扫描时间引起的偏差，指令说明如图 6-54 所示。

图 6-54　REF 指令

[D.]：刷新输入输出软元件的起始地址。

n：刷新输入输出的点数（需指定为 8 和 8 的倍数）。

在程序中插入图 6-54 所示程序，当扫描到该程序时，立即刷新输入点 X000 ~ X007 和输出点 Y000 ~ Y017，而不需等到扫描到 END 才刷新输入输出。

2. 输入刷新和滤波调整（带滤波器设定）指令 REFF（REFRESH AND FILTER ADJUST）

功能号：FNC51；指令形式：REFF（P）；16 位占用 3 步

操作数类别	适合操作数		
	字 元 件	位 元 件	其 他
n	D（R）	—	K H

n：数字滤波器时间值（ms）。

输入点 X000 ~ X017 的输入滤波器为数字滤波器（默认 10ms，其他输入点为 R-C 固定，10ms），使用 REFF 指令和 D8020 可以改变滤波器的时间。指令说明如图 6-55 所示。

图 6-55　REFF 指令

执行该指令将输入点 X000 ~ X017 的输入滤波器的时间改为 5ms。当驱动回路不接通时（非 M8000），该指令不执行，则 X000 ~ X017 的输入滤波器的时间为 D8020 的设定值。FX$_{2N}$-16M 和 FX$_{3U}$-16M 的输入滤波器的输入点为 X000 ~ X007。

3. 矩阵输入指令 MTR（MATRIX）

功能号：FNC52；指令形式：MTR（P）；16 位占用 9 步

操作数类别	适合操作数		
	字 元 件	位 元 件	其 他
[S.]	—	X	—
[D1.]	—	Y	—
[D2.]	—	Y M S	—
n	—	—	K H

矩阵输入是扩充输入点的一种方式，采用时间分割的方式读取输入信号。MTR 指令是用于矩阵输入的指令，适用于晶体管输出 PLC。其指令说明如图 6-56 所示。

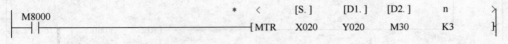

图 6-56　MTR 指令

[S.]：矩阵输入行信号输入点的起始软元件（X0□0 开始）。

[D1.]：矩阵输入列输出的起始软元件（Y0□0 开始）。

[D2.]：矩阵 ON 输出对应目标软元件的起始软元件（（M0□0 Y0□0 S0□0 开始）。

n：设置矩阵输入的列数（K2 ~ K8 或 H2 ~ H8）。

矩阵输入的接线方法如图 6-57 所示。

图 6-57 中，第 1 列的开关信号与辅助继电器 M30 ~ M37（[D2.] ~ [D2.] +7）对应；第 2 列与 M40 ~ M47（[D2.] +10 ~ [D2.] +17）对应；第三列与 M50 ~ M57（[D2.] +20 ~ [D2.] +27）对应，列输出时序图如图 6-58 所示。

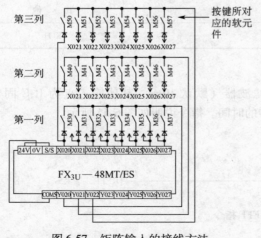

图 6-57　矩阵输入的接线方法

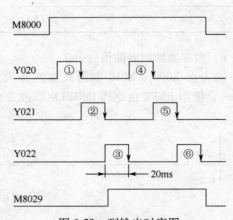

图 6-58　列输出时序图

在使用 MTR 指令进行矩阵输入时，为预防误动作，可以将设定列输出的输出点连接上拉电阻（3.3kΩ/0.5W）至 PLC 的 24V 电源上。

4. 比较置位（高速计数器）指令 HSCS（SET BY HIGH SPEED COUNTER）

功能号：FNC53；指令形式：DHSCS；32 位占用 13 步

操作数类别	适合操作数（括号内只支持 FX_{3U} 系列 PLC）		
	字 元 件	位 元 件	其 他
[S1.]	KnX KnY KnM KnS T C D（R U□ \ G□）V Z	—	K H
[S2.]	C	—	—
[D.]	Y M S（D□.b）	—	P I

HSCS 指令是对高速计数器当前值进行比较，并通过中断方式进行处理的指令，其指令使用说明如图 6-59 所示。

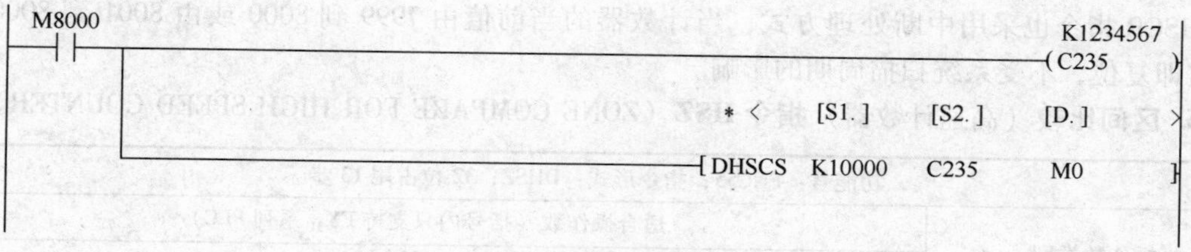

图 6-59 HSCS 指令

[S1.]：与高速计数器当前值进行比较的数据或是保存比较数据的字软元件地址。

[S2.]：高速计数器软元件。

[D.]：比较结果输出（置位）位元件。

图 6-59 中是以中断方式对相应高速计数输入端进行计数处理，当计数器的当前值由 9999 到 10000（加计数）或由 10001 到 10000（减计数）时，输出立即执行，不受扫描周期的影响。如果使用图 6-60 所示程序，则输出要受扫描周期的影响。如果等到扫描完毕后再进行输出刷新，计数值可能已经偏离了设定值。

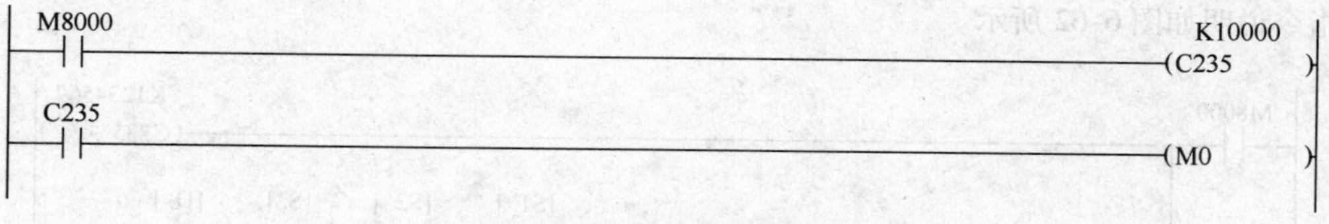

图 6-60 普通计数程序

注意：HSCS 和后面讲的 HSCR、ZSZ 指令都是 32 位指令，即 DHSCS、DHSCRD 和 DZSZ 形式。

5. 比较复位（高速计数器）指令 HSCR（RESET BY HIGH SPEED COUNTER）

功能号：FNC54；指令形式：DHSCR；32 位占用 13 步

操作数类别	适合操作数（括号内只支持 FX_{3U} 系列 PLC）		
	字 元 件	位 元 件	其 他
[S1.]	KnX KnY KnM KnS T C D（R U□ \ G□）Z		K H
[S2.]	C		—
[D.]	Y M S（D□.b）		—

HSCR 指令是执行高速复位的指令，其指令使用说明如图 6-61 所示。

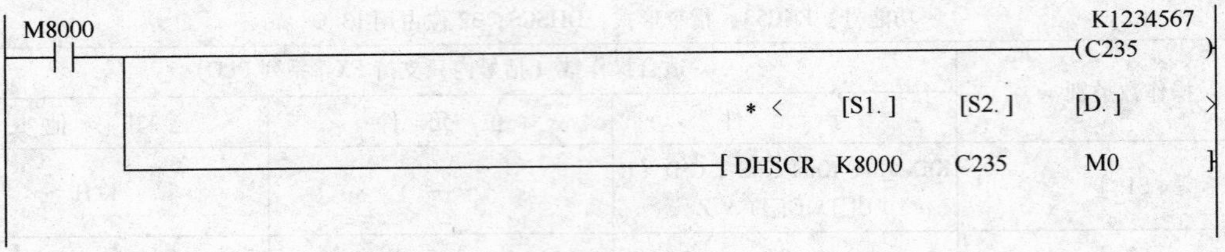

图 6-61　HSCR 指令

[S1.]：与高速计数器当前值进行比较的数据或是保存比较数据的字软元件地址。

[S2.]：高速计数器软元件。

[D.]：比较结果输出（复位）位元件。

HSCR 指令也采用中断处理方式，当计数器的当前值由 7999 到 8000 或由 8001 到 8000 时，M0 立即复位，不受系统扫描周期的影响。

6. 区间比较（高速计数器）**指令 HSZ**（ZONE COMPARE FOR HIGH SPEED COUNTER）

功能号：FNC55；指令形式：DHSZ；32 位占用 13 步			
操作数类别	适合操作数（括号内只支持 FX$_{3U}$系列 PLC）		
	字 元 件	位 元 件	其 他
[S1.]	KnX KnY KnM KnS T C D（R U□ \ G□）Z	—	K H
[S2.]	KnX KnY KnM KnS T C D（R U□ \ G□）Z	—	K H
[S.]	C		
[D.]	Y M S（D□.b）	—	—

HSZ 指令是将高速计数器与设定的区间进行比较的指令，比较结果通过位元件（3 点）输出，指令说明如图 6-62 所示。

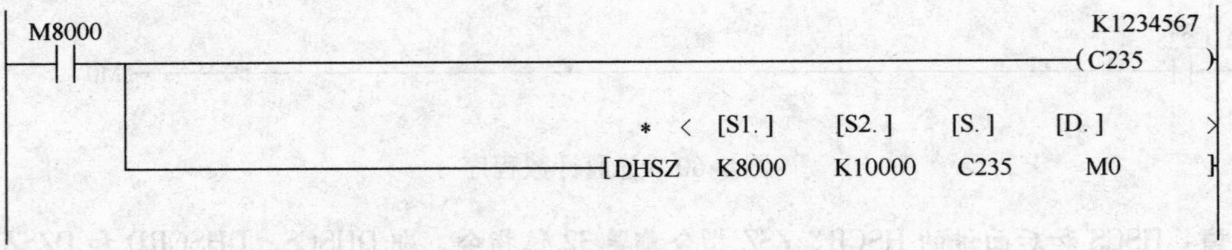

图 6-62　HSZ 指令

[S1.][S2.]：设定比较区间的两个数（下限和上限）或保存比较区间数据的字元件的地址，且应当[S1.] < [S2.]。

[S.]：高速计数算器软元件地址（C235～C255）。

[D.]：结果输出位元件起始地址。

图 6-62 中，当 C235 < K8000 时 M0 = 1（[S.] < [S1.]时，[D.] = 1）；当 K8000 ≤ C235 ≤ K1000 时，M1 = 1（[S1.] ≤ [S.] ≤ [S2.]时[D.] + 1 = 1）；当 C235 > K10000 时，M2 = 1（[S.] > [S2.]时，[D.] + 2 = 1）。

7. 脉冲密度指令 SPD（SPEED DETECT）

功能号：FNC56；指令形式：（D）SPD；16 位占用 7 步，32 位占用 13 步

操作数类别	适合操作数（括号内只支持 FX₃ᵤ 系列 PLC）		
	字　元　件	位　元　件	其　他
[S1.]	V Z	X	—
[S2.]	KnX KnY KnM KnS T C D（R U□\G□）V Z	—	K H
[D.]	T C D R V Z	—	—

SPD 指令是采用中断输入方式对指定时间内的输入脉冲进行计数的指令，指令说明如图 6-63 所示。

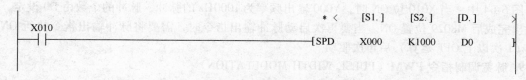

图 6-63　SPD 指令

[S1.]：脉冲输入的软元件地址（X000～X007）。

[S2.]：脉冲密度统计的时间数据或保存时间数据的软元件地址（ms）。

[D.]：保存脉冲密度的软元件地址，[D.]+1 计数的当前值，[D.]+2 剩余时间，32 位操作时分别占用 2 个单元。

图 6-63 中，当 X010 为 ON 时，将 X000 输入脉冲的密度（r/min）保存到 D0 中（统计时间为 1000ms）。

8. 脉冲输出指令 PLSY（PULSE Y）

功能号：FNC57；指令形式：（D）PLSY；16 位占用 7 步，32 位占用 13 步

操作数类别	适合操作数（括号内只支持 FX₃ᵤ 系列 PLC）		
	字　元　件	位　元　件	其　他
[S1.]	KnX KnY KnM KnS T C D（R U□\G□）V Z	—	K H
[S2.]	KnX KnY KnM KnS T C D（R U□\G□）V Z	—	K H
[D.]	—	Y	—

PLSY 指令是对外输出脉冲信号的指令，晶体管输出 PLC 支持此指令，其指令使用说明如图 6-64 所示。

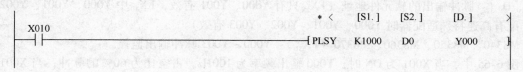

图 6-64　PLSY 指令

〔S1.〕：输出脉冲的频率（Hz）或保存脉冲频率的软元件地址。

〔S2.〕：脉冲量数据或保存脉冲量数据的软元件地址。

〔D.〕：输出脉冲的位元件（FX$_{2N}$只有 Y000、Y001 有效，FX$_{3U}$中 Y000、Y001、Y002 有效，配有高速特殊适配器时 Y000、Y001、Y002、Y003 有效）。

M8029：指令执行结束标志。

M8147：Y000 脉冲输出监控。

M8148：Y001 脉冲输出监控。

M8145（FX$_{2N}$ FX$_{3U}$）、M8349（FX$_{3U}$）：停止 Y000 脉冲输出。

M8146（FX$_{2N}$ FX$_{3U}$）、M8359（FX$_{3U}$）：停止 Y001 脉冲输出。

D8141、D8140：Y000 输出脉冲数累计。

D8143、D8142：Y001 输出脉冲数累计。

D8137、D8136：Y000、Y001 输出脉冲累计。

图 6-64 中，当 X010 位 ON 时，Y000 输出频率为 1000Hz 的脉冲，脉冲的个数由 D0 设定，脉冲输出完成后 M8029 位置 ON。当要再次启动脉冲输出指令时，需要将脉冲输出指令执行 ON→OFF（1 次以上 OFF 运算）后再次驱动。

9. 脉宽调制指令 PWM（PULSE WIDTH MODULATION）

功能号：FNC58；指令形式：PWM；16 位占用 7 步			
操作数类别	适合操作数（括号内只支持 FX$_{3U}$ 系列 PLC）		
	字 元 件	位 元 件	其 他
〔S1.〕	KnX KnY KnM KnS T C D（R U□＼G□）V Z	—	K H
〔S2.〕	KnX KnY KnM KnS T C D（R U□＼G□）V Z	—	K H
〔D.〕	—	Y	—

PWM 指令是调整脉冲的周期和脉冲宽度的指令，晶体管输出 PLC 支持此指令，其指令说明如图 6-65 所示。

图 6-65　PWM 指令

〔S1.〕：脉冲宽度数据或保存脉冲宽度数据的字软元件地址（ms）。

〔S2.〕：脉冲周期数据或保存脉冲周期数据的字软元件地址（ms）。

〔D.〕：脉冲输出的软元件地址（FX$_{2N}$只有 Y000、Y001 有效，FX$_{3U}$中 Y000、Y001、Y002 有效，配有高速特殊适配器时 Y000、Y001、Y002、Y003 有效）。

M8340、M8350、M8360、M8370（FX$_{3U}$）：Y000～Y003 脉冲输出监控。

图 6-65 中，当 X001 为 ON 时，Y000 输出频率为 100Hz，占空比为 60％ 的脉冲；当 X001 为 OFF 时，脉冲输出停止。

10. 带加减速的脉冲输出指令 PLSR（PULSE R）

功能号：FNC59；指令形式：（D）PLSR 16 位占用 9 步，32 位占用 17 步

操作数类别	适合操作数（括号内只支持 FX₃ᵤ系列 PLC）		
	字 元 件	位 元 件	其　他
[S1.]	KnX KnY KnM KnS T C D（R U□ \ G□）V Z	—	K H
[S2.]	KnX KnY KnM KnS T C D（R U□ \ G□）V Z	—	K H
[S3.]	KnX KnY KnM KnS T C D（R U□ \ G□）V Z	—	K H
[D.]	—	Y	—

PLSR 指令是带加减速的脉冲输出指令，指令使用说明如图 6-66 所示。

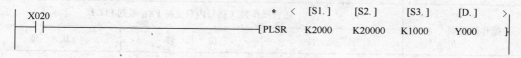

图 6-66　PLSR 指令

[S1.]：设置最高频率（Hz）数据或保存最高频率数据的软元件地址。

[S2.]：设置脉冲数或保存脉冲数的软元件地址。

[S3.]：设置加减速时间数据或保存加减速时间数据的软元件地址（ms）。

[D.]：脉冲输出软元件（FX₂ₙ只有 Y000、Y001 有效，FX₃ᵤ中 Y000、Y001、Y002 有效，配有高速特殊适配器时 Y000、Y001、Y002、Y003 有效）。

M8029：指令执行结束标志。

M8147：Y000 脉冲输出监控。

M8148：Y001 脉冲输出监控。

M8145（FX₂ₙ FX₃ᵤ）、M8349（FX₃ᵤ）：停止 Y000 脉冲输出。

M8146（FX₂ₙ FX₃ᵤ）、M8359（FX₃ᵤ）：停止 Y001 脉冲输出。

D8141、D8140：Y000 输出脉冲数累计。

D8143、D8142：Y001 输出脉冲数累计。

D8137、D8136：Y000、Y001 输出脉冲累计。

图 6-66 中，当 X020 位为 ON 时，Y000 输出 20000 个频率为 2000Hz 的脉冲，加减速时间是 1s，如图 6-67 所示。

脉冲输出完成后，M8029 位置 ON，当要再次启动脉冲输出指令时，需要将脉冲输出指令执行 ON→OFF（1 次以上 OFF 运算）后再次驱动。

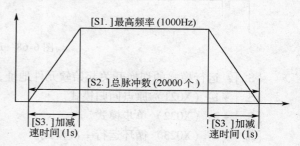

图 6-67　PLSR 指令输出曲线

6.7　方便指令

方便指令是为了使程序简单化，在编制较为复杂的控制程序时使用的指令，方便指令见表 6-8。

表6-8　方便指令

FNC No.	助记符	指令名称	FX$_{3U}$	FX$_{2N}$	FNC No.	助记符	指令名称	FX$_{3U}$	FX$_{2N}$
60	IST	置初始状态	√	√	65	STMR	特殊定时器	√	√
61	SER	数据检索	√	√	66	ALT	交替输出	√	√
62	ABSD	凸轮控制（绝对方式）	√	√	67	RAMP	斜坡信号	√	√
63	INCD	凸轮控制（增量方式）	√	√	68	ROTC	旋转工作台控制	√	√
64	TTMR	示教定时器	√	√	69	SORT	数据排序	√	√

1. 置初始状态指令 IST（INITIAL STATE）

功能号：FNC60；指令形式：IST；16位占用7步

操作数类别	适合操作数（括号内只支持 FX$_{3U}$ 系列 PLC）		
	字元件	位元件	其他
[S.]	—	X Y M（D□.b）	K H
[D1.]	—	S	K H
[D2.]	—	S	—

IST 指令是用于步进顺序控制程序中，可以对状态初始化以及特殊辅助继电器自动进行处理的指令，指令说明如图6-68所示。

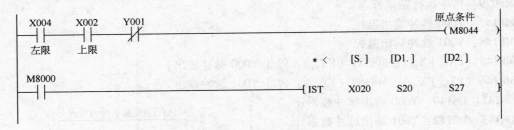

图6-68　IST 指令

[S.]：运行模式的切换开关起始软元件地址，（X020）起始位手动模式。

[S.]+1：（X021）原点回归模式。

[S.]+2：（X022）单步模式。

[S.]+3：（X023）循环运行一次模式。

[S.]+4：（X024）连续运行模式。

[S.]+5：（X025）原点回归开始。

[S.]+6：（X026）自动运行开始。

[S.]+7：（X027）停止。

[D1.]：（S20）自动模式中，指定状态元件最小地址。

[D2.]：（S27）自动模式中，指定状态元件最大地址。

M8040：禁止转移（输出保持），在手动模式 M8040 一直 ON。

M8041：开始转移，初始状态 S2 开始转移到下一状态的转移条件辅助继电器，在手动模式、回原点模式不动作，在步进、循环一次模式按开始按钮动作。

M8042：起始脉冲，按下开始按钮时瞬间动作。

M8044：原点条件。

M8047：STL 监控有效，M8047 置 ON，使 STL 监控有效，动作的状态地址编号（S0 ~ S899）由小到大被保存在 D8040 ~ D8047 中。

使用了 IST 指令，[S.]、[S.]+1、[S.]+2；[S.]+3、[S.]+4 这 5 个点应外接模式切换开关。且使用 IST 指令后，初始状态 S0 ~ S2 被指令所占用，且不需要置位初始状态的操作。

S0：手动模式程序区，可在 S0 状态直接输出手动程序，无需 RET 指令返回。

S1：回原点程序区，可使用 S10 ~ S19 状态编写回零程序，无需 RET 指令返回。

S2：自动运行程序区，需要 RET 指令返回。

2. 数据检索指令 SER（DATA SEARCH）

操作数类别	适合操作数（括号内只支持 FX$_{3U}$ 系列 PLC）		
	字　元　件	位　元　件	其　他
[S1.]	KnX KnY KnM KnS T C D（R U□\G□）	—	—
[S2.]	KnX KnY KnM KnS T C D（R U□\G□）V Z	—	K H
[D.]	KnY KnM KnS T C D（R U□\G□）	—	—
n	D（R）	—	K H

功能号：FNC61；指令形式：(D) SER (P)；16 位占用 7 步，32 位占用 17 步

SER 指令是从数据表中检索系统数据及最大值最小值的指令，指令说明如图 6-69 所示。

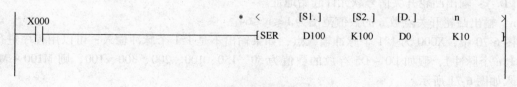

图 6-69　SER 指令

[S1.]：检索数据区的起始软元件地址。

[S2.]：检索数据值或存放检索数据值的软元件地址。

[D.]：存放检索结果起始软元件地址，其中，[D.]保存与比较源 [S2.]相同数据的个数；[D.]+1 保存与比较源相等的第一个数的位置；[D.]+2 保存与比较源相等的最后一个数的位置；[D.]+3 保存最小值的最终位置；[D.]+4 保存最大值的最终位置。

n：检索源数据的个数，16 位操作时可以指定 n 为 1 ~ 256，32 位时指定 n 为 1 ~ 128。

图 6-69 中，当 X000 为 ON 时开始检索，假如 D100 ~ D109（[S1.] ~ [S1.]+9）存放的数据分别为 88、210、95、100、66、123、98、100、111、100，则检索结果 D0 = 3；D1 = 3；D2 = 9；D3 = 4；D4 = 1。

3. 凸轮控制绝对方式指令 ABSD（ABSOLUTE DRUM）

功能号：FNC62；指令形式：（D）ABSD；16 位占用 7 步，32 位占用 17 步

操作数类别	适合操作数（括号内只支持 FX$_{3U}$ 系列 PLC）		
	字 元 件	位 元 件	其 他
[S1.]	KnX KnY KnM KnS T C D（R U□ \ G□）	—	—
[S2.]	C	—	—
[D.]	—	X Y S（D□.b）	—
n	—	—	K H

ABSD 指令是根据计数器的当前值，产生出多个输出的指令，指令说明如图 6-70 所示。

```
    X000                                                        K360
    ─┤├─────────────────────────────────────────────────────────( C0    )
    
    C0    X000
    ─┤├────┤/├──────────────────────────────────────────[RST   C0    ]
    
    M8000                          *  <    [S1.]    [S2.]    [D.]    n    >
    ─┤├────────────────────────────[ABSD   D0      C0       M100    K3   ]
```

图 6-70　ABSD 指令

[S1.]：凸轮开关的接通、断开数据地址（0～360）；从 [S1] 开始相邻的两个数据单元为 1 组。

[S2.]：指定计数器。

[D.]：输出凸轮开关信号软元件起始地址。

n：输出凸轮开关点数 n 的数值范围为 $1 \leqslant n \leqslant 64$。

图 6-70 中，X000 为 1°1 个脉冲输入点，如果输出不是 1°1 个脉冲输入，可以用程序进行转化（1°n 个脉冲），假如 D0～D5 存放的数值为 50、150、100、200、300、100，则 M100～M102 的输入如图 6-71 所示。

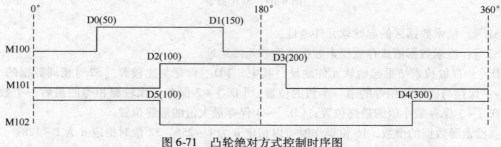

图 6-71　凸轮绝对方式控制时序图

ABSD 指令除了可以用通用计数器外，还可以指定高速计算器，[S1.] 指定软元件地址为 16 的倍数，如 D0、D16 等。

4. 凸轮控制增量方式指令 INCD（INCREMENT DRUN）

操作数类别	功能号：FNC63；指令形式：INCD；16 位占用 17 步		
	适合操作数（括号内只支持 FX_{3U} 系列 PLC）		
	字 元 件	位 元 件	其 他
[S1.]	KnX KnY KnM KnS T C D（R U□ \ G□）	—	—
[S2.]	C	—	—
[D.]	—	X Y S（D□.b）	—
n	—	—	K H

INCD 指令是根据一对计数器当前值，产生出多个输出的指令，指令说明如图 6-72 所示。

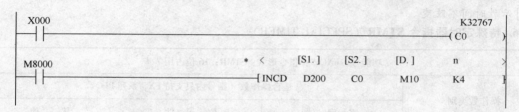

图 6-72　INCD 指令

[S1.]：凸轮开关的设定值起始软元件地址（指定 16 的倍数）。

[S2.]：指定计数器起始软元件。

[D.]：输出凸轮开关信号软元件起始地址。

n：输出凸轮开关点数 n 的数值范围为 1≤n≤64。

图 6-72 中，X000 为计数输入，假如 D200 ~ D203 中的数值分别为 20、30、10、25，则 M10 ~ M13 的输出如图 6-73 所示。

计数器 C0（[S2.]）计输入脉冲数，C1（[S2.] + 1）是计凸轮一周期内输出凸轮开关动作的序号，C1 运行一周自动清零然后重新计数。驱动 INCD 指令的回路断开，C1 也自动清零。M8029 在最后一个凸轮开关动作完成后输出一个脉冲。

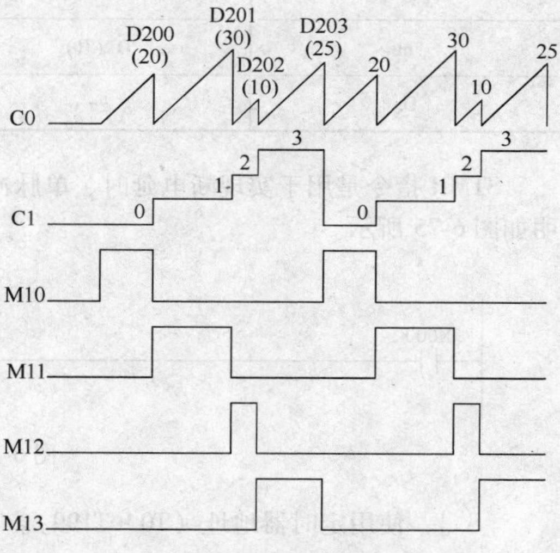

图 6-73　动作时序图

5. 示教定时器指令 TTMR（TEACHING TIMER）

操作数类别	功能号：FNC64；指令形式：TTMR；16 位占用 5 步		
	适合操作数（括号内只支持 FX_{3U} 系列 PLC）		
	字 元 件	位 元 件	其 他
[D.]	D（R）	—	—
n	D（R）	—	K H

TTMR 指令是用于测量触点 ON 时间（以秒为单位）的指令，其指令说明如图 6-74 所示。

图 6-74　TTMR 指令

［D.］：保存示教数据的软元件起始地址，［D.］示教时间，［D.］+1 触点接通时间的当前值，单位为 s。

n：得到示教数据所需的倍率（K0 ~ K2 或 H0 ~ H2，表示 10^0 ~ 10^2）。

其关系式为

$$［D.］= (［D.］+1) \times 10^n$$

使用 TTMR 指令需注意：当驱动该指令的触点为 OFF 时，当前值［D.］+1 被复位，但［D.］示教时间不改变。

6. 特殊定时器指令 STMR（SPECIAL TIMER）

功能号：FNC65；指令形式：STMR；16 位占用 7 步			
操作数类别	适合操作数（括号内只支持 FX$_{3U}$ 系列 PLC）		
	字 元 件	位 元 件	其 他
［S.］	—	T	—
m	D（R）	—	K H
［D.］	—	Y M S（D□.b）	—

STMR 指令是用于实现断电延时、单脉冲定时、闪烁定时器（振荡）等功能的指令，指令说明如图 6-75 所示。

图 6-75　STMR 指令

［S.］：使用定时器地址（T0 ~ T199）。

m：定时器的设定值。

［D.］：定时器输出起始地址。［D.］是驱动 STMR 指令的触点接通［D.］便接通，驱动指令触点 OFF 后，经过定时器设定时间后，再延时断的触点；［D.］+1 是驱动 STMR 指令的触点由 ON→OFF 接通，经过定时器设定时间后再断开的单脉冲触点；［D.］+2 是 STMR 指令驱动后置 ON，经过设定时间后断开的触点；［D.］+3 是驱动 STMR 指令的触点为 ON，延时设定时间后接通，断开驱动 STMR 触点后，延时设定时间后断开的触点（即接通和断开都延时设定时间动作）。其时序如图 6-76 所示。

使用 STMR 指令需要指定定时器 T，在该指令中使用的定时器就不能在其他回路中使用 OUT 指令进行重复使用，否则定时器将不能正常工作。

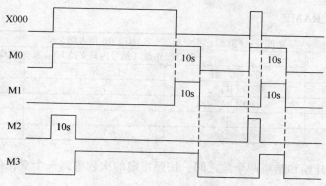

图 6-76　动作时序图

7. 交替输出指令 ALT（ALTERNATE）

操作数类别	功能号：FNC66；指令形式：ALT（P）；16 位占用 3 步		
	适合操作数（括号内只支持 FX~3U~系列 PLC）		
	字 元 件	位 元 件	其 他
［D.］	—	Y M S（D□. b）	—

ALT 指令是将其驱动的位软元件进行反转输出的指令，即执行 ALT 指令，输出初始为 ON 则变为 OFF，输出初始为 OFF 则变为 ON，其指令说明如图 6-77 所示。

```
  X000                                          * <              [D.]        >
───┤├───────────────────────────────────────────────────[ALTP    M0       ]
```

图 6-77　ALT 指令

［D.］：交替输出位软元件。

图 6-77 中 X000 和 M0 的动作时序如图 6-78 所示。

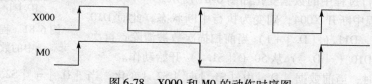

图 6-78　X000 和 M0 的动作时序图

图 6-77 是采用脉冲执行指令，如果使用连续执行指令则需要注意，其指令在每个扫描周期都会执行反转动作。

采用辅助继电器实现的交替动作输出如图 6-79 所示。

```
  X000    M1
───┤├────┤/├─────────────────────────────────────────────────────(M0  )

  X000
───┤├───────────────────────────────────────────────────────────(M1  )

  M0     Y000
───┤├────┤/├─────────────────────────────────────────────────────(Y000)

  M0     Y000
───┤/├────┤├──┘
```

图 6-79　辅助继电器实现的交替动作输出

8. 斜坡信号指令 RAMP

	功能号：FNC67；指令形式：RAMP；16 位占用 9 步		
操作数类别	适合操作数（括号内只支持 FX$_{3U}$ 系列 PLC）		
	字 元 件	位 元 件	其 他
[S1.]	D（R）	—	—
[S2.]	D（R）	—	—
[D.]	D（R）	—	—
n	D（R）	—	K H

RAMP 指令是在开始和结束两个数之间，按照指定的次数得到一个变化的数据指令，其指令使用说明如图 6-80 所示。

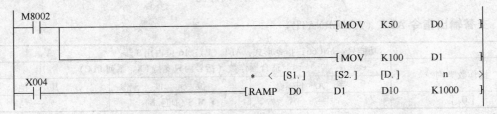

图 6-80　RAMP 指令

[S1.]：斜坡信号开始数据存放地址。

[S2.]：斜坡信号结束数据存放地址。

[D.]：斜坡信号当前数据存放地址，[D.]+1 存放当前扫描次数。

n：斜坡数据变化的时间（扫描次数）。

RAMP 指令涉及的特殊辅助继电器的功能如下：

M8026：斜坡动作模式。

M8029：设定的 n 个扫描周期完成后，即 [D.]＝[S2.]时置 ON。

图 6-80 程序执行过程中的数据变化如图 6-81 所示。

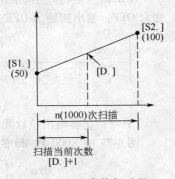

图 6-81　程序执行过程中的数据变化

在程序执行过程中断开 X004，则变为执行中断状态，此时 D10（[D.]）数据保持，D11（[D.]+1）当前扫描次数被清除；再次将 X004 置 ON 后，D10（[D.]）从 50（[S1.]）开始动作。

M8026 为 OFF 时，当前数据 [D.]由 [S1.]向 [S2.]变化，当 [D.]＝[S2.]后，当前数据 [D.]再由 [S1.]向 [S2.]连续变化，直到驱动 RAMP 指令的触点断开；M8026 为 ON 时，当前数据 [D.]由 [S1.]向 [S2.]变化，当 [D.]＝[S2.]后，当前数据 [D.]保持，直到 RAMP 指令被重新驱动。

9. 旋转工作台控制指令 ROTC（ROTERY TABLE CONTROL）

	功能号：FNC68；指令形式：ROTC；16 位占用 9 步		
操作数类别	适合操作数（括号内只支持 FX$_{3U}$ 系列 PLC）		
	字 元 件	位 元 件	其 他
[S.]	D（R）	—	—
m1	—	—	K H
m2	—	—	K H
[D.]	—	Y M S（D□.b）	K H

ROTC 指令是为了使指定旋转工作台的工件以最短路径转到需要的位置的指令，旋转工作台如图 6-82 所示（旋转工作台有 10 个位置）。

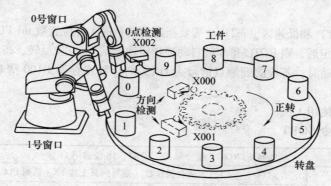

图 6-82　旋转工作台

ROTC 指令使用说明如图 6-83 所示。

```
 X020                              *<        [S.]      m1      m2      [D.]   >
─┤├──────────────────────────────[ROTC    D100     K10      K2       M0   ]
```

图 6-83　ROTC 指令

[S.]：连续占用 3 个数据单元，其中 [S.] 是计数数据存放地址、对到来的工件号（对于 0 号窗口）进行计数的计数器。[S.]＋1 存放呼叫窗口编号，[S.]＋2 存放调用工件编号。

m1：工件的工位数。

m2：设置减速区间隔。

[D.]：驱动的软元件起始地址。[D.]（M0）为 A 相信号输入，[D.]＋1（M1）为 B 相信号输入，[D.]＋2（M2）为原点信号输入，[D.]＋3（M3）为高速正转输出，[D.]＋4（M4）为低速正转输出，[D.]＋5（M5）为停止，[D.]＋6（M6）为高速反转输出，[D.]＋7（M7）为低速反转输出。

（1）旋转位置检测信号处理　旋转工作台需装一个用于检测工作台正传/反转的两相开关以检测工作台的旋转方向，如图 6-84 所示。X000 是 A 相脉冲输入点，X001 是 B 相脉冲输入点，X002 是原点开关。当 0 号工件转到 0 号窗口位置时，X002 接通。

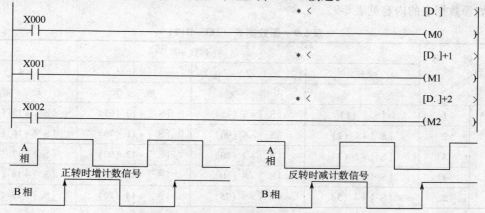

图 6-84　旋转位置方向检测

（2）指定寄存器［S.］ 例如，指定 D100 为旋转工作台位置检测计数器，就自动指定了［S.］＋1 调用窗口编号的寄存器和［S.］＋2 调用工件编号的寄存器。［S.］＋1 和［S.］＋2 需预先用传送指令设置。

（3）分度数（m1）和低速区（m2） 需要指定旋转台的工件位置数 m1 以及减速区间隔 m2。当以上条件都设定后，则 ROTC 指令就自动地指定输出信号：正/反转，高/低速和停止信号。

ROTC 指令被驱动时，若检测到原点信号为 ON，则计数寄存器 D100 清 0，所以在任务开始前须先执行清 0 操作。

ROTC 指令只可使用 1 次。

10. 数据排序指令 SORT

功能号：FNC69；指令形式：SORT；16 位占用 11 步			
操作数类别	适合操作数（括号内只支持 FX_{3U} 系列 PLC）		
	字 元 件	位 元 件	其 他
［S.］	D（R）	—	—
m1	—	—	K H
m2	—	—	K H
［D.］	D（R）	—	—
n	D（R）	—	K H

SORT 指令用于将数据行和数据列构成的表格，按照指定的数据列标准，以行为单位将数据表格重新升序排列。指令说明如图 6-85 所示。

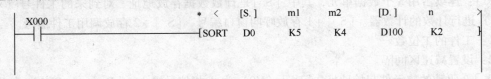

图 6-85 SORT 指令

［S.］：保存表格数据的起始软元件地址（占用 m1 × m2 点）。

m1：数据行数。

m2：数据列数。

［D.］：保存数据排列结果的软元件起始地址（占用 m1 × m2 点）。

n：作为排列标准的列指定（≤m2）。

假如源数据表的内容见表 6-9。

表 6-9　源数据表（D0 ~ D19）

行　号 \ 列　号		列数 m2			
		1	2	3	4
		学　号	语　文	数　学	政　治
行数 m2	1	［S.］（1）	［S.］＋5（75）	［S.］＋10（65）	［S.］＋15（70）
	2	［S.］＋1（2）	［S.］＋6（90）	［S.］＋11（70）	［S.］＋16（90）
	3	［S.］＋2（3）	［S.］＋7（80）	［S.］＋12（90）	［S.］＋17（80）
	4	［S.］＋3（4）	［S.］＋8（50）	［S.］＋13（40）	［S.］＋18（58）
	5	［S.］＋4（5）	［S.］＋9（75）	［S.］＋14（70）	［S.］＋19（95）

执行图 6-85 所示程序，在目标表格中数据排列见表 6-10。

表 6-10　n = 2 目标表格数据（D100 ~ D119）

列 号 行 号		列数 m2			
		1	2	3	4
		学　号	语　文	数　学	政　治
行数 m2	1	［D.］（4）	［D.］+5（50）	［D.］+10（40）	［D.］+15（58）
	2	［D.］+1（1）	［D.］+6（75）	［D.］+11（65）	［D.］+16（70）
	3	［D.］+2（5）	［D.］+7（75）	［D.］+12（70）	［D.］+17（95）
	4	［D.］+3（3）	［D.］+8（80）	［D.］+13（90）	［D.］+18（80）
	5	［D.］+4（2）	［D.］+9（90）	［D.］+14（70）	［D.］+19（90）

数据将按照第 2 列的升序进行排列，其他的列序也作相应的调整。如果图 6-85 程序中 n 的值为 K4，则目标表格数据排列见表 6-11。

表 6-11　n = 4 目标表格数据（D100 ~ D119）

列 号 行 号		列数 m2			
		1	2	3	4
		学　号	语　文	数　学	政　治
行数 m2	1	［D.］（4）	［D.］+5（50）	［D.］+10（40）	［D.］+15（58）
	2	［D.］+1（1）	［D.］+6（75）	［D.］+11（65）	［D.］+16（70）
	3	［D.］+2（3）	［D.］+7（80）	［D.］+12（90）	［D.］+17（80）
	4	［D.］+3（2）	［D.］+8（90）	［D.］+13（70）	［D.］+18（90）
	5	［D.］+4（5）	［D.］+9（75）	［D.］+14（70）	［D.］+19（95）

6.8　外部设备 I/O 指令

外部设备 I/O 指令是用于可编程序控制器输入输出与外部设备进行数据交换的指令，其指令见表 6-12。

表 6-12　外部设备 I/O 指令

FNC No.	助记符	指令名称	FX₃ᵤ	FX₂ₙ	FNC No.	助记符	指令名称	FX₃ᵤ	FX₂ₙ
70	TKY	数字键输入	√	√	75	ARWS	方向开关	√	√
71	HKY	十六进制输入	√	√	76	ASC	ASCII 码转换	√	√
72	DSW	数字开关	√	√	77	PR	ASCII 码打印	√	√
73	SEGD	七段译码	√	√	78	FROM	BFM 读出	√	√
74	SEGL	七段码分时显示	√	√	79	TO	BFM 写入	√	√

1. 数字键输入指令 TKY (TEN KEY)

功能号：FNC70；指令形式：（D）TKY；16 位占用 7 步，32 位占用 13 步

操作数类别	适合操作数（括号内只支持 FX_{3U} 系列 PLC）		
	字 元 件	位 元 件	其 他
[S.]	—	X Y M S（D□.b）	—
[D1.]	KnX KnY KnS T C D（R U□/G□）V Z	—	—
[D2.]		Y M S（D□.b）	—

TKY 指令是通过设定的键盘，进行数字输入操作的指令，其指令说明如图 6-86 所示。

图 6-86　TKY 指令

[S.]：数字输入键的起始软元件地址（占用连续的 10 个点）。

[D1.]：输入的数值存储地址。

[D2.]：按键信息起始位软元件地址。

运行图 6-86 程序，按键顺序为 X002→X001→X003→X004，在 D0 中保存的数据为 2134，其动作时序如图 6-87 所示。

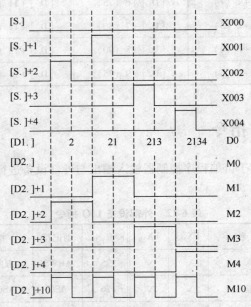

图 6-87　TKY 指令动作时序图

使用 TKY 指令时注意：同时按下多个键时，最先按下的键有效。驱动 TKY 指令的触点断开时，[D1.] 内容不改变，但 [D2.] ~ [D2.] +10 都断开。TKY 指令只能使用一次，如果要多次使用，则需要用变址方式实现。

2. 十六进制输入指令 HKY（HEXADECIMAL KEY）

功能号：FNC71；指令形式：（D）HKY；16 位占用 9 步，32 位占用 17 步

操作数类别	适合操作数（括号内只支持 FX₃ᵤ 系列 PLC）		
	字 元 件	位 元 件	其 他
[S.]	—	X	—
[D1.]	—	Y	—
[D2.]	T C D（R U□/G□）Z		—
[D3.]	—	Y M S（D□. b）	

HKY 指令是通过 0~F 键实现十六进制数据输入的指令，适用晶体管输出型 PLC，其指令说明如图 6-88 所示。

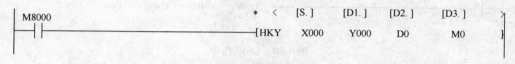

图 6-88 HKY 指令

[S.]：十六进制输入列软元件地址（占用输入继电器 4 个点）。

[D1.]：十六进制输入行软元件地址（占用输出继电器 4 个点）。

[D2.]：保存十六键输入数据的软元件地址。

[D3.]：按键信息起始位软元件（占用 8 个点）。

HKY 指令涉及的特殊辅助继电器的功能如下。

M8167：OFF 时为数字键 + 功能键，ON 时为十六进制键。

M8029：OFF 时 [D1.] ~ [D1.] +3 扫描中，指令未执行；ON 时 [D1.] ~ [D1.] +3 动作一次后输出一个 ON 脉冲。

十六进制输入接线如图 6-89 所示。

TKY 指令输入的数值以 BIN 形式保存在 [D2.] 中，0~9 数字键任意一键按下时 [D3.] +7 为 ON；A~F 任意一键按下时，[D3.] ~ [D3.] +5 置 ON（参考 TKY 指令）；A~F 任意一键按下时 [D3.] +6 置 ON。

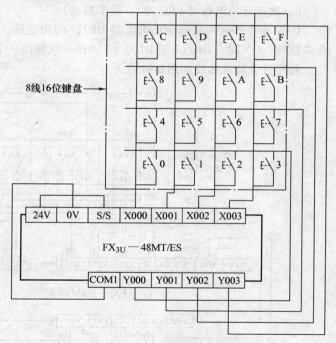

图 6-89 十六进制输入接线（漏型 FX₃ᵤ）

使用 HKY 指令时注意：同时按下多个键时，最先按下的键有效。驱动 HKY 指令的触点断开时，[D2.] 内容不改变，但 [D3.] ~ [D3.] +7 都断开。TKY 指令只能使用一次，如果要多次使用，则需要用变址方式实现。

3. 数字开关指令 DSW（DIGITAL SWITCH）

操作数类别	适合操作数（括号内只支持 FX₃ᵤ 系列 PLC）		
	字 元 件	位 元 件	其 他
[S.]	—	X	—
[D1.]	—	Y	—
[D2.]	T C D（R U□/G□）V Z	—	—
n	—	—	K H

功能号：FNC72；指令形式：DSW；16 位占用 9 步

DSW 指令是读取外部数字（BCD）设定开关的指令，适用晶体管输出型 PLC，其指令说明如图 6-90 所示。

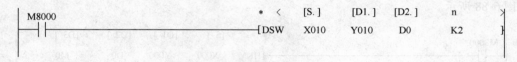

图 6-90　DSW 指令

[S.]：数字开关外部输入起始软元件地址（占用 4 个输入点）。

[D1.]：数字开关选通信号起始软元件（占用 4 个输出点）。

[D2.]：保存数字开关输入数值的软元件地址。

n：数字开关组数（4 位一组，最多两组）。

DSW 指令涉及的特殊辅助继电器 M8029 的功能是：OFF 时 [D1.] ~ [D1.] +3 扫描中，指令未执行，ON 时 [D1.] ~ [D1.] +3 动作一次输出一个 ON 脉冲。

数字开关输入接线如图 6-91 所示。

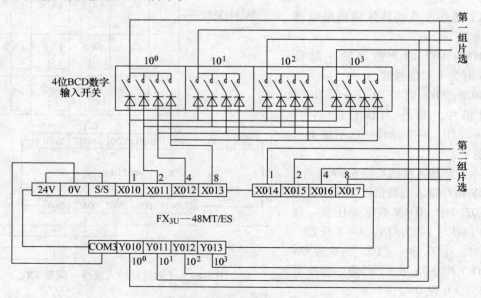

图 6-91　数字开关输入接线图

使用 DSW 指令时注意：驱动 DSW 的触点断开时，　[D2.]的内容不改变，但 [D1.] ~ [D1.] +3 都为 OFF；当 n = 2 时，将占用 [D2.]开始的两个单元用于保存数字开关输入数值。

4. 七段译码指令 SEGD（SEVEN SEGMENT DECODER）

操作数类别	适合操作数（括号内只支持 FX3U 系列 PLC）		
	字 元 件	位 元 件	其 他
[S.]	KnX KnY KnM KnS T C D (R U□/G□) V Z	—	K H
[D1.]	KnY KnM KnS T C D (R U□/G□) V Z	—	—

SEGD 指令是将 BIN 码译码后，驱动七段数码管显示的指令，其指令的使用说明如图 6-92 所示。

图 6-92　SEGD 指令

[S.]：译码的源 BIN 数据或保存源数据的软元件地址。

[D.]：保存七段码数据的字软元件地址。

图 6-92 中，当 X000 为 ON 时，将 D0 的低 4 位所指定的 0～F（十六进制）的数据译成七段码，译码显示的数据输出到 K2Y000；当 X000 为 OFF 后，K2Y000 输出不变。七段译码见表 6-13。

表 6-13　七段码译码表

译码前数据		数码管段码	译码输出							
16 进制数	源 BIN 数		h 点	g 段	f 段	e 段	d 段	c 段	b 段	a 段
0	0000		0	0	1	1	1	1	1	1
1	0001		0	0	0	0	0	1	1	0
2	0010		0	1	0	1	1	0	1	1
3	0011		0	1	0	0	1	1	1	1
4	0100		0	1	1	0	0	1	1	0
5	0101		0	1	1	0	1	1	0	1
6	0110		0	1	1	1	1	1	0	1
7	0111		0	0	1	0	0	1	1	1
8	1000		0	1	1	1	1	1	1	1
9	1001		0	1	1	0	1	1	1	1
A	1010		0	1	1	1	0	1	1	1
B	1011		0	1	1	1	1	1	0	0
C	1100		0	0	1	1	1	0	0	1
D	1101		0	1	0	1	1	1	1	0
E	1110		0	1	1	1	1	0	0	1
F	1111		0	1	1	1	0	0	0	1

5. 七段码分时显示指令 SEGL（SEVEN SEGMENT WITH LATCH）

功能号：FNC74；指令形式：SEGD；16 位占用 7 步

操作数类别	适合操作数（括号内只支持 FX₃ᵤ系列 PLC）		
	字 元 件	位 元 件	其 他
[S.]	KnX KnY KnM KnS T C D (R U□/G□) V Z	—	K H
[D1.]	—	Y	—
n	—	—	K H

SEGL 指令是将源 BIN 数据转换为 4 位 BCD 数据后，输出控制 1 组或 2 组 4 位带锁存的七段数码管显示的指令，适用晶体管输出型 PLC，其指令说明如图 6-93 所示。

$$* < \quad [S.] \qquad [D.] \qquad n$$

```
X000
 |  |                              [ SEGL   D0    Y000    K4 ]
```

图 6-93　SEGL 指令

[S.]：分时显示源 BIN 数据（占用 1 个或 2 个点）。

[D.]：七段显示的起始软元件地址（占用 8 点或 12 点）。

n：参数编号（4 位 1 组设定 0~3，4 位 2 组设定 4~7）。

特殊辅助继电器 M8029：4 位数的输出结束后输出一个 ON 脉冲。

图 6-93 中，当 X000 为 ON 时，执行 SEGL 指令，将 D0 和 D1（1 组 4 位显示，占用 1 个数据单元）转化为 2 个 4 位 BCD 码，通过 Y000~Y13 进行七段码分时显示，其中 Y000~Y003 为第 1 组 4 位段码数据，Y004~Y007 是选通信号输出，Y010~Y013 为第 2 组 4 位段码数据。使用 SEGL 指令执行七段码分时显示接线如图 6-94 所示。

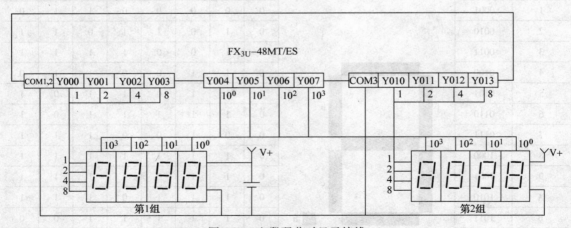

图 6-94　七段码分时显示接线

使用 SEGL 指令应当注意，数码管应该选用带锁存的 4 位数码管，数码管具有 BCD 译码电路。

在图 6-93 中，如果在运行过程中 X000 断开，则输出立即中断，而不保持输出状态。指令中 n 的值需要根据可编程序控制器的输出类型、数码管的数据输入正负逻辑以及选通信号的正负逻辑来选择，还要根据显示组数（1 组或 2 组）来选择，见表 6-14。

表 6-14　n 值的选择

可编程序控制器输出类型	数码管数据输入类型	选通信号	参数 n	
			4 位 1 组	4 位 2 组
漏型（负逻辑）	负逻辑	负逻辑	0	4
		正逻辑	1	5
	正逻辑	负逻辑	2	6
		正逻辑	3	7
源型（正逻辑）	正逻辑	正逻辑	0	4
		负逻辑	1	5
	负逻辑	正逻辑	2	6
		负逻辑	3	7

6. 箭头开关指令 ARWS（ARROW SWITCH）

功能号：FNC75；指令形式：ARWS；16 位占用 9 步			
操作数类别	适合操作数（括号内只支持 FX$_{3U}$ 系列 PLC）		
	字　元　件	位　元　件	其　他
[S.]	—	X Y M S D□. b	—
[D1.]	T C D（R U□/G□）V Z	—	—
[D2.]	—	Y	—
n	—	—	K H

　　ARWS 指令是激活某数据位并使该数据位进行增减的指令，用于通过输入点设置数据，其指令使用说明如图 6-95 所示。

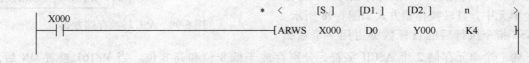

图 6-95　ARWS 指令

[S.]：箭头开关输入的位起始软元件。

[D1.]：保存 BCD 数据的字软元件。

[D2.]：输出七段码的位软元件起始地址。

n：参数编号。

箭头开关 ARWS 指令的外部接线如图 6-96 所示。

ARWS 指令占用的输入点为 4 个点，分别为 [S.]（X000）数值减、[S.] +1（X001）数值增、[S.] +2（X002）数位左移、[S.] +3（X003）数位右移。占用的输出点为 8 个点（4 位数），[D2.] ~ [D2.] +3（Y000 ~ Y003）为 BCD 数据输出，[D2.] +4 ~ [D2.] +7（Y004 ~ Y007）为选通信号输出。

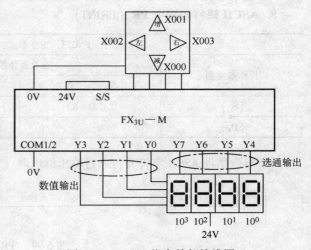

图 6-96　ARWS 指令外部接线图

参数编号 n 的设定参考 SEGL（FNC 74）指令，其设定范围是 0 ~ 3。在程序中 ARWS 指令只能使用一次，如果需要多次使用则要进行变址操作。

7. ASCII 码转换指令 ASC（ASCII CODE）

操作数类别	适合操作数（括号内只支持 FX₃U 系列 PLC）		
功能号：FNC76；指令形式：ASC；16 位占用 11 步			
	字 元 件	位 元 件	其 他
[S.]	—	—	"□"
[D.]	T C D（R U□/G□）	—	—

ASC 指令是将英文、数字（半角）字符串（A ~ Z，0 ~ 9）转换为 ASCII 码的指令，其指令说明如图 6-97 所示。

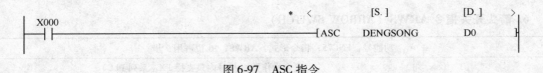

图 6-97　ASC 指令

[S.]：字符串或数字。

[D.]：保存 ASCII 码的数据单元起始地址。

M8161：扩展功能标准，置 OFF 时，目标数据存储方式为低 8 位和高 8 位存储 2 个 ASCII 字符；置 ON 时，数据只存储低 8 位 1 个 ASCII 字符，高 8 位保持 00。

图 6-97 中，当 X000 为 ON 时，将字符串"DENGSONG"转化为 ASCII 码存放于 D0 开始的 4 个单元中，其转换存储方式如图 6-98 所示。

ASC 指令执行后的目标数据占用 4 个数据

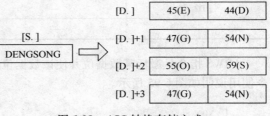

图 6-98　ASC 转换存储方式

单元，每一个单元存储 2 个 ASCII 字符，分别存放于低 8 位和高 8 位。当 M8161 被置 ON 后，ASCII 中存放于低 8 位，共需占用 8 个数据单元。

8. ASCII 码打印指令 PR（PRINT）

操作数类别	适合操作数（括号内只支持 FX₃U 系列 PLC）		
功能号：FNC77；指令形式：PR；16 位占用 5 步			
	字 元 件	位 元 件	其 他
[S.]	T C D（R）	—	—
[D.]	—	Y	—

PR 指令是将 ASCII 字符并行通过输出继电器（Y）输出的指令，其指令说明如图 6-99 所示。

图 6-99　PR 指令

[S.]：需要进行 ASCII 打印的数据起始软元件（ASCII 码）。

[D.]：打印输出的输出继电器起始地址。

PR 指令涉及的特殊辅助继电器 M8027 的功能是：OFF 时固定位 8 个字符串行输出；ON 时为 0 ~ 16 个字符串行输出。M8029 的功能是：打印完毕输出一个 ON 脉冲。

图 6-99 中，当 X000 为 ON 时，执行 PR 打印输出，将 D0 ~ D7（[S.] ~ [S.] +7）存放的 ASCII 字符通过 Y000 ~ Y007（[D.] ~ [D.] +7）直接输出（[D.] 为低位侧，[D.] +7 为高位侧），Y10（[D.] +8）为选通信号，Y11（[D.] +9）为打印执行中标志，数据打印完毕复位。

9. BFM 读出指令 FROM

操作数类别	适合操作数（括号内只支持 FX₃ᵤ 系列 PLC）		
	字 元 件	位 元 件	其 他
m1	D (R)	—	K H
m2	D (R)	—	K H
[D.]	KnY KnM KnS T C D (R) V Z	—	—
n	D (R)	—	K H

功能号：FNC78；指令形式：(D) FROM (P)；16 位占用 9 步，32 位占用 17 步

FROM 指令是将特殊功能模块中缓冲寄存器（BFM）的内容读到可编程序控制器的指令。对于 FX₂ₙ 系列 PLC 只能使用 FROM（TO）指令对缓冲寄存器进行读写操作；FX₃ᵤ 系列 PLC 可以用 FROM（TO）指令外，还可以使用传送类指令进行操作。FROM 指令使用说明如图 6-100 所示。

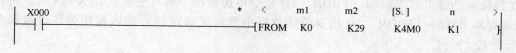

图 6-100　FROM 指令

m1：读特殊功能单元/模块的单元号（K0 ~ K7）。

m2：特殊功能单元模块缓冲存储器号（BFM#）。

[S.]：读回数据存放地址。

n：读出点数。

图 6-100 中，当 X000 为 ON 时，将模块号为 0 的缓冲寄存器（BFM）#29 读出并保存到可编程序控制器位字 K4M0 中。

10. BFM 写入指令 TO

操作数类别	适合操作数（括号内只支持 FX₃ᵤ 系列 PLC）		
	字 元 件	位 元 件	其 他
m1	D (R)	—	K H
m2	D (R)	—	K H
[D.]	KnX KnY KnM KnS T C D (R) V Z	—	—
n	D (R)	Y	K H

功能号：FNC79；指令形式：(D) TO (P)；16 位占用 9 步，32 位占用 17 步

TO 指令是将可编程序控制器的数据写入特殊功能模块的缓冲寄存器（BFM）的指令，其指令使用说明如图 6-101 所示。

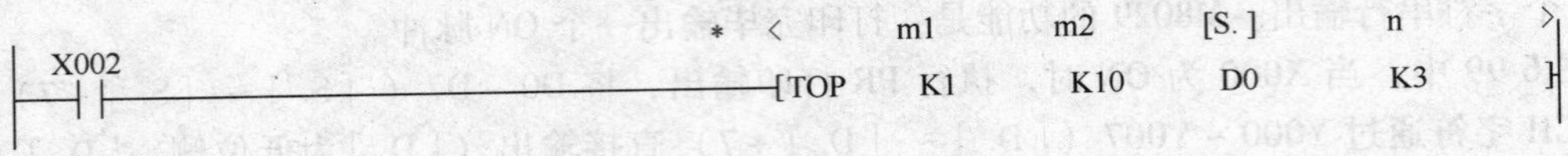

```
        X002                    *  <   m1    m2   [S.]    n     >
      ──┤├──────────────────────[TOP   K1    K10   D0     K3    ]──
```

图 6-101　TO 指令

m1：写特殊功能单元/模块的单元号（K0 ~ K7）。

m2：特殊功能单元模块缓冲存储器号（BFM#）。

[S.]：源数据存放地址。

n：写入点数。

当 X002 为 ON 时，将 No. 1 号模块的 BFM #10、#11、#12 缓冲寄存器的数据写入 D2、D1、D0 这 3 个数据寄存器中。

对 FROM、TO 指令中的 m1、m2、n 的理解如下。

（1）特殊模块编号 m1　它是连接在可编程序控制器上的特殊功能模块的号码，编号是从最靠近基本单元右边的模块开始，编号从 No. 0 ~ No. 7，最多 8 个单元。使用 FROM、TO 指令需正确指定模块号。

（2）缓冲寄存器（BFM）号 m2　在特殊功能模块内设有 16 位 RAM 存储器，这些 RAM 存储器称为缓冲寄存器（BFM），缓冲寄存器号为 #0 ~ #32767，其内容根据控制模块的不同而定。对于 32 位操作，指定的 BFM 为低 16 位，其下一个编号的 BFM 为高 16 位。

（3）传送数据个数 n　用 n 指定传送数据的个数，16 位操作时 n = 2，32 位操作时 n = 1。在特殊辅助继电器 M8164（FROM、TO 指令传送数据个数可变模式）为 ON 时，将特殊数据寄存器 D8164（FROM、TO 指令传送数据个数指定寄存器）的内容作为传送数据个数 n 进行处理。

6.9　外部设备 SER 指令

外部设备 SER 指令是对串行通信口（适配器或通信板）进行控制的指令，此外还包括对模拟电位器进行读取的指令以及 PID 指令。外部设备 SER 指令见表 6-15。

表 6-15　外部设备 SER 指令

FNC No.	助记符	指 令 名 称	FX$_{3U}$	FX$_{2N}$	FNC No.	助记符	指 令 名 称	FX$_{3U}$	FX$_{2N}$
80	RS	串行数据传送	√	√	85	VRRD	电位器读出	×	√
81	PRUN	八进制位传送	√	√	86	VRSC	电位器刻度	×	√
82	ASCI	HEX→ASCII 转换	√	√	87	RS2	串行数据传送 2	√	×
83	HEX	ASCII→HEX 转换	√	√	88	PID	PID 运算	√	√
84	CCD	校验码	√	√	89	—	—	—	—

1. 串行数据传送指令 RS（SERIAL COMMUNICATION）

功能号：FNC80；指令形式：RS；16 位占用 9 步

操作数类别	适合操作数（括号内只支持 FX₃U 系列 PLC）		
	字 元 件	位 元 件	其 他
[S.]	D（R）	—	—
m	D（R）	—	K H
[D.]	D（R）	—	—
n	D（R）	—	K H

RS 指令是 RS－232C 或 RS-485C 功能扩展板或通信适配器进行数据发送和数据接收的指令（FX₃U 仅通道 1 有效），能够实现无协议通信，其指令使用说明如图 6-102 所示。

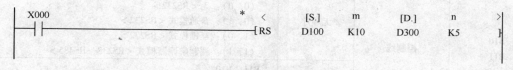

图 6-102　RS 指令

[S.]：发送数据的起始软元件地址。

m：发送数据点数。

[D.]：接收数据保存起始软元件地址。

n：接收数据点数。

RS 指令涉及的特殊辅助继电器及特殊数据寄存器的功能如下

M8063：串行通信出错。　　　　　D8120：通信格式的设定。

M8121：发送等待标志。　　　　　D8122：发送数据剩余点数。

M8122：发送请求。　　　　　　　D8123：接收数据监控。

M8123：接收数据结束。　　　　　D8124、D8125：分别为报头和报尾。

M8124：载波检测标志。　　　　　D8129：超时时间设定。

M8129：超时判断标志。　　　　　D8063：通信出错代码。

M8161：8 位（16 位）处理模式。　D8405：通信参数显示（FX₃U）。

　　　　　　　　　　　　　　　　D8419：运行模式的显示（FX₃U）。

图 6-102 中，当 X000 为 ON 时，将把 D100～D109 数据单元共 10 个点的数据通过串行口发送出去，同时将从串口接收的 5 个数据放入 D300～D304 单元中。m 和 n 是发送和接收数据的个数，可以用 D 寄存器设定或直接用 K、H 常数进行设定。只接收数据时，可将发送的个数 m 设定为 K0；只发送数据时可将接收的个数 n 设定为 K0。

在执行 RS 指令前，需要对通信格式进行设定，特殊功能寄存器 D8120 用于设定通信格式，D8120 除了用于 RS 指令的无顺序通信外，还可用于计算机链接通信，其位定义见表 6-16 所示。

表 6-16　D8120 的位定义

位　号	名　称	内　容	
		0（OFF）	1（ON）
B0	数据长	7 位	8 位
B1 B2	奇偶性	B2，B1 （0，0）：无 （0，1）：奇数（ODD） （1，1）：偶数（EVEN）	
B3	停止位	1 位	2 位
B4 B5 B6 B7	传送速率 （bit/s）	B7，B6，B5，B4　　　　B7，B6，B5，B4 （0，0，1，1）：300　　（0，1，1，1）：4800 （0，1，0，0）：600　　（1，0，0，0）：9600 （0，1，0，1）：1200　　（1，0，0，1）：19200 （0，1，1，0）：2400	
B8	起始符	无	有（D8124）初始值 STX（02H）
B9	终止符	无	有（D8125）初始值 ETX（02H）
B10 B11	控制线	无顺序	B11，B10 （0，0）：无 < RS232 > （0，1）：普通模式 < RS232 > （1，0）：互锁模式 < RS232 > （1，1）：调制解调器模式 < RS232，RS485 >
		计算机链接 通信	B11，B10 （0，0）：RS485 接口 （1，0）：RS232 接口
B12		不可使用	
B13	和校验	不附加	附加
B14	协议	不使用	使用
B15	控制顺序	方式 1	方式 2

注意：起始符和终止符在使用计算机链接通信时必须设定为 0，（b11、b10）在使用 485BD 和 485ADP 时，如果不使用控制线，必须设置为（1、1）；（b15、b14、b13）在计算机链接时设置为（0、0、0）。

通信格式的设定举例见表 6-17。

表 6-17　通信格式设定举例

数　据　长　度	7 位	起　始　符	无
奇数偶性	奇数	终止符	无
停止位	1	控制线	无
传输速率	19200		

D8120 的设定程序如图 6-103 所示。

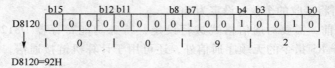

图 6-103　D8120 的设定程序

RS 指令接收和发送数据的程序如图 6-104 所示。

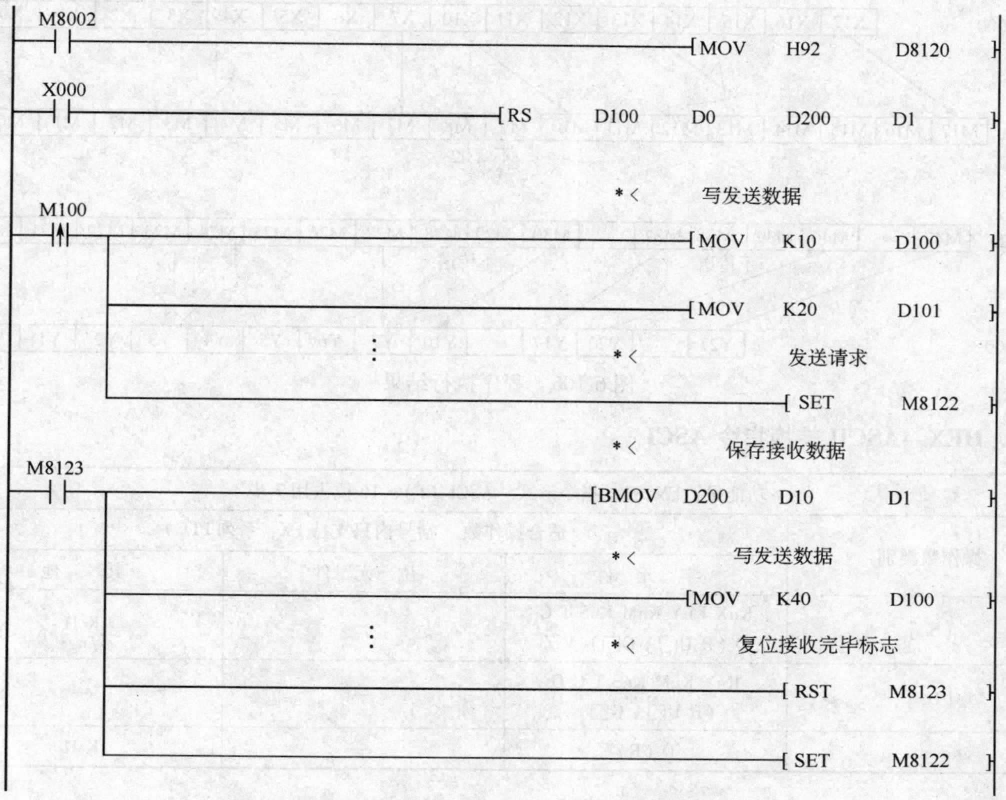

```
  M8002
  ─┤├──────────────────────────────────[MOV    H92      D8120 ]

  X000
  ─┤├──────────────────────────────[RS    D100    D0     D200    D1 ]

                                          *<      写发送数据
  M100
  ─┤↑├─────────────────────────────────[MOV    K10      D100 ]

       ├─────────────────────────────────[MOV    K20      D101 ]
       ┊                                  *<      发送请求
       └─────────────────────────────────[ SET            M8122 ]

                                          *<      保存接收数据
  M8123
  ─┤├──────────────────────────────[BMOV   D200    D10     D1 ]

                                          *<      写发送数据
       ┊                            ─────[MOV    K40      D100 ]
       ┊                                  *<      复位接收完毕标志
       ├─────────────────────────────────[ RST            M8123 ]

       └─────────────────────────────────[ SET            M8122 ]
```

图 6-104　RS 指令接收和发送数据的程序

2. 八进制位传送指令 PRUN（PARALLEL RUNING）

功能号：FNC 81；指令形式：（D）PRUN（P）；16 位占用 5 步，32 位占用 9 步			
操作数类别	适合操作数（括号内只支持 FX$_{3U}$ 系列 PLC）		
	字 元 件	位 元 件	其　他
[S.]	KnX　KnM	—	—
[D.]	KnY　KnM	—	—

PRUN 指令是将指定的软元件（源数据和目标数据）作为八进制数进行传递的指令，其指令说明如图 6-105 所示。

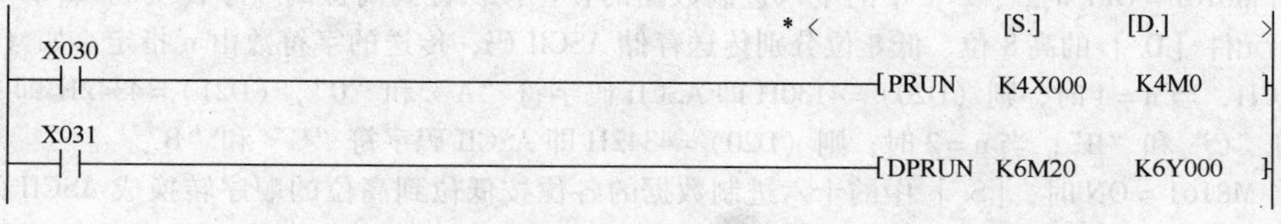

```
                                          *<        [S.]      [D.]
  X030
  ─┤├──────────────────────────────[PRUN   K4X000   K4M0 ]

  X031
  ─┤├──────────────────────────────[DPRUN  K6M20    K6Y000 ]
```

图 6-105　PRUN 指令

[S.]：八进制位传送源数据软元件。
[D.]：八进制位传送目标数据软元件。

图 6-105 程序执行的结果如图 6-106 所示。

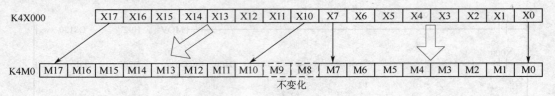

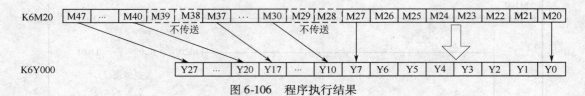

图 6-106　程序执行结果

3. HEX→ASCII 转换指令 ASCI

功能号：FNC82；指令形式：ASCI（P）；16 位占用 7 步			
操作数类别	适合操作数（括号内只支持 FX_{3U} 系列 PLC）		
	字 元 件	位 元 件	其 他
[S.]	KnX KnY KnM KnS T C D（R U□ \ G□）V Z	—	K H
[D.]	KnY KnM KnS T C D （R U□ \ G□）	—	—
n	D（R）	—	K H

ASCI 指令是将十六进制数转换成 ASCII 码的指令，其指令使用说明如图 6-107 所示。

```
X000
─┤├────────────────────────────────────────( M8161 )

X010                              * <   [S.]    [D.]     n
─┤├───────────────────────────[ASCI   D10    D20    K4  ]
```

图 6-107　ASCI 指令

[S.]：存放 HEX 源数据软元件起始地址。

[D.]：存放 ASCII 数据的软元件起始地址。

n：要转换的 HEX 字符数。

M8161：8 位（16 位）处理模式。

当 M8161＝OFF 时，[S.] 中的十六进制数据的各位按低位到高位的顺序转换成 ASCII 码后，向目标元件 [D.] 的高 8 位、低 8 位分别传送存储 ASCII 码，传送的字符数由 n 指定。如（D10）=0ABCH，当 n=4 时，则（D20）=4130H 即 ASCII 码字符 "A" 和 "0"，（D21）=4342H 即 ASCII 码字符 "C" 和 "B"；当 n=2 时，则（D20）=4342H 即 ASCII 码字符 "C" 和 "B"。

当 M8161＝ON 时，[S.] 中的十六进制数据的各位按低位到高位的顺序转换成 ASCII 码后，向目标元件 [D.] 的低 8 位传送、存储 ASCII 码，高 8 位将被忽略（为 0），传送的字符数由 n 指定。例如（D00）=0ABCH，当 n=4 时，则（D20）=0030H 即 ASCII 码字符 "0"，（D21）=0041H 即 ASCII 码字符 "A"，（D22）=0042H 即 ASCII 码字符 "B"，（D23）=0043H 即 ASCII 码字符 "C"；当 n=2 时，则（D20）=0042H 即 ASCII 码字符 "B"，（D21）=0043H 即 ASCII 码字符 "C"。

4. ASCII→HEX 指令 HEX

功能号：FNC83；指令形式：HEX (P)；16 位占用 7 步

操作数类别	适合操作数（括号内只支持 FX_{3U} 系列 PLC）		
	字 元 件	位 元 件	其 他
[S.]	KnX KnY KnM KnS T C D (R U□ \ G□)	—	K H
[D.]	KnY KnM KnS T C D (R U□ \ G□) V Z	—	—
n	D (R)	—	K H

HEX 指令是将 ASCII 码数据转换成十六进制数的指令，其指令使用说明如图 6-108 所示。

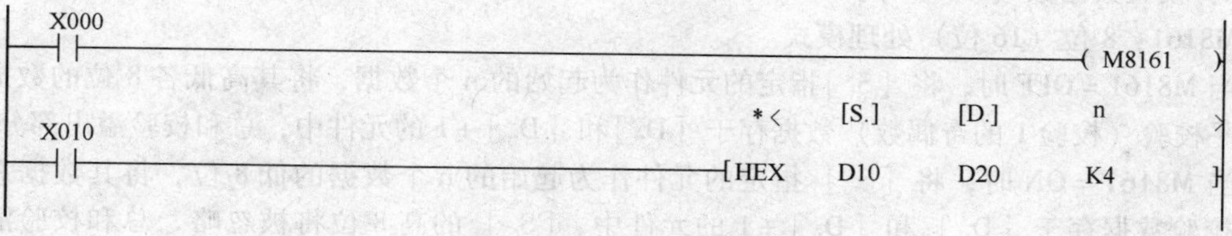

图 6-108　HEX 指令

[S.]：存放 ASCII 源数据软元件起始地址。

[D.]：存放 HEX 数据软元件起始地址。

n：要转换的 ASCII 字符数。

M8161：8 位（16 位）处理模式。

当 M8161 = OFF 时，分别将 D100 的高、低 8 位数据转换成两位十六进制数，每两个源数据传向目标的一个存储单元，存储顺序与原来的顺序相反，转换的字符数由 n 指定。如（D10）= 4130H 即 ASCII 码字符 "A" 和 "0"，（D11）= 4342H 即 ASCII 码字符 "C" 和 "B"；当 n = 4 时，则（D20）= 0ABCH；当 n = 2 时，（D10）= 4342H 即 ASCII 码字符 "C" 和 "B"，则（D20）= 00BCH。

当 M8161 = ON 时，将源数据 D10 的 ASCII 码的低 8 位（高 8 位将被忽略）转换为一个十六进制数据，每 4 个源数据传向目标的一个存储单元，转换的字符数由 n 指定。如（D10）= 42H 即 ASCII 码字符 "B"，（D11）= 43H 即 ASCII 码字符 "C"，当 n = 2 时，则（D20）= 00BCH。

在 HEX 指令中，如果源数据 [S.] 中存储的数据不是 ASCII 码，则运算出错，不能进行 HEX 转换。

5. 校验码指令 CCD（CHECK CODE）

功能号：FNC84；指令形式：CCD (P)；16 位占用 7 步

操作数类别	适合操作数（括号内只支持 FX_{3U} 系列 PLC）		
	字 元 件	位 元 件	其 他
[S.]	KnX KnY KnM KnS T C D (R U□ \ G□)	—	K H
[D.]	KnY KnM KnS T C D (R U□ \ G□)	—	—
n	D (R)	—	K H

CCD 指令是计算校验码的专用指令，可以计算总和校验和水平校验数据。在通信数据传输时，常用 CCD 指令生成校验码，其指令使用说明如图 6-109 所示。

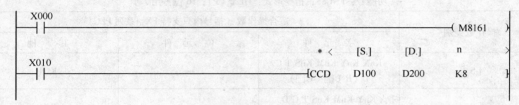

图 6-109　CCD 指令

［S. ］：参与校验数据软元件起始地址。

［D. ］：保存校验结果的软元件地址。

n：校验数据数（1～256）。

M8161：8 位（16 位）处理模式。

当 M8161 = OFF 时，将［S. ］指定的元件作为起始的 n 个数据，将其高低各 8 位的数据总和与水平校验（校验 1 的奇偶数）数据存于［D. ］和［D. ］+1 的元件中，总和校验溢出部分无效。

当 M8161 = ON 时，将［S. ］指定的元件作为起始的 n 个数据的低 8 位，将其数据总和与水平校验数据存于［D. ］和［D. ］+1 的元件中，［S. ］的高 8 位将被忽略，总和校验溢出部分无效。

6. 串行数据传送 2 指令 RS2

操作数类别	功能号：FNC87；指令形式：RS2；16 位占用 9 步		
	适合操作数（括号内只支持 FX$_{3U}$ 系列 PLC）		
	字 元 件	位 元 件	其 他
［S. ］	D（R）	—	—
m	D（R）	—	K H
［D. ］	D（R）	—	—
n	D（R）	—	K H
n1	—	—	K H

RS2 指令是在使用 RS-232C 或 RS-485C 功能扩展板或通信适配器进行数据发送和数据接收时的指令（FX$_{3U}$ 通道 1 和通道 2 有效），能够实现无协议通信，其指令使用说明如图 6-110 所示。

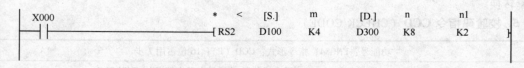

图 6-110　RS2 指令

［S. ］：发送数据的起始软元件地址。

m：发送数据点数。

［D. ］：接收数据保存起始软元件地址。

n：接收数据点数。

n1：使用通道号（K1 表示通道 1，K2 表示通道 2）。

RS2 指令涉及的特殊辅助继电器和数据寄存器时功能如下：

M8401、M8421：发送等待标志（前为通道1，后为通道2，下同）。

M8402、M8422：发送请求。

M8403、M8423：接收数据结束。

M8404、M8424：载波检测标志。

M8405、M8425：数据设定准备就绪（DSR）标志位。

M8409、M8429：超时判断标志。

M8063：通信出错标志。

M8161：8 位（16 位）处理模式。

D8400、D8420：通信格式的设定。

D8402、D8422：发送数据剩余点数。

D8403、D8423：接收数据监控。

D8405、D8425：通信参数的显示。

D8409、D8429：超时时间设定。

D8410、D8430：报头 1，2。

D8411、D8431：报头 3，4。

D8412、D8432：报尾 1，2。

D8413、D8433：报尾 3，4。

D8414、D8434：接收和校验（接收数据）。

D8415、D8435：接收和校验（计数结果）。

D8416、D8436：发送和校验。

D8419、D8439：运行模式显示。

D8063、D8438：串行通信的出错代码编号。

RS 指令和 RS2 指令的区别在于 RS2 指令的报头和报尾可以设定 1~4 个字符，而 RS 指令只能设定一个字符，且 RS2 指令可以自动附加和校验，而 RS 指令需要使用和校验程序。

使用 RS 和 RS2 指令时需要注意：对于同一通信口，不可同时驱动多条串行通信指令。

7. PID 运算指令 PID（PROPORTIONAL INTEGRAL DIFFERENTIAL）

功能号：FNC88；指令形式：PID；16 位占用 9 步			
操作数类别	适合操作数（括号内只支持 FX$_{3U}$ 系列 PLC）		
	字 元 件	位 元 件	其 他
[S1.]	D（R U□\ G□）	—	—
[S2.]	D（R U□\ G□）	—	—
[S3.]	D（R）	—	—
[D.]	D（R U□\ G□）	—	—

PID 指令是用于过程控制中进行 PID 运算的指令，其指令使用说明如图 6-111 所示。

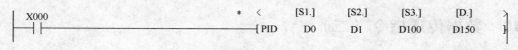

图 6-111 PID 指令

［S1.］：保存目标数据（SV）的数据寄存器地址。

［S2.］：保存测量值（PV）的数据寄存器地址。

［S3.］：保存参数的数据寄存器起始地址。

［D.］：保存输出值（MV）的数据寄存器地址。

目标数据（SV）是指 PID 运算希望得到的目标数据，PID 运算并不改变目标数据，测量值（PV）是 PID 运算的输入值（反馈值）。

设定参数区域［S3.］~［S3.］+28 见表 6-18。

表 6-18　参数区域设定

项　目		设定内容	项　目		设定内容
［S3.］	采样时间	1 ~ 32767ms	［S3.］+21	输入变化量增加侧报警设定	0 ~ 32767
［S3.］+1	动作设定	见表 6-19	［S3.］+22	输出变化量增加侧报警设定	0 ~ 32767
［S3.］+2	输入滤波常数（a）	0 ~ 99%	［S3.］+23	输出变化量增加侧报警设定	0 ~ 32767
［S3.］+3	比例增益（Kp）	1 ~ 32767%	［S3.］+24	报警输出	
［S3.］+4	积分时间（Ti）	0 ~ 32767（100ms）	［S3.］+25	PV 临界值（滞后）宽度（SHPV）	根据测量值（PV）的波动设定
［S3.］+5	微分增益	0 ~ 100%	［S3.］+26	输出值上限	设定输出值最大值
［S3.］+6	微分时间	0 ~ 32767（100ms）	［S3.］+27	输出值下限	设定输出值最小值
［S3.］+7 ~ ［S3.］+19	PID 运算内部占用		［S3.］+28	从自整定循环结束到 PID 控制开始为止的等待设定参数	50 ~ 32717%
［S3.］+20	输入变化量增加侧报警设定	0 ~ 32767			

PID［S3.］+1 动作设定见表 6-19。

表 6-19　PID［S3.］+1 动作设定

［S3.］+1							
b8 ~ b15	b6	b5	b4	b3	b2	b1	b0
不使用	=0 阶跃响应法，=1 极限循环法	=0 无输出上下限设定，=1 输出上下限设定有效	=0 自整定不动作，=1 执行自整定	不使用	=0 无输出变化量报警，=1 输出变化量报警有效	=0 无输入变化量报警，=1 输入变化量报警有效	=0 正动作 =1 逆动作

6.10　数据传送指令（二）

数据传送指令（二）是对变址寄存器的处理指令，其指令见表 6-20。

表 6-20　数据传送指令（二）

FNC No.	助记符	指令名称	FX$_{3U}$	FX$_{2N}$	FNC No.	助记符	指令名称	FX$_{3U}$	FX$_{2N}$
102	ZPUSH	变址寄存器成批保存	√	×	103	ZPOP	变址寄存器恢复	√	×

变址寄存器的成批保存指令 ZPUSH 和变址寄存器的恢复指令 ZPOP（INDEX REGISTER PUSH，INDEX REGISTER POP）

FNC102 ZPUSH，FNC103 ZPOP；16 位占用 3 步			
操作数类别	适合操作数（括号内只支持 FX$_{3U}$ 系列 PLC）		
	字 元 件	位 元 件	其　他
［D.］	(D R)	—	—

［D.］：暂时成批保存变址寄存器当前值的软元件起始地址。

ZPUSH 指令是暂时保存变址寄存器 V0 ~ V7、Z0 ~ Z7 的当前值的指令，ZPOP 是将 ZPUSH 指令暂时保存在数据寄存器中的变址数据恢复到变址寄存器 V0 ~ V7、Z0 ~ Z7 中的指令，指令说明如图 6-112 所示。

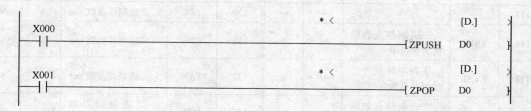

图 6-112　ZPUSH 和 ZPOP 指令

ZPUSH 指令和 ZPOP 指令保存数据和恢复数据的过程如图 6-113 所示。

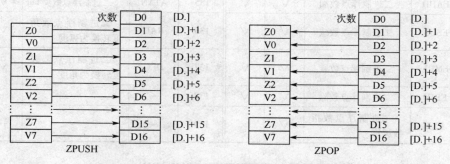

图 6-113　ZPUSH 和 ZPOP 指令执行过程

ZPUSH 和 ZPOP 指令并行操作时，［D.］（D0）的数据只有 0→1 和 1→0，当有嵌套时（连续执行 2 次以上 ZPUSH 指令），［D.］每执行一次 ZPUSH 指令就加 1，其保存变址数据和恢复变址数据过程是：［D.］由 0→1 时，数据保存在［D.］+1 ~［D.］+16，当［D.］由 1→2 时，数据保存在［D.］+17 ~［D.］+32，依此类推。执行 ZPOP 指令时，当［D.］由 2→1 时，恢复数据［D.］+17 ~［D.］+32 到 V0 ~ V7、Z0 ~ Z7 中；当［D.］由 1→0 时，恢复数据［D.］+1 ~［D.］+16 到 V0 ~ V7、Z0 ~ Z7 中。

6.11　浮点运算指令

浮点运算指令是对浮点数进行转换、比较、四则运算、开方运算、三角函数运算的指令，其指令见表6-21。

表 6-21　浮点运算指令

FNC No.	助记符	指 令 名 称	FX$_{3U}$	FX$_{2N}$	FNC No.	助记符	指 令 名 称	FX$_{3U}$	FX$_{2N}$
110	ECMP	二进制浮点数比较	√	√	125	LOGE	二进制浮点数自然对数运算	√	×
111	EZCP	二进制浮点数区间比较	√	√	126	LOG10	二进制浮点数常数对数运算	√	×
112	EMOV	二进制浮点数数据传送	√	×	127	ESQR	二进制浮点数开方运算	√	√
113	—	—	—	—	128	ENEG	二进制浮点数符号翻转	√	×
114	—	—	—	—	129	INT	二进制浮点数转换为 BIN 整数	√	√
115	—	—	—	—	130	SIN	二进制浮点数 sin	√	√
116	ESTR	二进制浮点数转换为字符串	√	×	131	COS	二进制浮点数 cos	√	√
117	EVAL	字符串转换为二进制浮点数	√	×	132	TAN	二进制浮点数 tan	√	√
118	EBCD	二进制浮点数转换为十进制浮点数	√	√	133	ASIN	二进制浮点数反 sin	√	×
119	EBIN	十进制浮点数转换为二进制浮点数	√	√	134	ACOS	二进制浮点数反 cos	√	×
120	EADD	二进制浮点数加	√	√	135	ATAN	二进制浮点数反 tan	√	×
121	ESUB	二进制浮点数减	√	√	136	RAD	二进制浮点数角度转换为弧度	√	×
122	EMUL	二进制浮点数乘	√	√	137	DEG	二进制浮点数弧度转换为角度	√	×
123	EDIV	二进制浮点数除	√	√	138	—	—	—	—
124	EXP	二进制浮点数指数运算	√	×	139	—	—	—	—

1. 二进制浮点数比较指令 ECMP（EXTENDED COMPARE）

FNC110（D）ECMP（P）32 位 13 步　　FX$_{3U}$　　FX$_{2N}$			
操作数类别	适合操作数（括号内只支持 FX$_{3U}$ 系列 PLC）		
	字 元 件	位 元 件	其 他
[S1.]	D（R U□\G□）	—	K H E
[S2.]	D（R U□\G□）	—	K H E
[D.]	—	Y M S（D□.b）	

ECMP 指令是比较两个二进制浮点数的大小，并将比较结果输出的指令，其使用说明如图 6-114 所示。

图 6-114　ECMP 指令

〔S1.〕、〔S2.〕：保存要比较的两个二进制浮点数或保存浮点数的软元件地址，软元件占用两个连续的数据单元，分别为〔S1.〕+1、〔S1.〕及〔S2.〕、〔S2.〕。

〔D.〕：比较结果输出软元件起始地址。

比较结果（〔S1.〕+1〔S1.〕）>（〔S2.〕+1〔S2〕），则〔D.〕为 ON；（〔S1.〕+1〔S1.〕）=（〔S2.〕+1〔S2〕），则〔D.〕+1 为 ON；（〔S1.〕+1〔S1.〕）<（〔S2.〕+1〔S2〕），则〔D.〕+2 为 ON。

图 6-114 中，当（D1　D0）> 123.45 时，M0 为 ON；当（D1　D0）= 123.45 时，M1 为 ON；当（D1　D0）< 123.45 时，M2 为 ON。

需要注意：浮点数指令都是 32 位指令（下同），必须在指令前加 D，即使用 DECMP、DEADD 形式，而操作数都占用两个连续的数据单元。如果在源操作数中指定了常数 K 和 H，则系统会自动将数值从 BIN 转化为二进制浮点数后再进行处理。

2. 二进制浮点数区间比较指令 EZCP（EXTENDED ZONE COMPARE）

操作数类别	功能号：FNC111；指令形式：DEZCP（P）；32 位占用 17 步		
	适合操作数（括号内只支持 FX$_{3U}$ 系列 PLC）		
	字　元　件	位　元　件	其　　他
〔S1.〕	D（R U□\ G□）	—	K H E
〔S2.〕	D（R U□\ G□）	—	K H E
〔S.〕	D（R U□\ G□）	—	K H E
〔D.〕	—	Y M S（D□. b）	—

EZCP 指令是将一个浮点数与两个浮点数设定的区间进行比较，并将比较结果输出的指令，其指令说明如图 6-115 所示。

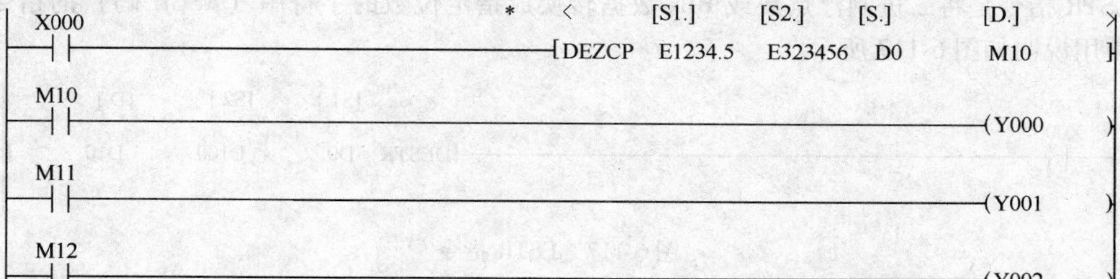

图 6-115　EZCP 指令

[S1.]、[S2.]：设定一个比较区间的浮点数或保存浮点数的软元件地址，每个源浮点数占用连续的两个存储单元，且应当（[S2.]+1 [S2.]）>（[S1.]+1 [S1.]）。

[S.]：与设定区间进行比较的浮点数或保存浮点数的软元件地址。

[D.]：比较结果输出起始软元件地址。

当（[S.]+1 [S.]）<（[S1.]+1 [S1.]）时，则 [D.] 为 ON；当（[S1.]+1 [S1.]）≤（[S.]+1 [S.]）≤（[S2.]+1 [S2.]）时，则 [D.]+1 为 ON；当（[S.]+1 [S.]）>（[S2.]+1 [S2.]）时，则 [D.]+2 为 ON。

3. 二进制浮点数数据传送指令 EMOV（EXTENDED MOVE）

功能号：FNC112；指令形式：DEMOV（P）；32 位占用 9 步			
操作数类别	适合操作数（括号内只支持 FX_{3U} 系列 PLC）		
	字 元 件	位 元 件	其 他
[S.]	（D R U□\G□）	—	E
[D.]	（D R U□\G□）	—	—

EMOV 指令是二进制浮点数传送指令，其指令使用说明如图 6-116 所示。

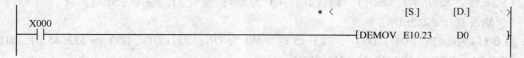

图 6-116　EMOV 指令

[S.]：二进制浮点数传送的源浮点数数据或保存浮点数的软元件地址。

[D.]：二进制浮点数传送的目标软元件地址。

图 6-116 中，当 X000 为 ON 时，将浮点数 10.23 传送到 D1 D0 中。

4. 二进制浮点数转换为字符串指令 ESTR（EXTENDED STRING）

功能号：FNC116；指令形式：DESTR（P）；32 位占用 13 步			
操作数类别	适合操作数（括号内只支持 FX_{3U} 系列 PLC）		
	字 元 件	位 元 件	其 他
[S1.]	D（R U□\G□）	—	E
[S2.]	（KnX KnY KnM KnS D R U□\G□）	—	—
[D.]	（KnY KnM KnS D R U□\G□）	—	—

ESTR 指令是将二进制浮点数或 BIN 数据转换成指定位数的字符串（ASCII 码）的指令，其指令使用说明如图 6-117 所示。

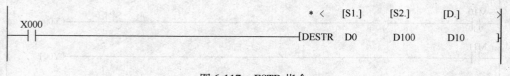

图 6-117　ESTR 指令

[S1.]：要转换的二进制浮点数数据或保存浮点数的软元件地址。

［S2.］：保存二进制浮点数的显示设定的软元件起始地址。

［D.］：保存转换后的字符串的软元件起始地址。

其中，设定的［S2.］需占用连续 3 个数据单元。［S2.］＝0 时以小数形式显示，［S2.］＝1 时以指数形式显示；［S2.］+1 设定所有位数（包括小数点）；［S2.］+2 设定小数部分位数。

例如将 −1.23456 转换为以小数形式显示的 ASCII 码，要求总位数为 8 位，小数点后 4 位，则［S2.］的设定和数据保存方式如图 6-118 所示。

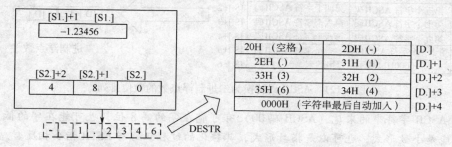

图 6-118　ESTR 指令小数显示方式

例如将 123.4567 转换为以指数形式显示的 ASCII 码，要求总显示位数为 12 位，小数点后保留 4 位，则［S2.］的设定和数据保存方式如图 6-119 所示。

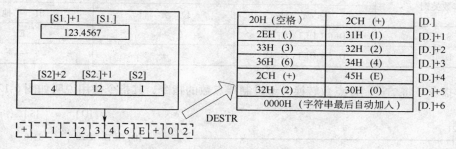

图 6-119　ESTR 指令指数显示方式

在转换时小数点后舍去的部分自动四舍五入。指数显示方式最后固定为 2 位指数位（占用 4 位），设置位数时需注意。

5. 字符串转换为二进制浮点数指令 EVAL（EXTENDED VALUE）

	功能号：FNC117；指令形式：DEVAL（P）；32 位占用 13 步		
操作数类别	适合操作数（括号内只支持 FX₃U 系列 PLC）		
	字 元 件	位 元 件	其 他
［S.］	（KnX KnY KnM KnS D R U□\ G□）	—	—
［D.］	（D R U□\ G□）	—	—

EVAL 指令是将字符串（ASCII 码）转换成 BIN 数据的指令，其指令使用说明如图 6-120 所示。

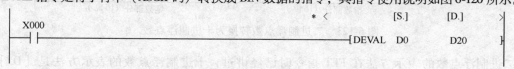

图 6-120　EVAL 指令

［S.］：保存要转换的字符串的软元件起始地址。

［D.］：保存已转换的二进制浮点数数据的软元件地址。

图 6-120 程序中，当 X000 为 ON 时，将 D0 开始的字符串（到 ASCII 码 00 结束）转换为二进制浮点数到 D21、D20 中。转换的数位排列如图 6-121 所示。

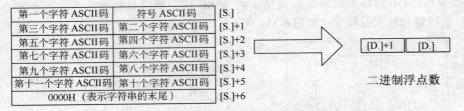

图 6-121　ASCII 码转换为二进制浮点数的数位排列

注意：ASCII 字符串的末尾（ASCII 码 00）有可能在字的高 8 位，也可能在字的低 8 位。源 ASCII 码可能是小数形式，也可以是指数形式，其转化的过程正好与 ESTR 指令相反。

6. 二进制浮点数转换为十进制浮点数指令 EBCD（EXTENDED BINARY CODE TO DECIMAL）

功能号：FNC118；指令形式：DEBCD（P）；32 位占用 9 步

操作数类别	适合操作数（括号内只支持 FX₃ᵤ 系列 PLC）		
	字 元 件	位 元 件	其 他
［S.］	D（R U□ \ G□）	—	E
［D.］	D（R U□ \ G□）	—	—

EBCD 指令是将二进制浮点数转换为十进制浮点数的指令，其指令使用说明如图 6-122 所示。

图 6-122　EBCD 指令

［S.］：保存二进制浮点数的数据寄存器地址（2 个单元）。

［D.］：保存转换后的十进制浮点数数据寄存器地址（2 个单元）。

二进制浮点数转换为十进制浮点数，如图 6-123 所示。

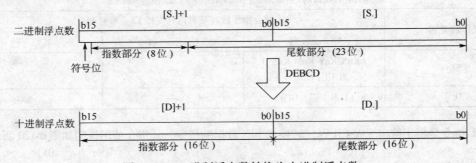

图 6-123　二进制浮点数转换为十进制浮点数

二进制浮点数的表示方法在 FLT 指令时已经讲过，十进制浮点数的表示方法是 ［D.］ × $10^{[D.]+1}$。在指令运算过程中，都是以二进制浮点数进行，但由于二进制浮点数不太好理解，所以转换为十进制浮点数以方便外围设备进行监控等。

7. 十进制浮点数转换为二进制浮点数指令 EBIN（EXTENDED BINARY）

操作数类别	功能号：FNC119；指令形式：DEBIN（P）；32 位占用 9 步		
	适合操作数（括号内只支持 FX$_{3U}$ 系列 PLC）		
	字 元 件	位 元 件	其 他
[S.]	D（R U□ \ G□）	—	E
[D.]	D（R U□ \ G□）	—	—

EBIN 指令是将十进制浮点数转换为二进制浮点数的指令，其指令使用说明如图 6-124 所示。

图 6-124 EBIN 指令

[S.]：保存十进制浮点数的数据寄存器地址（2 个单元）。

[D.]：保存转换后的二进制浮点数数据寄存器地址（2 个单元）。

十进制浮点数转换为二进制浮点数，如图 6-125 所示。

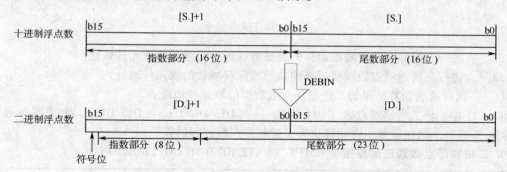

图 6-125 十进制浮点数转换为二进制浮点数

8. 二进制浮点数加法运算指令 EADD（EXTENDED ADDITION）

操作数类别	功能号：FNC120；指令形式：DEADD（P）；32 位占用 13 步		
	适合操作数（括号内只支持 FX$_{3U}$ 系列 PLC）		
	字 元 件	位 元 件	其 他
[S.]	D（R U□ \ G□）	—	K H E
[D.]	D（R U□ \ G□）	—	K H E
	D（R U□ \ G□）	—	—

EADD 指令是 2 个浮点数求和的指令，其指令使用说明如图 6-126 所示。

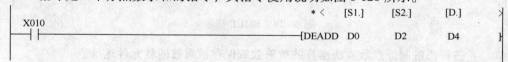

图 6-126 EADD 指令

[S1.]：进行二进制浮点数加法运算的被加数或保存被加数的软元件地址。

[S2.]：进行二进制浮点数加法运算加数或保存加数的软元件地址。

[D.]：保存加法运算结果的二进制浮点数数据的软元件地址。

图 6-126 中，将二进制浮点数（D1 D0）+（D3 D2）→（D5 D4），如果参与运算的数为常数 K 或 H，则在运算中自动转化为二进制浮点数进行运算。

9. 二进制浮点数减法运算指令 ESUB（EXTENDED SUBTRACTION）

功能号：FNC121；指令形式：DESUB（P）；32 位占用 13 步

操作数类别	适合操作数（括号内只支持 FX₃ᵤ系列 PLC）		
	字 元 件	位 元 件	其 他
[S.]	D（R U□ \ G□）	—	K H E
[D.]	D（R U□ \ G□）	—	K H E
	D（R U□ \ G□）	—	—

ESUB 指令是 2 个浮点数减法运算的指令，其指令使用说明如图 6-127 所示。

图 6-127　ESUB 指令

[S1.]：进行二进制浮点数减法运算的被减数或保存被减数的软元件地址。

[S2.]：进行二进制浮点数减法运算的减数或保存减数的软元件地址。

[D.]：保存减法运算结果的二进制浮点数数据的软元件地址。

图 6-127 中，将二进制浮点数（D11 D10）－（D13 D12）→（D15 D14），如果参与运算的数为常数 K 或 H，则在运算中自动转化为二进制浮点数进行运算。

10. 二进制浮点数乘法运算指令 EMUL（EXTENDED MULTIPLICATION）

功能号：FNC122；指令形式：DEMUL（P）；32 位占用 13 步

操作数类别	适合操作数（括号内只支持 FX₃ᵤ系列 PLC）		
	字 元 件	位 元 件	其 他
[S.]	D（R U□ \ G□）	—	K H E
[D.]	D（R U□ \ G□）	—	K H E
	D（R U□ \ G□）	—	—

EMUL 指令是两个浮点数求乘积的指令，其指令使用说明如图 6-128 所示。

图 6-128　EMUL 指令

[S1.]：进行二进制浮点数乘法运算的被乘数或保存被乘数的软元件地址。

[S2.]：进行二进制浮点数乘法运算的乘数或保存乘数的软元件地址。

［D.］：保存乘法运算结果的二进制浮点数数据的软元件地址。

图 6-128 中，将二进制浮点数（D21 D20）×（D23 D22）→（D25 D24），如果参与运算的数为常数 K 或 H，则在运算中自动转化为二进制浮点数进行运算。

11. 二进制浮点数除法运算指令 EDIV（EXTENDED DIVISION）

功能号：FNC123；指令形式：DEDIV（P）；32 位占用 13 步

操作数类别	适合操作数（括号内只支持 FX$_{3U}$ 系列 PLC）		
	字 元 件	位 元 件	其 他
［S.］	D（R U□ \ G□）	—	K H E
［D.］	D（R U□ \ G□）	—	K H E
	D（R U□ \ G□）	—	—

EDIV 指令是 2 个浮点数求商的指令，其指令使用说明如图 6-129 所示。

图 6-129　EDIV 指令

［S1.］：进行二进制浮点数除法运算的被除数或保存被除数的软元件地址。

［S2.］：进行二进制浮点数除法运算的除数或保存除数的软元件地址。

［D.］：保存除法运算结果的二进制浮点数数据的软元件地址。

图 6-129 中，将二进制浮点数（D31 D30）÷（D33 D32）→（D35 D34），如果参与运算的数为常数 K 或 H，则在运算中自动转化为二进制浮点数进行运算。

12. 二进制浮点数指数运算指令 EXP（EXPONEND）

功能号：FNC124；指令形式：DEXP（P）；32 位占用 9 步

操作数类别	适合操作数（括号内只支持 FX$_{3U}$ 系列 PLC）		
	字 元 件	位 元 件	其 他
［S.］	(D R U□ \ G□)	—	E
［D.］	(D R U□ \ G□)	—	—

EXP 指令是以 e（2.71828…）为底的指数运算指令，其指令使用说明如图 6-130 所示。

图 6-130　EXP 指令

［S.］：指数数据或保存指数数据的软元件地址。

［D.］：保存指数运算结果的软元件地址。

图 6-130 中，当 X000 为 ON 时，执行 DEXP 指令将 e^{13} →（D1 D0），执行结果（D1 D0）= 442413.4，EXP 指令的计算方法是：$e^{([S.]+1[S.])}$ →（[D.]+1[D.]）。EXP 指令的运算结果应该在 2^{-126} ~ 2^{128} 之间，超过此范围时 M8067 为 ON。

13. 二进制浮点数自然对数运算指令 LOGE（NATURAL LOGARITHM）

功能号：FNC125；指令形式：DLOGE（P）；32 位占用 9 步

操作数类别	适合操作数（括号内只支持 FX3U 系列 PLC）		
	字 元 件	位 元 件	其 他
[S.]	(D R U□\ G□)	—	E
[D.]	(D R U□\ G□)	—	—

LOGE 指令是计算浮点数的自然对数的指令，其指令使用说明如图 6-131 所示。

图 6-131　LOGE 指令

[S.]：执行自然对数运算的二进制浮点数或保存二进制浮点数的软元件地址。

[D.]：保存对数运算结果的软元件地址。

图 6-131 中，当 X003 为 ON 时，执行 DLOGE 指令将 LOG e^{10}→（D1 D0）中，执行结果（D1 D0）=2.302585，LOGE 指令的计算方法是：LOG $e^{([S.]+1 [S.])}$→（[D.]+1 [D.]）。

14. 二进制浮点数常数对数运算指令 LOG10（COMMON LOGARITHM）

功能号：FNC126；指令形式：DLOG10（P）；32 位占用 9 步

操作数类别	适合操作数（括号内只支持 FX3U 系列 PLC）		
	字 元 件	位 元 件	其 他
[S.]	(D R U□\ G□)	—	E
[D.]	(D R U□\ G□)	—	—

LOG10 指令是计算一个以 10 为底的对数的指令，其指令使用说明如图 6-132 所示。

图 6-132　LOG10 指令

[S.]：执行常数对数运算的二进制浮点数或保存二进制浮点数的软元件地址。

[D.]：保存对数运算结果的软元件地址。

图 6-132 中，当 X005 为 ON 时，执行 DLOG10 指令将 LOG 10^{100}→（D11 D10）中，执行结果（D11 D10）=2，LOGE 指令的计算方法是：LOG $10^{([S.]+1 [S.])}$→（[D.]+1 [D.]）。

15. 二进制浮点数开方运算指令 ESQR（EXTENDED SQIARE ROOT）

功能号：FNC127；指令形式：DESQR（P）；32 位占用 9 步

操作数类别	适合操作数（括号内只支持 FX3U 系列 PLC）		
	字 元 件	位 元 件	其 他
[S.]	D (R U□\ G□)	—	K H E
[D.]	D (R U□\ G□)	—	—

ESQR 指令是将二进制浮点数进行开方运算的指令，其指令使用说明如图 6-133 所示。

图 6-133　ESQR 指令

[S.]：开方运算的数值或保存开方运算的数值的软元件地址。

[D.]：保存开方运算的结果的软元件地址。

图 6-133 中，当 X010 为 ON 时，执行 DESQR 指令，即将 $\sqrt{26}$→（D101 D100）中，（D101 D100）= 5.09902。

16. 二进制浮点数符号翻转指令 ENEG（EXTENDED NEGATION）

操作数类别	功能号：FNC128；指令形式：DENEG（P）；32 位占用 5 步		
	适合操作数（括号内只支持 FX$_{3U}$系列 PLC）		
	字 元 件	位 元 件	其 他
[D.]	(D R U□\G□)	—	—

ENEG 指令是将二进制浮点数符号位进行翻转的指令，其使用指令说明如图 6-134 所示。

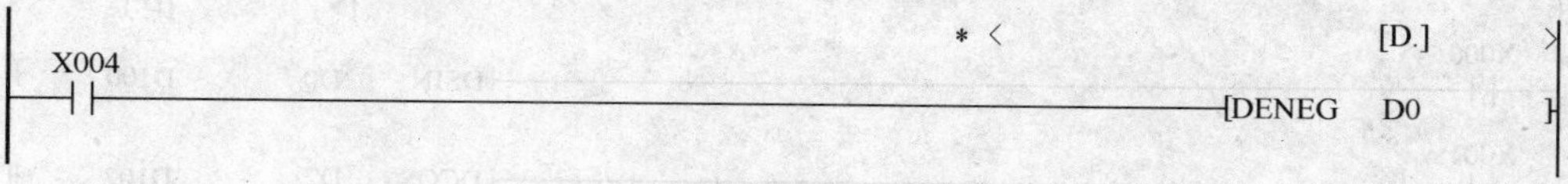

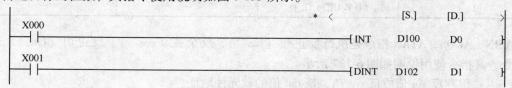

图 6-134　ENEG 指令

[D.]：保存要执行符号翻转的二进制浮点数的软元件地址。

图 6-134 中，当 X004 为 ON 时，将浮点数（D1 D0）的符号位进行翻转，符号位为 0 则翻转后为 1，符号位为 1 则翻转后为 0。要注意连续执行的指令将会连续翻转，因此一般情况需要脉冲执行（DENEGP）方式或脉冲触点驱动。

17. 二进制浮点数转换为 BIN 整数指令 INT（FLOAT TO INTEGER）

操作数类别	功能号：FNC129；指令形式：（D）INT（P）；16 位占用 5 步，32 位占用 9 步		
	适合操作数（括号内只支持 FX$_{3U}$系列 PLC）		
	字 元 件	位 元 件	其 他
[S.]	D（R U□\G□）	—	—
[D.]	D（R U□\G□）	—	—

INT 指令是将二进制浮点数转换为一般 BIN 数据的指令，该指令可为 16 位和 32 位操作，取决于传送目标的位数，其指令使用说明如图 6-135 所示。

图 6-135　INT 指令

[S.]：保存要转换为 BIN 数据的源二进制浮点数的软元件地址。

[D.]：保存 BIN 数据的软元件地址。

M8020：运算结果为 0 时置 ON。

M8021：转换中有被舍去小数时置 ON。

M8022：运算结果超范围时置 ON（16 位范围是 32768 ~ 32767，32 位范围是 -2147483648 ~ 2147483647）。

在执行 INT 指令时，小数点部分将舍去，高位溢出部分也将舍去，相应的标志位动作。

18. 二进制浮点数 sin、cos、tan 运算指令 SIN、COS、TAN（SINE，COSINE，TANGENT）

操作数类别	适合操作数（括号内只支持 FX$_{3U}$系列 PLC）		
	字 元 件	位 元 件	其 他
[S.]	D（R U□ \ G□）	—	E
[D.]	D（R U□ \ G□）	—	—

FNC130 DSIN（P）；FNC131 DCOS（P）；FNC132 DTAN（P）；32 位占用 9 步

SIN、COS、TAN 三条指令分别是求角度的 sin 值、cos 值和 tan 值的指令，其指令使用说明如图 6-136 所示。

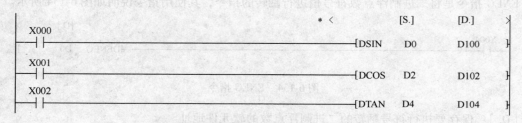

图 6-136　SIN、COS、TAN 指令

[S.]：保存角度值的二进制浮点数或软元件地址。

[D.]：保存 sin 值或 cos 值、tan 值的软元件地址。

SIN、COS、TAN 指令均为 32 位指令，不能进行 16 位操作，源操作数和目标操作数都占用两个连续的数据存储单元。

19. 二进制浮点数反 sin、反 cos、反 tan 运算指令 ASIN、ACOS、ATAN（ARC SINE，ARC COSINE，ARC TANGENT）

操作数类别	适合操作数（括号内只支持 FX$_{3U}$系列 PLC）		
	字 元 件	位 元 件	其 他
[S.]	（D R U□ \ G□）	—	E
[D.]	（D R U□ \ G□）	—	—

FNC133 DASIN（P）；FNC134 DACOS（P）；FNC135 DATAN（P）；32 位占用 9 步

ASIN、ACOS、ATAN 指令是执行反正弦（$\sin^{-1}$）、反余弦（$\cos^{-1}$）、反正切（$\tan^{-1}$）运算的指令，其指令使用说明如图 6-137 所示。

[S.]：保存反 sin 值或反 cos 值、反 tan 值的软元件地址。

[D.]：保存弧度值的二进制浮点数或软元件地址。

图 6-137 ASIN、ACOS、ATAN 指令

ASIN 运算时（[S.]+1 [S.]）设定范围是 −1.0~1.0 之间，输出（[D.]+1 [D.]）则在 −π/2~π/2 之间；ACOS 运算时（[S.]+1 [S.]）设定范围也在 −1.0~1.0 之间，输出（[D.]+1 [D.]）则在 0~π 之间；ATAN 运算时（[S.]+1 [S.]）可指定实数，输出弧度值则在 −π/2~π/2 之间。

20. 二进制浮点数角度转换为弧度指令 RAD（RADIAN）

	功能号：FNC136；指令形式：DRAD（P）；32 位占用 9 步		
操作数类别	适合操作数（只支持 FX₃U 系列 PLC）		
	字 元 件	位 元 件	其 他
[S.]	D R U□\G□	—	E
[D.]	D R U□\G□	—	—

RAD 指令是将角度单位转换为弧度单位的指令，其指令使用说明如图 6-138 所示。

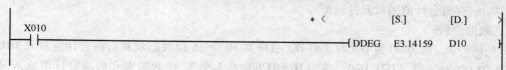

图 6-138 RAD 指令

[S.]：保存要转换为弧度单位的角度二进制浮点数或软元件地址。

[D.]：保存弧度二进制浮点数的软元件地址。

RAD 指令转换的公式为：弧度 = 角度 × π/180。图 6-138 转化结果（D1 D0）为 π。

21. 二进制浮点数弧度转化角度指令 DEG（DEGREE）

	功能号：FNC137；指令形式：DDEG（P）；32 位占用 9 步		
操作数类别	适合操作数（只支持 FX₃U 系列 PLC）		
	字 元 件	位 元 件	其 他
[S.]	D R U□\G□	—	E
[D.]	D R U□\G□	—	—

DEG 指令是将弧度单位转换为角度单位的指令，其指令使用说明如图 6-139 所示。

```
     X010                                  *<         [S.]     [D.]        >
     ─┤├────────────────────────────────────[ DDEG  E3.14159  D10 ]─────┤
```

图 6-139 DEG 指令

[S.]：保存要转换为角度单位的弧度二进制浮点数或软元件地址。

[D.]：保存角度二进制浮点数的软元件地址。

DEG 指令的转换公式为：角度 = 弧度 × 180/π，图 6-139 转换结果为 180°。

6.12　数据处理指令（二）

数据处理指令（二）只支持 FX$_{3U}$ 系列 PLC，其指令见表 6-22。

表 6-22　数据处理指令（二）

FNC No.	助记符	指 令 名 称	FX$_{3U}$	FX$_{2N}$	FNC No.	助记符	指 令 名 称	FX$_{3U}$	FX$_{2N}$
140	WSUM	数据合计值	√	×	145	—	—	—	—
141	WTOB	字节单位的数据分离	√	×	146	—	—	—	—
142	BTOW	字节单位的数据结合	√	×	147	SWAP	高低字节互换	√	×
143	UNI	16 位数据的低 4 位结合	√	×	148	—	—	—	—
144	DIS	16 位数据的 4 位分离	√	×	149	SORT2	数据排列 2	√	×

1. 数据合计值指令 WSUN（WORD SUM）

功能号：FNC140；指令形式：（D）WSUN（P）；16 位占用 7 步，32 位占用 13 步			
操作数类别	适合操作数（只支持 FX$_{3U}$ 系列 PLC）		
	字 元 件	位 元 件	其 他
[S.]	T C D R U□ \ G□	—	—
[D.]	T C D R U□ \ G□	—	—
n	D R		K H

WSUM 是执行连续的多个数据单元数据求和的指令，其指令说明如图 6-140 所示。

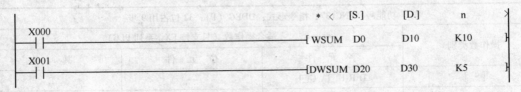

图 6-140　WSUM 指令

[S.]：存放求合计值的数据软元件起始地址。

[D.]：存放合计值的软元件地址。

n：数据个数。

图 6-140 中，当 X000 为 ON 时，将 D0 ~ D9 共 10 个 16 位数据求和后将合计值放入 D10 中；当 X001 为 ON 时，将（D21 D20）~（D29 D28）共 5 个 32 位数据求和后将合计值放入（D31 D30）中。

2. 字节单位的数据分离指令 WTOB（WORD TO BYTE）

操作数类别	适合操作数（只支持 FX_{3U} 系列 PLC）		
	字 元 件	位 元 件	其 他
[S.]	T C D R U□ \ G□	—	—
[D.]	T C D R U□ \ G□	—	—
n	D R	—	K H

功能号：FNC141；指令形式：WTOB（P）；16 位占用 7 步

WTOB 指令是将 16 位数据按照高低字节进行分离的指令，其指令使用说明如图 6-141 所示。

```
        X000                          *〈  [S.]    [D.]    n    〉
        ─┤├────────────────────[WTOB   D0     D10    K5   ]
```

图 6-141　WTOB 指令

[S.]：保存要按高低字节进行分离的源数据起始软元件地址。

[D.]：保存分离出来的数据的起始软元件地址。

n：分离出来的字节个数。

图 6-141 中，假如源操作数 D0 ~ D2 中存放的数据如图 6-142 所示，当 X000 为 ON 时，则分离后 D10 ~ D14 中的数据高字节为 00H，低字节连续保留源数据的高低字节。如果 n 值为奇数，则最末一个源操作数高字节将被忽略。

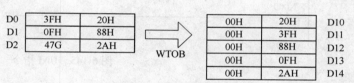

图 6-142　WTOB 数据分离

3. 字节单位的数据组合指令 BTOW（BYTE TO WORD）

操作数类别	适合操作数（只支持 FX_{3U} 系列 PLC）		
	字 元 件	位 元 件	其 他
[S.]	T C D R U□ \ G□	—	—
[D.]	T C D R U□ \ G□	—	—
n	D R	—	K H

功能号：FNC142；指令形式：BTOW（P）；16 位占用 7 步

BTOW 指令是将数据的低字节结合在一起的指令，指令使用说明如图 6-143 所示。

```
        X000                          *〈  [S.]    [D.]    n    〉
        ─┤├────────────────────[BTOW   D10    D0     K5   ]
```

图 6-143　BTOW 指令

[S.]：保存要按照字节进行组合的数据软元件起始地址。

[D.]：保存已经按字节组合的数据的软元件起始地址。

n：要结合的字节数据个数。

图 6-143 中，假如源操作数 D10 ~ D14 中存放的数据如图 6-144 所示，当 X000 为 ON 时，则结合后 D0 ~ D2 中的数据为 D10 ~ D14 中数据的低字节组合，D10 ~ D14 中的数据高字节将被忽略。

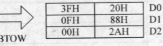

图 6-144　BTOW 数据合并

4. 16 位数据的低 4 位结合指令 UNI（UNIFICATION）

操作数类别	适合操作数（只支持 FX₃U 系列 PLC）		
	字 元 件	位 元 件	其 他
[S.]	T C D R U□\G□	—	—
[D.]	T C D R U□\G□	—	—
n	D R	—	K H

功能号：FNC143；指令形式：UNI（P）；16 位占用 7 步

UNI 指令是将连续的多个 16 位数据的低 4 位结合在一起的指令，其指令使用说明如图 6-145 所示。

```
        X000                                    *<  [S.]    [D.]    n  >
  ├──┤ ├──────────────────────────────────[UNI   D0     D10     K4 ]┤
```

图 6-145　UNI 指令

[S.]：保存要结合的数据软元件的起始地址。

[D.]：保存已结合的数据软元件地址。

n：结合数（0 ~ 4，0 时不组合）。

图 6-145 中，当 X000 为 ON 时，则将 D0 ~ D3 中的低 4 位进行结合，结果放入 D10 中，结合过程如图 6-146 所示。

图 6-146　UNI 数据结合

当 n 的值小于 4 时，则高位将设置为 0。

5. 16 位数据的 4 位分离指令 DIS（DISSOCIATION）

操作数类别	适合操作数（只支持 FX₃U 系列 PLC）		
	字 元 件	位 元 件	其 他
[S.]	T C D R U□\G□	—	—
[D.]	T C D R U□\G□	—	—
n	D R	—	K H

功能号：FNC144；指令形式：DIS（P）；16 位占用 7 步

DIS 指令是将连续的 16 位数据以 4 位为单位进行分离的指令，其指令使用说明如图 6-147 所示。

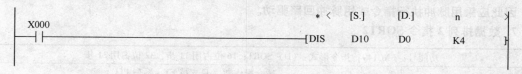

图 6-147　DIS 指令

［S.］：保存要分离的数据软元件地址。

［D.］：保存分离的数据软元件起始地址。

n：分离数（0～4）。

图 6-147 中，当 X000 为 ON 时，则将 D10 的 16 个位按 4 位为 1 组进行分离，保存在 D0～D3 中，分离过程如图 6-148 所示。

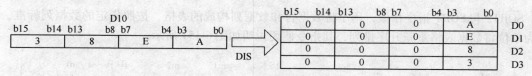

图 6-148　DIS 数据分离过程

分离后的数据保存在目标数据单元中的低 4 位，高位（12 位）填充 0，如果 n 小于 4，则源数据中的高位部分被忽略。

6. 高低字节互换指令 SWAP

功能号：FNC147；指令形式：（D）SWAP（P）；16 位占用 3 步，32 位占用 5 步			
操作数类别	适合操作数（括号内只支持 FX$_{3U}$ 系列 PLC）		
	字　元　件	位　元　件	其　　他
［D.］	KnY KnM KnST C D（R U□ \ G□）V Z	—	—

SWAP 指令是将数据单元中的高字节和低字节进行互换的指令，其指令使用说明如图 6-149 所示。

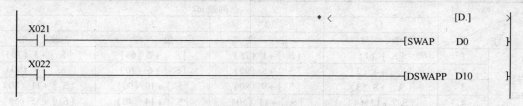

图 6-149　SWAP 指令

［D.］：高低字节交换的软元件地址。

在图 6-149 中，假如 D0 源数据为 2FDAH，（D11 D10）中为 12A0BC2EH，则当 X021 为 ON 时，D0 为 DA2FH；当 X022 为 ON 时，（D11 D10）为 A0122EBCH，如图 6-150 所示。

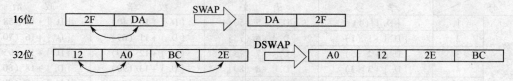

图 6-150　高低位交换过程

SWAP 指令源操作数也是目标操作数，所以**要注意连续执行的情况可能使结果存在不确定性，因此应采用脉冲执行指令或用脉冲回路驱动。**

7. 数据排列 2 指令 SORT2

功能号：FNC149；指令形式：(D) SORT；16 位占用 11 步，32 位占用 21 步

操作数类别	适合操作数（只支持 FX₃ᵤ 系列 PLC）		
	字 元 件	位 元 件	其 他
[S.]	D R	—	—
m1	—	—	K H
m2	—	—	K H
[D.]	D R	—	—
n	D R	—	K H

SORT2 与 SORT 指令相似，用于将数据行和数据列构成的表格，按照指定的数据列标准，以行为单位将数据表格重新升序排列，其指令使用说明如图 6-151 所示。

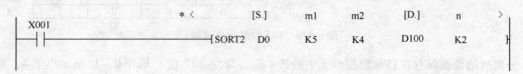

图 6-151　SORT2 指令

[S.]：保存表格数据的起始软元件地址（占用 m1 × m2 点）。

m1：数据行数。

m2：数据列数。

[D.]：保存数据排列结果的软元件起始地址（占用 m1 × m2 点）。

n：作为排列标准的列指定（≤ m2）。

假如源数据表的内容如表 6-23 所示，执行图 6-151 所示程序，在目标表格中数据排列见表 6-24。

表 6-23　源表格数据（D0 ～ D19）

列 号		列数 m2			
		1	2	3	4
行 号		学 号	语 文	数 学	政 治
行数 m2	1	[S.] (1)	[S.] +1 (75)	[S.] +2 (65)	[S.] +3 (70)
	2	[S.] +4 (2)	[S.] +5 (90)	[S.] +6 (70)	[S.] +7 (90)
	3	[S.] +8 (3)	[S.] +9 (80)	[S.] +10 (90)	[S.] +11 (80)
	4	[S.] +12 (4)	[S.] +13 (50)	[S.] +14 (40)	[S.] +15 (58)
	5	[S.] +16 (5)	[S.] +17 (75)	[S.] +18 (70)	[S.] +19 (95)

表 6-24　n = 2 目标表格数据（D100 ～ D119）

列 号		列数 m2			
		1	2	3	4
行 号		学 号	语 文	数 学	政 治
行数 m2	1	[D.] (4)	[D.] +5 (50)	[D.] +10 (40)	[D.] +15 (58)
	2	[D.] +1 (1)	[D.] +6 (75)	[D.] +11 (65)	[D.] +16 (70)
	3	[D.] +2 (5)	[D.] +7 (75)	[D.] +12 (70)	[D.] +17 (95)
	4	[D.] +3 (3)	[D.] +8 (80)	[D.] +13 (90)	[D.] +18 (80)
	5	[D.] +4 (2)	[D.] +9 (90)	[D.] +14 (70)	[D.] +19 (90)

数据将按照第 2 列的升序进行排列，其他的列序也作相应的调整，如果图 6-151 程序中 n 的值为 K4，则目标表格数据排列见表 6-25。

表 6-25　n = 4 目标表格数据（D100～D119）

列 号 行 号	列数 m2			
	1	2	3	4
	学　号	语　文	数　学	政　治
行数 m2 1	［D.］（4）	［D.］+5（50）	［D.］+10（40）	［D.］+15（58）
2	［D.］+1（1）	［D.］+6（75）	［D.］+11（65）	［D.］+16（70）
3	［D.］+2（3）	［D.］+7（80）	［D.］+12（90）	［D.］+17（80）
4	［D.］+3（2）	［D.］+8（90）	［D.］+13（70）	［D.］+18（90）
5	［D.］+4（5）	［D.］+9（75）	［D.］+14（70）	［D.］+19（95）

　　SORT2 与 SORT 指令不同之处在于，SORT2 指令源数据软元件和目标数据软元件排列是以行连续，而 SORT 指令是以列连续，因此，SORT2 方便增加数据行，而 SORT 方便增加数据列。此外，SORT2 指令可以进行 16 位和 32 位操作，而 SORT 只能进行 16 位操作。

6.13　定位控制指令

　　定位控制指令是利用 PLC 的脉冲输出功能进行定位控制的指令，仅晶体管输出 PLC 支持定位控制指令，其指令见表 6-26。

表 6-26　定位控制指令

FNC No.	助记符	指 令 名 称	FX₃U	FX₂N	FNC No.	助记符	指 令 名 称	FX₃U	FX₂N
150	DSZR	带 DOG 搜索的原点回归	√	×	155	ABS	读出 ABS 当前值	√	√
151	DVIT	中断定位	√	×	156	ZRN	原点回归	√	√
152	TBL	表格设定定位	√	×	157	PLSV	可变脉冲输出	√	√
153	—	—			158	DRVI	相对定位	√	×
154	—	—			159	DRVA	绝对定位	√	×

1. 带 DOG 搜索的原点回归指令 DSZR（ZERO RETURN WITH DOG SEARCH）

功能号：FNC150；指令形式：DSZR；16 位占用 9 步			
操作数类别	适合操作数（只支持 FX₃U 系列 PLC）		
	字 元 件	位 元 件	其　他
［S1.］	—	X Y M T D□.b	—
［S2.］	—	X	—
［D1.］	—	Y	—
［D2.］	—	Y M T D□.b	

　　DSZR 指令是执行原点回归、实现机械位置与可编程序控制器内的当前寄存器一致的指令，其指令使用说明如图 6-152 所示。

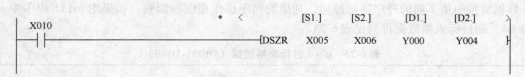

图 6-152　DSZR 指令

[S1.]：指定输入近点信号（DOG）的软元件地址。

[S2.]：指定输入零点信号的软元件地址（X000 ~ X007）。

[D1.]：指定输出脉冲的输出软元件地址。

[D2.]：指定旋转方向信号的输出软元件地址。

M8340 ~ M8379：定位相关特殊辅助继电器。

D8340 ~ D8379：定位相关特殊数据寄存器。

脉冲输出软元件 [D1.] 需要指定 Y000 ~ Y002，如果使用高速输出特殊适配器可以使用 Y000 ~ Y003。DSZR 指令与后面讲的 ZRN 指令不同之处在于 DSZR 有 DOG 搜索功能，可以使用近点和零点信号的原点回归。

2. 中断定位指令 DVIT（DRIVE INITERRUPT）

功能号：FNC151；指令形式：(D) DVIT；16 位占用 9 步，32 位占用 17 步			
操作数类别	适合操作数（只支持 FX_{3U} 系列 PLC）		
	字 元 件	位 元 件	其 他
[S1.]	KnX KnY KnM KnS T C D R U□ \ G□	—	K H
[S2.]	KnX KnY KnM KnS T C D R U□ \ G□	—	K H
[D1.]	—	Y	—
[D2.]	—	Y M T D□. b	—

DVIT 指令是执行单速长进给中断定位的指令，其指令使用说明如图 6-153 所示。

图 6-153　DVIT 指令

[S1.]：指定中断后的输出脉冲数或保存脉冲数的软元件地址（16 位时 - 32768 ~ 32767，32 位时 - 999999 ~ 999999，不可设定为 0）。

[S2.]：指定输出脉冲频率或保存脉冲频率的软元件地址（10 ~ 32767Hz）。

[D1.]：指定输出脉冲的输出软元件地址。

[D2.]：指定旋转方向信号的输出软元件地址。

脉冲输出软元件 [D1.] 需要指定 Y000 ~ Y002，如果使用高速输出特殊适配器可以使用 Y000 ~ Y003。

该指令涉及的特殊辅助继电器 M8336：中断输入功能有效。

该指令涉及的特殊数据寄存器 D8336：中断输入指定初始值。

3. 表格设定定位指令 TBL（TABLE）

功能号：FNC152；指令形式：（D）TBL；32 位占用 17 步

操作数类别	适合操作数（只支持 FX_{3U} 系列 PLC）		
	字 元 件	位 元 件	其 他
[D.]	—	Y	—
n	—	—	K H

TBL 指令是将 GX Developer（Ver8. 23Z 以上版本）预先将数据表格中被设定的指令动作，变为一个表格的动作，其指令使用说明如图 6-154 所示。

图 6-154　TBL 指令

[D.]：指定输出脉冲的输出软元件地址。

n：执行的表格编号。

脉冲输出软元件 [D.] 需要指定 Y000 ~ Y002，如果使用高速输出特殊适配器可以使用 Y000 ~ Y003。n 设定范围为 1 ~ 100。

4. 读出 ABS 当前值指令 ABS（ABSOLUTE）

功能号：FNC155；指令形式：（D）ABS；32 位占用 13 步

操作数类别	适合操作数（括号内只支持 FX_{3U} 系列 PLC）		
	字 元 件	位 元 件	其 他
[S.]	—	(X Y M S D□. b)	—
[D1.]	—	(Y M S D□. b)	—
[D2.]	(KnY KnM KnS T C D R U□\ G□) V Z	—	—

ABS 指令是可编程序控制器读取三菱 MR-H、MR-J2（S）、MR-J3 带绝对位置检测功能伺服放大器绝对位置的指令，数据以脉冲换算形式被读出。ABS 指令使用说明如图 6-155 所示。

图 6-155　ABS 指令

[S.]：接收来自伺服放大器的绝对值数据信号软元件起始地址。

[D1.]：读取伺服放大器绝对值数据用的控制信号软元件起始地址。

[D2.]：保存绝对值 32 位数据的软元件地址。

其中，[S.] 和 [D1.] 将占用 3 个连续的地址。

5. 原点回归指令 ZRN (ZERO RETURN)

功能号：FNC156；指令形式：(D) ZRN；16 位占用 9 步，32 位占用 17 步

操作数类别	适合操作数（括号内只支持 FX_{3U} 系列 PLC）		
	字 元 件	位 元 件	其 他
[S1.]	(KnX KnY KnM KnS T C D R U□ \ G□ V Z)	—	(K H)
[S2.]	(KnX KnY KnM KnS T) C D R U□ \ G□ V Z	—	(K H)
[S3.]	—	(X Y M S D□.b)	—
[D.]	—	(Y)	—

　　ZRN 指令是使定位单元回归原点、机械位置与可编程序控制器内的当前寄存器一致的指令，其指令使用说明如图 6-156 所示。

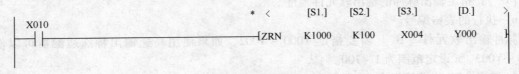

图 6-156　ZRN 指令

[S1.]：指定回原点速度（频率）或保存回原点速度的软元件地址。

[S2.]：指定爬行速度或保存爬行速度的软元件地址。

[S3.]：指定近点输入信号（DOG）软元件地址。

[D.]：指定输出脉冲的软元件地址。

M8145 ~ M8148（FX_{2N}），M8340 ~ M8379（FX_{3U}）：定位特殊辅助继电器。

D8140 ~ D8143（FX_{2N}），D8340 ~ D8379（FX_{3U}）：定位特殊数据寄存器。

　　其中，[S1.] 的设定范围在 16 位时为 10 ~ 32767Hz，32 位时，通过基本单元（晶体管）输出设定范围为 10 ~ 100000Hz，通过高速适配器输出设定范围为 10 ~ 200000Hz；[S2.] 的设定范围为 10 ~ 32767Hz，[D.] 设定范围为 Y0 ~ Y2。

6. 可变脉冲输出指令 PLSV (PULSE V)

功能号：FNC 157；指令形式：(D) PLSV；16 位占用 7 步，32 位占用 13 步　FX_{3U}　FX_{2N}

操作数类别	适合操作数（只支持 FX_{3U} 系列 PLC）		
	字 元 件	位 元 件	其 他
[S1.]	KnX KnY KnM KnS T C D R U□ \ G□ V Z	—	K H
[D1.]	—	Y	—
[D2.]	—	Y	—

PLSV 指令是输出带旋转方向的可变脉冲指令，其指令使用说明如图 6-157 所示。

图 6-157　PLSV 指令

[S1.]：指定输出频率或保存输出频率的软元件地址。

[D1.]：指定输出脉冲的软元件地址。

[D2.]：指定旋转方向的软元件地址。

M8029：指令执行结束标志。

M8145 ~ M8148（FX$_{2N}$），M8340 ~ M8379（FX$_{3U}$）：定位特殊辅助继电器。

D8140 ~ D8143（FX$_{2N}$），D8340 ~ D8379（FX$_{3U}$）：定位特殊数据寄存器。

[S1.]、[D1.]、[D2.] 的设定范围与 ZRN 指令相同，该指令可以与 RAMP（FNC67）指令配合使用。

7. 相对定位指令 DRVI（DRIVE TO INCREMENT）

操作数类别	适合操作数（只支持 FX$_{3U}$ 系列 PLC）		
	字 元 件	位 元 件	其 他
[S1.]	KnX KnY KnM KnS T C D R U□\ G□V Z	—	（K H）
[S2.]	KnX KnY KnM KnS T C D R U□\ G□V Z	—	（K H）
[D1.]	—	Y	—
[D2.]	—	Y M S D□.b	—

功能号：FNC158；指令形式：(D) DRVI；16 位占用 9 步，32 位占用 17 步

DRVI 指令是以相对方式执行单速定位的指令，用带符号的数据指定从当前位置开始的定位移动方式，也称为增量驱动方式，其指令使用说明如图 6-158 所示。

图 6-158　DRVI 指令

[S1.]：指定输出脉冲数或保存输出脉冲数的软元件地址。

[S2.]：指定输出频率或保存输出频率的软元件地址。

[D1.]：指定输出脉冲的软元件地址。

[D2.]：指定旋转方向的软元件地址。

M8029：指令执行结束标志。

M8340 ~ M8379：定位特殊辅助继电器。

D8340 ~ D8379：定位特殊数据寄存器。

其中，[S1.] 的设定范围：16 位时 – 32768 ~ 32767（0 除外），32 位时 – 999999 ~ 999999（0 除外）；[S2.] 的设定范围与 ZRN 指令相同。

8. 绝对定位指令 DRVA（DRIVE TO ABSOLUTE）

功能号：FNC159；指令形式：（D）DRVA；16 位占用 9 步，32 位占用 17 步

操作数类别	适合操作数（只支持 FX₃ᵤ 系列 PLC）		
	字 元 件	位 元 件	其 他
[S1.]	KnX KnY KnM KnS T C D R U□ \ G□ V Z	—	K H
[S2.]	KnX KnY KnM KnS T C D R U□ \ G□ V Z	—	K H
[D1.]	—	Y	—
[D2.]	—	Y M S D□.b	—

DRVA 指令是以绝对方式执行单速定位的指令，从原点位置开始（以原点为参考位置）的定位移动方式，其指令使用说明如图 6-159 所示。

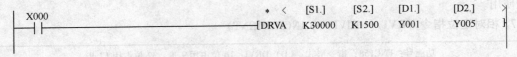

图 6-159　DRVA 指令

[S1.]：指定输出脉冲数或保存输出脉冲数的软元件地址。

[S2.]：指定输出频率或保存输出频率的软元件地址。

[D1.]：指定输出脉冲的软元件地址。

[D2.]：指定旋转方向的软元件地址。

M8029：指令执行结束标志。

M8340 ~ M8379：定位特殊辅助继电器。

D8340 ~ D8379：定位特殊寄存器。

其中，[S1.] 的设定范围为：16 位时 – 32768 ~ 32767（0 除外），32 位时 – 999999 ~ 999999（0 除外）；[S2.] 的设定范围与 ZRN 指令相同。

6.14　时钟运算指令

时钟运算指令是对时钟数据进行运算、比较的指令，见表 6-27 所示。

表 6-27　时钟运算指令

FNC No.	助记符	指令名称	FX₃ᵤ	FX₂ₙ	FNC No.	助记符	指令名称	FX₃ᵤ	FX₂ₙ
160	TCMP	时钟数据比较	√	√	165	HTOH	秒数据转换为时、分、秒	√	×
161	TZCP	时钟数据区间比较	√	√	166	TRD	时钟数据的读出	√	√
162	TADD	时钟数据加	√	√	167	TWR	时钟数据的写入	√	√
163	TSUB	时钟数据减	√	√	168	—	—		
164	HTOS	时、分、秒数据转换为秒	√	×	169	HOUR	计时表	√	×

1. 时钟数据比较指令 TCMP（TIME COMPARE）

功能号：FNC160；指令形式：TCMP（P）；16 位占用 11 步

操作数类别	适合操作数（括号内只支持 FX$_{3U}$ 系列 PLC）		
	字 元 件	位 元 件	其 他
[S1.]	KnX KnY KnM KnS T C D （R U□ \ G□）V Z	—	K H
[S2.]	KnX KnY KnM KnS T C D （R U□ \ G□）V Z	—	K H
[S3.]	KnX KnY KnM KnS T C D （R U□ \ G□）V Z	—	K H
[S.]	T C D （R U□ \ G□）	—	—
[D.]	—	Y M S（D□.b）	—

TCMP 指令是将比较基准时间与时间数据进行比较的指令，其指令说明如图 6-160 所示。

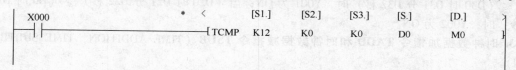

图 6-160　TCMP 指令

[S1.]：指定比较基准时间（单位：小时）或保存基准时间（单位：小时）的软元件地址。
[S2.]：指定比较基准时间（单位：分）保存基准时间（单位：分）的软元件地址。
[S3.]：指定比较基准时间（单位：秒）保存基准时间（单位：秒）的软元件地址。
[S.]：指定时钟数据。
[D.]：比较结果输出软元件起始地址。

其中，[S1.] 设置范围为 0～23，[S2.]、[S3.] 设置范围为 0～59，时间数据 [S.] 占用 3 个连续单元，分别存放 [S.] 小时、[S.] +1 分、[S.] +2 秒。[D.] 也占用 3 个连续单元，图 6-160 中：

当 12 小时 00 分 00 秒 >（D0 时 D1 分 D2 秒）时，M0 为 ON；
当 12 小时 00 分 00 秒 =（D0 时 D1 分 D2 秒）时，M1 为 ON；
当 12 小时 00 分 00 秒 <（D0 时 D1 分 D2 秒）时，M2 为 ON。

2. 时钟数据区间比较指令 TZCP（TIME ZONE COMPARE）

功能号：FNC161；指令形式：TZCP（P）；16 位占用 11 步

操作数类别	适合操作数（括号内只支持 FX$_{3U}$ 系列 PLC）		
	字 元 件	位 元 件	其 他
[S1.]	T C D（R U□ \ G□）	—	—
[S2.]	T C D（R U□ \ G□）	—	—
[S2.]	T C D（R U□ \ G□）	—	—
[S2.]	T C D（R U□ \ G□）	—	—
[D.]	—	Y M S（D□.b）	—

TZCP 指令是将设定的时间上限和时间下限与时间数据进行比较的指令，其指令使用说明如图 6-161 所示。

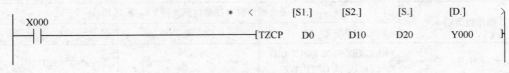

图 6-161　TZCP 指令

［S1.］：指定时间比较下限软元件地址。

［S2.］：指定时间比较上限软元件地址。

［S.］：指定比较时间数据软元件。

其中，［S1.］、［S2.］、［S.］均占用连续 3 个单元，［S1.］分别存放比较时间下限的时、分、秒数据，［S2.］分别存放比较时间上限的时、分、秒数据，［S.］存放比较时钟数据的时、分、秒数据，［D.］也占用 3 个连续单元。执行图 6-161 所示程序，则当（D20 时 D21 分 D22 秒）＜（D0 时 D1 分 D2 秒）时，Y000 为 ON；当（D0 时 D1 分 D2 秒）≤（D20 时 D21 分 D22 秒）≤（D30 时 D31 分 D32 秒）时，Y001 为 ON；当（D20 时 D21 分 D22 秒）＞（D0 时 D1 分 D2 秒）时，Y002 为 ON。

3. 时钟数据加指令 TADD 和时钟数据减指令 TSUB（TIME ADDITION，TIME SUBTRACTION）

操作数类别	FNC162 TADD（P）；FNC163 TSUB（P）；16 位占用 7 步		
	适合操作数（括号内只支持 FX$_{3U}$ 系列 PLC）		
	字 元 件	位 元 件	其　他
［S1.］	T C D（R U□＼G□）	—	—
［S2.］	T C D（R U□＼G□）	—	—
［D.］	T C D（R U□＼G□）	—	—

TADD 指令是将两个时间数据进行加法运算的指令，TSUB 指令是将两个时间数据进行减法运算的指令，其指令使用说明如图 6-162 所示。

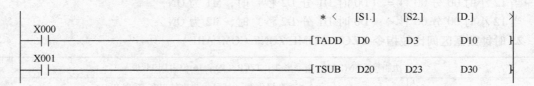

图 6-162　TADD、TSUB 指令

［S1.］：进行加（减）法运算的时间数据软元件起始地址（被加或被减）。

［S2.］：进行加（减）法运算的时间数据软元件起始地址。

［D.］：时间数据加（减）法运算结果软元件起始地址。

其中，［S1.］、［S2.］、［D.］均占用 3 个连续数据单元，图 6-162 中，当 X000 为 ON 时，（D0 时 D1 分 D2 秒）＋（D3 时 D4 分 D5 秒）→（D10 时 D11 分 D12 秒）；当 X001 为 ON 时，（D20 时 D21 分 D22 秒）－（D23 时 D24 分 D25 秒）→（D30 时 D31 分 D32 秒）。

4. 时、分、秒数据转换为秒指令 HTOS 和秒数据转换为时、分、秒指令 STOH（HOUR TO SECOND，SECOND TO HOUR）

操作数类别	适合操作数（只支持 FX₃ᵤ 系列 PLC）		
FNC164（D）THOS（P）；FNC165（D）THOH（P）；16 位占用 5 步，32 位占用 9 位			
	字 元 件	位 元 件	其 他
[S1.]	KnX KnY KnM KnST C D R U□\ G□	—	—
[D.]	KnY KnM KnS T C D R U□\ G□	—	—

HTOS 指令将时、分、秒单位的时间数据转换为秒单位的时间数据，STOH 指令将秒单位的时间数据转换为时、分、秒单位的时间数据。指令使用说明如图 6-163 所示。

```
                                        *<        [S.]       [D.]       >
   X010
   ─┤├─────────────────────────────────[DHTOS    D0         D10       ]

   X011
   ─┤├─────────────────────────────────[DSTOH    D4         D12       ]
```

图 6-163　HTOS、STOH 指令

[S.]：保存时、分、秒（或秒）数据的软元件起始地址（或地址）。

[D.] 保存转换后的秒数据（或时、分、秒）的软元件地址（或起始地址）。

图 6-163 中，当 X010 为 ON 时，保存在 D0、D1、D2 中的时、分、秒数据转化为秒数据保存在（D11、D10）中；当 X011 为 ON 时，将保存在（D5、D4）中的秒数据转换为时、分、秒数据保存在（D12、D13、D14）中。

5. 时钟数据的读出指令 TRD 和时钟数据的写入指令 TWR（TIME READ，TIME WRITE）

操作数类别	适合操作数（括号内只支持 FX₃ᵤ 系列 PLC）		
FNC166 TRD（P）；FNC167 TWR（P）；16 位占用 3 步			
	字 元 件	位 元 件	其 他
[D.]	T C D（R U□\ G□）	—	—

TRD 指令是将可编程序控制器中保存时钟数据的特殊辅助寄存器中的数据读出的指令，TWR 指令是通过程序修改可编程序控制器时钟数据的指令，其指令说明如图 6-164 所示。

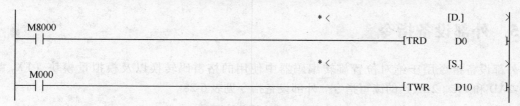

图 6-164　TRD、TWR 指令

[D.]：保存读出时钟数据的软元件起始地址。

[S.]：保存写入时钟数据的软元件起始地址。

[D.] 和 [S.] 将占用连续的 7 个数据单元，当读取时钟时，保存的数据为：

　　［D. ］：（年数据）←D8018（系统时钟年）。

　　［D. ］+1：（月数据）←D8017（系统时钟月）。

　　［D. ］+2：（日数据）←D8016（系统时钟日）。

　　［D. ］+3：（时数据）←D8015（系统时钟时）。

　　［D. ］+4：（分数据）←D8014（系统时钟分）。

　　［D. ］+5：（秒数据）←D8013（系统时钟秒）。

　　［D. ］+6：（星期数据）←D8019（系统时钟星期）。

　　注：写入时传送的方向正好相反。

6. 计时表指令 HOUR（HOUR METER）

功能号：FNC169；指令形式：（D）HOUR；16 位占用 7 步，32 位占用 13 位			
操作数类别	适合操作数（括号内只支持 FX₃U 系列 PLC）		
	字 元 件	位 元 件	其 他
［S. ］	KnX KnY KnM KnS T C D（R U□ \ G□）V Z	—	K H
［D1. ］	D（R）	—	—
［D2. ］	—	Y M S（D□. b）	—

　　HOUR 指令是以小时为时间单位，对输入触点持续 ON 的时间累计时间进行检测的指令，其指令使用说明如图 6-165 所示。

图 6-165　HOUR 指令

　　［S. ］：使输出为 ON 的时间值或保存时间值的软元件地址（单位：小时）。

　　［D1. ］：保存时间当前值（单位：小时）。

　　［D2. ］：输出起始软元件地址。

　　其中，设定［D1. ］时将占用 2 个连续数据单元，［D1. ］保存以小时为单位的当前值，［D1. ］+1 保存以秒为单位的当前值（0～3599，满 1 小时清 0），［D2. ］在［D1. ］>［S. ］时为 ON。

　　HOUR 指令还可以执行 32 位操作。

6.15　外部设备指令

　　外部设备指令用于绝对位置旋转编码器中使用的格雷码转换以及模拟量模块（FX₀N-3A、FX₂N-2AD 和 FX₂N-2DA）的读写指令。外部设备指令见表 6-28。

表 6-28　外部设备指令

FNC No.	助记符	指 令 名 称	FX₃U	FX₂N	FNC No.	助记符	指 令 名 称	FX₃U	FX₂N
170	GRY	格雷码转换	√	√	176	RD3A	模拟量模块读出	√	√
171	GBIN	格雷码逆转换	√	√	177	WR3A	模拟量模块写入	√	√

1. 格雷码转换指令 GRY（GRAY CODE）

功能号：FNC170；指令形式：（D) GRY（P）；16 位占用 5 步，32 位占用 9 位

操作数类别	适合操作数（括号内只支持 FX$_{3U}$ 系列 PLC）		
	字 元 件	位 元 件	其 他
[S.]	KnX KnY KnM KnS T C D （R U□ \ G□）V Z	—	K H
[D.]	KnY KnM KnS T C D （R U□ \ G□）V Z	—	—

GRY 指令是用于将 BIN 数据转换为格雷码的指令，其指令使用说明如图 6-166 所示。

图 6-166　GRY 指令

[S.]：BIN 数据或保存 BIN 数据的软元件地址。

[D.]：保存目标格雷码的软元件地址。

[S.] 的设置范围：16 位时为 0～32767，32 位时为 0～2147483647，图 6-166 中 K3Y000 输出为 06BBH（GRY 1234）。

2. 格雷码逆转换指令 GBIN（GRAY CODE TO BINARY）

功能号：FNC171；指令形式：（D) GBIN（P）；16 位占用 5 步，32 位占用 9 位

操作数类别	适合操作数（括号内只支持 FX$_{3U}$ 系列 PLC）		
	字 元 件	位 元 件	其 他
[S.]	KnX KnY KnM KnS T C D （R U□ \ G□）V Z	—	K H
[D.]	KnY KnM KnS T C D （R U□ \ G□）V Z	—	—

GBIN 指令是用于将格雷码转换为 BIN 数据的指令，其指令使用说明如图 6-167 所示。

图 6-167　GBIN 指令

[S.]：格雷码数据或保存格雷码数据的软元件地址。

[D.]：保存目标 BIN 数据的软元件地址。

[S.] 的设置范围：16 位时 0～32767，32 位时 0～2147483647，图 6-167 中 D0 为 K1234。

3. 模拟量模块读出指令 RD3A 和模拟量模块写入指令 WR3A（READ ANALOG，WRITE AN-ALOG）

操作数类别	适合操作数（括号内只支持 FX$_{3U}$ 系列 PLC）		
	字 元 件	位 元 件	其 他
m1	KnX KnY KnM KnS T C D （R）V Z	—	K H
m2	KnX KnY KnM KnS T C D （R）V Z	—	K H
[D.]	KnY KnM KnS T C D （R）V Z	—	—
[S.]	KnY KnM KnS T C D （R）V Z	—	—

（表头上方：FNC176 RD3A（P），FNC77 WR3A（P）；16 位占用 7 步）

RD3A 指令是读取 FX$_{0N}$ – 3A 以及 FX$_{2N}$ – 2AD 模拟量模块的模拟量输入值的指令，WR3A 指令是向 FX$_{0N}$ – 3A 以及 FX$_{2N}$ – 2DA 模拟量模块写入数字量的指令，其指令使用说明如图 6-168 所示。

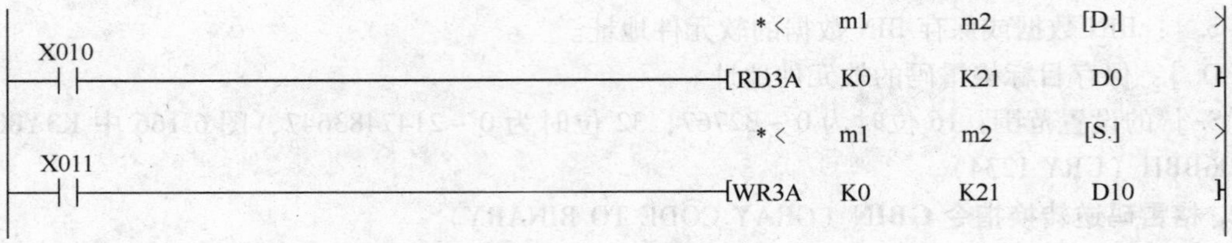

图 6-168　RD3A 和 WR3A 指令

m1：FX$_{0N}$ – 3A 以及 FX$_{2N}$ – 2AD 模块号。

m2：模拟量输入（输出）通道 BFM 号。

[D.]：保存读出数据（模拟量数据）的软元件地址。

[S.]：保存写入数据（模拟量模块）的软元件地址。

其中，m1 的设置范围：K0 ~ K7（FX$_{3UC}$ 为 K1 ~ K7）。m2 的设置范围：对于 FX$_{0N}$ – 3A 为 K1（通道 1）和 K2（通道 2，写入时无通道 2）；对于 FX$_{2N}$ – 2AD（FX$_{2N}$ – 2DA）为 K21（通道 1）和 K22（通道 2）。

6.16　其他指令

其他指令见表 6-29。

表 6-29　其他指令

FNC No.	助记符	指 令 名 称	FX$_{3U}$	FX$_{2N}$	FNC No.	助记符	指 令 名 称	FX$_{3U}$	FX$_{2N}$
180	EXTR	替换指令	×	√	186	DUTY	产生定时脉冲	√	×
182	COMRD	读出软元件注释数据	√	×	188	CRC	CRC 运算	√	×
184	RND	产生随机数	√	×	189	HCMO	高速计算器传送	√	×

1. 替换指令 EXTR

操作数类别	适合操作数		
	字 元 件	位 元 件	其 他
m1	—	—	K H
m2	KnX KnY KnM KnS T C D	—	K H
[S.]	KnY KnM KnS T C D	—	K H
[D.]	KnY KnM KnS T C D	—	K H

功能号：FNC180；指令形式：(D) EXTR (P)；16 位占用 9 步，32 位占用 17 步

EXTR 指令是用于 FX$_{2N}$ 系列 PLC 与三菱变频器进行通信的指令，FX$_{3U}$ 系列 PLC 用功能号 FNC270 ~ FNC274 指令与变频器通信，EXTR 指令使用说明如图 6-169 所示。

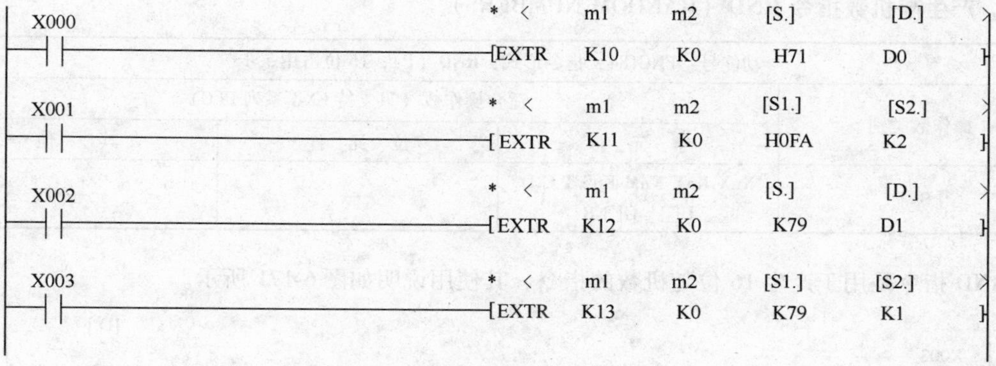

```
X000                        *  <    m1     m2    [S.]    [D.]    >
 | |————————————————————————[EXTR   K10    K0    H71     D0    }

X001                        *  <    m1     m2    [S1.]   [S2.]   >
 | |————————————————————————[EXTR   K11    K0    H0FA    K2    }

X002                        *  <    m1     m2    [S.]    [D.]    >
 | |————————————————————————[EXTR   K12    K0    K79     D1    }

X003                        *  <    m1     m2    [S1.]   [S2.]   >
 | |————————————————————————[EXTR   K13    K0    K79     K1    }
```

图 6-169　EXTR 指令

m1：变频器操作类型。

m2：变频器站台号。

[S.]：变频器指令代码或参数号以及保存指令代码或参数号的软元件地址。

[D.]：读出（写入）数据或保存这些数据的软元件。

[S1.]：写入变频器的指令代码。

[S2.]：写入变频器数据。

其中 m1 的设置范围为 K10 ~ K13（H0A ~ H0D），EXTR K10：变频器的运行监视；EXTR K11：变频器的运行控制；EXTR K12：读取变频器的参数；EXTR K13：写入变频器的参数。m2 的设置范围为 K0 ~ K31。

详细说明请参考 FNC270 ~ FNC273（FX$_{3U}$ 专用）。

2. 读出软元件注释数据指令 COMRD（COMMENT READ）

操作数类别	适合操作数（只支持 FX$_{3U}$ 系列 PLC）		
	字 元 件	位 元 件	其 他
[S.]	T C D R	X Y M S	—
[D.]	T C D R	—	—

功能号：FNC182；指令形式：COMRD；16 位占用 5 步

COMRD 指令是将 GX Developer 等编程软件写入的软元件的注释读出的指令，其指令使用说明如图 6-170 所示。

图 6-170　COMRD 指令

[S.]：需要读取注释的软元件地址。

[D.]：保存注释的软元件起始地址。

图 6-170 中，当 X007 为 ON 时，将 M100 的注释（ASCII 码）读取到 D0 开始的软元件里，保存方式从低 8 位开始，第一个 ASCII 码存 D0 低 8 位，第二个 ASCII 码存 D0 高 8 位，第三个 ASCII 存 D1 的低 8 位，依次类推。

3. 产生随机数指令 RND（RANDOM NUMBERS）

功能号：FNC184；指令形式：RND（P）；16 位占用 3 步			
操作数类别	适合操作数（只支持 FX$_{3U}$ 系列 PLC）		
	字 元 件	位 元 件	其 他
[S.]	KnX KnY KnM KnS T C D U□ \ G□ R	—	—

RND 指令是用于产生 16 位随机数的指令，其使用说明如图 6-171 所示。

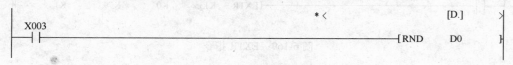

图 6-171　RND 指令

[D.]：保存随机数的软元件地址。

图 6-171 中，当 X003 为 ON 时，将产生一个随机数保存到 D0 中。

使用 RND 指令前，请在（D8311 D8310）中写入一个非负数（0～2147483647）。

4. 产生定时脉冲指令 DUTY

功能号：FNC186；指令形式：DUTY；16 位占用 7 步			
操作数类别	适合操作数（只支持 FX$_{3U}$ 系列 PLC）		
	字 元 件	位 元 件	其 他
n1	T C D R	—	K H
n2	T C D R	—	H K
[D.]	—	M	—

DUTY 指令是在指定的运算周期内产生一个周期脉冲的指令，其指令使用说明如图 6-172 所示。

图 6-172　DUTY 指令

n1：ON 的扫描次数。

n2：OFF 的扫描次数。

[D.]：脉冲输出软元件，需指定 M8330 ~ M8334。

D8330 ~ D8334：对应 M8330 ~ M8334 输出的扫描计数，当计数到 n1 + n2 时复位。

5. CRC 运算指令 CRC（CYCLIC REDUNDANCY CHECK GENERATION）

操作数类别	功能号：FNC188；指令形式：CRC（P）；16 位占用 7 步		
	适合操作数（只支持 FX_{3U} 系列 PLC）		
	字 元 件	位 元 件	其 他
[S.]	KnX KnY KnM KnS T C D U□ \ G□ R	—	—
[D.]	KnY KnM KnS T C D U□ \ G□ R	—	—
n	D R	—	K H

CRC（Cyclic Redundancy Check，循环冗余校验）指令是在通信操作中的出错校验方法之一，CRC 指令用于计算出 CRC 值，其指令使用说明如图 6-173 所示。

```
 X017                              *<    [S.]      [D.]      n    >
──┤├──                         ─[CRC    K4X000    D300      K20  ]
```

图 6-173　CRC 指令

[S.]：需要进行 CRC 运算的数据软元件起始地址。

[D.]：保存 CRC 值的软元件起始地址。

n：CRC 字节数。

M8161：OFF 时对 [S.] 的高 8 位和低 8 位进行 CRC 运算，ON 时仅对 [S.] 的低 8 位进行运算。

6. 高速计算器传送指令 HCMOV（HIGH SPEED COUNTER MOVE）

操作数类别	功能号：FNC189；指令形式：（D）HCMOV；32 位占用 13 步		
	适合操作数（只支持 FX_{3U} 系列 PLC）		
	字 元 件	位 元 件	其 他
[S]	C D	—	—
[D]	D R	—	—
n		—	K H

HCMOV 指令是高速计算器或环形计算器的当前值传送指令，其指令使用说明如图 6-174 所示。

```
 X003                              *<      [S.]     [D.]     n    >
──┤├──                         ─[DHCMOV   C235     D0       K0   ]
```

图 6-174　HCMOV 指令

[S.]：指定传送源高速计算器或环形计算器的软元件地址（高速计算器 C235 ~ C255，环形计算器 D8099、D8398）。

[D.]：传送目标软元件地址。

n：传送后对计数器当前值的处理方式。n = K0 时不处理，n = K1 时将计数器当前值清 0。

6.17　数据块处理指令

数据块处理指令是执行数据块的加法运算、减法运算、比较的指令，其指令见表 6-30。

表 6-30　数据块处理指令

FNC No.	助记符	指 令 名 称	FX₃U	FX₂N	FNC No.	助记符	指 令 名 称	FX₃U	FX₂N
192	BK +	数据块加法运算	√	×	196	BKCMP <	数据块小于比较	√	×
193	BK −	数据块减法运算	√	×	197	BKCMP <>	数据块不等比较	√	×
194	BKCMP =	数据块相等比较	√	×	198	BKCMP <=	数据块小于等于比较	√	×
195	BKCMP >	数据块大于比较	√	×	199	BKCMP >=	数据块大于等于比较	√	×

1. 数据块加法运算指令 BK + 和数据块减法运算指令 BK −（BLOCK + ，BLOCK − ）

FNC192（D）BK +（P）；FNC193（D）BK −（P）；16 位占用 9 步，32 位占用 17 步

操作数类别	适合操作数（只支持 FX₃U 系列 PLC）		
	字 元 件	位 元 件	其 他
[S1.]	T C D R	—	—
[S2.]	T C D R	—	K H
[D.]	T C D R	—	—
n	D R	—	K H

BK + 和 BK − 指令是执行数据块的加法和数据块的减法指令，其指令使用说明如图 6-175 所示。

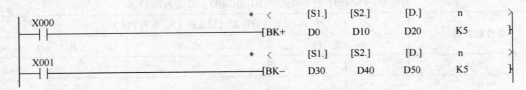

图 6-175　BK + 和 BK − 指令

[S1.]：保存被加（减）数据块的软元件起始地址。

[S2.]：保存加（减）数据块的软元件起始地址或常数。

[D.]：保存数据块加（减）运算结果的软元件起始地址。

n：数据块的点数。

图 6-175 中，当 X000（X001）为 ON 时，执行数据块的加（减）法运算，如图 6-176 所示。

加（减）数如果为常数 K 和 H 时，则被加（减）数与常数分别相加（减），然后存入目标存储单元当中。

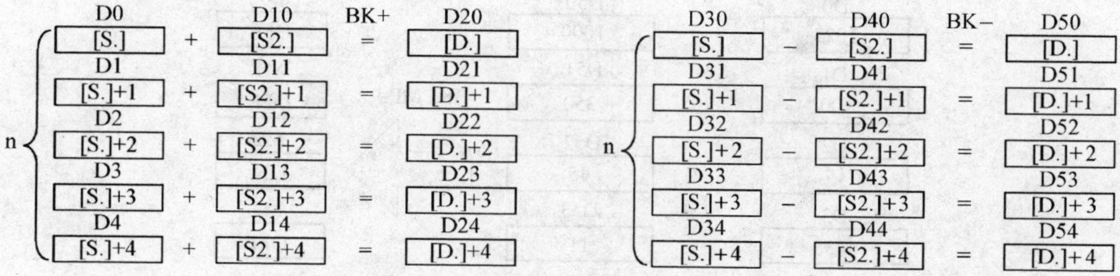

图 6-176　BK + 和 BK − 的执行过程

2. 数据块比较指令 BKCMP = 、BKCMP > 、BKCMP < 、BKCMP <> 、BKCMP <= 、BKCMP >=（BLOCK COMPARE）

功能号：FNC194 ~ 199；指令形式：（D）BKCMP = 、> 、< 、<> 、<= 、>=（P）；16 位占用 9 步，32 位占用 17 步

操作数类别	适合操作数（括号内只支持 FX$_{3U}$ 系列 PLC）		
	字 元 件	位 元 件	其 他
[S1.]	(T C D R)	—	(K H)
[S2.]	(T C D R)	—	(K H)
[D.]	—	Y M S D□. b	—
n	(D R)	—	(K H)

BKCMP = 、BKCMP > 、BKCMP < 、BKCMP <> 、BKCMP <= 、BKCMP >= 指令是将 2 个数据块对应的数据进行比较的指令，其指令使用说明如图 6-177 所示。

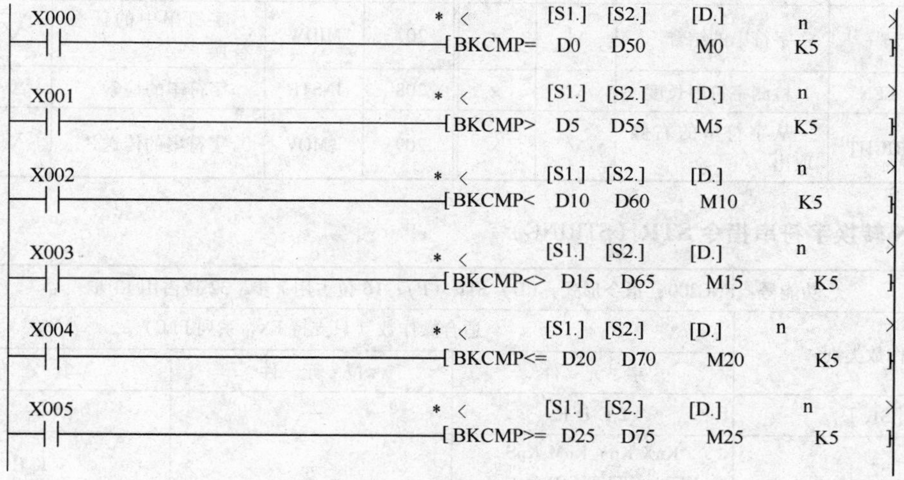

图 6-177　BKCMP = 、BKCMP > 、BKCMP < 、BKCMP <> 、BKCMP <= 、BKCMP >= 指令

[S1.]：比较数据或保存比较源数据的软元件起始地址。

[S2.]：保存比较源数据的软元件起始地址。

[D.]：存放比较结果的起始软元件地址。

n：比较数据块的点数。

图 6-177 中，当执行条件 ON 时，对应的数据点如果满足（= 、> 、< 、<> 、<= 、>=）条件，则对应的输出点为 ON，否则为 OFF。以 BKCMP = 为例，如图 6-178 所示。

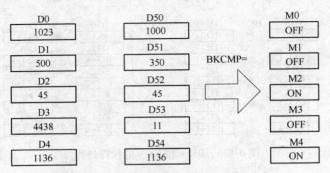

图 6-178　BKCMP＝指令执行过程

其他比较指令的执行过程也与此相类似。**但要注意**：当源操作数［S1.］是常数 K 或 H 时，即用常数与源操作数分别进行比较，并将比较结果输出。

6.18　字符串处理指令

字符串处理指令是对字符串进行处理和控制的指令，见表 6-31。

表 6-31　字符串处理指令

FNC No.	助记符	指令名称	FX₃U	FX₂N	FNC No.	助记符	指令名称	FX₃U	FX₂N
200	STR	BIN 转换字符串	√	×	205	LEFT	从字符串的左侧取出	√	×
201	VAL	字符串转换 BIN	√	×	206	MIDR	从字符串中任意取出	√	×
202	$+	字符串的结合	√	×	207	MIDW	字符串中的任意替换	√	×
203	LEN	检测字符串长度	√	×	208	INSTR	字符串的检索	√	×
204	RIGHT	从字符串的右侧取出	√	×	209	$MOV	字符串的传送	√	×

1. BIN 转换字符串指令 STR（STRING）

功能号：FNC200；指令形式：(D) STR (P)；16 位占用 7 步，32 位占用 13 步

操作数类别	适合操作数（只支持 FX₃U 系列 PLC）		
	字 元 件	位 元 件	其 他
［S1.］	T C D R	—	—
［S2.］	KnX KnY KnM KnS U□\ G□ T C D R V Z	—	K H
［D.］	T C D R	—	—

STR 指令是将 BIN 数据转换为字符串的指令，其指令说明如图 6-179 所示。

图 6-179　STR 指令

〔S1.〕：设定要转换 BIN 数据位数的软元件起始地址。

〔S2.〕：要转换 BIN 数据或保存 BIN 数据的软元件地址。

〔D.〕：保存转换后的字符串的软元件起始地址。

其中，〔S1.〕设定 BIN 数据总位数，〔S1.〕+1 设定小数部分位数。如程序中 D0 为 7，D1 为 3，D10 为 –12345，则转换结果如图 6-180 所示。

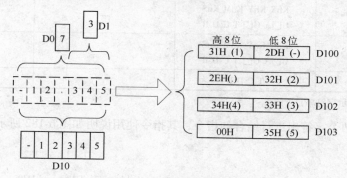

图 6-180　BIN 数据转字符串

图 6-180 中，在已转换位字符串的末尾，系统自动保存字符串末尾标志 00H。

STR 指令还可以进行 32 位操作，32 位操作时，〔S1.〕及〔S1.〕+1 仍然为 16 位数据，只有〔S2.〕为 32 位数据。

〔S1.〕的设置范围：16 位时为 2 ~ 8，32 位时为 2 ~ 13，〔S1.〕+1 的设置范围：16 位时为 0 ~ 5，32 位时为 0 ~ 10。

2. 字符串转换 BIN 数据指令 VAL（VALUE）

功能号：FNC201；指令形式：(D) VAL (P)；16 位占用 7 步，32 位占用 13 步			
操作数类别	适合操作数（只支持 FX₃ᵤ系列 PLC）		
	字 元 件	位 元 件	其　他
〔S.〕	T C D R	—	—
〔D1.〕	T C D R	—	—
〔D2.〕	KnX KnY KnM KnS U□\ G□ T C D R V Z		

VAL 指令是将字符串转换为 BIN 数据的指令，其指令使用说明如图 6-181 所示。

图 6-181　VAL 指令

〔S.〕：保存字符串数据的软元件起始地址。

〔D1.〕：保存转换位 BIN 数据位数的软元件起始地址。

〔D2.〕：保存 BIN 数据地址。

VAL 指令是 STR 指令的逆运算，**注意**：〔D1.〕中存储的是数据总位数，〔D1.〕+1 中存储的是小数位数，转换为 BIN 数据后没有小数点，因此除掉符号位后，实际数据位数要少 2 位。如果设定的位数大于字符串数据数，则将忽略高位数据。

3. 字符串的结合指令 $+

操作数类别	适合操作数（只支持 FX₃U 系列 PLC）		
	字 元 件	位 元 件	其 他
[S.]	KnX KnY KnM KnS U□\G□ T C D R	—	"□"
[D1.]	KnX KnY KnM KnS U□\G□ T C D R	—	"□"
[D2.]	T C D R	—	—

功能号：FNC202；指令形式：$+（P）；16 位占用 7 步

注：表中"□"表示字符串，下同。

$+ 指令是将两个字符串进行结合的指令，其指令使用说明如图 6-182 所示。

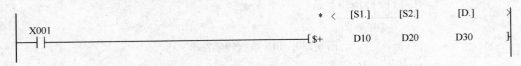

图 6-182 $+ 指令

[S1.]：源字符串或保存字符串的软元件起始地址。

[S2.]：被连接的字符串或保存被连接字符串的软元件起始地址。

[D.]：连接后的字符串起始地址。

在图 6-182 中，如果 D10 和 D20 为起始地址的源字符串位 41H、31H、32H、43H、00H 及 30H、48H、37H、50H、33H、00H，则结合后的数据如图 6-183 所示。

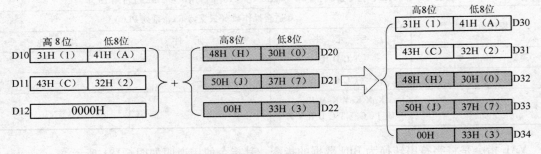

图 6-183 字符串的结合

4. 检测字符串长度指令 LEN（LENGTH）

操作数类别	适合操作数（只支持 FX₃U 系列 PLC）		
	字 元 件	位 元 件	其 他
[S.]	KnX KnY KnM KnS U□\G□ T C D R	—	"□"
[D1.]	KnY KnM KnS U□\G□ T C D R	—	

功能号：FNC203；指令形式：LEN（P）；16 位占用 5 步

LEN 指令是检测指定字符串的字符数的指令，其指令使用说明如图 6-184 所示。

图 6-184 LEN 指令

[S.]：保存要检测字符串的软元件起始地址。

[D.]：保存检测结果的软元件地址。

LEN 指令将从指定地址开始，直到检测到字符为 00H 为止，然后将检测结果保存到目标软元件中。

5. 从字符串的右侧取出指令 RIGHT 和从字符串的左侧取出指令 LEFT

操作数类别	FNC204 RIGHT（P）；FNC205 LEFT（P）；16 位占用 7 步		
	适合操作数（只支持 FX_{3U} 系列 PLC）		
	字 元 件	位 元 件	其 他
[S.]	KnX KnY KnM KnS U□\ G□ T C D R	—	—
[D1.]	KnY KnM KnS U□\ G□ T C D R	—	—
n	D R		K H

RIGHT 指令是从指定的字符串的右侧取出字符串的指令，LEFT 指令是从指定字符串的左侧取出字符串的指令，其指令使用说明如图 6-185 所示。

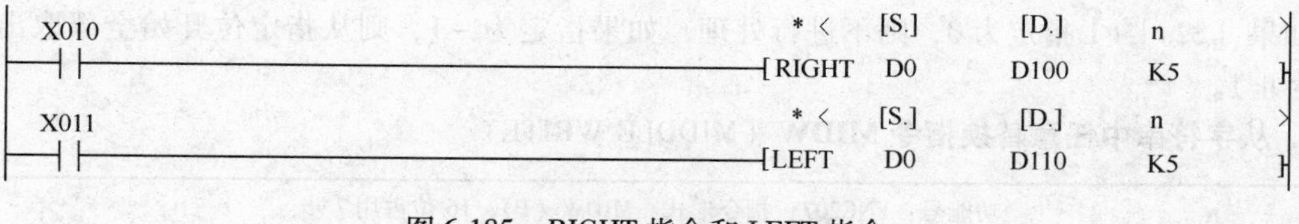

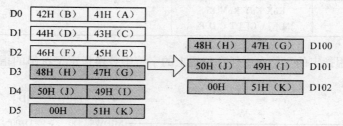

图 6-185 RIGHT 指令和 LEFT 指令

[S.]：保存源字符串的软元件起始地址。

[D.]：保存取出字符串的软元件起始地址。

n：取出的字符数。

图 6-185 中，假如 D0 开始的字符串为 ABCDEFGHIJK，当 X010 为 ON 时，取出的数保存在 D100 开始的软元件中，其字符串为 GHIJK，如图 6-186 所示。

图 6-186 从右侧取出字符串

当 X011 为 ON 时，从左侧取出的字符串保存在 D110 开始的软元件中，其字符串为 ABCDE。

6. 从字符串中任意取出指令 MIDR（MIDDLE READ）

功能号：FNC206；指令形式：MIDR（P）；16 位占用 7 步

操作数类别	适合操作数（只支持 FX₃ᵤ 系列 PLC）		
	字 元 件	位 元 件	其 他
[S1.]	KnX KnY KnM KnS U□ \ G□ T C D R	—	—
[D.]	KnY KnM KnS U□ \ G□ T C D R	—	—
[S2.]	KnX KnY KnM KnS U□ \ G□ T C D R	—	—

MIDR 指令是从指定的字符串中的任意位置读取字符串的指令，其指令使用说明如图 6-187 所示。

```
                                    *<    [S1.]    [D.]    [S2.]    >
   X000
───┤├──────────────────────────────[MIDR    D0     D100    D10    ]
```

图 6-187　MIDR 指令

[S1.]：保存源字符串的软元件起始地址。

[D.]：保存取出字符串的软元件地址。

[S2.]：指定起始位和字符数，其中 [S2.] 为起始位设定，[S2.] +1 为字符数设定。

图 6-187 中，假如 D0 开始保存的字符串为 ABCDEFGHIJK，D10 为 3，D11 为 4，则 D100 中取出的字符串为 CDEF。

如果 [S2.] +1 指定为 0，则不进行处理，如果指定为 -1，则从指定位开始全部取出（到 00H 为止）。

7. 从字符串中任意替换指令 MIDW（MIDDLE WRITE）

功能号：FNC207；指令形式：MIDW（P）；16 位占用 7 步

操作数类别	适合操作数（只支持 FX₃ᵤ 系列 PLC）		
	字 元 件	位 元 件	其 他
[S1.]	KnX KnY KnM KnS U□ \ G□ T C D R	—	—
[D.]	KnY KnM KnS U□ \ G□ T C D R	—	—
[S2.]	KnX KnY KnM KnS U□ \ G□ T C D R	—	—

MIDW 指令是用指定的字符串中任意位置上的字符串替换指定字符串的指令，其指令使用说明如图 6-188。

```
                                    *<    [S1.]    [D.]    [S2.]    >
   X005
───┤├──────────────────────────────[MIDW    D0     D100    D50    ]
```

图 6-188　MIDW 指令

〔S1. 〕：保存用于替换的字符串的软元件起始地址。

〔D. 〕：保存被替换的字符串的软元件起始地址。

〔S2. 〕：设置用于替换的字符的起始位置及字符数的软元件起始地址。其中，〔S2. 〕用于设置字符串的起字符位置（左侧取，从 00H 开始计），〔S2. 〕+1 用于设置字符数。

图 6-188 中，假如 D0 开始的字符串为 ABCDEFGHI，D50 的数据为 2，D51 为 5，X005 为 OFF 时 D100 开始的字符串为 123456789，则当 X005 为 ON 时，D100 开始的字符串被替换为 1ABCDE789。

MIDR 指令中〔S2. 〕+1 如果为 0 时，不执行替换处理；如果〔S2. 〕+1 中指定的字符数超过〔D. 〕中的字符数，则字符向右补齐，最多不超过 00H。〔S1. 〕+1 设置为 − 1 时，全部替换到〔D. 〕中，〔S2. 〕自动失效。

8. 字符串的检索指令 INSTR（INSTRING）

操作数类别	适合操作数（只支持 FX$_{3U}$ 系列 PLC）		
	字 元 件	位 元 件	其　他
〔S1. 〕	T C D R	—	"□"
〔S2. 〕	T C D R	—	—
〔D. 〕	T C D R	—	—
n	D R	—	K H

功能号：FNC208；指令形式：INSTR（P）；16 位占用 9 步

INSTR 指令是从指定的字符串中检索指定字符的指令，其指令使用说明如图 6-189 所示。

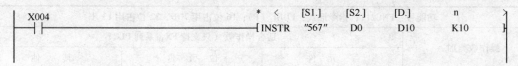

图 6-189　INSTR 指令

〔S1. 〕：要检索的字符（串）或保存要检索字符（串）的软元件起始地址。

〔S2. 〕：检索源字符串或保存源字符串的软元件起始地址。

〔D. 〕：保存检索结果的软元件地址。

n：开始检索的位置。

其中，〔D. 〕保存的数据为字符串在源字符串的起始位置。

图 6-189 中，要检索的字符串为 567，检索的开始位置为 K10，假如 D0 开始的字符串为 01234567890123456789，当 X004 为 ON 时，D10 为 16。

如果字符串中没有与要检索的字符（串）一致的字符（串）时，则〔D. 〕为 0。如果 n 为 0 或负值，则不执行检索。

9. 字符串的传送指令 $ MOV

操作数类别	适合操作数（只支持 FX$_{3U}$ 系列 PLC）		
	字 元 件	位 元 件	其　他
〔S. 〕	KnX KnY KnM KnS T C D R U□ \ G□	—	"□"
〔D. 〕	KnY KnM KnS T C D R U□ \ G□	—	—

功能号：FNC209；指令形式：$MOV（P）；16 位占用 5 步

$MOV 指令是进行字符串的传送的指令，其指令说明如图 6-190 所示。

图 6-190　$MOV 指令

[S.]：要传送的字符串或保存字符串的软元件起始地址。

[D.]：字符串传送目标软元件起始地址。

6.19　数据表处理指令

数据表处理指令是对数据表进行处理的指令，其指令见表 6-32。

表 6-32　数据表的处理

FNC No.	助记符	指 令 名 称	FX₃ᵤ	FX₂ₙ	FNC No.	助记符	指 令 名 称	FX₃ᵤ	FX₂ₙ
210	FDEL	数据表的数据删除	√	×	213	SFR	16 位数据 n 位右移	√	×
211	FINS	数据表的数据插入	√	×	214	SFL	16 位数据 n 位左移	√	×
212	FINS	读出后入的数据	√	×					

1. 数据表的数据删除指令 FDEL（DATA TABLE DELETE）

功能号：FNC211；指令形式：FDEL（P）；16 位占用 7 步，32 位占用 13 步

操作数类别	适合操作数（只支持 FX₃ᵤ 系列 PLC）		
	字 元 件	位 元 件	其 他
[S.]	T C D R	—	—
[D1.]	T C D R	—	—
n	D R	—	K H

FDEL 指令是将数据表中任意数据进行删除的指令，其使用说明如图 6-191 所示。

图 6-191　FDEL 指令

[S.]：保存被删除的数据的软元件地址。

[D.]：数据表格的起始软元件地址，其中 [D.] 保存数据表格范围，[D.] +1 及以后单元为数据表格的范围。

n：要删除的数据在表格中的位置。

图 6-191 中，当 X010 为 ON 时，其表格数据删除如图 6-192 所示。

表格数据删除后，下一个表格数据自动前移，表格最

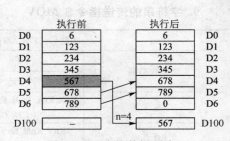

图 6-192　表格数据删除

后面的数据补 0。

2. 数据表的数据插入指令 FINS（DATA TABLE INSERT）

功能号：FNC212；指令形式：FINS（P）；16 位占用 7 步，32 位占用 13 步

操作数类别	适合操作数（只支持 FX$_{3U}$ 系列 PLC）		
	字 元 件	位 元 件	其 他
[S.]	T C D R	—	—
[D1.]	T C D R	—	—
n	D R		K H

FINS 指令是向数据表中任意位置插入数据的指令，其指令使用说明如图 6-193 所示。

图 6-193　FINS 指令

[S.]：要插入的数据或保存要插入数据的软元件地址。

[D.]：数据表格的起始软元件地址，其中 [D.] 保存数据表格范围，[D.]+1 及以后单元为数据表格的范围。

n：要插入的数据在表格中的位置。

图 6-193 中，当 X011 为 ON 时，其表格数据的插入如图 6-194 所示。

数据插入后，插入点之后的数据自动后移，[D.] 数据范围自动加 1。

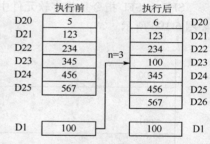

图 6-194　数据表的数据插入

3. 读出后入的数据指令 POP

功能号：FNC212；指令形式：POP（P）；16 位占用 7 步，32 位占用 13 步

操作数类别	适合操作数（只支持 FX$_{3U}$ 系列 PLC）		
	字 元 件	位 元 件	其 他
[S.]	T C D R	—	—
[D1.]	T C D R	—	—
n	—	—	K H

POP 指令是用于读出 SFWR 指令最后写入数据的指令，其指令使用说明如图 6-195 所示。

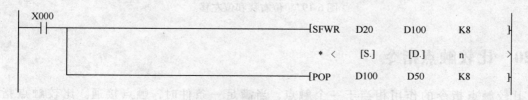

图 6-195　POP 指令

[S.]：先入数据的起始软元件地址。

[D.]：保存 SFWR 指令最后写入数据的软元件地址。

n：被保存数据的点数，一般应与 SFWR 指令一致。

图 6-195 中，X000 每一个扫描周期将执行一次移位写入，SFWR 指令将数据分别保存在 D101～D107 中，D100 的数值加 1，同时 POP 指令将当前写入的数据保存在 D50 中。

4. 16 位数据 n 位右移指令 SFR 和 16 位数据 n 位左移指令 SFL（16 BIT DATA SHIFT RIGHT，16 BIT DATA SHIFT LEFT）

FNC213 SFR (P)，FNC214 SFL (P)；16 位占用 5 步，32 位占用 13 步			
操作数类别	适合操作数（只支持 FX$_{3U}$ 系列 PLC）		
	字元件	位元件	其　他
[D.]	KnY KnM KnS T C D R U□ \ G□ V Z	—	—
n	KnX KnY KnM KnS T C D R U□ \ G□ V Z	—	K H

SFR 和 SFL 指令是将字软元件中的 16 位数据向右或向左移动 n 位的指令，其指令使用说明如图 6-196 所示。

图 6-196　SFR 和 SFL 指令

[D.]：保存要移动数据的软元件地址。

n：要移动的位数（0≤n≤15，大于 16 时用 n/16 的余数作为移动位数）。

位右移和位左移如图 6-197 所示。

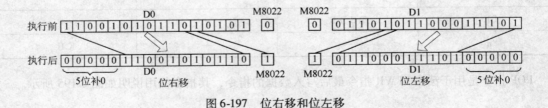

图 6-197　位右移和位左移

6.20　比较触点指令

比较触点指令的作用相当于一个触点，当满足一条件时，触点接通。比较触点指令见表 6-33。

表 6-33　比较触点指令

FNC No.	助记符	指令名称	FX₃U	FX₂N	FNC No.	助记符	指令名称	FX₃U	FX₂N
224	LD =		√	√	236	AND <>		√	√
225	LD >		√	√	237	AND <=	比较触点 AND	√	√
226	LD <		√	√	238	AND >=		√	√
228	LD <>	比较触点 LD	√	√	240	OR =		√	√
229	LD <=		√	√	241	OR >		√	√
230	LD >=		√	√	242	OR <		√	√
232	AND =		√	√	244	OR <>	比较触点 OR	√	√
233	AND >	比较触点 AND	√	√	245	OR <=		√	√
234	AND <		√	√	246	OR >=		√	√

1. 比较触点 LD 指令 LD =、LD >、LD <、LD <>、LD <=、LD >=

功能号：FNC224 ~ FNC230；指令形式：(D) LD =、LD >、LD <、LD <>、LD <=、LD >= (P)；16 位占用 5 步，32 位占用 13 步

操作数类别	适合操作数（括号内只支持 FX₃U 系列 PLC）		
	字 元 件	位 元 件	其 他
[S1.]	KnY KnM KnS　T C D V Z（R U□ \ G□）	—	K H
[S2.]	KnY KnM KnS　T C D V Z（R U□ \ G□）	—	K H

LD =、LD >、LD <、LD <>、LD <=、LD >= 指令是连接母线的比较触点指令，其使用说明如图 6-198 所示。

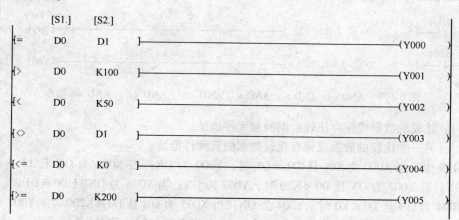

图 6-198　LD =、LD >、LD <、LD <>、LD <=、LD >= 指令

[S1.]：比较的数据或保存比较数据的软元件地址。

[S2.]：另一个比较的数据或保存比较数据的软元件地址。

图 6-198 中，当 D0 = D1 时，Y000 为 ON；当 D0 > K100 时，Y001 为 ON；当 D0 < K50 时，Y002 为 ON；当 D0 ≠ D1 时，Y003 为 ON；当 D0 ≤ K0 时，Y004 为 ON；当 D0 ≥ K200 时，Y005 为 ON。比较触点 LD 指令导通的条件见表 6-34。

表 6-34　LD = 、LD > 、LD < 、LD <> 、LD <= 、LD >= 触点导通条件

FNC No.	指　令	导通条件	FNC No.	指　令	导通条件
224	LD =	[S1.] = [S2.]	228	LD <>	[S1.] ≠ [S2.]
225	LD >	[S1.] > [S2.]	229	LD <=	[S1.] ≤ [S2.]
226	LD <	[S1.] < [S2.]	230	LD >=	[S1.] ≥ [S2.]

2. 比较触点 AND 指令 AND = 、AND > 、AND < 、AND <> 、AND <= 、AND >=

功能号：FNC232 ~ FNC238；指令形式：(D) AND = 、AND > 、AND < 、AND <> 、AND <= 、AND >= (P)；
16 位占用 5 步，32 位占用 13 步

操作数类别	适合操作数（括号内只支持 FX₃U 系列 PLC）		
	字　元　件	位　元　件	其　　他
[S1.]	KnY KnM KnS　T C D V Z (R U□ \ G□)	—	K H
[S2.]	KnY KnM KnS　T C D V Z (R U□ \ G□)	—	K H

　　AND = 、AND > 、AND < 、AND <> 、AND <= 、AND >= 指令是与其他触点或电路块串联的比较触点指令，其使用说明如图 6-199 所示。

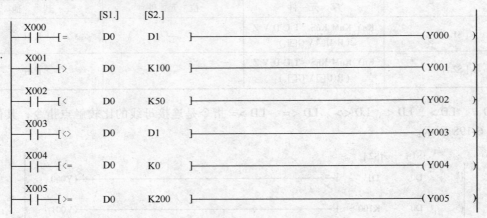

图 6-199　AND = 、AND > 、AND < 、AND <> 、AND <= 、AND >= 指令

[S1.]：比较的数据或保存比较数据的软元件地址。

[S2.]：另一个比较的数据或保存比较数据的软元件地址。

图 6-199 中，当 X000 为 ON 且 D0 = D1 时，Y000 为 ON；当 X001 为 ON 且 D0 > K100 时，Y001 为 ON；当 X002 为 ON 且 D0 < K50 时，Y002 为 ON；当 X003 为 ON 且 D0 ≠ D1 时，Y003 为 ON；当 X004 为 ON 且 D0 ≤ K0 时，Y004 为 ON；当 X005 为 ON 且 D0 ≥ K200 时，Y005 为 ON。

比较触点 AND 指令导通的条件与比较触点 LD 导通条件相同，见表 6-35。

表 6-35　AND = 、AND > 、AND < 、AND <> 、AND <= 、AND >= 触点导通条件

FNC No.	指　令	导通条件	FNC No.	指　令	导通条件
232	AND =	[S1.] = [S2.]	236	AND <>	[S1.] ≠ [S2.]
233	AND >	[S1.] > [S2.]	237	AND <=	[S1.] ≤ [S2.]
234	AND <	[S1.] < [S2.]	238	AND >=	[S1.] ≥ [S2.]

3. 比较触点 OR 指令 OR =、OR >、OR <、OR <>、OR <=、OR >=

功能号：FNC232 ~ FNC238；指令形式：(D) OR =、OR >、OR <、OR <>、OR <=、OR >= (P)；

16 位占用 5 步，32 位占用 13 步

操作数类别	适合操作数（括号内只支持 FX₃ᵤ系列 PLC）		
	字 元 件	位 元 件	其 他
[S1.]	KnY KnM KnS　T C D V Z (R U□ \ G□)	—	K H
[S2.]	KnY KnM KnS　T C D V Z (R U□ \ G□)	—	K H

OR =、OR >、OR <、OR <>、OR <=、OR >= 指令是与其他触点或电路块并联的比较触点指令，其使用说明如图 6-200 所示。

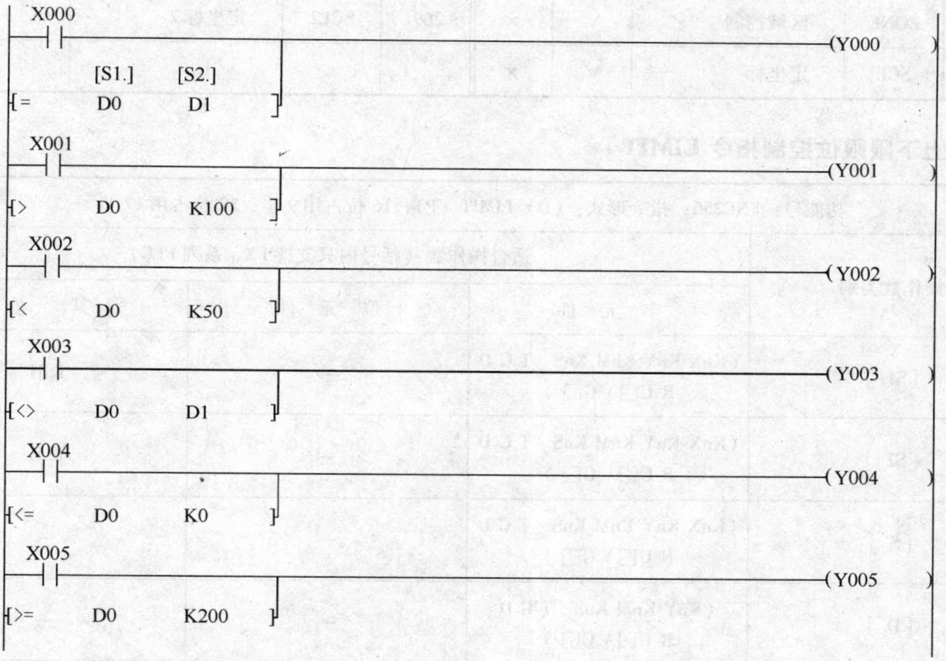

图 6-200　OR =、OR >、OR <、OR <>、OR <=、OR >= 指令

[S1.]：比较的数据或保存比较数据的软元件地址。

[S2.]：另一个比较的数据或保存比较数据的软元件地址。

图 6-200 中，当 X000 为 ON 或 D0 = D1 时，Y000 为 ON；当 X001 为 ON 或 D0 > K100 时，Y001 为 ON；当 X002 为 ON 或 D0 < K50 时，Y002 为 ON；当 X003 为 ON 或 D0≠D1 时，Y003 为 ON；当 X004 为 ON 或 D0≤K0 时，Y004 为 ON；当 X005 为 ON 或 D0≥K200 时，Y005 为 ON。

比较触点 OR 指令导通的条件与比较触点 LD 及比较触点 AND 导通条件相同，见表 6-36。

表 6-36　OR =、OR >、OR <、OR <>、OR <=、OR >= 触点导通条件

FNC No.	指　　令	导通条件	FNC No.	指　　令	导通条件
240	OR =	[S1.] = [S2.]	244	OR <>	[S1.] ≠ [S2.]
241	OR >	[S1.] > [S2.]	245	OR <=	[S1.] ≤ [S2.]
242	OR <	[S1.] < [S2.]	246	OR >=	[S1.] ≥ [S2.]

6.21　数据处理指令（三）

数据处理指令（三）见表 6-37。

表 6-37　数据处理指令（三）

FNC No.	助记符	指令名称	FX$_{3U}$	FX$_{2N}$	FNC No.	助记符	指令名称	FX$_{3U}$	FX$_{2N}$
256	LIMIT	上下限限位控制	√	×	260	DABIN	十进制 ASCII → BIN 转换	√	×
257	BAND	死区控制	√	×	261	BINDA	BON → 十进制 ASCII 转换	√	×
258	ZONE	区域控制	√	×	269	SCL2	定坐标 2	√	×
259	SCL	定坐标	√	×					

1. 上下限限位控制指令 LIMIT

功能号：FNC256；指令形式：（D）LIMIT（P）；16 位占用 9 步，32 位占用 17 步

操作数类别	适合操作数（括号内只支持 FX$_{3U}$ 系列 PLC）		
	字　元　件	位　元　件	其　他
[S1.]	(KnX KnY KnM KnS　T C D R U□ \ G□）	—	K H
[S2.]	(KnX KnY KnM KnS　T C D R U□ \ G□）	—	K H
[S.]	(KnX KnY KnM KnS　T C D R U□ \ G□）	—	—
[D.]	(KnY KnM KnS　T C D R U□ \ G□）	—	—

LIMIT 指令是将输出值设定上下限的指令，其使用说明如图 6-201 所示。

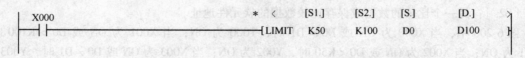

图 6-201　LIMIT 指令

[S1.]：设定下限。

[S2.]：设定上限。

[S.]：需要设定上下限的数据。

[D.]：保存已经使用上下限的输出数据软元件地址。

图 6-201 中，X000 为 ON，若 D0 < K50 时，则输出 D100 = K50；若 D0 > K100，则 D100 = K100；若 K50 ≤ D0 ≤ K100，则 D100 = D0。

2. 死区控制指令 BAND

功能号：FNC257；指令形式：（D）BAND（P）；16 位占用 9 步，32 位占用 17 步

操作数类别	适合操作数（括号内只支持 FX$_{3U}$ 系列 PLC）		
	字 元 件	位 元 件	其 他
[S1.]	(KnX KnY KnM KnS　T C D R U□ \ G□)	—	K H
[S2.]	(KnX KnY KnM KnS　T C D R U□ \ G□)	—	K H
[S.]	(KnX KnY KnM KnS　T C D R U□ \ G□)	—	—
[D.]	(KnY KnM KnS　T C D R U□ \ G□)	—	—

BAND 指令是通过判断输入值是否在死区（不输出区）的上下限范围之内，从而来控制输出值的指令，其使用说明如图 6-202 所示。

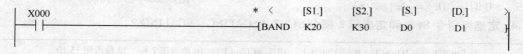

图 6-202　BAND 指令

[S1.]：死区的下限。

[S2.]：死区的上限。

[S.]：死区控制的输入值软元件地址。

[D.]：死区控制的输出值软元件地址。

图 6-202 中，假如 D0 输入值如图 6-203a 所示，则输出值如图 6-203b 所示。

死区控制输出的计算方法是：当 [S.] < [S1.] 时，[D.] = [S.] - [S1.]；当 [S.] > [S2.] 时，[D.] = [S.] - [S2.]；当 [S1.] < [S.] < [S2.] 时，[D.] = 0。

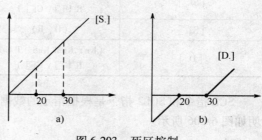

图 6-203　死区控制

3. 区域控制指令 ZONE

功能号：FNC258；指令形式：（D）ZONE（P）；16 位占用 9 步，32 位占用 17 步

操作数类别	适合操作数（括号内只支持 FX$_{3U}$ 系列 PLC）		
	字 元 件	位 元 件	其 他
[S1.]	(KnX KnY KnM KnS　T C D R U□ \ G□)	—	K H
[S2.]	(KnX KnY KnM KnS　T C D R U□ \ G□)	—	K H
[S.]	(KnX KnY KnM KnS　T C D R U□ \ G□)	—	—
[D.]	(KnY KnM KnS　T C D R U□ \ G□)	—	—

ZONE 指令是根据输入值的正 – 零 – 负的变化，用指定的偏差值来控制输出值的指令，其指令使用说明如图 6-204 所示。

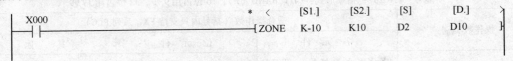

图 6-204　ZONE 指令

［S1.］：加在输入值负端的偏差值。

［S2.］：加在输入值正端的偏差值。

［S.］：区域控制的输入值。

［D.］：区域控制的输出值。

图 6-204 中，假如 D2 输入值如图 6-205a所示，则输出值如图 6-205b 所示。

区域控制的计算方法是：当［S.］<0 时，［D.］=［S.］+［S1.］；当［S.］=0 时，［D.］=0；当［S.］>0 时，［D.］=［S.］+［S2.］。

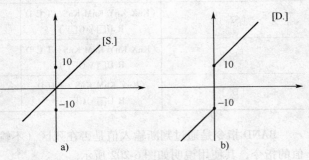

图 6-205　区域控制

4. 定坐标指令 SCL 和定坐标 2 指令 SCL2（SCALING，SCALING 2）

操作数类别	适合操作数（括号内只支持 FX₃U 系列 PLC）		
FNC259　(D) SCL (P)，FNC269　(D) SCL2 (P)；16 位占用 7 步，32 位占用 13 步			
	字 元 件	位 元 件	其 他
［S1.］	(KnX KnY KnM KnS　T C D　R U□ \ G□)	—	K H
［S2.］	(D　R)	—	—
［D.］	(KnY KnM KnS　T C D　R U□ \ G□)	—	—

SCL 指令和 SCL2 指令是根据指定的数据表格，对输出值进行定坐标的指令，其指令使用说明如图 6-206 所示。

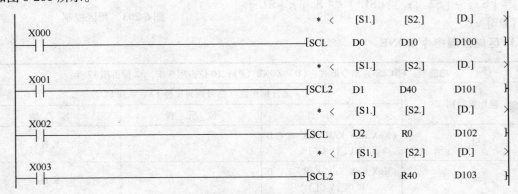

图 6-206　SCL 和 SCL2 指令

［S1.］：执行定坐标的输入值或保存输入值的软元件地址。

［S2.］：定坐标用的表格数据软元件起始地址，其中［S2.］保存坐标点数。

［D.］：保存定坐标的输出值软元件。

图 6-206 中当 X000 为 ON 时，假如 D10 开始的表格数据见表 6-38，则输入和输出对应关系如图 6-207 所示。

表 6-38 表格数据的设定

设定项目		数据内容
坐标点数 [S2.]		D10 = 5
X 坐标	第 1 点 [S2.] +1	D11 = 10
	第 2 点 [S2.] +2	D12 = 20
	点 3 点 [S2.] +3	D13 = 40
	第 4 点 [S2.] +4	D14 = 50
	第 5 点 [S2.] +5	D15 = 60
Y 坐标	第 1 点 [S2.] +6	D16 = 10
	第 2 点 [S2.] +7	D17 = 50
	点 3 点 [S2.] +8	D18 = 30
	第 4 点 [S2.] +9	D19 = 15
	第 5 点 [S2.] +10	D16 = 20

由图 6-207 可以看出，输出值的变化将随着表格设定的曲线及输入值的变化而变化，当 X 轴上的输入值 D0 = 30 时，Y 轴上的输出值 D100 = 35，同样的道理，当 D0 = 15 时，D100 = 30。要注意输入值不能超出表格设定的 X 轴的区间，否则将出错。

SCL2 指令中，在 [S2.] 指定为寄存器 D 时，其指令的操作方法及指令的规则与 SCL 指令相同，不同之处在于当 [S2.] 指定为文件寄存器 R 时，其表格设定方法不同，见表 6-39。

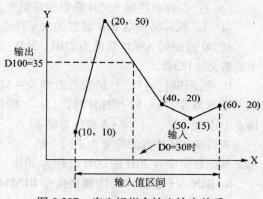

图 6-207 定坐标指令输入输出关系

表 6-39 SCL 和 SCL2 表格设定 （[S2.] 为 R 时）

SCL 指令 （以 [S2.] =5 为例）		SCL2 指令 （以 [S2.] =5 为例）	
X 轴	第 1 点 [S2.] +1		第 1 点 [S2.] +1
Y 轴	第 1 点 [S2.] +2		第 2 点 [S2.] +2
X 轴	点 2 点 [S2.] +3	X 轴	点 3 点 [S2.] +3
Y 轴	第 2 点 [S2.] +4		第 4 点 [S2.] +4
X 轴	第 3 点 [S2.] +5		第 5 点 [S2.] +5
Y 轴	第 3 点 [S2.] +6		第 1 点 [S2.] +6
X 轴	第 4 点 [S2.] +7		第 2 点 [S2.] +7
Y 轴	点 4 点 [S2.] +8	Y 轴	点 3 点 [S2.] +8
X 轴	第 5 点 [S2.] +9		第 4 点 [S2.] +9
Y 轴	第 5 点 [S2.] +10		第 5 点 [S2.] +10

5. 十进制 ASCII→ BIN 转换指令 DABIN（DECIMAL ASCII TO BIN）

功能号：FNC260；指令形式：（D）DABIN（P）；16 位占用 5 步，32 位占用 9 步

操作数类别	适合操作数（只支持 FX_{3U} 系列 PLC）		
	字 元 件	位 元 件	其 他
[S.]	T C D R	—	—
[D.]	KnY KnM KnS T C D R V Z U□ \ G□	—	—

DABIN 指令是将十进制数的 ASCII 形式的数据转换为 BIN 数据的指令，其指令使用说明如图 6-208 所示。

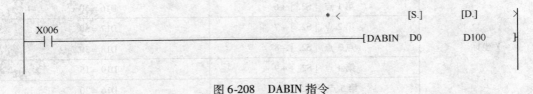

图 6-208　DABIN 指令

[S.]：保存十进制 ASCII 数据的起始软元件地址。

[D.]：保存转换后 BIN 数据的软元件地址。

如 D0 开始的 ASCII 数据为 2DH、31H、32H、33H、34H、35H、36H，则转换后保存在 D100 中的数为 – 12345。

16 位操作时，[D.] 的数值范围为 – 32768 ~ 32767，源操作数为 16 位时占用 3 个连续单元（6 个 ASCII 字符）；32 位操作时，[D.] 的数值范围为 – 2147483648 ~ 2147483647，源操作数占用 6 个连续单元，[D.] +5 高位忽略。

要转换 ASCII 数的符号为正时，第一个 ASCII 数据用 20H（空格）表示，为负时设定 2DH 表示，其他数位中有 20H 或 00H 时作为 30H（0）处理。

6. BIN→十进制 ASCII 转换指令 BINDA（BIN TO DECIMAL ASCII）

功能号：FNC261；指令形式：（D）BINDA（P）；16 位占用 5 步，32 位占用 9 步

操作数类别	适合操作数（只支持 FX_{3U} 系列 PLC）		
	字 元 件	位 元 件	其 他
[S.]	T C D R	—	—
[D.]	KnY KnM KnS T C D R V Z U□ \ G□	—	—

BINDA 指令是将 BIN 数据转换为十进制数的 ASCII 形式的数据的指令，其指令使用说明如图 6-209 所示。

图 6-209　BINDA 指令

［S.］：存放要转换的 BIN 数据的软元件地址。

［D.］：存放转换后的十进制 ASCII 码的软元件起始地址。

BINDA 运算是 DABIN 的逆运算，16 位操作时目标操作数占用 3 个连续单元，32 位操作时占用 6 个连续单元，转换后数据位不足时在前面加 20H（空格）。

6.22 变频器通信指令

变频器通信指令是对三菱 FRQROL 系列变频器进行运行控制及参数的读写操作的指令，其指令见表 6-40。

表 6-40 变频器通信指令

FNC No.	助记符	指 令 名 称	FX₃ᵤ	FX₂ₙ	FNC No.	助记符	指 令 名 称	FX₃ᵤ	FX₂ₙ
270	IVCK	变频器运行监控	√	×	273	IVWR	变频器参数写入	√	×
271	IVDR	变频器运行控制	√	×	274	IVBWR	变频器参数成批写入	√	×
272	IVRD	变频器参数读取	√	×					

1. 变频器运行监控指令 IVCK（INVERT CHECK）

	功能号：FNC270；指令形式：IVCK；16 位占用 9 步		
操作数类别	适合操作数（括号内只支持 FX₃ᵤ 系列 PLC）		
	字 元 件	位 元 件	其 他
［S1.］	（D R U□ \ G□）	—	K H
［S2.］	（D R U□ \ G□）	—	K H
［D.］	（KnY KnM KnS D R U□ \ G□ ）	—	K H
n	—	—	K H

IVCK 指令是用于将变频器运行状态读出的指令，其指令使用说明如图 6-210 所示。

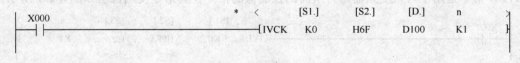

图 6-210 IVCK 指令

［S1.］：变频器站号（K0 ~ K31）。

［S2.］：读变频器的指令代码。

［D.］：保存读出值的软元件地址。

n：使用的通道号（K1 或 K2）。

图 6-210 中，当 X000 为 ON 时，将通过通道 1 读取 0 号站变频器的输出频率到寄存器 D100 中。

变频器读出的监视指令代码见表 6-41。

表 6-41　变频器监视指令代码

变频器监视指令代码	读出内容	适用的变频器						
		F700	A700	V500	F500	A500	E500	S500
H6D	读取设定频率（RAM）	√	√	√	√	√	√	√
H6E	读取设定频率（E2PROM）	√	√	√	√	√	√	√
H6F	输出频率	√	√	√	√	√	√	√
H70	输出电流	√	√	√	√	√	√	×
H71	输出电压	√	√	√	√	√	×	×
H72	特殊监视	√	√	√	√	√	×	×
H73	特殊监视选择号	√	√	√	√	√	√	√
H74	故障代码	√	√	√	√	√	√	×
H75	故障代码	√	√	√	√	√	√	×
H76	故障代码	√	√	√	√	√	√	×
H77	故障代码	√	√	×	×	×	×	×
H79	变频器状态监视（开展）	√	√	√	√	√	√	√
H7A	变频器状态监视	√	√	√	√	√	√	√
H7B	操作模式	√	√	√	√	√	√	√

2. 变频器运行控制指令 IVDR（INVERT DRIVE）

功能号：FNC271；指令形式：IVDR；16 位占用 9 步

操作数类别	适合操作数（括号内只支持 FX₃U 系列 PLC）		
	字 元 件	位 元 件	其 他
[S1.]	(D　R U□ \ G□)	—	K H
[S2.]	(D　R U□ \ G□)	—	K H
[D.]	(KnY KnM KnS D R U□ \ G□)	—	K H
n	—	—	K H

IVDR 指令是用于写入变频器运行所需的控制值的指令，其指令使用说明如图 6-211 所示。

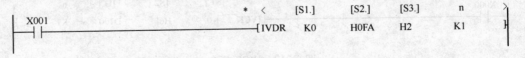

图 6-211　IVDR 指令

[S1.]：变频器的站号（K0 ~ K31）。

[S2.]：写变频器的指令代码。

[S3.]：写入到变频器的数值或保存数值的软元件地址。

n：使用的通道号（K1 或 K2）。

图 6-211 中，当 X001 为 ON 时，将正转（指令代码 HFA）的指令数据 H2 通过通道 1 写入到变频器。

变频器的运行控制指令代码见表 6-42。

表 6-42 变频器运行控制指令代码

变频器运行控制指令代码	写入内容	适用的变频器						
		F700	A700	V500	F500	A500	E500	S500
HED	写入设定频率（RAM）	√	√	√	√	√	√	√
HEE	写入设定频率（E2PROM）	√	√	√	√	√	√	√
HF3	特殊监视的选择	√	√	√	√	√	√	√
HF4	故障内容的成批清除	√	√	×	√	√	√	×
HF9	运行指令（扩展）	√	√	√	×	×	×	×
HFA	运行指令	√	√	√	√	√	√	√
HFB	操作模式	√	√	√	√	√	√	√
HFC	参数的全部清除	√	√	√	√	√	√	√
HFD	变频器复位	√	√	√	√	√	√	√

3. 变频器参数读取指令 IVRD（INVERT READ）

功能号：FNC272；指令形式：IVRD；16 位占用 9 步

操作数类别	适合操作数（括号内只支持 FX₃ᵤ 系列 PLC）		
	字 元 件	位 元 件	其 他
[S1.]	(D R U□\G□)	—	K H
[S2.]	(D R U□\G□)	—	K H
[D.]	(D R U□\G□)	—	K H
n		—	K H

IVWR 指令是用于将变频器参数读出的指令，其指令使用说明如图 6-212 所示。

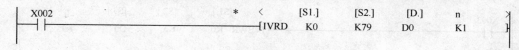

图 6-212 IVRD 指令

[S1.]：变频器的站号（K0 ~ K31）。

[S2.]：变频器的参数号。

[D.]：保存读出值的软元件地址。

n：使用的通道号（K1 或 K2）。

图 6-212 中，当 X002 为 ON 时，将通过通道 1 读出变频器的参数号 PR79 的值并保存到 D0 中。

4. 变频器参数写入指令 IVWR（INVERT WRITE）

功能号：FNC273；指令形式：IVWR；16 位占用 9 步

操作数类别	适合操作数（括号内只支持 FX₃ᵤ 系列 PLC）		
	字 元 件	位 元 件	其 他
[S1.]	(D R U□\G□)	—	K H
[S2.]	(D R U□\G□)	—	K H
[D.]	(D R U□\G□)	—	K H
n		—	K H

IVWR 指令是用于将变频器参数写入的指令，其指令使用说明如图 6-213 所示。

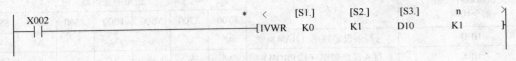

图 6-213　IVWR 指令

[S1.]：变频器的站号（K0 ~ K31）。

[S2.]：变频器的参数号。

[S3.]：写入参数值的软元件地址。

n：使用的通道号（K1 或 K2）。

图 6-213 中，当 X002 为 ON 时，将通过通道 1 把 D10 中的值写入到变频器的参数号 PR1 中。

5. 变频器参数成批写入指令 IVBWR（INVERT BLOCK WRITE）

功能号：FNC274；指令形式：IVBWR；16 位占用 9 步

操作数类别	适合操作数（括号内只支持 FX₃ᵤ系列 PLC）		
	字 元 件	位 元 件	其 他
[S1.]	(D R U□\ G□)	—	K H
[S2.]	(D R U□\ G□)	—	K H
[D.]	(D R U□\ G□)	—	K H
n	—	—	K H

IVBWR 指令是用于将变频器参数成批写入的指令，其指令使用说明如图 6-214 所示。

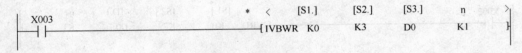

图 6-214　IVBWR 指令

[S1.]：变频器的站号（K0 ~ K31）。

[S2.]：写变频器的参数个数。

[S3.]：写入参数值的软元件起始地址。

n：使用的通道号（K1 或 K2）。

图 6-214 中，当 X003 为 ON 时，将通过通道 1 把 D10 开始的 3 个参数值写入变频器的参数中。其中，[S3.] 和 [S3.]+1 分别设定第一个参数号和第一个设定值，[S3.]+2 和 [S3.]+3 分别设定第二个参数号和第二个设定值，以此类推。

使用变频器通信指令时需注意：EXTR、IVCK、IVDR、IVRD、IVWR、IVBWR 不能与 RS（RS2）指令同时对同一台变频器进行通信，但 EXTR、IVCK、IVDR、IVRD、IVWR、IVBWR 对于同一个端口可以同时启动多条变频器通信指令。

6.23　数据传送指令（三）

数据传送指令（三）是用于 BFM（缓冲存储器）分割读写的指令，其指令见表 6-43。

表 6-43　数据传送指令（三）

FNC No.	助记符	指 令 名 称	FX$_{3U}$	FX$_{2N}$	FNC No.	助记符	指 令 名 称	FX$_{3U}$	FX$_{2N}$
278	RBFM	BFM 分割读出	√	×	279	WBFM	BFM 分割写入	√	×

1. BFM 分割读出指令 RBFM（READ BUFFER MEMORY）

功能号：FNC278；指令形式：RBFM；16 位占用 11 步

操作数类别	适合操作数（括号内只支持 FX$_{3U}$ 系列 PLC）		
	字 元 件	位 元 件	其 他
m1	(D R)	—	K H
m2	(D R)	—	K H
[D.]	(D R)	—	—
n1	(D R)	—	K H
n2	(D R)	—	K H

　　RBFM 指令是从特殊功能模块（单元）中分多个运算周期将 BFM 读出的指令，其使用说明如图 6-215 所示。

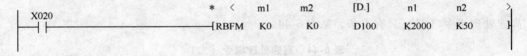

图 6-215　RBFM 指令

　　m1：特殊功能模块（单元）单元号（K0 ~ K7）。

　　m2：读取缓冲寄存器的起始编号（0 ~ 32767）。

　　[D.]：保存缓冲寄存器读出数据的软元件起始地址。

　　n1：读取缓冲寄存器的总点数（1 ~ 32767）。

　　n2：每个运算周期读取的点数（1 ~ 32767）。

　　M8029：指令执行结束为 ON。

　　M8329：指令执行异常结束。

　　图 6-215 中，当 X020 为 ON 时，将把 0 号模块的以 BFM#0 开始的 2000 个缓冲寄存器进行分割读取，每个运算周期读取 50 个缓冲寄存器，保存到 D100 开始的 2000 个单元中。

2. BFM 分割写入指令 WBFM（WRITE BUFFER MEMORY）

功能号：FNC279；指令形式：WBFM；16 位占用 11 步

操作数类别	适合操作数（括号内只支持 FX$_{3U}$ 系列 PLC）		
	字 元 件	位 元 件	其 他
m1	(D R)	—	K H
m2	(D R)	—	K H
[D.]	(D R)	—	—
n1	(D R)	—	K H
n2	(D R)	—	K H

WBFM 指令是从特殊功能模块（单元）中分多个运算周期将 BFM 读出的指令，其使用说明如图 6-216 所示。

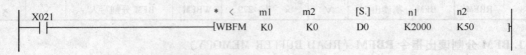

图 6-216　WBFM 指令

m1：特殊功能模块（单元）单元号（K0～K7）。

m2：写入缓冲寄存器的起始编号（0～32767）。

［S.］：保存写入缓冲寄存器数据的软元件起始地址。

n1：写入缓冲寄存器的总点数（1～32767）。

n2：每个运算周期写入的点数（1～32767）。

M8029：指令执行结束为 ON。

M8329：指令执行异常结束。

图 6-216 中，当 X021 为 ON 时，将把从 D0 开始的 2000 个单元进行分割写入到 0 号模块的以 BFM#0 开始的 2000 个缓冲寄存器中，每个运算周期写入 50 个缓冲寄存器。

6.24　高速处理指令（二）

高速处理指令（二）只有 1 条，见表 6-44。

表 6-44　高速处理指令（二）

FNC No.	助 记 符	指 令 名 称	FX$_{3U}$	FX$_{2N}$
280	HSCT	高速计数器表比较	√	×

高速计数器表比较指令 HSCT（TABLE COMPARE FOR HIGHT SPEED COUNTER）

操作数类别	功能号：FNC280；指令形式：（D）SHCT；32 位占用 21 步		
	适合操作数（括号内只支持 FX$_{3U}$ 系列 PLC）		
	字 元 件	位 元 件	其 他
［S1.］	（D R）	—	—
m	—	—	K H
［S2.］	（C）	—	—
［D.］	—	（Y M S）	—
n	—	—	K H

HSCT 指令是将预先制作好的数据表的数据与高速计数器的当前值进行比较，实现最多 16 点的置位和复位的指令，其使用说明如图 6-217 所示。

```
      X011                    *  <   [S1.]     m      [S2.]    [D.]     n    >
──────┤├──────────────────────┤DHSCT  D0      K4     C235     M0      K4    ├
```

图 6-217　HSCT 指令

［S1.］：保存表格数据的软元件地址。

m：数据表格数（1≤m≤128）。

［S2.］：高速计数器地址。

［D.］：输出软元件地址。

n：动作输出点数。

D8138：表格计数器。

M8138：表格执行完毕，驱动 SHCT 回路断开瞬间也置 ON。

其中，［S1.］+1 和［S1.］保存 32 位比较数据，［S1.］+2 保存输出动作设定数据（1 为置位，0 为复位，最多 16 个点，最低位对应［D.］，最高位对应［D.］+n-1，设定数据不足 16 位时高位无效）；［S1.］+4 和［S1.］+3 保存比较数据，［S1.］+5 保存输出动作设定数据，以此类推。

［D.］如果设置为 Y 输出时，需要指定 Y 的地址为 Y□□0。执行中断开驱动 SHCT 指令回路，其输出将保持。

6.25 扩展文件寄存器控制指令

扩展文件寄存器控制指令见表 6-45。

表 6-45 扩展文件寄存器控制指令

FNC No.	助记符	指令名称	FX_{3U}	FX_{2N}	FNC No.	助记符	指令名称	FX_{3U}	FX_{2N}
290	LOADR	读出扩展文件寄存器	√	×	293	LOGR	登录到文件寄存器	√	×
291	SAVER	成批写入扩展文件寄存器	√	×	294	RWER	扩展文件寄存器的删除/写入	√	×
292	INITR	扩展寄存器的初始化	√	×	295	INIER	扩展文件寄存器的初始化	√	×

1. 读出扩展文件寄存器指令 LOADR（LOAD FROM EXTENSION FILE REGISTER）

功能号：FNC290；指令形式：LOADR；16 位占用 5 步

操作数类别	适合操作数（括号内只支持 FX_{3U} 系列 PLC）		
	字元件	位元件	其他
［S.］	（R）	—	—
n	（D）	—	K H

LOADR 指令是将保存在存储盒中的扩展文件寄存器 ER 的当前值读出到可编程序控制器内置 RAM 扩展存储器 R 中的指令，其使用说明如图 6-218 所示。

图 6-218 LOADR 指令

［D.］：保存数据的文件寄存器的软元件地址，传送源 ER 地址与 R 相同。

n：传送的点数（0≤n≤32767）。

图 6-218 中，当 X000 为 ON 时，将把扩展文件寄存器 ER0～ER999 的数据内容传送到文件寄存器 R0～R999 中。

2. 成批写入扩展文件寄存器指令 SAVER（SAVE TO EXTENSION FILE REGISTER）

功能号：FNC291；指令形式：SAVER；16 位占用 7 步

操作数类别	适合操作数（括号内只支持 FX$_{3U}$ 系列 PLC）		
	字 元 件	位 元 件	其 他
［S.］	（R）	—	—
n	—	—	K H
［D.］	（D）		

SAVER 指令是将文件寄存器 R 的内容按 1 段分批写入到扩展文件寄存器 ER 中的指令，其使用说明如图 6-219 所示。

图 6-219　SAVER 指令

［S.］：保存要传送的文件寄存器的起始地址，扩展文件寄存器的地址与之相同。

n：每个运算周期写入的点数（0≤n≤2048）。

［D.］保存已经写入的点数软元件地址。

M8029：写入完毕为 ON。

图 6-219 中，当 X010 为 ON 时，（若 V0 = 0）将文件 R0 开始的 1 个段（2048 点）传送到 ER0 开始的 1 个段当中，每周期传送 64 点。**注意**：SAVER 指令只能传送 1 个段，一次［S.］的编号地址应该是 0 或 2048 的整数倍，最大是 R30720（15 段，R30720～R32767）。

3. 扩展寄存器的初始化指令 INITR 和扩展文件寄存器的初始化指令 INITER

FNC292　INITR，FNC295 INITER；16 位占用 5 步

操作数类别	适合操作数（括号内只支持 FX$_{3U}$ 系列 PLC）		
	字 元 件	位 元 件	其 他
［S.］	（R）	—	—
n	—	—	K H

INITR 指令是在 LOGR 指令登录数据之前，对可编程 RAM 内文件寄存器和存储器盒扩展文件存储器进行初始化（写入 K – 1 或 HFFFF）的指令；INITER 指令是用于在执行 SAVER 指令前，对存储器盒扩展文件寄存器进行初始化（写入 K – 1 或 HFFFF）的指令，其使用说明如图 6-220 所示。

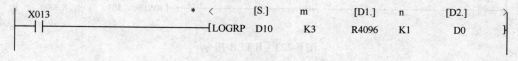

图 6-220 INITR 和 INITER 指令

[S.]：在 INITR 指令中表示文件寄存器 R 的起始地址以及对应的扩展文件寄存器 ER 的起始地址，在 INITER 指令中仅仅指定 R 地址对应的扩展文件寄存器 ER 的起始地址，均用 R 进行指定。

n：初始化的段数。

INITR 指令在没有安装存储器盒时仅对文件寄存器 R 进行初始化。

4. 登录到文件寄存器指令 LOGR

功能号：FNC293；指令形式：LOGR；16 位占用 11 步

操作数类别	适合操作数（括号内只支持 FX₃U 系列 PLC）		
	字 元 件	位 元 件	其 他
[S.]	(T C D)	—	—
m	(D)	—	K H
[D1.]	(R)	—	—
n	—	—	K H
[D2.]	(D)	—	—

LOGR 指令是用于执行指定的软元件登录，并将已经登录的数据保存到文件寄存器及扩展文件寄存器中的指令，其使用说明如图 6-221 所示。

```
  X013                  *  <  [S.]    m       [D1.]   n     [D2.]  >
  ─┤├─────────────────────[LOGRP  D10    K3      R4096   K1     D0    ]
```

图 6-221 LOGR 指令

[S.]：执行登录的软元件起始地址。

m：执行登录的软元件数（1≤m≤8000）。

[D1.]：登录使用的目标 R 软元件地址。

n：登录使用软元件的段数（1≤n≤16）。

[D2.]：已登录的数据数。

图 6-221 中，当 X013 由 OFF→ON 时，D10～D12 立即登录到 R4096～R4098 中，D0 中写入 H003；当 X013 再次由 OFF→ON 时，D10～D12 立即登录到 R4099～R5101 中，D0 中写入 H006，

依次类推，直到登录到指定段填满为止。数据登录过程如图 6-222 所示。

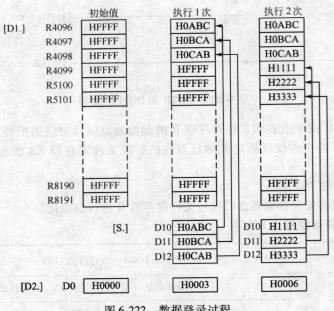

图 6-222　数据登录过程

5. 扩展文件寄存器的删除/写入指令 RWER（REWRITE TO EXTENSION FILE REGISTER）

功能号：FNC294；指令形式：RWER；16 位占用 5 步

操作数类别	适合操作数（括号内只支持 FX_{3U} 系列 PLC）		
	字 元 件	位 元 件	其 他
[S.]	(R)	—	—
n	—	—	K H

RWER 指令是用于将可编程序控制器 RAM 的任意点数的文件寄存器 R 的当前值写入到存储盒的扩展文件寄存器 ER 中的指令，其使用说明如图 6-223 所示。

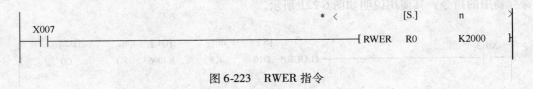

图 6-223　RWER 指令

[S.]：文件寄存器 R 的起始地址以及对应的扩展文件寄存器 ER 起始地址。

n：传送的点数（$1 \leqslant n \leqslant 23767$）。

图 6-223 中，当 X007 为 ON 时，将 R0 ~ R1999 内容写入到 ER0 ~ ER1999 中。

6.26　功能指令使用规则

功能指令在程序编写过程中需要遵循逻辑指令的基本编程规则，此外还应当注意以下问题。

1. 功能指令的使用次数限制

部分功能指令在程序中有使用次数的限制，如果超出使用次数限制，程序结果有可能会出现异常情况。有使用次数限制的指令如下：CALL 嵌套时最多 6 次；FOR NEXT 嵌套最多 6 次；SORT 1 次；HSCS HSCR HSZ HSCT 总数 32 次（FX_{3U}）或 6 次（FX_{2N}）；PLSY PLSR 总数不超过 2 次（FX_{2N}）；SPD 每个点 1 次；HSCT 1 次；IST 1 次；TKY 1 次；HKY 1 次；ARWS 1 次；SORT2 2 次；DUTY 5 次。

2. 软元件的重复使用

功能指令需要占用大量的软元件，而在使用这些功能指令时，有时只指定起始的软元件，因此在使用时一定要注意软元件的分配，避免重复使用。部分功能指令和高速计数器需占用指定的软元件地址，在编写程序时如果需要使用这些功能指令或高速计数器，应预留出这些软元件。

3. 特殊辅助继电器和特殊数据寄存器

很多功能指令都需要设置特殊辅助继电器或特殊数据寄存器。在编程过程中，需对这些特殊软元件正确设置和使用，否则程序可能不能正确执行。特殊辅助继电器和特殊数据寄存器在功能指令中的用途请参考附录 B。

4. 变址操作

多数功能指令都可以进行变址操作，这在编写程序时非常有用，一方面可以提高编程效率，使程序简化。另一方面可以减少程序空间，提高系统的运行速度，但要注意字位（D□. b）、位字（Kn□）、缓冲寄存器（U□ \ G□）以及特殊辅助继电器和特殊数据寄存器不能进行变址操作。

6.27　功能指令应用

项目二十一　数码管自动/手动控制

1. 控制要求

用功能指令编写数码管显示程序，要求自动运行时数码管由 0 ~ 9 逐一进行显示，每 1s 进行切换，依此循环；手动时，由 0 开始每按一次输入按钮，显示数字加 1，实现 0 ~ 9 的循环。

2. 完成内容

列出 I/O 分配并画出 I/O 接线图，编写控制程序并进行调试。

3. 提高

设计一个 2 位数码管显示的程序，显示的数字可以在 0 ~ 59 进行循环，每秒切换 1 次。

4：提供器材

FX_{3U} - 48MR（FX_{2N} - 48MR）PLC、数码管一只（有限流电阻）。

5. 事例程序——数码管自动/手动控制（二）

（1）控制要求　用功能指令编写数码管显示程序，要求自动运行时数码管由 0 ~ F 逐一进行显示，每 1s 进行切换，依此循环；手动时，由 0 开始每按一次输入按钮，显示数字加 1，实现 0 ~ F 循环。

（2）I/O 分配和 I/O 接线图　X20：自动运行开关；X21：手动输入；Y0 ~ Y6：数码管 a ~ g，接线图如图 6-224 所示。

注意：数码管每一个段码回路中还应该串联 1 ~ 2kΩ 的电阻。

Y000
X020
FX_{3U}PLC
X021
Y006
0V
S/S
24V
COM1
a
b
c
d
e
f
g
共阳极数码管
+
-
24V

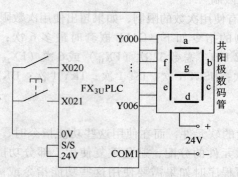

图 6-224　数码管自动/手动控制（二）接线图

（3）控制程序　控制程序如图 6-225 所示。

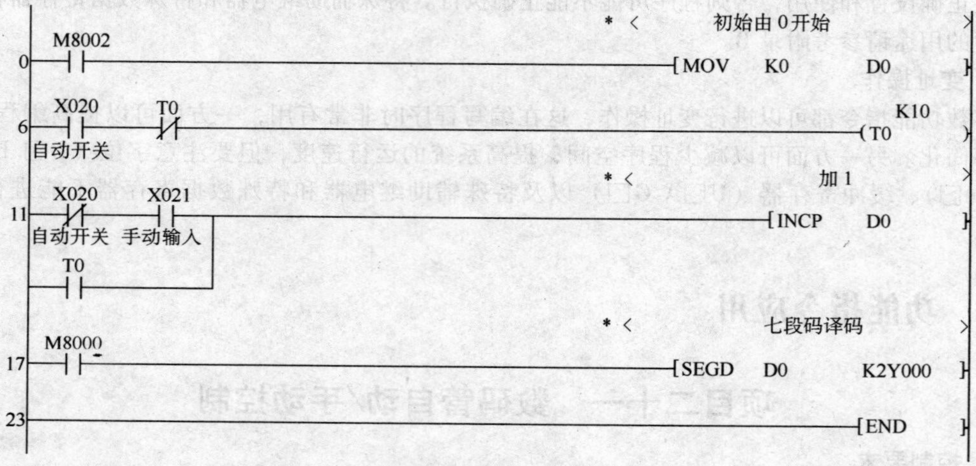

0
M8002
MOV　K0　D0
*＜　初始由 0 开始
6
X020
T0
自动开关
K10
T0
11
X020
X021
自动开关　手动输入
T0
*＜　加 1
INCP　D0
17
M8000
*＜　七段码译码
SEGD　D0　K2Y000
23
END

图 6-225　数码管自动/手动控制（二）程序

项目二十二　十字路口交通灯的控制（二）

1. 控制要求

用功能指令编写程序，要求启动后，交通灯按图 6-226 所示时序图动作。

东西车道
绿灯 5s
绿闪 3s
黄灯 2s
红灯 10s
南北车道
红灯 10s
绿灯 5s
绿闪 3s
黄灯 2s
东西人行道
绿灯 5s
绿闪 5s
红灯 10s
南北人行道
红灯 10s
绿灯 5s
绿闪 5s

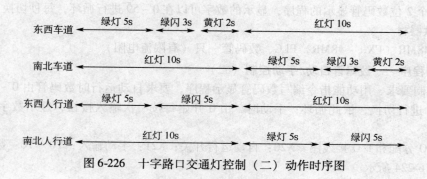

图 6-226　十字路口交通灯控制（二）动作时序图

2. 完成内容

列出 I/O 分配并画出 I/O 接线图，编写控制程序并进行调试。

3. 提高

添加车道红灯和绿灯倒计时程序，并用 2 个数码管进行显示（东西、南北方向各一个）。

4. 提供器材

FX_{3U} –48MR（FX_{2N} –48MR）PLC、红绿灯模块（或 24V 三色指示灯若干个）。

5. 事例程序——8 色广告灯控制

（1）控制要求　用功能指令编写程序，要求启动广告灯后，广告灯按图 6-227 所示时序图动作。

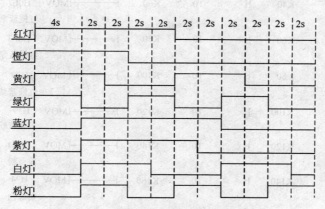

图 6-227　广告灯动作时序图

（2）I/O 分配及接线图　X000：启动按钮；X001：停止按钮；Y000：红色灯；Y001：橙色灯；Y002：黄色灯；Y003：绿色灯；Y004：蓝色灯；Y005：紫色灯；Y006：白色灯；Y007：粉色灯。

广告灯控制接线图如图 6-228 所示：

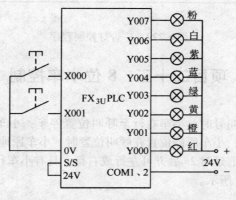

图 6-228　广告灯控制接线图

（3）控制程序　广告灯控制程序如图 6-229 所示。

```
0 ──┤ ├──┤/├──────────────────────────────────────────────( M0 )
    X000  X001                                              启动标志
    启动  停止
    ┤ ├
    M0
    启动标志
4 ──┤ ├──┤/├──────────────────────────────────────────────( T0 ) K240
    M0    T0
    启动标志
                                              *<        所有灯灭
9 ─[= T0    K0  ]────────────────────────[ MOV  K0    K2Y000 ]
                                              *<        红橙黄绿
19 ─[> T0   K0  ]─[< T0    K40  ]─────────[ MOV  H0F   K2Y000 ]
                                              *<        红橙黄蓝紫白粉
34 ─[> T0   K40 ]─[< T0    K60  ]─────────[ MOV  H0F7  K2Y000 ]
                                              *<        红橙蓝紫白粉
49 ─[> T0   K60 ]─[< T0    K80  ]─────────[ MOV  H0F3  K2Y000 ]
                                              *<        红绿蓝紫白
64 ─[> T0   K80 ]─[< T0    K100 ]─────────[ MOV  H79   K2Y000 ]
                                              *<        红绿蓝紫
79 ─[> T0   K100]─[< T0    K120 ]─────────[ MOV  H39   K2Y000 ]
                                              *<        黄蓝紫粉
94 ─[> T0   K120]─[< T0    K140 ]─────────[ MOV  H0B4  K2Y000 ]
                                              *<        黄蓝粉
09 ─[> T0   K140]─[< T0    K160 ]─────────[ MOV  H94   K2Y000 ]
                                              *<        黄绿白
   ─[> T0   K160]─[< T0    K180 ]─────────[ MOV  H4C   K2Y000 ]
                                              *<        绿白
   ─[> T0   K180]─[< T0    K200 ]─────────[ MOV  H48   K2Y000 ]
                                              *<        白粉
54 ─[> T0   K200]─[< T0    K220 ]─────────[ MOV  H0C0  K2Y000 ]
                                              *<        粉
69 ─[> T0   K220]─[< T0    K240 ]─────────[ MOV  H80   K2Y000 ]
184 ─────────────────────────────────────────────────[ END ]
```

图 6-229　广告灯控制程序

项目二十三　8 位小车控制

1. 控制要求

小车所在位置号小于呼叫号时，小车右行至呼叫位置停车；小车所在位置号大于呼叫号时，小车左行至呼叫位置处停车；小车所停位置在呼叫位置时，小车原地不动；具有左行、右行定向指示、原点不动指示，起动前延时 2s 后方可左行或右行；具有小车行走位置的七段数码管显示。8 位小车的示意图如图 6-230 所示。

2. 完成内容

列出 I/O 分配并画出 I/O 接线图，编写控制程序并进行调试。

3. 提高

将 8 位小车控制改为 16 位小车，其他控制要求不变。

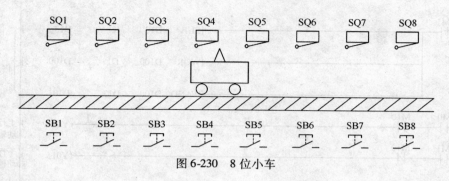

图 6-230 8 位小车

4. 提供器材

FX$_{3U}$ – 48MR（FX$_{2N}$ – 48MR）PLC、8 位小车模块（或 8 个按钮、8 个行程开关、2 个接触器、1 个数码管）。

5. 事例程序——8 层电梯控制

（1）控制要求 1 层和 8 层均设有 1 个呼叫按钮，2 层~7 层设有 2 个呼叫按钮 SB1~SB14，各楼层设有磁感应位置开关 LS1~LS8；不论轿箱停在何处，均能根据呼叫信号自动判断电梯的运行方向，然后延时 2s 后开始运行；响应呼叫信号后，呼叫指示灯 HL1~HL8 亮，直至电梯到达该层时熄灭；当有多个呼叫信号时，能自动根据呼叫楼层停靠层站，停留 2s 后，继续上升或下降运行，直到所有的信号响应完毕；电梯运行途中，任何反方向呼叫和顺向过层呼叫均无效，不考虑反向呼叫登记和顺向过层呼叫登记，且呼叫指示灯不亮；轿箱位置要求用七段数码管显示，上行、下行用上下箭头指示灯显示；使用接触器拖动曳引机。

（2）I/O 分配及接线图 X001：2 层上呼叫；X002：3 层上呼叫；X003：4 层上呼叫；X004：5 层上呼叫；X005：6 层上呼叫；X006：7 层上呼叫；X007：8 层呼叫；X010：1 层平层感应；X011：2 层平层感应；X012：3 层平层感应；X013：4 层平层感应 X014：5 层平层感应；X015：6 层平层感应；X016：7 层平层感应；X017：8 层平层感应；X020：1 层呼叫；X021：2 层下呼叫；X022：3 层下呼叫；X023：4 层下呼叫；X024：5 层下呼叫；X025：6 层下呼叫；X026：7 层下呼叫；Y000：1 层指示灯；Y001：2 层指示灯；Y002：3 层指示灯；Y003：4 层指示灯；Y004：5 层指示灯；Y005：6 层指示灯；Y006：7 层指示灯；Y007：8 层指示灯；Y010：上行指示灯；Y011：下行指示灯；Y014：上行接触器；Y015：下行接触器；Y020~Y026：数码管 a~g。8 层电梯控制接线图如图 6-231 所示。

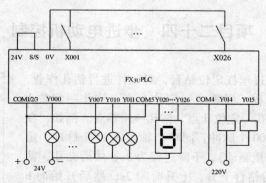

图 6-231 8 层电梯控制接线图

（3）控制程序 8 层电梯控制程序如图 6-232 所示。

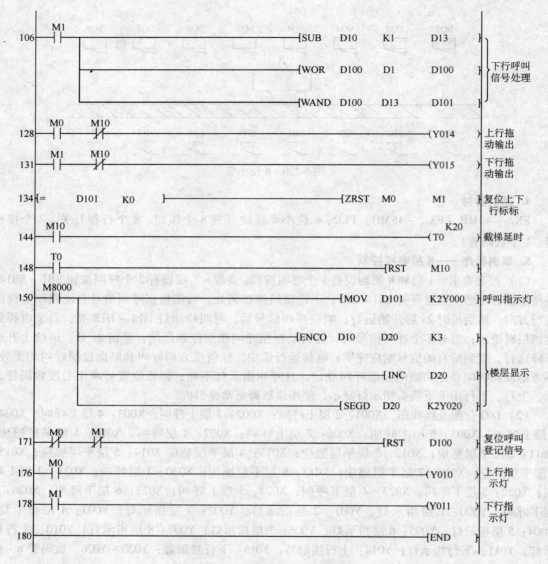

图 6-232　8 层电梯控制程序

项目二十四　步进电动机控制

1. 控制要求

用两台步进电动机通过丝杠定位钻台,对工件进行钻孔作业,如图 6-233 所示。执行过程:回零点→定位 a 点、钻孔→定位 b 点、钻孔→定位 c 点、钻孔→定位 d 点、钻孔→回零点。例如,在 a 点执行过程为 X 轴发 3000 个脉冲,同时 Y 轴发 3000 个脉冲,定位完成后,钻台下降(液压驱动),下降过程为 2s,然后钻孔,钻孔时间为 5s,钻孔完毕后钻台上升,上升时间 2s,然后开始向 b 点移动,其他点的操作过程与 a 点相同。d 点执行完毕后,执行回零点操作,准备下一次起动,设置 2 个零位检测开关,PLC 使用晶

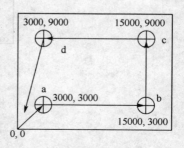

图 6-233　步进电动机控制

体管输出 PLC，步进放大器使用标准步进放大器。

2. 完成内容

列出 I/O 分配并画出 I/O 接线图，编写控制程序并进行调试。

3. 提高

添加手动回原点（零点）程序。

4. 提供器材

FX$_{3U}$ – 48MT（FX$_{2N}$ – 48MT）、步进放大器 2 台、两相步进电机 2 台、2 轴定位丝杠传动定位钻台 1 套（含升降液压缸、钻台电动机）、接触器 1 个、3 位 4 通液压控制阀 1 个、按钮等。

5. 事例程序——步进电机控制机械手

（1）控制要求　如图 6-234 所示，机械手将物体由 A 点搬运到 B 点，其手臂左右和上下移动采用步进电动机控制丝杠进行移动。其动作过程是：按起动按钮，回原点后，手臂放松（有电放松），步进电动机驱动手臂下降，20000 个控制脉冲后，到达 A 点，机械手动作，夹紧工件，2s 后上升，上升到原点位置后右移 30000 个脉冲，再下降 15000 个脉冲到达 B 点，放松工件，2s 后原路返回到原点位置等待下次运行；原点位置设 2 个零位检测开关，PLC 使用晶体管输出 PLC，步进放大器使用标准步进放大器。

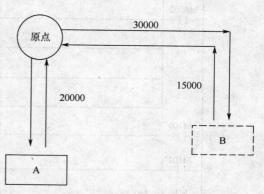

图 6-234　步进电动机控制机械手

（2）I/O 分配及接线图　X000：X 轴零位开关；X001：Y 轴零位开关；X010：起动；X011：停止；Y000：X 轴脉冲输出；Y001：Y 轴脉冲输出；Y020：机械手夹紧/放松，步进电动机控制机械手接线图如图 6-235 所示。

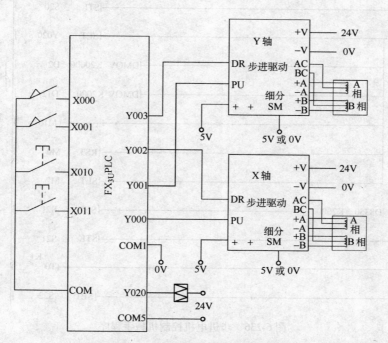

图 6-235　步进电动机控制机械手接线图

（3）控制程序　步进电动机控制机械手程序如图6-236所示。

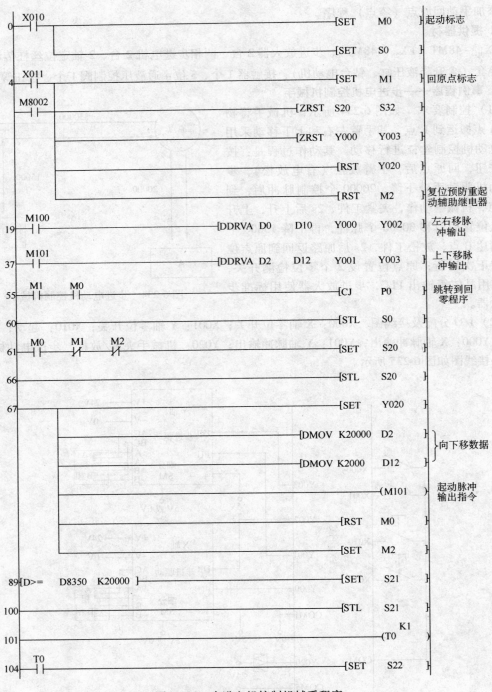

图6-236　步进电机控制机械手程序

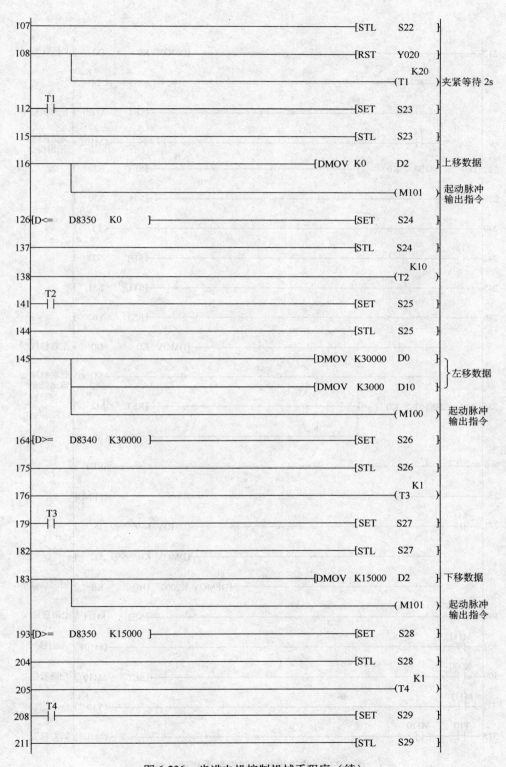

图6-236 步进电机控制机械手程序（续）

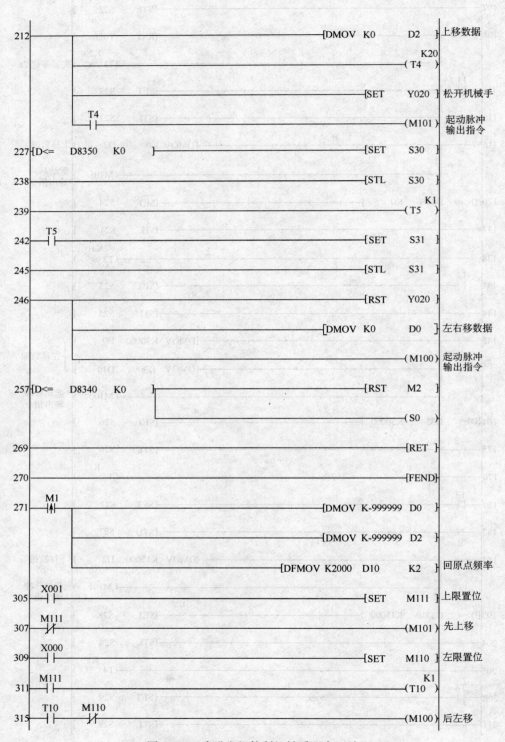

图 6-236　步进电机控制机械手程序（续）

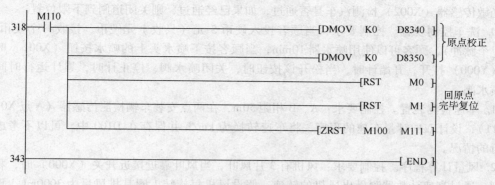

图 6-236　步进电机控制机械手程序（续）

习 题 六

程序设计。请按以下控制要求编写程序。

1. 路灯的控制。控制要求：用实时时钟指令控制路灯的定时接通和断开，20：00 时开灯，07：00 时关灯。

2. 4 个开关控制 1 盏灯。控制要求：用 4 个开关（X001、X002、X003、X004）控制 1 盏灯 Y000，当 4 个开关全通或者全断时灯亮，其他情况灯灭。要求使用比较指令。

3. 炉温控制系统。控制要求：假定允许炉温的下限值放在 D0 中，上限值放在 D1 中，实测炉温放在 D2 中。按下起动按钮，系统开始工作，低于下限值加热器工作；高于上限值停止加热；炉温维持在上、下限之间。按下停止按钮，系统停止。

4. 自动售汽水机控制。控制要求：自动售水机可投入 1 元、2 元硬币，从 1 个投币口投币，投 1 元时 X000 动作（1 个脉冲），投 2 元时 X002 动作；当投入的硬币总值大于等于 6 元时，汽水指示灯 L1 亮，此时按下取货按钮 SB，则汽水出口 L2 动作 5s 出一瓶汽水后自动停止；当投币大于等于 12 元时，汽水口 L2 动作 5s 后暂停 2s，再动作 5s，出 2 瓶汽水后自动停止；该售水机不找钱，不结余，下一位投币又重新开始。

5. 密码控制程序。控制要求：设计一个密码开机程序，密码正确时开机，密码错误时有 3 次重输的机会，如果 3 次均不正确则立即报警；用 TKY 指令设定输入用 X000 ~ X011 作为 0 ~ 9 数字输入；X012 为开机按钮；Y000 为开机信号输出；Y004 为报警输出。

6. 移位点亮控制。控制要求：共 10 盏灯，启动时灯 L1 点亮 1s，然后 L2 点亮 1s，依次点亮 L3 ~ L10，然后再循环，用 SFTR 或 SFTL 指令实现此控制功能。

7. 依次点亮控制。控制要求：共 16 盏灯，启动时灯 L1 点亮，1s 后 L2 点亮，然后依此点亮 L3 ~ L16，全部点亮 1s 后全部熄灭 1s 再循环。用功能指令实现此控制功能。

8. 电容补偿接触器控制。控制要求：电容补偿接触器由 Y000 ~ Y007 进行驱动，当电路为感性时（功率因素小于设定值，延时 10s X000 接通 1 个脉冲）增加接触器接通数 1 只（从 Y000 开始），当电路为容性时（功率因数小于设定值，延时 10s 接通 X001 个脉冲）减少接触器接通数 1 只，要求先接通的先断，先断开的先接通。

9. 停车场管理系统。控制要求：某车库共有 20 个车位，车辆进入时，车位数减 1，车辆出库时车位数加 1，用两位数码管显示空闲车位情况。当车位有空闲时输出绿灯，当车位满时输出红灯。在车辆道闸外和道闸内各装有一个车辆检测装置（外 X000，内 X001），当检测到有进库和出库信号后，报警器响 2s，提示管理员。管理员按通行按钮，打开道闸到上限位置，装在道闸侧的光敏传感器（X002）检测汽车是否通过，如果已经通过，则关闭道闸到下限位置。

10. 洗车控制装置。控制要求：当顾客投入硬币 5 元（只收 1 元硬币，接收一个硬币 X000 输入 1 个脉冲），顾客可以使用喷水器 10min，当顾客按下喷水头上的喷水按钮（X001）时，喷水阀（Y000）打开，开始计时，当松开该按钮时，关闭喷水阀，停止计时，累计运行时间到则停止喷水阀。

11. 车速检测装置。控制要求：A、B 相距 50m，在两点安装车辆检测传感器（A 点 X010，B 点 X011），设计双向计量车速的程序，将车速转换为 km/h 并保存在 D100 中，可以不考虑有多车通行的情况。

12. 风量计算程序。控制要求：风机有 3 片风叶，当风叶靠近接近开关（X000）时，将会被检测到，通过高速计数器测量出风机的转速，假设风机每旋转 1 圈其排风量为 3000mL，设计程序计算风机排风量（不考虑转速对排风量的影响）。

13. 病房呼叫系统。控制要求：某医院 20 间病房均安装呼叫按钮（X000～X0023），当病员有请求时，按呼叫按钮，后台值班医生能看到呼叫病室的房号（2 位数码管显示），并有 2s 报警，如果有多个病室呼叫时，将自动轮流显示病房号（每 2s 切换一次）；值班室设有呼叫查询按钮和清除按钮，当医生处理完病员请求后，按查询按钮查询到该房号（或自动显示到该房号）时，可以按清除按钮清除该房号。

第三篇

FX系列PLC特殊功能单元及其应用

第 7 章 模拟量处理模块及通信模块（板）

7.1 FX$_{0N}$-3A

　　FX$_{0N}$-3A 是模拟量 D-A、A-D 混合处理模块，有 2 个模拟输入通道和 1 个模拟输出通道，输入通道将现场的模拟信号转化为数字量送给 PLC 处理，输出通道将 PLC 中的数字量转化为模拟信号输出给现场设备。FX$_{0N}$-3A 的最大分辨率为 8 位，可以连接 FX$_{3U}$、FX$_{2N}$、FX$_{2NC}$、FX$_{1N}$、FX$_{0N}$系列 PLC，FX$_{0N}$-3A 占用 PLC 扩展总线上的 8 个 I/O 点，可以分配给输入或输出。

　　FX$_{0N}$-3A 的技术指标见表 7-1。

表 7-1 FX$_{0N}$-3A 的技术指标

项　　目	输出电压	输出电流
模拟量输出范围	0～10V 直流	4～20mA
数字输出	8 位	
分辨率	40mV（10V/250）	64μA（20mA /250）
总体精度	满量程 1%	
转换速度	T0 指令时间 ×3	
电源规格	主单元提供 5V/30mA	
占用 I/O 点数	占用 8 个 I/O 点，可分配为输入或输出	
适用的 PLC	FX$_{1N}$，FX$_{2N}$，FX$_{2NC}$ FX$_{3U}$	

1. FX$_{0N}$-3A 接线

　　FX$_{0N}$-3A 的接线如图 7-1 所示。

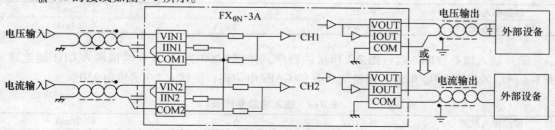

图 7-1 FX$_{0N}$-3A 的接线

2. FX$_{0N}$-3A 的 BFM 分配

FX$_{0N}$-3A 的 BFM（缓冲存储器）分配见表 7-2。

表 7-2　FX$_{0N}$-3A 的 BFM 分配

BFM	b15 ~ b8	b7	b6	b5	b4	b3	b2	b1	b0
#0	保留	存放 A-D 通道的当前值输入数据（8 位）							
#16	保留	存放 D-A 通道的当前值输出数据（8 位）							
#17	保留						D-A 起动	A-D 起动	A-D 通道
#1 ~ #5，#18 ~ #31	保留								

BFM#17：b0 = 0 选择通道 1，b0 = 1 选择通道 2；b1 由 0 变为 1 时起动 A-D 转换，b2 由 1 变为 0 时起动 D-A 转换。

3. FX$_{0N}$-3A 的 A-D 通道的偏移/增益调整

FX$_{0N}$-3A 的 A-D 通道的偏移/增益调整程序如图 7-2 所示。

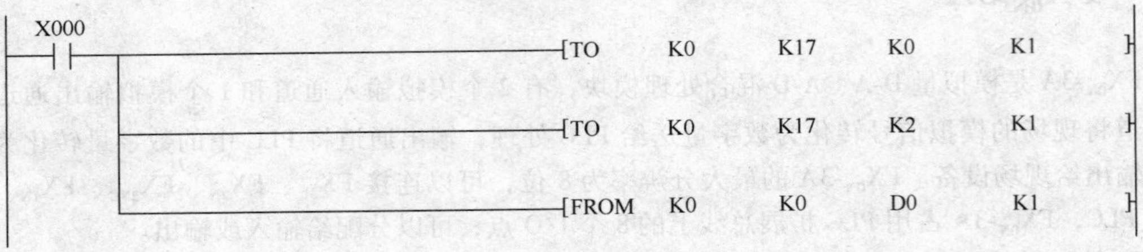

a) 程序一

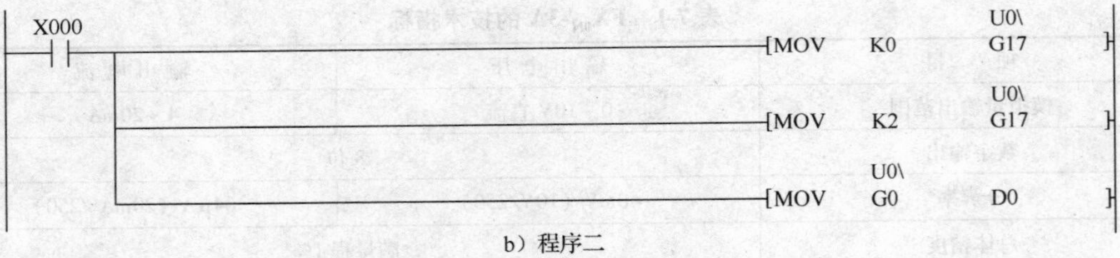

b) 程序二

图 7-2　FX$_{0N}$-3A 的 A-D 通道的偏移/增益调整程序

注：FX$_{2N}$ 系列 PLC 只能使用 FROM 和 TO 指令。

（1）输入偏移校准　运行图 7-2 所示的程序，使 X000 为 ON，在模拟输入 CH1 通道输入表 7-3 所示的模拟电压/电流信号，调整其 A-D 的 OFFSET 电位器，使读入 D0 的值为 1。顺时针调整时数字量增加，逆时针调整时数字量减小。

表 7-3　输入偏移参照表

模拟输入范围	0 ~ 10V	0 ~ 5V	4 ~ 20mA
输入的偏移校准值	0.04V	0.02V	4.064mA

（2）输入增益校准　运行图 7-2 所示的程序，并使 X000 为 ON，在模拟输入 CH1 通道输入表 7-4 所示的模拟电压/电流，调整其 A-D 的 GAIN 电位器，使读入 D0 的值为 250。

表 7-4　输入增益参照表

模拟输入范围	0 ~ 10V	0 ~ 5V	4 ~ 20mA
输入的增益校准值	10V	5V	20mA

4. FX$_{0N}$-3A 的 D-A 通道的偏移/增益调整

FX$_{0N}$-3A 的 D-A 通道的偏移/增益调整程序如图 7-3 所示。

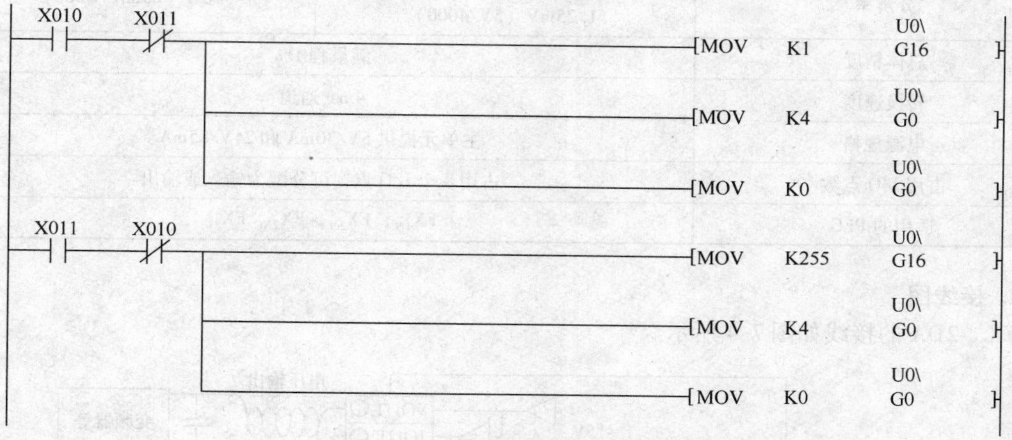

```
   X010   X011
   ─┤├──┤/├──────────────────────────[MOV  K1    U0\
                                                  G16 ]

                          ──────────[MOV  K4    U0\
                                                  G0 ]

                          ──────────[MOV  K0    U0\
                                                  G0 ]

   X011   X010
   ─┤├──┤/├──────────────────────────[MOV  K255  U0\
                                                  G16 ]

                          ──────────[MOV  K4    U0\
                                                  G0 ]

                          ──────────[MOV  K0    U0\
                                                  G0 ]
```

图 7-3　FX$_{0N}$-3A 的 D-A 通道的偏移/增益调整程序

注：FX$_{2N}$ 系列 PLC 只能使用 FROM 和 TO 指令。

（1）D-A 输出偏移校准　运行图 7-3 所示程序，使 X010 为 ON，X011 为 OFF，调整模块 D-A 的 OFFSET 电位器，使输出值满足表 7-5 所示的电压/电流值。

表 7-5　输出偏移参照表

模拟输出范围	0～10V	0～5V	4～20mA
输出的偏移校准值	0.04V	0.02V	4.064mA

（2）D-A 输出增益校准　运行图 7-3 所示程序，使 X011 为 ON，X010 为 OFF，调整模块 D-A 的 GAIN 电位器，使输出满足表 7-6 所示的电压/电流值。

表 7-6　输出增益参照表

模拟输出范围	0～10V	0～5V	4～20mA
输出的偏移校准值	10V	5V	20mA

7.2　FX$_{2N}$-2DA

FX$_{2N}$-2DA 模拟输出模块，用于将 12 位的数字量转换成模拟信号输出。输出模拟量有 2 个通道，适用于 FX$_{3U}$、FX$_{2N}$、FX$_{2NC}$ 系列 PLC。根据接线方式的不同，模拟输出可在电压输出和电流输出中进行选择，也可以一个通道为电压输出，另一个通道为电流输出。FX$_{2N}$-2DA 的技术指标见表 7-7。

表 7-7　FX$_{2N}$-2DA 的技术指标

项　　目	输 出 电 压	输 出 电 流
模拟量输出范围	0～10V 直流，0～5V 直流	4～20mA
数字输出	12 位	

（续）

项 目	输 出 电 压	输 出 电 流
分辨率	2.5mV（10V/4000） 1.25mV（5V/4000）	4μA（20mA/4000）
总体精度	满量程 1%	
转换速度	4ms/通道	
电源规格	主单元提供 5V/30mA 和 24V/85mA	
占用 I/O 点数	占用 8 个 I/O 点，可分配为输入或输出	
适用的 PLC	FX$_{1N}$，FX$_{2N}$，FX$_{2NC}$ FX$_{3U}$	

1. 接线图

FX$_{2N}$-2DA 的接线如图 7-4 所示。

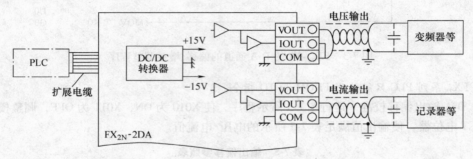

图 7-4　FX$_{2N}$-2DA 的接线图

接线时，当电压输出存在波动或有大量噪声时，应在输出端连接 0.1 ~ 0.47μF、DC 25V 的电容。对于电压输出，必须将 IOUT 和 COM 进行短路。

2. 缓冲存储器（BFM）分配

FX$_{2N}$-2DA 的 BFM 分配见表 7-8。

表 7-8　FX$_{2N}$-2DA 的 BFM 分配

BFM 编号	b15 到 b8	b7 到 b3	b2	b1	b0
#0 ~ #15	保留				
#16	保留	输出数据的当前值（8 位数据）			
#17	保留		D-A 低 8 位数据保持	通道 1 的 D-A 转换开始	通道 2 的 D-A 转换开始
#18 或更大	保留				

BFM#16：存放由 BFM#17（数字值）指定通道的 D-A 转换数据。D-A 数据以二进制形式出现，并以低 8 位和高 4 位两部分顺序进行存放和转换。

BFM#17：b0 位由 1 变成 0，通道 2 的 D-A 转换开始；b1 位由 1 变成 0，通道 1 的 D-A 转换开始；b2 位由 1 变成 0，D-A 转换的低 8 位数据保持。

3. FX$_{2N}$-2DA 的偏移和增益的调整

FX$_{2N}$-2DA 的偏移和增益的调整程序如图 7-5 所示。

D-A 输出为 CH1 通道，在调整偏移时将 X000 置 ON，调整 OFFSET 旋钮，使偏移值调整到

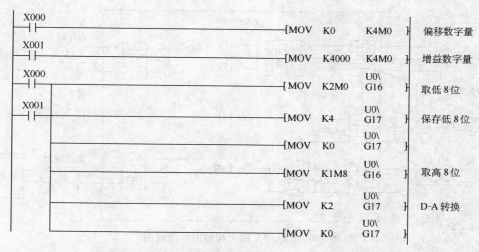

图 7-5　FX$_{2N}$-2DA 的偏移和增益的调整程序（FX$_{2N}$ 使用 FROM、TO 指令）

0V（或需要的电压、电流值）；在调整增益时将 X001 置 ON，调整 GAIN 旋钮，使增益值调整到 5V 或 10V（或需要的电压、电流值）。

7.3　FX$_{2N}$-5A

　　FX$_{2N}$-5A 是有 4 个 A-D 通道和 1 个 D-A 通道的模拟量特殊功能模块，A-D 通道可以是电压输入或电流输入，D-A 通道也可以是电流输出或电压输出。FX$_{2N}$-5A 适用于 FX$_{3U}$、FX$_{2N}$、FX$_{2NC}$ 系列 PLC，其输入和输出技术指标见表 7-9。

表 7-9　FX$_{2N}$-5A 技术指标

项　　目	电压输入（出）			电流输入（出）		
模拟量输入范围	DC $-10 \sim 10V$	偏移	$-32V \sim 5V$	$-20 \sim 20mA$	偏移	$-32 \sim 10mA$
		增益	$-5V \sim 32V$		增益	$-10 \sim 32mA$
	$-100 \sim 100mV$	偏移	$-320 \sim 50mV$	$4 \sim 20mA$	偏移	$-32 \sim 10mA$
		增益	$-50 \sim 320mV$		增益	$-10 \sim 32mA$
输入最大绝对值	$\pm 15V$			$\pm 30mA$		
输入数字量	带符号的 16 位二进制或带符号的 12 位二进制			带符号的 15 位二进制		
输入分辨率	$20V \times 1/64000$（DC $-10 \sim 10V$）或 $200mV \times 1/4000$（$-100 \sim 100mV$）			$40mA \times 1/4000$ 或 $40mA \times 1/32000$		
精度	0.3%（25℃ ±5）					
模拟量输出范围	$-10 \sim 10VDC$	偏移	$-32 \sim 5V$	$0 \sim 20mA$	偏移	$-32 \sim 10mA$
		增益	$-5 \sim 32V$	$4 \sim 20mA$	增益	$-10 \sim 32mA$
输出数字量	带符号的 12 位二进制			带符号的 15 位二进制		
输出分辨率	$20V \times 1/4000$			$40mV \times 1/32000$		
输出精度	0.3%（25℃ ±5）					

1. FX$_{2N}$-5A 接线图

　　FX$_{2N}$-5A 输入和输出的接线图如图 7-6 所示。

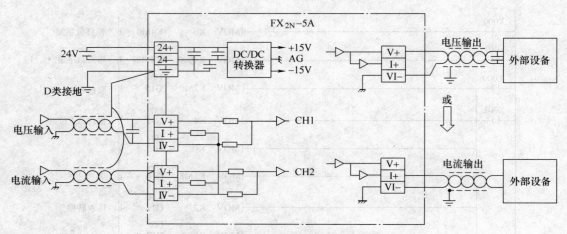

图 7-6　FX$_{2N}$-5A 输入和输出的接线图

2. 缓冲存储器（BFM）分配

FX$_{2N}$-5A 缓冲存储器编号为 BFM#0 ~ #249，其中一部分作为保留单元，以下只介绍重要部分缓冲存储器，见表 7-10。

表 7-10　FX$_{2N}$-5A 缓冲存储器

BFM No.	内　　容	说　明
#0	指定 CH1 ~ CH4 的输入模式	可停电保持，出厂设置 H0000
#1	指定输出模式	可停电保持，出厂设置 H0000
#2 ~ #5	CH ~ CH41 的平均采样次数，设定范围 1 ~ 256	出厂设定 K8
#6 ~ #9	CH1 ~ CH4（平均）数据	
#10 ~ #13	CH1 ~ CH4（及时）数据	
#14	输出数据（设置模拟量输出的数据）	出厂设置 K0
#15	直接输出控制功能有效时，计算得出的模拟量输出数据	
#18	当 PLC 停止运行时将输出保持或恢复到偏差值的设置	出厂设置 K0
#19	不能更改 I/O 特性和快捷功能的设定	出厂设定 K1
#20	初始化功能	出厂设置 K0
#21	写入 I/O 特性功能（I/O 特性指偏移、增益和量程功能值）	出厂设置 K0
#22	设置快捷功能（上下限检测，及时数据平均数据峰值保持，超范围出错切断功能）	出厂设置 K0
#23	直接控制功能的参数设置	出厂设置 K0
#30	模块代码	K1010
#41 ~ 44	CH1 ~ CH4 输入通道偏置设置（mV 或 μA）	出厂设置 K0
#45	输出通道偏置设置（mV 或 μA）	出厂设置 K0
#51 ~ 54	CH1 ~ CH4 输入通道增益设置（mV，10μV 或 μA）	出厂设置 K5000
#55	输出通道增益设置（mV，10μV 或 μA）	出厂设置 K5000

（1）BFM#0 输入模式设置　BFM#0 用于设定 CH1 ~ CH4 通道的输入模式，每个通道占用 4 个位，CH1 通道由 b0 ~ b3 设定，CH2 通道由 b4 ~ b7 设定，CH3、CH4 通道依此类推。每个通道

设置数值定义见表 7-11。

表 7-11　BFM#0 中通道数值定义的设置

数　值	定　义	数　值	定　义
0	电压输入方式（－10～+10V，数字范围 －32000～32000）	7	电流表显示方式（－20～20mA 数字范围 －20000～20000）
1	电流输入方式（4～20mA，数字范围 0～32000）	8	电压表显示方式（－100～100mV 数字范 围 －10000～10000）
2	电流输入方式（－20～20mA 数字范围 －32000～32000）	9	量程功能（－10～10V，最大显示范围 －32768～32767，默认：－32640～32640）
3	电压输入方式（－100～100mV 数字范围 －32000～32000）	A	量程功能电流输入－20～20mA，最大显示 范围－32768～32767，默认－32640～32640）
4	电压输入方式（－100～100mV 数字范围 －2000～2000）	B	量程功能（－100～100mV，最大显示范围 －32768～32767，默认－32640～32640）
5	电压表显示方式（－10～10V，数字范围 －10000～10000）	F	通道无效
6	电流表显示方式（4～20mA 数字范围 4000～20000，可显示到 2000 即 2mA）		

（2）BFM#1 输出模式设置　　BFM#1 由 BFM 低 4 位设置输出的方式，其余高 12 位忽略，其设置定义见表 7-12。

表 7-12　BFM#1

数　值	定　义	数　值	定　义
0	电压输出方式（－10～10V，数字范围 －32000～32000）	6	绝对电压输出方式（－10～10V 数字范围 －10000～10000）
1	电压输出方式（－10～10V，数字范围 －2000～2000）	7	绝对电流输出方式（4～20mA 数字范围 4000～20000）
2	电流输出方式（4～20mA 数字范围 0～32000）	8	绝对电流输出方式（0～20mA 数字范围 0～20000）
3	电流输出方式（4～20mA 数字范围 0～1000）	9	量程电压输出方式（－10～10V，数字范 围 －32768～32767）
4	电流输出方式（0～20mA 数字范围 0～32000）	A	量程电流输出方式（4～20mA 数字范围 0～32767）
5	电流输出方式（0～20mA 数字范围 0～1000）		

（3）BFM#15 计算出的模拟量数据　　如果直接输出控制功能有效，写入到模拟量输出的运算处理结果会保存在 BFM#15 中，提供给 PLC 程序使用。

（4）BFM#18 PLC 停止时，模拟量输出设置　　BFM#18 = 0 时，即使 PLC 停止，BFM#15 的值也会被输出，如果直接控制功能有效，输出值会不断地更新，输入值也会随外部输入变化而不断变化；BFM#18 = 1 时，PLC 停止，在 200ms 后输出停止，BFM#15 保持最后的数值；BFM#18 = 2 时，PLC 停止，在 200ms 后输出被复位到偏置值。

（5）BFM#19 更改设定有效/无效　BFM#19 = 1 时允许更改；BFM#19 = 2 时禁止更改。BFM#19 可以允许或禁止以下 BFM I/O 特性的更改，包括 BFM#0、BFM#1、BFM#18、BFM#20、BFM#21、BFM#22、BFM#25、BFM#41 ~ 45、BFM#51 ~ 55、BFM#200 ~ 249。

（6）BFM#21 写入 I/O 特性　BFM#21 的 b0 ~ b4 被分配给 4 个输入通道和 1 个输出通道，用于设定其 I/O 特性。其中，b0 ~ b3 分配给输入通道 CH1 ~ CH4；b4 分配给输出通道；其余的位无效。只有当对应的位为 ON 时，其偏移数据（BFM#41 ~ BFM45）和增益数据（BFM#51 ~ BFM55）以及量程功能数据（BFM#200 ~ BFM249）才会被写入到内置的存储器 EEPROM 中。

（7）BFM#22 快捷功能设置　BFM#22 b0 ~ b3 为 ON 时，开启以下功能。

bit0：平均值上下限检测功能，将报警结果保存在 BFM#26 中。

bit1：即时值上下限检测功能，将报警结果保存在 BFM#26 中。

bit2：平均值峰值保持功能，将平均值峰值保存在 BFM#111 ~ BFM114 中。

Bit3：即时值峰值保持功能，将即时值峰值保存在 BFM#115 ~ BFM118 中。

（8）BFM#23 直接控制参数设置　BFM#23 用于指定 4 路输入通道直接控制功能，由 4 个十六进制数组成，每一个十六进制数对应 1 个通道，其中最低位对应 CH1，最高位对应 CH4。其数值定义如下。

H0：对应的模拟输入通道对模拟输出没有影响。

H1：对应的模拟通道输入的平均值加上 BFM#14 的值。

H2：对应的模拟通道输入的即时值加上 BFM#14 的值。

H3：BFM#14 的值减去输入通道的平均值。

H4：BFM#14 的值减去输入通道的即时值。

其他设置对输出没有影响。

7.4　FX_{2N}-4AD

FX_{2N}-4AD 为 12 位 4 通道模拟输入模块。根据外部接线方式的不同，模拟量输入可选择电压或电流输入，通过简易的调整或改变 PLC 的指令可以改变模拟量输入的范围。它与 PLC 之间通过缓冲存储器交换数据，其技术指标见表 7-13。

表 7-13　FX_{2N}-4AD 的技术指标

项　目	输入电压	输入电流
模拟量输入范围	−10 ~ 10V（输入电阻 200kΩ）	−20 ~ 20mA（输入电阻 250Ω）
数字输出	12 位，最大值 2047，最小值 −2048	
分辨率	5mV	20μA
总体精度	±1%	±1%
转换速度	15ms（6ms 高速）	
隔离	模数电路之间采用光隔离	
电源规格	主单元提供 5V/30mA 直流，外部提供 24V/55mA 直流	
占用 I/O 点数	占用 8 个 I/O 点，可分配为输入或输出	
适用 PLC	FX_{1N}，FX_{2N}，FX_{2NC} FX_{3U}	

1. FX_{2N}-4AD 接线图

FX_{2N}-4AD 的接线如图 7-7 所示。

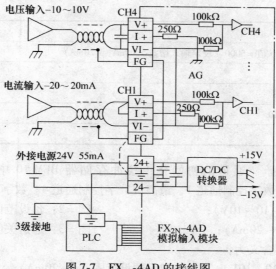

图 7-7 FX$_{2N}$-4AD 的接线图

2. 缓冲存储器（BFM）分配

FX$_{2N}$-4AD 共有 32 个缓冲存储器（BFM），每个缓冲存储器均为 16 位，缓冲存储器的分配见表 7-14。

表 7-14 缓冲存储器的分配表

#0	通道初始化，默认值为 H000							
#1	通道 1							
#2	通道 2	平均值采样次数（1～4096），用于得到平均结果，默认值为 8（正常速度，高速操作可选择 1）						
#3	通道 3							
#4	通道 4							
#5	通道 1							
#6	通道 2	这些缓冲区为输入的平均值						
#7	通道 3							
#8	通道 4							
#9	通道 1							
#10	通道 2	这些缓冲区为输入的当前值						
#11	通道 3							
#12	通道 4							
#13 ~ #14	保留							
#15	选择 A-D 转换速度	如设为 0，则选择正常速度，15ms/通道（默认）						
		如设为 1，则选择高速，6ms/通道						
#16 ~ #19	保留							
#20	复位到默认值和预设。默认值 = 0							
#21	调整增益、偏移选择。（b1，b0）为（0、1）允许，（1、0）禁止							
#22	增益、偏移调整	b7	b6	b5	b4	b3	b2	b1	b0
		G4	O4	G3	O3	G2	O2	G1	O1

（续）

#23	偏移值，默认值 = 0
#24	增益值，默认值 = 5000（设定输入增益 5000mV 或 20mA）
#25 ~ #28	保留
#29	错误状态
#30	识别码 K2010
#31	禁用

（1）BFM#0 通道选择　通道的初始化由缓冲存储器 BFM#0 中的 4 位十六进制数字 H□□□□ 控制，最低位数字控制通道 1，最高位数字控制通道 4。数字的含义如下：

□ = 0：预设范围（-10 ~ 10V）；　　　　　　□ = 2：预设范围（-20 ~ 20mA）；

□ = 1：预设范围（4 ~ 20mA）；　　　　　　□ = 3：通道关闭（OFF）。

例如 H3210 各位数字含义为：

CH1：预设范围（-10 ~ 10V）；　　　CH2：预设范围（4 ~ 20mA）。

CH3：预设范围（-20 ~ 20mA）；　　CH4：通道关闭（OFF）。

（2）BFM#15 转换速度的改变　在 FX$_{2N}$-4AD 的 BFM#15 中写入 0 或 1，可以改变 A-D 转换的速度，不过要注意以下两点：

① 为保持高速转换率，应尽量少地使用 FROM/TO 指令。

② 当改变了转换速度后，BFM 将立即设置为默认值，这一操作将不考虑它们原有的数值。如果将速度改变作为正常程序执行的一部分时，请注意这点。

（3）调整增益和偏移值

1）通过将 BFM#20 设为 K1，将其激活后，包括模拟特殊功能模块在内的所有的设置将复位成默认值。对于消除不希望的增益和偏移调整，这是一种快速的方法。

2）如果 BFM#21 的（b1，b0）设为（1，0），增益和偏移的调整将被禁止，以防止操作者做出不正确的改动。若需要改变增益和偏移，则（b1，b0）必须设为（0，1）。默认值是（0，1）。

3）BFM#22 的低 8 位用于 #1 ~ #4 通道的偏移与增益调节选择。待调整的输入通道可以由 BFM#22 的 G-O（增益-偏移）位来指定，若为 1，则允许调节；若为 0，则不允许调节。当允许调节时，则将 BFM#23 和 BFM#24 的偏移量和增益量传到指定输入通道的偏移与增益的寄存器。

例如，如果位 G1 和 O1 为 1，当用 TO 指令写入 BFM#22 后，则可调整输入通道 1 的增益和偏移，偏移量和增益量由 BFM23# 和 BFM24# 的设定值设定。

4）对于具有相同增益和偏移量的通道，可以单独或一起调整。

5）BFM#23 和 BFM#24 中的偏移量和增益量的单位是 mV 或 μA。由于单元的分辨率原因，实际的响应将以 5mV 或 20μA 为 FX$_{2N}$-4AD 最小刻度。

（4）BFM#29 为 FX$_{2N}$-4AD 运行正常与否的信息　BFM#29 的状态信息见表 7-15。

表 7-15　BFM#29 的状态信息

BFM#29 各位的功能	ON（1）	OFF（0）
b0：错误	b1 ~ b4 中任何一个为 ON 如果 b2 ~ b4 中任何一个为 ON，所有通道的 A-D 转换停止	无错误
b1：偏移/增益错误	在 EEPROM 中的偏移/增益数据不正常或者调整错误	增益/偏移数据正常

（续）

BFM#29 各位的功能	ON（1）	OFF（0）
b2：电源故障	DC 24V 电源故障	电源正常
b3：硬件错误	A-D 转换器或其他硬件故障	硬件正常
b10：数字范围错误	数字输出值小于 -2048 或大于 2047	数字输出值正常
b11：平均采样数错误	平均采样数不小于 4097，或者不大于 0（使用默认值 8）	平均采样数正常（在 1～4096 之间）
b12：偏移/增益调整禁止	禁止 BFM#21 的（b1，b0）设为（1，0）	允许 BFM#21 的（b1，b0）设为（0，1）

注：b4～b9 和 b13～b15 没有定义。

（5）BFM#30 识别码　FX$_{2N}$-4AD 的识别码为 K2010。在传输/接收数据之前，可以使用 FROM 指令读出特殊功能模块的识别码（或 ID），以确认是否正在对此特殊功能模块进行操作。

（6）注意事项

1）BFM#0、#23 和#24 的值将复制到 FX$_{2N}$-4AD 的 EEPROM 中。只有增益/偏移调整缓冲存储器 BFM#22 被设置后，参数 BFM#21 和 BFM#22 才可以设置和复制。同样，BFM#20 也可以写入 EEPROM 中。EEPROM 的使用寿命大约是 10000 次（改变），因此不要使用程序频繁地修改这些 BFM 的内容。

2）写入 EEPROM 需要 300ms 左右的延迟，因此，在第二次写入 EEPROM 之前，需要使用延迟器。

3. 基本程序

FX$_{2N}$-4AD 模块连接在特殊功能模块的 0 号位置，通道 CH1 和 CH2 用作电压输入。平均采样次数设为 4 次，并且用 PLC 的数据寄存器 D0 和 D1 接收输入的数字值，其基本程序如图 7-8 所示。

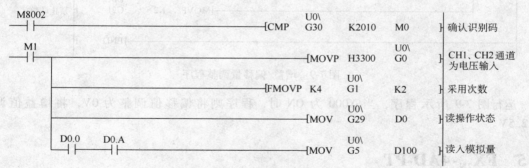

图 7-8　FX$_{2N}$-4AD 基本程序

程序说明如下：

1）PLC 将"0#"位置的特殊功能模块的 ID 号由 BFM#30 中读出，并与 K2010 进行比较，以检查模块是否是 FX$_{2N}$-4AD，如数值相等则是 FX$_{2N}$-4AD 模块，M1 变为 ON。

2）将 H3300 写入 FX$_{2N}$-4AD 的 BFM#0，建立模拟输入通道（CH1，CH2），其输入范围为 -10～10V，CH3、CH4 通道被关闭。

3）分别将 4 写入 BFM#1 和 2，将 CH1 和 CH2 的平均采样次数设为 4 次。

4）FX$_{2N}$-4AD 的操作状态由 BFM#29 中读出，并通过数据寄存器 D0 的位输出。

5）如果 FX$_{2N}$-4AD 的操作状态没有错误，则读取 BFM#5 和 BFM#6 的平均数字量，并保存在 D0～D1 中。

4. FX₂N-4AD 偏移和增益的调整程序

FX₂N-4AD 偏移和增益可以独立设置或一起设置。合理的偏移范围是 −5～5V 或 −20～20mA，而合理的增益值是 1～15V 或 4～32mA。增益和偏移都通过 PLC 程序进行调整。

调整增益/偏移时，应该将增益/偏移 BFM#21 的位 b1、b0 设置为 0、1，以允许调整。一旦调整完毕，这些位元件应该设为 1、0，以防止进一步变化。通过程序可以设置调整增益/偏移量，其程序如图 7-9 所示。

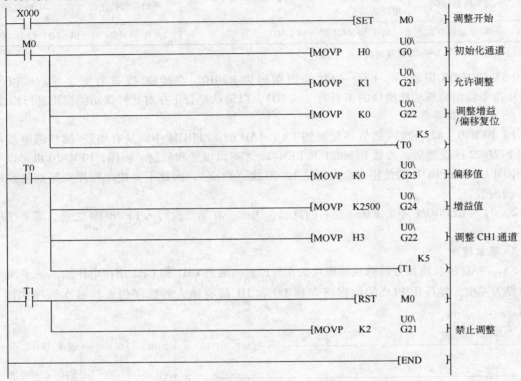

图 7-9　增益/偏移量调整程序

运行图 7-9 所示程序，当 X000 为 ON 时，程序则将偏移值调整为 0V，将增益值调整为 2.5V。

7.5　FX₂N-4AD-PT

FX₂N-4AD-PT 是用于铂温度传感器（PT100，3 线，100Ω）的输入的模拟量输入特殊模块，将温度传感器采集的温度模拟量转换成 12 位数据，存储在主处理单元（MPU）中，FX₂N-4AD-PT 可读取摄氏温度和华氏温度数据。它与 PLC 之间通过缓冲存储器交换数据，其技术指标见表 7-16。

表 7-16　FX₂N-4AD-PT 的技术指标

项　　目	摄氏度℃	华氏度℉
模拟量输入信号	铂温度 PT100 传感器（100Ω），3 线，4 通道	
传感器电流	PT100 传感器 100Ω 时 1mA	
温度范围	−100～600℃	−148～1112 ℉
数字输出	−1000～6000	−1480～11120
	12 转换（11 个数据位 +1 个符号位）	

（续）

项　目	摄氏度℃	华氏度℉
最小分辨率	0.2～0.3℃	0.36～0.54℉
整体精度	满量程的±1%	
转换速度	15ms	
电源	主单元提供 5V/30mA 直流，外部提供 24V/50mA 直流	
占用 I/O 点数	占用 8 个点，可分配为输入或输出	
适用 PLC	FX_{1N}，FX_{2N}，FX_{2NC}	

1. FX_{2N}-4AD-PT 接线

FX_{2N}-4AD-PT 的接线图如图 7-10 所示。

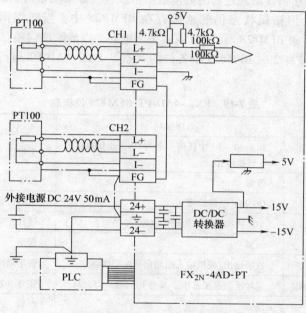

图 7-10　FX_{2N}-4AD-PT 接线图

2. 缓冲存储器（BFM）的分配

FX_{2N}-4AD-PT 的 BFM 分配见表 7-17。

表 7-17　FX_{2N}-4AD-PT 的 BFM 分配表

BFM	内　容	说　明
#1～#4	CH1～CH4 的平均温度值的采样次数（1 到 4096），默认值为 8	平均温度的采样次数 BFM#1～BFM#4。设定范围为 1～4096，设置范围之外溢出的值将被忽略
#5～#8	CH1～CH4 在 0.1℃ 单位下的平均温度	最近转换的一些可读值被平均后，给出一个平均后的可读值。平均数据保存在 BFM#5～BFM#8 和 BFM#13～BFM#16 中
#9～#12	CH1～CH4 在 0.1℃ 单位下的当前温度	
#13～#16	CH1～CH4 在 0.1℉ 单位下的平均温度	BFM#9～BFM#12 和 BFM#17～BFM#20 保存输入数据的当前值。这个数值以 0.1℃ 或 0.1℉ 为单位，不过可用的分辨率为 0.2～0.3℃ 或者 0.36～0.54℉
#17～#20	CH1～CH4 在 0.1℉ 单位下的当前温度	
#21～#27	保留	
#28	数字范围错误锁存	
#29	错误状态	
#30	识别号 K2040	
#31	保留	

（1）缓冲存储器 BFM#28　BFM#28 是数字范围错误锁存，它锁存每个通道的错误状态（见表 7-18），据此可用于检查热电偶是否断开。

表 7-18　FX$_{2N}$-4AD-PT BFM#28 位信息

b15 ~ b8	b7	b6	b5	b4	b3	b2	b1	b0
未 用	高	低	高	低	高	低	高	低
	CH4		CH3		CH2		CH1	

注：1. "低" 表示当测量温度下降，并低于最低可测量温度极限时，对应位为 ON。
　　2. "高" 表示当测量温度升高，并高于最高可测量温度极限或者热电偶断开时，对应位为 ON。

如果出现错误，则在错误出现之前的温度数据被锁存。如果测量值返回到有效范围内，则温度数据返回正常运行，但错误状态仍然被锁存在 BFM#28 中。当错误消除后，可用 TO 指令（FX$_{3U}$可用 MOV 指令）向 BFM#28 写入 K0 或者关闭电源，以清除错误锁存。

（2）缓冲存储器 BFM#29　BFM#29 中各位的状态是 FX$_{2N}$-4AD-PT 运行正常与否的信息，具体规定见表 7-19。

表 7-19　FX$_{2N}$-4AD-PT BFM#29 位信息

BFM#29 各位的功能	ON（1）	OFF（0）
b0：错误	如果 b1 ~ b3 中任何一个为 ON，出错通道的 A-D 转换停止	无错误
b1：保留	保留	保留
b2：电源故障	DC 24V 电源故障	电源正常
b3：硬件错误	A-D 转换器或其他硬件故障	硬件正常
b4 ~ b9：保留	保留	保留
b10：数字范围错误	数字输出/模拟输入值超出指定范围	数字输出值正常
b11：平均值的采样次数错误	采样次数超出范围，参考 BFM#1 ~ BFM#4	正常（在 1 ~ 4096 之间）
b12 ~ b15：保留	保留	保留

（3）缓冲存储器 BFM#30　FX$_{2N}$-4AD-PT 的识别码为 K2040，存放在缓冲存储器 BFM#30 中。在传输/接收数据之前，可以使用 FROM 指令读出特殊功能模块的识别码（或 ID），以确认是否正在对此特殊功能模块进行操作。

3. 基本程序

图 7-11 所示的程序中，FX$_{2N}$-4AD-PT 模块占用特殊模块 0# 的位置（即紧靠可编程序控制器），平均采样次数是 4 次，输入通道 CH1 ~ CH4 以℃为单位的平均温度值分别保存在数据寄存器 D0 ~ D3 中。

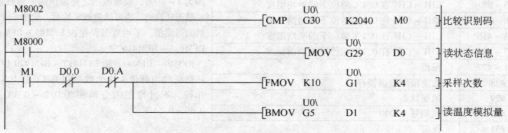

图 7-11　FX$_{2N}$-4AD-PT 基本程序

7.6　FX$_{3U}$-4AD

FX$_{3U}$-4AD 是 4 通道模拟量输入模块，适合于 FX$_{3U}$ 系列 PLC，其技术指标见表 7-20。

表 7-20　FX$_{3U}$-4AD 技术指标

项　　目	输　入　电　压	输　入　电　流
模拟量输入范围	−10 ~ 10V（输入电阻 200kΩ）	−20 ~ 20mA（输入电阻 250Ω）
偏置值	−10 ~ 9V	−20 ~ 17mA
增益值	−9 ~ 10V	−7 ~ 30mA
数字输出	带符号 16 位二进制	带符号 15 位二进制
分辨率	0.32mV（20/64000）	1.25μA（40/32000）
总体精度	±0.3%（25℃ ±5℃）	±0.5%（25℃ ±5℃）
转换速度	500μs × 通道数	
占用 I/O 点数	占用 8 个 I/O 点，可分配为输入或输出	
适用 PLC	FX$_{3U}$	

1. FX$_{3U}$-4AD 接线

FX$_{3U}$-4AD 接线参考图 7-7。

2. 缓冲存储器（BFM）分配

FX$_{3U}$-4AD 模拟量输入模块缓冲存储器分配从 BFM#0 ~ BFM#8063，其功能设置非常多，以下只介绍其常用的缓冲存储器，见表 7-21。

表 7-21　FX$_{3U}$-4AD 缓冲存储器

BFM No.	内　　容	说　　明
#0	指定 CH1 ~ CH4 的输入模式	可停电保持，出厂设置 H0000
#1	不使用	
#2 ~ #5	CH1 ~ CH4 的平均采样次数，设定范围为 1 ~ 4095	出厂设定 K1
#6 ~ #9	CH1 ~ CH4 的滤波时间设定，设定范围为 0 ~ 1600	出厂设置 K0
#10 ~ #13	CH1 ~ CH4（即时或平均）数据，（采用次数设定为 1 或以下数据为及时数据）	
#19	设置变更或禁止，K2080 允许，其他数值禁止	出厂设定 K2080
#20	初始化功能	出厂设置 K0
#21	写入 I/O 特性功能（I/O 特性指偏移、增益和量程功能值）	出厂设置 K0
#22	设置便捷功能（自动发送功能，数据加法运算，上下限检测，突变检测峰值保持）	出厂设置 K0
#29	出错状态	出厂设置 K0
#30	模块代码 K2080	
#41 ~ 44	CH1 ~ CH4 输入通道偏置设置（mV 或 μA）	出厂设置 K0
#51 ~ 54	CH1 ~ CH4 输入通道增益设置（mV 或 μV）	出厂设置 K5000
#61 ~ 64	CH1 ~ CH4 加法运算数据，设置范围为 −16000 ~ 16000	出厂设置 K0

（1）BFM#0 输入模式设置　　BFM#0 用于设定 CH1～CH4 通道的输入模式，每个通道的设置占用 4 个位，CH1 通道占用 b0～b3，CH2 通道占用 b4～b7，CH3 通道占用 b8～b11，CH4 通道占用 b12～b15。

每个通道设置数值定义见表 7-22 所示。

表 7-22　BFM#0 每个通道设置数值定义

数值	定义	数值	定义
0	电压输入方式（ - 10～10V，数字范围为 - 32000～32000）	5	电流输入方式（4～20mA，数字范围为 4000～20000）
1	电压输入方式（ - 10～10V，数字范围为 - 4000～4000）	6	电流输入方式（ - 20～20mA，数字范围为 - 16000～16000）
2	电压输入方式（ - 10～10V，数字范围为 - 10000～10000）	7	电流输入方式（ - 20～20mA，数字范围为 - 4000～4000）
3	电流输入方式（4～20mA，数字范围为 0～16000）	8	电流输入方式（ - 20～20mA，数字范围为 - 20000～20000）
4	电流输入方式（4～20mA，数字范围 0～4000）		

（2）BFM#19 设定变更禁止　　BFM#19 设定以下缓冲存储器允许或禁止更改功能：
BFM#0、BFM#20、BFM#21、BFM#22、BFM#41～#44、BFM#51～#54、BFM#125～#129、BFM#198。

当 BFM#19 = K2080 时允许更改，K2080 以外的其他值禁止更改。

（3）BFM#20 初始化设置　　当 BFM#20 = K1 时，将 BFM#0～BFM#6999 恢复到出厂设置。执行结束后自动变为 K0。

（4）BFM#21 写入 I/O 特性　　BFM#21 的 b0～b4 被分配给 4 个输入通道，用于设定其 I/O 特性，其中 b0 分配给 CH1，b1 分配给 CH2，b2 分配给 CH3，b3 分配给 CH4，其余位无效。只有当对应的位为 ON 时，其偏移数据（BFM#41～BFM#44）和增益数据（BFM#51～BFM#54）以及量程功能数据才会被写入到内置的存储器 EEPROM 中，写入结束后自动变为 H0000。

（5）BFM#22 设置便捷功能　　b0：数据加法运算。设定为 ON 时，通道数据（BFM#10～BFM#13）、峰值（BFM#101～BFM#104 BFM#111～BFM#114）、数据历史记录（BFM#200～BFM#6999）的值是在实测的基础上加上（BFM#61～BFM#64）的值；b1：上下限检测功能；b2：突变检测功能；b3：峰值保存功能；b4：峰值自动传送功能；b5：上下限值出错状态自动传送功能；b6：突变检测状态自动传送功能；b7：量程溢出状态自动传送功能；b8：出错状态自动传送功能。

（6）BFM#29 出错状态　　b0：b2～b4 任意 1 位为 ON 时，b0 为 ON；b2：电源异常；b3：硬件出错；b4：A-D 转换异常；b6：不可读出写入 BFM；b8：有设定值出错；b10：平均次数设定问题；b11：滤波时间设定问题；b12：突变检测设定问题；b13：上下限检测设定问题；b15：加法运算设定值出错。

7.7　FX$_{3U}$-4AD-ADP

FX$_{3U}$-4AD-ADP 是 4 通道模拟量输入的特殊功能适配器，其主要技术性能指标见表 7-23。

表 7-23　FX$_{3U}$-4AD-ADP 主要技术性能指标

项　目	输入电压	输入电流
模拟量输入范围	0~10V（输入电阻 194kΩ）	-20~20mA（输入电阻 250Ω）
FX$_{3U}$-4AD-ADP 最大绝对输入	-0.5V　20V	-2mA　30mA
数字量	带符号 12 位二进制	带符号 11 位二进制
分辨率	2.5mV（10/4000）	10μA（16/1600）
总体精度	±0.5%（25℃±5℃）	±0.5%（25℃±5℃）
转换速度	200μs×通道数	
占用 I/O 点数	占用 0 个 I/O 点	
适用 PLC	FX$_{3U}$	

1. FX$_{3U}$-4AD-ADP 接线

FX$_{3U}$-4AD-ADP 接线如图 7-12 所示。

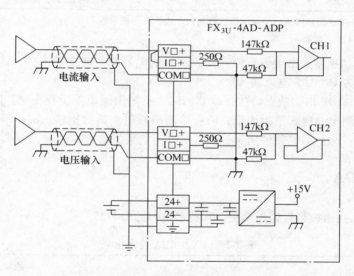

图 7-12　FX$_{3U}$-4AD-ADP 接线图

2. 特殊辅助继电器和特殊寄存器的分配

适配器没有缓冲存储器，它的特点是将各类数据映射到特殊辅助继电器和特殊寄存器中，因此操作起来比特殊功能模块更加方便，转换速度更快。

FX$_{3U}$-4AD-ADP 特殊辅助继电器和特殊寄存器分配见表 7-24。

表 7-24　FX$_{3U}$-4AD-ADP 特殊辅助继电器和特殊寄存器分配

特殊软元件	软元件地址				说　明
	1#位	2#位	3#位	4#位	
特殊辅助继电器	M8260	M8270	M8280	M8290	通道 1 输入模式切换，可读/写
	M8261	M8271	M8281	M8291	通道 2 输入模式切换，可读/写
	M8262	M8272	M8282	M8292	通道 3 输入模式切换，可读/写
	M8263	M8273	M8283	M8293	通道 4 输入模式切换，可读/写

（续）

特殊软元件	软元件地址				说　明
	1#位	2#位	3#位	4#位	
特殊寄存器	D8260	D8270	D8280	D8290	通道 1 输入数据，可读
	D8261	D8271	D8281	D8291	通道 2 输入数据，可读
	D8262	D8272	D8282	D8292	通道 3 输入数据，可读
	D8263	D8273	D8283	D8293	通道 4 输入数据，可读
	D8264	D8274	D8284	D8294	通道 1 平均次数（1~4095），可读/写
	D8265	D8275	D8285	D8295	通道 1 平均次数（1~4095），可读/写
	D8266	D8276	D8286	D8296	通道 1 平均次数（1~4095），可读/写
	D8267	D8277	D8287	D8297	通道 1 平均次数（1~4095），可读/写
	D8268	D8278	D8288	D8298	出错状态，可读/写
	D8269	D8279	D8289	D8299	机型代码 K1，可读

注：表中的□#位是指适配器模块的位置，适配器都向左边扩展，最靠近 PLC 的位是 1#位，依此往左为 2#~4#位，最多可以扩展 4 个适配器。

（1）输入模式切换特殊继电器　输入模式切换继电器用于改变输入的方式，设置为 OFF 时为电压输入，设置为 ON 时为电流输入。

（2）FX_{3U}-4AD-ADP 出错状态特殊寄存器　b0：检测出通道 1 量程出错；b1：检测出通道 2 量程出错；b2：检测出通道 3 量程出错；b3：检测出通道 4 量程出错；b4：EEPROM 出错；b5：平均次数设定出错；b6：ADP 硬件出错；b7：ADP 通信数据出错。

7.8　FX_{3U}-4DA

FX_{3U}-4DA 是 4 通道模拟量输出模块，其技术指标见表 7-25。

表 7-25　FX_{3U}-4DA 技术指标

项　目	输入电压	输入电流
模拟量输出范围	−10~10V（输入电阻 1kΩ~1MΩ）	0~20mA 或 4~20mA（输入电阻 500Ω）
偏置值	−10~9V	0~17mA
增益值	−9~10V	3~30mA
数字输出	带符号 16 位二进制	带符号 15 位二进制
分辨率	0.32mV（20/64000）	0.63μA（40/32000）
总体精度	±0.3%（25℃±5℃）	±0.5%（25℃±5℃）
转换速度	1ms	
占用 I/O 点数	占用 8 个 I/O 点，可分配为输入或输出	
适用 PLC	FX_{3U}	

1. FX_{3U}-4DA 接线

FX_{3U}-4DA 接线如图 7-13 所示。

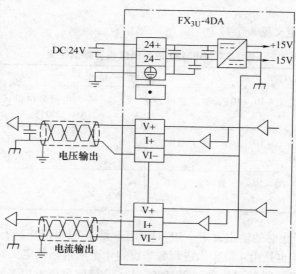

图 7-13　FX$_{3U}$-4DA 接线图

2. 缓冲存储器（BFM）分配

FX$_{3U}$-4DA 模拟量输入模块缓冲存储器分配区间从 BFM#0 ~ BFM#3098，以下只介绍其常用的缓冲存储器，见表 7-26。

表 7-26　FX$_{3U}$-4DA 缓冲存储器

BFM No.	内　容	说　明
#0	指定 CH1 ~ CH4 的输出模式	可停电保持，出厂设置 H0000
#1 ~ #4	CH1 ~ CH4 的输出数据	出厂设定 K0
#5	PLC 停止时的输出设定	出厂设置 H0000
#6	输出状态	出厂设置 H0000
#9	CH1 ~ CH4 的偏移、增益设定值的写入指令	出厂设置 H0000
#10 ~ #13	CH1 ~ CH4 偏移数据（mV 或 μA）	
#14 ~ #17	CH1 ~ CH4 增益数据（mV 或 μA）	
#19	设置变更或禁止，K3030 允许，其他数值禁止	出厂设定 K3030
#20	初始化功能	出厂设置 K0
#28	断线检测状态（电流输出）	出厂设置 H0000
#29	出错状态	出厂设置 K0
#30	模块代码 K3030	出厂设定 K3030
#32 ~ 35	CH1 ~ CH4 在 PLC 停止时输出数据	出厂设置 K0
#41 ~ 44	CH1 ~ CH4 下限值	出厂设置 K-32640
#45 ~ 48	CH1 ~ CH4 上限值	出厂设置 K32640
#51 ~ 54	CH1 ~ CH4 的负载电阻值（1000 ~ 30000Ω）	出厂设置 K30000
#81 ~ 84	CH1 ~ CH4 的输出形式（K1 ~ K10）	出厂设置 K1

（1）BFM#0 输入模式设置　BFM#0 用于设定 CH1 ~ CH4 通道的输出模式，每个通道的设置占用 4 个位，CH1 通道由 b0 ~ b3 设定，CH2 通道 b4 ~ b7 设定，CH3 通道由 b8 ~ b11 设定，CH4

通道 b12 ~ b15 设定。

每个通道设置数值定义见表 7-27。

表 7-27　BFM#0 每个通道设置数值定义

数　值	定　义	数　值	定　义
0	电压输出模式（-10 ~ 10V，数字范围为 -32000 ~ 32000）	3	电流输出模式（4 ~ 20mA，数字范围为 0 ~ 32000）
1	电压输出模式（-10 ~ 10V，数字范围为 -10000 ~ 10000）	4	电流输出模拟量值 μA 指定模式（0 ~ 20mA，数字范围为 0 ~ 20000）
2	电流输出模式（0 ~ 20mA，数字范围为 0 ~ 32000）		

（2）BFM#5 PLC 停止时的输出设定　BFM#5 用于设定 PLC 停止运行后模拟量输出的设定，与 BFM#0 一样，BFM#5 也是由 4 位十六进制数来设定 4 个通道，其定义如下：

BFM#5 = 0：保持运行时的最终值；BFM#5 = 1：运行偏置值；BFM#5 = 2：输出 BFM#32 ~ BFM#35 设定值。

（3）BFM#6 输出状态　BFM#6 用于保存 CH1 ~ CH4 的输出状态，与 BFM#0 一样，BFM#6 也是由 4 位十六进制数来设定 4 个通道，其定义如下：

BFM#6 = 0：输出更新停止中；BFM#6 = 1：输出更新中。

（4）BFM#9 偏置增益设定值的写入指令　BFM#9 的有效数位 b0 ~ b3 分别用于写入 CH1 ~ CH4 通道的偏置、增益数据到内置的 EEPROM 中，当对应的数位为 ON 时有效。

b0 = 1：将 CH1 的偏置（BFM#10）、增益（BFM#14）数据写入。

b1 = 1：将 CH2 的偏置（BFM#11）、增益（BFM#15）数据写入。

b2 = 1：将 CH3 的偏置（BFM#12）、增益（BFM#16）数据写入。

b3 = 1：将 CH4 的偏置（BFM#13）、增益（BFM#17）数据写入。

（5）BFM#19 设置变更或禁止变更　当 BFM#19 为 K3030 时，允许变更以下缓冲存储器的内容：BFM#0、BFM#9、BFM#10 ~ BFM#17、BFM#32 ~ BFM#35、BFM#41 ~ BFM#48、BFM#51 ~ BFM#54、BFM#61、BFM#62、BFM#63。

当 BFM#19 为 K3030 以外的其他值时，禁止变更缓冲存储器的内容。

（6）BFM#20 初始化功能　设定为 K1 时将所有缓冲存储器恢复到出厂设置，执行完毕自动返回 K0。

（7）BFM#29 出错状态　FX$_{3U}$-4DA BFM#29 位信息如表 7-28 所示。

表 7-28　FX$_{3U}$-4DA BFM#29 位信息

BFM#29 各位的功能	ON（1）	OFF（0）
b0：错误	如果 b1 ~ b11 中任何一位为 ON	无错误
b1：偏置增益出错	EEPROM 中偏置增益设置问题	无设置问题
b2：电源故障	DC24V 电源故障	电源正常
b3：硬件错误	D/A 转换器或其他硬件故障	硬件正常
b4：保留	保留	保留
b5：PLC 停止输出设定	设定有错	设定无错误
b6：上下限设定	设定有错	设定无错误

（续）

BFM#29 各位的功能	ON （1）	OFF （0）
b7：负载电阻设定修正功能	BFM#51 ~ #BFM#54 设定有错误	设定无错误
b8：表格输出	表格输出设定错误	设定无错误
b9：自动传送设定	BFM#61 ~ #BFM#63 设定有错误	设定无错误
b10：量程溢出	模拟量输出超出规定的范围	输出值正常
b11：断线检测	检测到断线（电流输出）	正常
b12：设定变更的禁止状态	设定变更被禁止	设定变更允许

7.9　FX$_{3U}$-4DA-ADP

FX$_{3U}$-4DA-ADP 是 4 通道模拟量输出的特殊功能适配器，其主要技术性能指标见表 7-29。

表 7-29　FX$_{3U}$-4DA-ADP 主要技术指标

项　目	输 入 电 压	输 入 电 流
模拟量输出范围	0 ~ 10V（输入电阻 5kΩ ~ 1MΩ）	4 ~ 20mA（输入电阻 500Ω）
数字量	12 位二进制	12 位二进制
分辨率	2.5mV（10/4000）	10μA（16/1600）
总体精度	±0.5%（25℃ ±5℃）	±0.5%（25℃ ±5℃）
转换速度	200μs × 通道数	
占用 I/O 点数	占用 0 个 I/O 点	
适用 PLC	FX$_{3U}$	

1. FX$_{3U}$-4DA-ADP 接线

FX$_{3U}$-4DA-ADP 接线如图 7-14 所示。

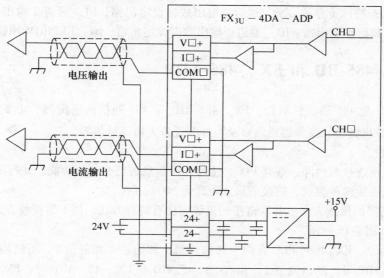

图 7-14　FX$_{3U}$-4DA-ADP 接线图

2. 特殊辅助继电器和特殊寄存器的分配

FX$_{3U}$-4DA-ADP 适配器没有缓冲存储器（BFM），只有特殊辅助继电器和特殊寄存器，FX$_{3U}$-4DA-ADP 特殊辅助继电器和特殊寄存器分配见表 7-30。

表 7-30　FX$_{3U}$-4DA-ADP 特殊辅助继电器和特殊寄存器分配

特殊软元件	软元件地址				说　明
	1#位	2#位	3#位	4#位	
特殊辅助继电器	M8260	M8270	M8280	M8290	通道 1 输出模式切换，可读/写
	M8261	M8271	M8281	M8291	通道 2 输出模式切换，可读/写
	M8262	M8272	M8282	M8292	通道 3 输出模式切换，可读/写
	M8263	M8273	M8283	M8293	通道 4 输出模式切换，可读/写
	M8264	M8274	M8284	M8294	通道 1 输出保存解除设定，可读/写
	M8265	M8275	M8285	M8295	通道 2 输出保存解除设定，可读/写
	M8266	M8276	M8286	M8296	通道 3 输出保存解除设定，可读/写
	M8266	M8277	M8287	M8297	通道 4 输出保存解除设定，可读/写
特殊寄存器	D8260	D8270	D8280	D8290	通道 1 输出数据，可读/写
	D8261	D8271	D8281	D8291	通道 2 输出数据，可读/写
	D8262	D8272	D8282	D8292	通道 3 输出数据，可读/写
	D8263	D8273	D8283	D8293	通道 4 输出数据，可读/写
	D8268	D8278	D8288	D8298	出错状态，可读/写
	D8269	D8279	D8289	D8299	机型代码 K2，可读

（1）输出模式切换特殊继电器　输出模式切换特殊继电器用于改变输入的方式，设置为 OFF 时为电压输出，设置为 ON 时为电流输出。

（2）输出保持解除设定特殊继电器　输出保持解除设定特殊继电器用于设定在 PLC 停止时模拟量的输出，OFF 时保持最后的输出，ON 时输出偏置值（电压输出时 0V，电流输出时 4mA）。

（3）出错状态特殊寄存器　b0：通道 1 输出数据设定出错；b1：通道 2 输出数据设定出错；b2：通道 3 输出数据设定出错；b3：通道 4 输出数据设定出错；b4：EEPROM 出错。

7. 10　FX$_{3U}$-485-BD 和 FX$_{3U}$-485-ADP

FX$_{3U}$-485-BD 是 485 通信扩展板，FX$_{3U}$-485-ADP 是 485 通信的适配器，主要用于并行链接、N：N 链接、计算机链接、变频器通信以及与外部设备无协议通信等。

1. 并行链接

并行链接是指连接两台同一系列 PLC，使软元件信息进行交互的功能。并行链接有普通并行链接和高速并行链接两种模式，链接的最大距离为 500m。

（1）并联链接的接线方法　并联链接的接线方法有两种方式，即 1 对接线方式和 2 对接线方式，如图 7-15 和图 7-16 所示。

（2）通信通道　FX$_{3U}$ 系列 PLC 有两个通信通道，即通道 1 和通道 2，当只用一个 FX$_{3U}$-487-BD 或 FX$_{3U}$-487-ADP 时，默认通道 1；当有 FX$_{3U}$-□-BD 和 FX$_{3U}$-487-ADP 时，FX$_{3U}$-□-BD 占用通道 1，FX$_{3U}$-487-ADP 占用通道 2；当有两个通信适配器时，靠近 PLC 的适配器占用通道 1。FX$_{2N}$

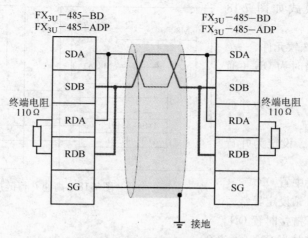

图 7-15　并行链接 1 对接线方式

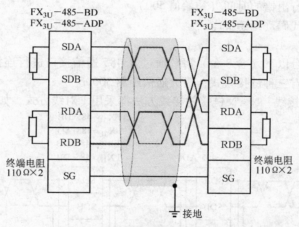

图 7-16　并行链接 2 对接线方式

系列的其他 PLC 只用一个通信通道。对于通道 2，在编写程序时需要将 M8178 置 ON，且两个通道不可同时使用并行链接，也不可同时使用 N∶N 链接。

（3）链接方法　普通并行链接模式如图 7-17 所示。

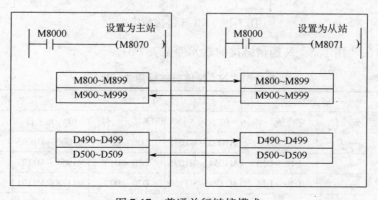

图 7-17　普通并行链接模式

高速并行链接模式如图7-18所示。

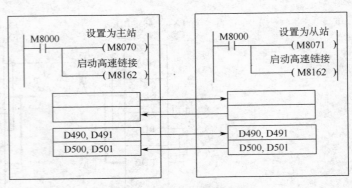

图 7-18　高速并行链接模式

（4）链接设定特殊软元件

M8063：通信出错时为 ON（通道 1）。

M8070：置 ON 时，设定为并行链接主站。

M8071：置 ON 时，设定为并行链接从站。

M8072：并行链接中置 ON。

M8073：主站或从站设定异常。

M8162：高速并行链接时置 ON。

M8438：通行出错时为 ON（通道 2）。

D8063：通行出错代码（通道 1）。

D8070：判断为通行出错的时间（初始值 500）。

D8438：通行出错代码（通道 2）。

2. N∶N 链接

N∶N 链接是指 8 台以下（含 8 台）PLC 通过 RS485 通信接口进行连接，进行软元件信息交互的功能，N∶N 链接有三种链接模式，最大通信距离 500m。

（1）N∶N 链接的接线　N∶N 链接的接线方法都采用 1 对线方式，如图 7-19 所示。

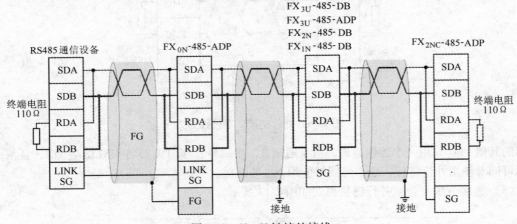

图 7-19　N∶N 链接的接线

（2）链接方法　用于 N∶N 通信链接的软元件见表 7-31。

表 7-31　N∶N 通信链接用软元件

站　号		模式 0		模式 1		模式 2	
		位 元 件	字 元 件	位 元 件	字 元 件	位 元 件	字 元 件
主站	站号 0	—	D0 ~ D3	M1000 ~ M1031	D0 ~ D3	M1000 ~ M1063	D0 ~ D7
从站	站号 1	—	D10 ~ D13	M1064 ~ M1095	D10 ~ D13	M1064 ~ M1127	D10 ~ D17
	站号 2	—	D20 ~ D23	M1128 ~ M1159	D20 ~ D23	M1128 ~ M1191	D20 ~ D27
	站号 3	—	D30 ~ D33	M1192 ~ M1223	D30 ~ D33	M1192 ~ M1255	D30 ~ D37

（续）

站　号		模式 0		模式 1		模式 2	
		位 元 件	字 元 件	位 元 件	字 元 件	位 元 件	字 元 件
从站	站号 4	—	D40 ~ D43	M1256 ~ M1287	D40 ~ D43	M1256 ~ M1297	D40 ~ D47
	站号 5	—	D50 ~ D53	M1320 ~ M1351	D50 ~ D53	M1320 ~ M1383	D50 ~ D57
	站号 6	—	D60 ~ D63	M1384 ~ M1415	D60 ~ D63	M1384 ~ M1447	D60 ~ D67
	站号 7	—	D70 ~ D73	M1448 ~ M1479	D70 ~ D73	M1448 ~ M1511	D70 ~ D77

（3）N∶N 链接特殊软元件

M8038：通信参数设定标志，可以作为有无 N∶N 网络的标志。

M8179：使用通道 2 时置 ON。

M8183：主站通信错误。

M8184 ~ M8191：从站通信错误。

D8173：站号（只读）。

D8174：从站点总数（只读）。

D8175：刷新范围（只读）。

D8176：站号设定，主站设定为 K0，从站设定为 K1 ~ K7（只写）。

D8177：从站总数设定（只写）。

D8178：刷新范围设定，即链接的模式（只写）。

D8179：通信重试次数（读写）。

D8180：设定判断通信出错时间（读写）。

3. 计算机链接

计算机链接是指以计算机为主站进行的数据链接，计算机链接可以链接 16 台以下（包含 16 台）的 PLC。

4. 无协议通信

FX 系列 PLC 可以通过 RS 和 RS2 指令实现无协议通信，通信的点数可以达到 4096 个接收点和 4096 个发送点，接收和发送总点数最多可以达 8000 个。通信距离可以达到 500m（232BD 为 15m，485BD 为 50m，485ADP 为 500m）。

无协议通信可以链接的外部设备包括 PLC（两台或多台 PLC 无协议通信）、变频器、打印机、条形码阅读器、调制解调器以及其他有 RS485（或 R S232）端口的设备。

7.11　FX$_{2N}$-16CCL 和 FX$_{2N}$-32CCL

FX$_{2N}$-16CCL 及 FX$_{2N}$-32CCL 是 CC-Link 通信专用模块，CC-Link 全称 Control & Communication-Link，是一种开放式工业现场控制网络，可完成大数据量、远距离的网络系统实时控制，在 156kbit/s 的传输速率下，控制距离达到 1.2km，如采用中继器，可以达到 13.2km，并具有性能卓越、应用广泛、使用简单、节省成本等突出优点。三菱常用的网络模块有 CC-Link 通信模块（FX$_{2N}$-16CCL-M、FX$_{2N}$-32CCL）、CC-Link/LT 通信模块（FX$_{2N}$-64CL-M）、LINK 远程 I/O 链接模块（FX$_{2N}$-16LINK-M）和 AS-i 网络模块（FX$_{2N}$-32ASI-M 模块）。

1. FX 主站模块 FX$_{2N}$-16CCL-M

FX 主站模块 FX$_{2N}$-16CCL-M 是特殊扩展模块，它将与之相连的 FX 系列 PLC 作为 CC-Link 的主站。主站在整个网络中是控制数据链接系统的站，远程 I/O 站仅仅处理位信息，远程设备站可以处理位信息和字信息。当 FX 系列 PLC 作为主站单元时，只能以 FX_{2N}-16CCL-M 作为主站通信模块，整个网络最多可以连接 7 个 I/O 站和 8 个远程设备站，且必须满足相应的条件。

（1）远程 I/O 站的连接点数　远程 I/O 站的连接点数见表 7-32。

表 7-32　远程 I/O 站的连接点数

PLC 的 I/O 点数（包括空的点数和扩展 I/O 的点数）	X 点
FX_{2N}-16CCL-M 占用的点数	8 点
其他特殊扩展模块所占用 PLC 的点数	Y 点
32×远程设备站的数量	Z 点
总计的点数 X + Y + Z + 8	FX_{2N} 系列 PLC≤256 点 FX_{3U} 系列 PLC≤384 点

（2）远程设备站的连接站数　远程设备站的连接站数见表 7-33。

表 7-33　远程设备站的连接站数

远程设备站占用 1 个站的数量	1 个站×模块数
远程设备站占用 2 个站的数量	2 个站×模块数
远程设备站占用 3 个站的数量	3 个站×模块数
远程设备站占用 4 个站的数量	4 个站×模块数
站的总和	≤8

（3）CC-Link 总线网络最大连接的配置图　CC-Link 总线网络最大连接的配置图如图 7-20 所示。

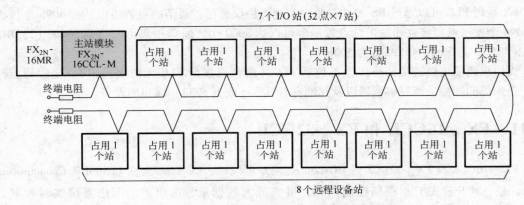

图 7-20　CC-Link 总线网络最大连接的配置图

　　如果是远程设备站，可以不考虑远程 I/O 点的数量情况。在图 7-17 中，远程 I/O 站及 PLC 主站、FX_{2N}-16CCL-M 所占用的点数为 32 点×7 个站 + 16 + 8 = 248，因此，还可以最多增加 8 个 I/O 点或相当于 8 点的特殊模块。

（4）最大传输距离　在使用高性能 CC-Link 电缆时，最大的传输距离见表 7-34。

表 7-34　最大传输距离

传输速度	最大传输距离
156kbit/s	1200m
625kbit/s	900m
2.5Mbit/s	400m
5Mbit/s	160m
10Mbit/s	100m

（5）FX$_{2N}$-16CCL-M 的缓冲存储器分配　FX$_{2N}$-16CCL-M 缓冲存储器（BFM）的分配见表 7-35。

表 7-35　FX$_{2N}$-16CCL-M 缓冲存储器的分配表

BFM 编号		内　容	描　述	读/写特性
Hex.	DEC.			
#0H ~ #9H	#0 ~ #9	参数信息区域	存储数据参数，进行数据链接	可以读/写
#AH ~ #BH	#10 ~ #11	I/O 信号	控制主站模块 I/O 信号	可以读/写
#CH ~ #1BH	#12 ~ #27	参数信息区域	存储数据参数，进行数据链接	可以读/写
#1CH ~ #1EH	#28 ~ #30	主站模块控制信号	控制主站模块的信号	可以读/写
#1FH	#31	禁止使用	—	不可写
#20H ~ #2FH	#32 ~ #47	参数信息区域	存储数据参数，进行数据链接	可以读/写
#30H ~ #DFH	#48 ~ #223	禁止使用	—	不可写
#E0H ~ #FDH	#224 ~ #253	远程输入（RX）	存储一个来至远程的输入状态	只读
#100H ~ #15FH	#256 ~ #351	禁止使用	—	不可写
#160H ~ #17FH	#352 ~ #381	参数信息区域（RY）	将输出状态存储在一个远程站中	只写
#180H ~ #1DFH	#384 ~ #479	禁止使用	—	不可写
#1E0H ~ #21BH	#480 ~ #538	参数信息区域（RWw）	将传送的数据存储在一个远程站中	只写
#21FH ~ #2DFH	#543 ~ #735	禁止使用	—	不可写
#2E0H ~ #31BH	#736 ~ #795	远程寄存器（RWr）	存储一个来至远程站的数据	只读
#320H ~ #5DFH	#800 ~ #1503	禁止使用	—	不可写
#5E0H ~ #5FFH	#1504 ~ #1535	链接特殊寄存器（SB）	存储数据链接状态	可以读/写
#600H ~ #7FFH	#1536 ~ #2047	链接特殊积存器（SW）	存储数据链接状态	
#800H ~	#2048 ~	禁止使用	—	不可写

1）BFM #01H 设定连接模块的数量。设定主站与远程站的数量，包括保留站在内，设定范围为"1 ~ 15"，它与站信息（BFM#20 ~ 2EH）是对应的。

2）BFM #10H 设定保留站信息。保留站占用系统的资源，但不进行数据链接，也不会被视为数据链接故障。因此，当一个站被设定为保留站时，其对应的站号必须在 BFM#10H 的对应位上设定为 ON。例如，把 2 和 7 号站设定为保留站，其他为正常站，则 BFM#10H 的位信息见表 7-36。

表 7-36　BFM#10H 位信息

BFM#10	b15	b14	b13	b12	b11	b10	b9	b8	b7	b6	b5	b4	b3	b2	b1	b0
设定值	0	0	0	0	0	0	0	0	0	1	0	0	0	0	1	0

3) BFM#14H 设定错误无效站信息。由于电源断开等原因而导致数据链接不能进行的远程站，此时可以将其设定为"错误无效站"，以免影响整个系统的数据链接。错误无效站的设定方法与保留站的设定方法相同，以下是将 5 号站设定为错误无效站的设定实例。但在同时设定保留站和错误无效站时，保留站功能优先。BFM#14H 的位信息见表 7-37。

表 7-37　BFM#14H 位信息

BFM#14	b15	b14	b13	b12	b11	b10	b9	b8	b7	b6	b5	b4	b3	b2	b1	b0
设定值	0	0	0	0	0	0	0	0	0	0	1	0	0	0	0	0

4) BFM#20H ~ #2FH 设定站的信息。BFM#20H ~ #2FH 用来设定所有连接的远程站和保留站的信息。每一个模块的缓冲存储器地址分配及位信息见表 7-38 和表 7-39。

表 7-38　BFM#20H ~ #2FH 地址分配

模　块	BFM 号		模　块	BFM 号	
	Hex.	Dec.		Hex.	Dec.
第 1 个模块	#20H	#32	第 9 个模块	#28H	#40
第 2 个模块	#21H	#33	第 10 个模块	#29H	#41
第 3 个模块	#22H	#34	第 11 个模块	#2AH	#42
第 4 个模块	#23H	#35	第 12 个模块	#2BH	#43
第 5 个模块	#24H	#36	第 13 个模块	#2CH	#44
第 6 个模块	#25H	#37	第 14 个模块	#2DH	#45
第 7 个模块	#26H	#38	第 15 个模块	#2EH	#46
第 8 个模块	#27H	#39	无定义	#2FH	#47

表 7-39　BFM#20H ~ #2FH 位信息

b15 ~ b12	b11 ~ b8	b7 ~ b0
0：远程 I/O 站 1：远程设备站	1：占用 1 个站，2：占用 2 个站， 3：占用 3 个站，4：占用 4 个站	1 ~ 15（01H ~ 0EH）

5) BFM#AH 控制主站的 I/O 信号。相同编号的缓冲寄存器在读取时和写入时具有不同的功能，系统会自动根据指令（FROM 或 TO）来改变这些功能，见表 7-40。

表 7-40　BFM#AH 位信息

主站模块→PLC 读模式（使用 FROM 指令）		主站模块←PLC 写模式（使用 TO 指令）	
读取位	输入信号名称	读取位	输出信号名称
b0	模块错误	b0	刷新指令
b1	上位站的链接状态	b1	
b2	参数设定状态	b2	禁止使用
b3	其他站的链接状态	b3	

（续）

主站模块→PLC 读模式（使用 FROM 指令）		主站模块←PLC 写模式（使用 TO 指令）	
读取位	输入信号名称	读取位	输出信号名称
b4	接收模块复位完成	b4	要求模块复位
b5	禁止使用	b5	禁止使用
b6	通过缓冲寄存器的参数来起动数据链接的正常完成	b6	要求通过缓冲寄存器的参数来起动数据链接
b7	通过缓冲寄存器的参数来起动数据链接的异常完成	b7	禁止使用
b8	通过 EEPROM 参数来起动数据链接的正常完成	b8	要求通过 EEPROM 的参数来起动数据链接
b9	通过 EEPROM 参数来起动数据链接的异常完成	b9	禁止使用
b10	将参数记录到 EEPROM 中去时正常完成	b10	要求将参数记录到 EEPROM 中
b11	将参数记录到 EEPROM 中去时异常完成	b11	禁止使用
b12	禁止使用	b12	禁止使用
b13		b13	
b14		b14	
b15	模块准备就绪	b15	

6）远程 I/O 和远程寄存器的 BFM 分配。远程 I/O 和远程寄存器的 BFM 分配见表7-41 所示。

表 7-41　远程 I/O 和远程寄存器的 BFM 分配

站号	远程输入 RX		远程输出 RY		主站→远程站数据寄存器 RWw				远程站→主站数据寄存器 RWr			
1#站	0E0H	0E1H	160H	161H	1E0H	1E1H	1E2H	1E3H	2E0H	2E2H	2E2H	2E3H
2#站	0E2H	0E3H	162H	163H	1E4H	1E5H	1E6H	1E7H	2E4H	2E5H	2E6H	2E7H
3#站	0E4H	0E5H	164H	165H	1E8H	1E9H	1EAH	1EBH	2E8H	2E9H	2EAH	2EBH
4#站	0E6H	0E7H	166H	167H	1ECH	1EDH	1EEH	1EFH	2ECH	2EDH	2EEH	2EFH
5#站	0E8H	0E9H	168H	169H	1F0H	1F1H	1F2H	1F3H	2F0H	2F2H	2F2H	2F3H
6#站	0EAH	0EBH	16AH	16BH	1F4H	1F5H	1F6H	1F7H	2F4H	2F5H	2F6H	2F7H
7#站	0ECH	0EDH	16CH	16DH	1F8H	1F9H	1FAH	1FBH	2F8H	2F9H	2FAH	2FBH
8#站	0EEH	0EFH	16EH	16FH	1FCH	1FDH	1FEH	1FFH	2FCH	2FDH	2FEH	2FFH
9#站	0F0H	0F1H	170H	171H	200H	201H	202H	203H	200H	201H	202H	203H
10#站	0F2H	0F3H	172H	173H	204H	205H	206H	207H	204H	205H	206H	207H
11#站	0F4H	0F5H	174H	175H	208H	209H	20AH	20BH	208H	209H	20AH	20BH
12#站	0F6H	0F7H	176H	177H	20CH	20DH	20EH	20FH	20CH	20DH	20EH	20FH
13#站	0F8H	0F9H	178H	179H	210H	211H	212H	213H	210H	211H	212H	213H
14#站	0FAH	0FBH	17AH	17BH	214H	215H	216H	217H	214H	215H	216H	217H
15#站	0FCH	0FDH	17CH	17DH	218H	219H	21AH	21BH	218H	219H	21AH	21BH

（6）主站与远程设备站的通信　主站与远程设备站的通信如图 7-21 所示。

1）起动数据链接。PLC 首先应将"写入刷新指令"（BFM#AH b0）设置为 ON，使远程输入（RY）有效；如果"写入刷新指令"设置为 OFF，则远程输入（RY）的所有数据都被视为"OFF"。PLC 如果设定通过 EEPROM 的参数来起动数据链接（BFM#AH b8），参数应先记录到 EEPROM 中（通过 BFM#AH b10 设定）。

2）远程输入和远程寄存器读取。通过链接扫描，远程设备站的远程输入（RX RWr）会自

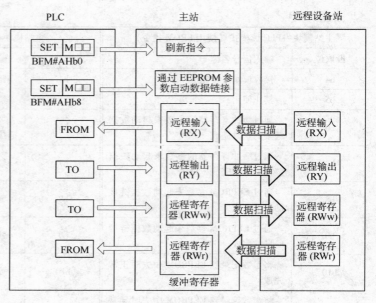

图 7-21　主站与远程设备站的通信

动保存到主站的缓冲存储器中，可以通过 FROM（FX$_{3U}$ 系列可以用 MOV、BMOV、FMOV 等指令）指令来读取并保存缓冲存储器单元。

3）远程输出和远程寄存器写入。通过 TO（FX$_{3U}$ 系列可以用 MOV、BMOV、FMOV 等指令）指令可将 ON/OFF 信号写入到缓冲存储器并自动传送到远程输出（RY），也可以将数据写入缓冲存储器再传送到远程寄存器（RWw）。

2. FX 远程站模块 FX$_{2N}$-32CCL

在 CC-Link 网络中，FX$_{2N}$-32CCL 是将 PLC 连接到 CC-Link 网络中的接口模块，可连接的 PLC 有 FX$_{0N}$/FX$_{2N}$/FX$_{2NC}$ 系列的小型 PLC，与之连接的 PLC 将作为远程设备站，并占用 PLC 的 8 个 I/O 点。

32CCL 在连接到 CC-Link 网络时，必须进行站号和占用点数的设定。站号由两位旋转开关设定，占用站数由一位旋转开关设定，站号在 1～64 之间，超出此范围将出错，占用站数在 1～4 之间。

（1）FX$_{2N}$-32CCL 与系统的通信　FX$_{2N}$-32CCL 与系统的通信连接如图 7-22 所示：

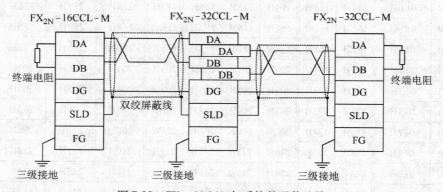

图 7-22　FX$_{2N}$-32CCL 与系统的通信连接

采用专用双绞屏蔽电缆将各站的 DA 与 DA、DB 与 DB、DG 与 DG 端子连接。FX$_{2N}$-32CCL 具有两个 DA 和 DB 端子，它们的功能是相同的，SLD 端子应与屏蔽电缆的屏蔽层连接，FG 端子采用 3 级接地。

（2）FX$_{2N}$-32CCL 的 BFM 分配　FX$_{2N}$-32CCL 的 BFM 分配见表 7-42。

表 7-42　FX$_{2N}$-32CCL 的 BFM 分配表

BFM	主站→远程 PLC 说明	BFM	主站←远程 PLC 说明
#0	远程输出 RY00～RY0F（设定站）	#0	远程输入 RX00～RX0F（设定站）
#1	远程输出 RY10～RY1F（设定站）	#1	远程输入 RX10～RX1F（设定站）
#2	远程输出 RY20～RY2F（设定站+1）	#2	远程输入 RX20～RX2F（设定站+1）
#3	远程输出 RY30～RY3F（设定站+1）	#3	远程输入 RX30～RX3F（设定站+1）
#4	远程输出 RY40～~RY4F（设定站+2）	#4	远程输入 RX40～RX4F（设定站+2）
#5	远程输出 RY50～RY5F（设定站+2）	#5	远程输入 RX50～RX5F（设定站+2）
#6	远程输出 RY60～RY6F（设定站+3）	#6	远程输入 RX60～RX6F（设定站+3）
#7	远程输出 RY70～RY7F（设定站+3）	#7	远程输入 RX70～RX7F（设定站+3）
#8	远程寄存器 RWw0（设定站）	#8	远程寄存器 RWr0（设定站）
#9	远程寄存器 RWw1（设定站）	#9	远程寄存器 RWr1（设定站）
#10	远程寄存器 RWw2（设定站）	#10	远程寄存器 RWr2（设定站）
#11	远程寄存器 RWw3（设定站）	#11	远程寄存器 RWr3（设定站）
#12	远程寄存器 RWw4（设定站+1）	#12	远程寄存器 RWr4（设定站+1）
#13	远程寄存器 RWw5（设定站+1）	#13	远程寄存器 RWr5（设定站+1）
#14	远程寄存器 RWw6（设定站+1）	#14	远程寄存器 RWr6（设定站+1）
#15	远程寄存器 RWw7（设定站+1）	#15	远程寄存器 RWr7（设定站+1）
#16	远程寄存器 RWw8（设定站+2）	#16	远程寄存器 RWr8（设定站+2）
#17	远程寄存器 RWw9（设定站+2）	#17	远程寄存器 RWr9（设定站+2）
#18	远程寄存器 RWwA（设定站+2）	#18	远程寄存器 RWrA（设定站+2）
#19	远程寄存器 RWwB（设定站+2）	#19	远程寄存器 RWrB（设定站+2）
#20	远程寄存器 RWwC（设定站+3）	#20	远程寄存器 RWrC（设定站+3）
#21	远程寄存器 RWwD（设定站+3）	#21	远程寄存器 RWrD（设定站+3）
#22	远程寄存器 RWwE（设定站+3）	#22	远程寄存器 RWrE（设定站+3）
#23	远程寄存器 RWwF（设定站+3）	#23	远程寄存器 RWrF（设定站+3）
#24	设定波特率	#24	
#25	通信状态	#25	
#26	CC-LINK 模块代码	#26	
#27	本站的编号	#27	禁止写入
#28	占用站数	#28	
#29	出错代码	#29	
#30	模块代码（K7040）	#30	
#31	保留	#31	保留

7.12　PLC 模拟量处理模块应用

项目二十五　FX$_{0N}$-3A 模拟量输入应用

1. 控制要求

当 FX$_{0N}$-3A 输入通道 1 的输入电压低于 1V 时黄灯亮，当输入通道 1 的电压高于 1V 小于 4V 时绿灯亮，当输入通道 1 输入电压高于 4V 时红灯亮。

2. 完成内容

列出 I/O 分配并画出 I/O 接线图，编写 FX$_{0N}$-3A 调试程序，进行 A-D 输入通道增益和偏移调试；编写控制程序并进行调试。

3. 提高

编写当电压为 1～4V 时输入为 4～20mA 的程序。

4. 提供器材

FX$_{3U}$-48MR（或 FX$_{2N}$-48MR）PLC、FX$_{0N}$-3A、5V 可调电源、DC 24V 红灯、黄灯、绿灯、按钮等。

5. 事例程序——电压输入→电流输出控制

（1）控制要求　FX$_{0N}$-3A 输入通道 1 和输入通道 2 均为 0～5V 电压输入，输出通道为 4～20mA 电流输出，要求输出通道的数字量为 2 个给定输入通道数字量的平均值。

（2）I/O 分配及接线图　X000：起动；X001：停止；X010：通道 1 偏移、增益调整；X011：通道 2 偏移、增益调整；X012：输出偏移调整；X013：输出增益调整。FX$_{0N}$-3A 接线图如图 7-23 所示。

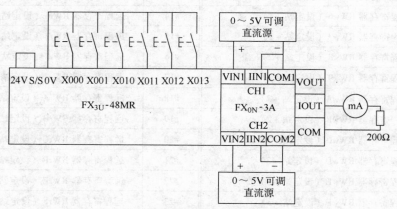

图 7-23　FX$_{0N}$-3A 接线图

（3）输入和输出校准程序　输入输出偏移、增益程序如图 7-24 所示。

调整输入通道偏移时，将输入通道 5V 可调电源移除，短接 COM1（COM2）、VIN、IIN，接通 X010，调整 OFFSET 旋钮，使 D0（D1）值为 K0；调整输入通道增益时，在 VIN 端子加 5V 电压，接通 X011，调整 GAIN 旋钮，使 D0（D1）值为 K250。

调整输出通道偏移时，接通 X012，调整输出通道 OFFSET，使输出电流为 4mA；调整输出通道偏移时，接通 X013，调整输出通道 GAIN，使输出电流为 20mA。

（4）控制程序　电压输入→电流输出控制程序如图 7-25 所示。

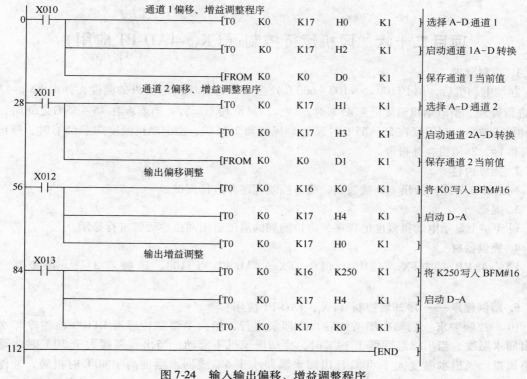

图 7-24　输入输出偏移、增益调整程序

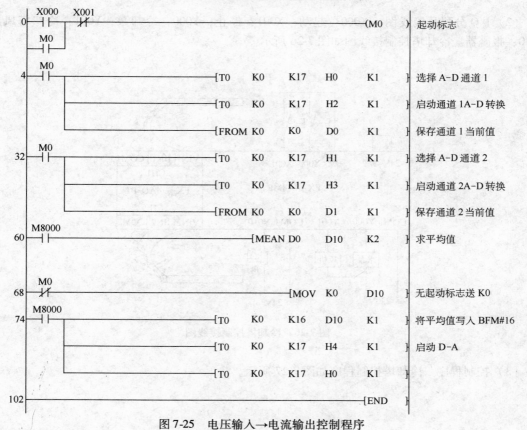

图 7-25　电压输入→电流输出控制程序

项目二十六　风机运行控制（FX$_{2N}$-4AD-PT 应用）

1. 控制要求

起动电动机后，用 PT100（-100～600℃）温度传感器检测电动机的温度，并由 FX$_{2N}$-4AD-PT 进行处理。当电动机温度低于 45℃时，1#、2#风机均不运行；当温度在 45～55℃之间时，起动 1#风机散热；当温度在 55～65℃时起动 1#风机和 2#风机；当电动机温度高于 65℃时，停止电动机和 1#、2#风机，并报警。

2. 完成内容

列出 I/O 分配并画出 I/O 接线图，编写控制程序并进行调试。

3. 提高

设计一个显示电动机温度的程序，将检测到的温度值用两位数码管进行显示。

4. 提供器材

FX$_{3U}$-48MR（或 FX$_{2N}$-48MR）PLC、FX$_{2N}$-4AD-PT、PT100、接触器 3 只、报警器、按钮等。

5. 事例程序——冷却塔控制（FX$_{2N}$-4AD-PT 应用）

（1）控制要求　起动冷却系统后，冷却泵运行，用两个温度传感器 PT100 检测冷却水管的出回水温度，当出水温度低于 30℃时，冷却塔风机不起动；当出水温度大于 30℃时起动冷却塔风机；当出水温度大于 40℃且出回水温差小于 5℃或回水温度高于 40℃时报警，并停止运行。

（2）I/O 分配及接线图　X000：起动；X001：停止；Y000：冷却泵；Y001：冷却塔风机；Y010：报警器。冷却塔控制接线图如图 7-26 所示。

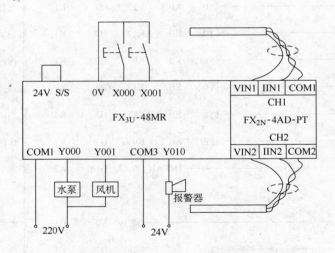

图 7-26　冷却塔控制接线图

（3）控制程序　冷却塔控制程序如图 7-27 所示。

```
     X000
0    ├─┤├──────────────────────────────────────────[SET    M10 ]    起动标志
     X001
2    ├─┤├──────────────────────────────────────────[RST    M10 ]
     │
     └────────────────────────────────────────────[RST    Y010]    报警复位
        U0\              M10
5    ├[= G30    K2040 ]──┤├──────────────────────────────(M0  )    识别码相等标志
     M0                                          U0\
12   ├─┤├───────────────────────────────────[MOV  G29   D0  ]    读模块出错信息
     M0    D0.0   D0.A                              U0\
18   ├─┤├──┤/├──┤├────────────────────────[FMOV K10  G1    K2 ]   无错时写入平均
     │                                                           采用次数
     │          ┌──────────────────────────[BMOV G5   D10   K2 ]   读1、2通道模拟量
     │          │                               U0\
     D0.0
39   ├─┤├──┐──────────────────────────────[FMOV K0   D10   K2 ]   有错误时写K0
     D0.A  │
     ├─┤├──┘
     M8000
52   ├─┤├────────────────────────────────[SUB  D10   D11   D12]   通道1、通道2的差
60   ├[<  D10   K300 ]───────────────────────────────(M100)   低于30℃标志
66   ├[>  D10   K300 ]┤[<  D10   K400 ]───────────────(M101)   高于30℃低于
                                                              40℃标志
77   ├[>  D10   K400 ]───────────────────────────────(M102)   通道1高于40℃标志
83   ├[>  D11   K400 ]───────────────────────────────(M103)   通道2高于40℃标志
89   ├[>  D12   K50  ]───────────────────────────────(M104)   温差高于5℃标志
     M102  M104
95   ├─┤├──┤/├──┐─────────────────────────────────[SET   Y010]   报警输出
     M103       │ M10
     ├─┤├───────┘─┤├──────────────────────────────[RST   M10 ]
     M10
101  ├─┤├───────────────────────────────────────────(Y000)   冷却水泵输出
     M10   M100
103  ├─┤├──┤/├──────────────────────────────────────(Y001)
106  ├────────────────────────────────────────────────[END ]
```

图 7-27　冷却塔控制程序

项目二十七　空气压缩机运行控制（FX₃ᵤ-4AD 应用）

1. 控制要求

起动空气压缩机后，其运行和停止受储气罐的压力控制，当压力低于 5kg 时起动空气压缩机加压；当压力上升到 7kg 时，停止加压，即控制储气罐气压保持在 5～7kg 之间。储气罐的压力用压力传感器（0～10kg，4～20mA）检测，压力模拟量由 FX₃ᵤ-4AD 处理。

2. 完成内容

列出 I/O 分配并画出 I/O 接线图，编写 FX$_{2N}$-4AD 调试程序，调整其偏移和增益；编写控制程序并进行调试。

3. 提供器材

FX$_{3U}$-48MR（或 FX$_{2N}$-48MR）PLC、FX$_{2N}$-4AD、压力传感器、接触器、按钮等。

4. 事例程序——电源电压检测控制（FX$_{3U}$-4AD 应用）

（1）控制要求　起动电动机前，首先检测三相电源电压，如果电源电压正常（360～400V），则投入设备，如果不正常，则不能投入。在运行过程中出现电压异常，应立即切除电源；电源电压由电压变送器（交流 0～500V，输出 4～20mA）进行检测，由 FX$_{3U}$-4AD 进行处理。

（2）I/O 分配及接线图　X000：起动；X001：停止；X021：调整偏移、增益；Y000：负载接触器。电源电压检测控制接线图如图 7-28 所示。

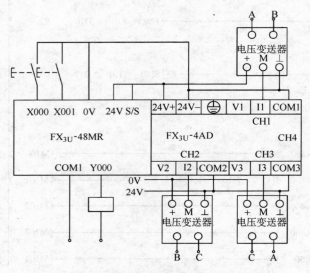

图 7-28　电源电压检测控制接线图

（3）FX$_{3U}$-4AD 偏移、增益调整程序　FX$_{3U}$-4AD 偏移、增益调整程序如图 7-29 所示。

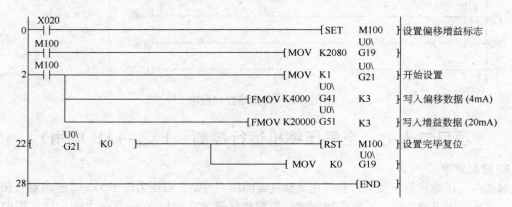

图 7-29　FX$_{3U}$-4AD 偏移、增益调整程序

（4）控制程序　电源电压检测控制程序如图 7-30 所示。

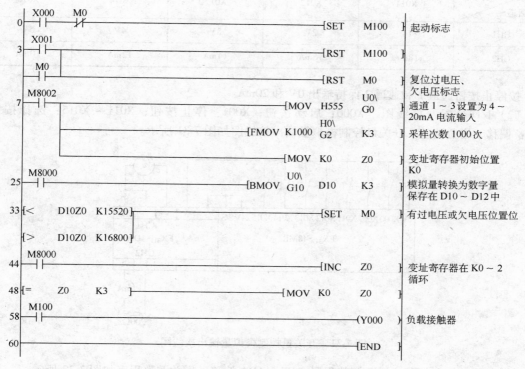

图 7-30　电源电压检测控制程序

项目二十八　模拟输出控制（FX$_{3U}$-4DA 应用）

1. 控制要求

启动系统后，模拟量输出模块 FX$_{3U}$-4DA 第 1 通道输出电压 2.5V，按"电压增加"按钮，电压每 1s 增加 0.1V（最大值 5V），松开"电压增加"按钮，电压保持；按"电压降低"按钮，电压每 1s 降低 0.1V（最小值 0V），松开"电压降低"按钮，电压保持；按停止按钮电压降到 0V。

2. 完成内容

列出 I/O 分配并画出 I/O 接线图，编写 FX$_{3U}$-4DA 调试程序；编写控制程序并进行调试。

3. 提高

将程序改为电流输出的控制程序，启动时输出电流为 12mA，按住按钮时，每 1s 增加或减少 1mA 的控制程序。

4. 提供器材

FX$_{3U}$-48MR（或 FX$_{2N}$-48MR）PLC、FX$_{3U}$-4DA、按钮、直流电压表等。

5. 事例程序——用开关量控制模拟量输出（FX$_{3U}$-4DA 应用）

（1）控制要求　按启动按钮，模拟量输出模块 FX$_{3U}$-4DA 通道 1 输出 0V，通道 2 输出 20mA；按 X011～X015，通道 1 和通道 2 输出见表 7-43。

表 7-43　　输入输出对应表

输入 通道	X011	X012	X013	X014	X015
CH1	1V	2V	3V	4V	5V
CH2	18mA	16mA	14mA	12mA	10mA

按停止按钮通道 1 和通道 2 保持输出 0V 和 20mA。

（2）I/O 分配及接线图　X000：启动按钮；X001：停止按钮；X011～X015：选择按钮；X20：偏移、增益调整。开关量控制模拟量输出接线图如图 7-31 所示。

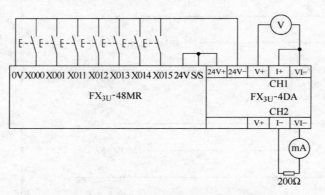

图 7-31　开关量控制模拟量输出接线图

（3）FX$_{3U}$-4DA 偏移、增益调整程序　FX$_{3U}$-4DA 偏移、增益调整程序如图 7-32 所示。

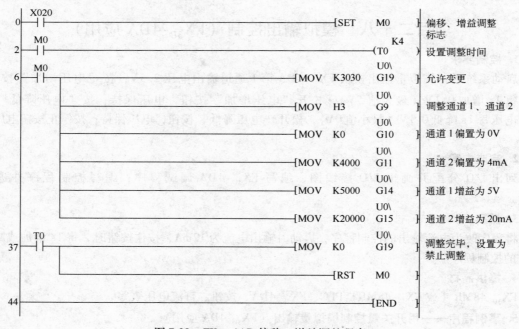

图 7-32　FX$_{3U}$-4AD 偏移、增益调整程序

（4）控制程序　开关量控制模拟量输出程序如图 7-33 所示。

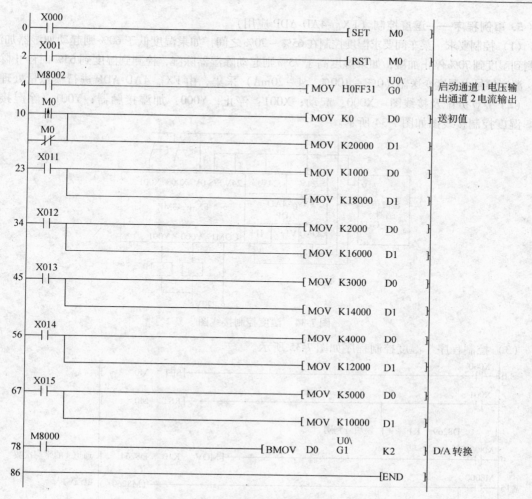

图 7-33 开关量控制模拟量输出程序

项目二十九 冷库控制（FX$_{3U}$-4AD-ADP 应用）

1. 控制要求

冷库有两台制冷压缩机，温度在 -20℃ 以下时，1#压缩机和 2#压缩机均不工作，当温度在 -10 ~ -20℃ 之间时，1#压缩机和 2#压缩机轮流工作（10h 切换），当温度在 -10℃ 以上时两台压缩机同时工作；温度信号由温度变送器（-100 ~ 100℃，4 ~ 20mA）采集，由 FX$_{3U}$-4AD-ADP 进行模拟量处理。

2. 完成内容

列出 I/O 分配并画出 I/O 接线图，编写控制程序并进行调试。

3. 提高

当压缩机由单台运行切换到停机（低于 -20℃）或切换到两台同时运行时（高于 -10℃），其累计运行时间予以保留，下一次切换到单台运行时，继续运行满 10h，再进行切换；添加制冷温度设置的程序。

4. 提供器材

FX$_{3U}$-48MR （或 FX$_{2N}$-48MR）PLC、FX$_{2N}$-4AD-ADP、温度变送器、接触器 2 只、按钮等。

5. 事例程序——湿度控制（FX₃U-4AD-ADP 应用）

（1）控制要求　某车间要求湿度控制在 65% ~70% 之间，如果湿度低于 60% 则起动加湿器加湿，检测到湿度到 70% 停止加湿；如果湿度高于 75% 则起动除湿器除湿，检测到湿度到 65% 时停止除湿器。湿度信号由湿度变送器（0% ~100%，4 ~20mA）采集，由 FX₃U-4AD-ADP 进行模拟量处理。

（2）I/O 分配及接线图　X000：起动；X001：停止；Y000：加湿接触器；Y001：除湿接触器。湿度控制接线图如图 7-34 所示。

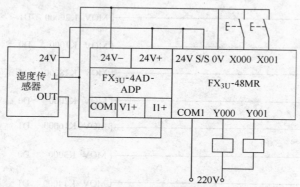

图 7-34　湿度控制接线图

（3）控制程序　湿度控制程序如图 7-35 所示。

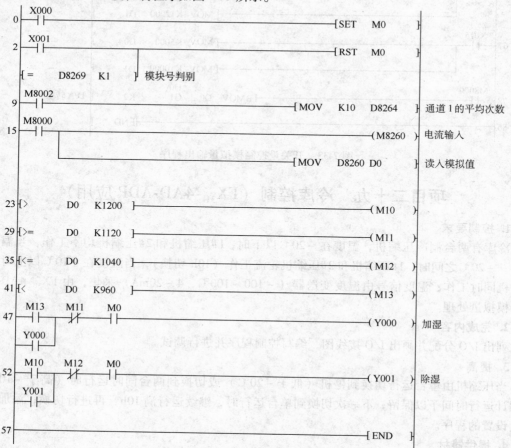

图 7-35　湿度控制程序

习 题 七

1. 编程时，如何操作 FX$_{0N}$-3A 模拟量处理模块 BFM#17 缓冲存储器单元进行模拟量的输入/输出处理？

2. 用 FX$_{2N}$-5A 作为模拟量处理单元，编写控制程序，其控制要求如下：

① 输入采用 4～20mA 电流输入。

② 输出为 0～5V 的电压输出。

3. FX$_{2N}$-4AD 在使用上与 FX$_{3U}$-4AD-ADP 有什么不同？分别用 FX$_{2N}$-4AD 和 FX$_{3U}$-4AD-ADP 编写如下控制程序：

输入为 0～5V 的电压输入信号。输入电压小于 2V 时指示灯 Y000 不亮；输入在 2～4V 时指示灯闪烁，周期为 2s；输入大于 4V 时指示灯闪烁，周期为 1s。

4. 用 FX$_{2N}$-485-BD 通信时，如何设置并行链接和高速并行链接？两种链接方式有何不同？

5. RS（RS2）指令通信与 N∶N 链接通信比较，使用时有何区别？

6. CC-Link 通信有何优势？如何实现 CC-Link 网络信息交互？

附　录

附录 A　常用电气简图用图形符号及文字符号一览表

序号	图形符号	文字符号	名　称	序号	图形符号	文字符号	名　称
1		S	开关（机械式）	18		KT	瞬时断开延时闭合常闭触头
2		S	多极开关一般符号单线表示	19		SB	自动复位的按钮
3		QK	普通三相刀开关	20		S	无自动复位的旋转开关
4		KM	接触器常开主触点	21		SQ	位置开关常开触头
5		KM	接触器常闭主触点	22		SQ	位置开关常闭触头
6		QS	负荷开关	23		STS	带常开触头的热敏开关
7		QF	断路器	24		FR	热继电器的触头
8		QF	熔断器式断路器	25			有热元件的气体放电管
9		QS	隔离开关	26		K	常开触头
10		FU	熔断器一般符号	27		K	常闭触头
11		FU	跌落式熔断器	28		K	先断后合的转换触头
12		QFS	熔断器式开关	29		T	双绕组变压器
13		QS	熔断器式隔离开关	30		T	三绕组变压器
14		QS	熔断器式负荷开关	31		T	自耦变压器
15		KT	延时闭合瞬时断开常开触头	32		L	电抗器
16		KT	瞬时闭合延时断开常开触头	33		FR	热继电器的驱动器件
17		KT	延时断开瞬时闭合触头	34		FR	热继电器常闭触头

（续）

序号	图形符号	文字符号	名　称	序号	图形符号	文字符号	名　称
35		R	电阻器一般符号	48		E	接地一般符号
36		R	可调电阻器	49		MM	接机壳
37		RP	滑动触点电位器	50		TE	无噪声接地
38		C	电容器一般符号	51		PE	保护接地
39		C	可调电容器	52			保护等电位联结
40	A	PA	电流表	53			电缆终端头
41	V	PV	电压表	54		HA	电铃
42	W	PW	记录式功率表	55		BL	扬声器
43	Hz		频率表	56		HA	电喇叭
44	n		转速表	57	M 3~	M3 ~	三相笼形异步电动机
45	Wh		电能表	58	M 3~	M3 ~	三相绕线转子异步电动机
46	Varh		无功电能表	59	M	M	直流电动机
47		GB	电池	60		SP	接近开关

附录 B FX 可编程序控制器特殊功能软元件

FX 可编程序控制器常用特殊辅助继电器见附表 B-1，常用特殊寄存器见附表 B-2。

附表 B-1 常用特殊辅助继电器

特殊辅助继电器	说　明	适用机型 FX₃U	适用机型 FX₂N	特殊辅助继电器	说　明	适用机型 FX₃U	适用机型 FX₂N
		FX₃U	FX₂N			FX₃U	FX₂N
PLC 状态				M8034	禁止所有外部输出	√	√
M8000	运行监控	√	√	M8035	强制 RUN 模式	√	√
M8001	运行监控反向	√	√	M8036	强制 RUN 指令	√	√
M8002	初始化脉冲	√	√	M8037	强制 STOP 指令	√	√
M8003	初始化脉冲反向	√	√	M8038	通信参数设置标志	√	√
M8004	发送错误	√	√	M8039	恒定扫描模式	√	√
M8005	电池电压过低	√	√	步进专用			
M8006	电池电压低锁存	√	√	M8040	禁止状态转移	√	√
M8007	检测出瞬间停止	√	√	M8041	转移开始	√	√
M8008	检测出停电中	√	√	M8042	启动输入的脉冲输出	√	√
M8009	扩展单元 DC24V 掉电	√	√	M8043	原点回归结束	√	√
时钟				M8044	原点条件	√	√
M8010	—	—	—	M8045	禁止所有输出复位	√	√
M8011	10ms 周期脉冲	√	√	M8046	STL 动作状态	√	√
M8012	100ms 周期脉冲	√	√	M8047	STL 监控有效	√	√
M8013	1s 周期脉冲	√	√	M8048	信号报警器动作	√	√
M8014	1min 周期脉冲	√	√	M8049	信号报警器 D8049 有效	√	√
标志位				禁止中断			
M8020	加减运行结果为 0 标志	√	√	M8050	I00□禁止	√	√
M8021	减法运算结果超出最大负值的借位标志	√	√	M8051	I10□禁止	√	√
M8022	发生进位或溢出标志	√	√	M8052	I20□禁止	√	√
M8024	指定 BMOV 方向	√	√	M8053	I30□禁止	√	√
M8025	HSC 模式	√	√	M8054	I40□禁止	√	√
M8026	RAMP 模式	√	√	M8055	I50□禁止	√	√
M8027	PR（FNC77）模式	√	√	M8056	I60□禁止	√	√
M8029	动作结束标志	√	√	M8057	I70□禁止	√	√
PLC 模式				M8058	I80□禁止	√	√
M8030	驱动后，PLC 电池电压低 LED 不指示	√	√	M8059	I010～I060 禁止	√	√
M8031	非保存内存清除	√	√	出错检测			
M8032	保存内存全部清除	√	√	M8060	I/O 构成出错	√	√
M8033	驱动后，内存保存	√	√	M8061	PLC 硬件出错	√	√

（续）

特殊辅助继电器	说　　明	适用机型		特殊辅助继电器	说　　明	适用机型	
		FX$_{3U}$	FX$_{2N}$			FX$_{3U}$	FX$_{2N}$
出错检测				**高速计数器比较、高速表格、定位**			
M8062	PLC/PP 通信出错	×	√	M8130	HSZ 表格比较模式	√	√
M8063	串行通信出错	√	√	M8131	HSZ 执行结束标志	√	√
M8064	参数出错	√	√	M8132	HSZ、PLSY 速度模式	√	√
M8065	语法出错	√	√	M8133	HSZ、PLSY 执行结束	√	√
M8066	梯形图出错	√	√	M8138	HSCT 执行结束标志	√	×
M8067	运算出错	√	√	M8139	高数比较指令执行中	√	×
M8068	运算出错锁存	√	√	**变频器通信**			
M8069	I/O 总线检测	√	√	M8151	变频器通信中	√	×
并行链接				M8152	变频器通信出错	√	×
M8070	并行链接设置主站	√	√	M8153	变频器通信出错锁定	√	×
M8071	并行链接设置从站	√	√	M8154	IVBWR 指令出错	√	×
M8072	并行链接标志	√	√	M8155	EXTR 指令驱动时置位	√	×
M8073	M8070 M8071 设置不良	√	√	M8156	变频器通信中（CH2）	√	×
采样跟踪				M8157	变频器通信出错（CH2）	√	×
M8075	采样跟踪准备开始指令	√	√	M8158	变频器通信出错锁定	√	×
M8076	采样跟踪执行开始指令	√	√	M8159	IVBWR 出错（CH2）	√	×
M8077	采样跟踪执行中监控	√	√	**扩展功能**			
M8078	采样跟踪结束监控	√	√	M8160	XCH 的 SWAP 功能	√	√
M8079	采样跟踪系统区域	√	√	M8161	8 位处理模式	√	√
标志位				M8162	高速并联链接模式	√	√
M8090	BKCMP 块比较信号	√	×	M8165	SORT2 指令降序排列	√	×
M8091	COMRD BINDA 输出字符数切换信号	√	×	M8167	HKY 处理 HEX 数据	√	√
高速环形计数器				M8168	SMOV 处理 HEX 数据	√	√
M8099	高速环形计数器动作	√	√	**脉冲捕捉**			
M8100	—	—	—	M8170	输入 X000 脉冲捕捉	√	√
内存信息				M8171	输入 X001 脉冲捕捉	√	√
M8105	在内存中写入接通	√	×	M8172	输入 X002 脉冲捕捉	√	√
M8107	软元件注释登录确认	√	×	M8173	输入 X003 脉冲捕捉	√	√
输出刷新				M8174	输入 X004 脉冲捕捉	√	√
M8109	输出刷新出错	√	√	M8175	输入 X005 脉冲捕捉	√	√
计算机链接【RS 指令专用】				M8176	输入 X006 脉冲捕捉	√	×
M8121	发送待机标志	√	√	M8177	输入 X007 脉冲捕捉	√	×
M8122	请求发送	√	√	**计数器增减计数方向**			
M8123	发送结束标志	√	√	M8200 ~ M8234	C200 ~ C234 脉冲方向控制，ON 为减计数	√	√
M8124	检测出进位的标志位	√	√				

（续）

特殊辅助继电器	说　明	适用机型		特殊辅助继电器	说　明	适用机型	
		FX$_{3U}$	FX$_{2N}$			FX$_{3U}$	FX$_{2N}$
高速计数器增减计数方向				M8349	Y000 脉冲输出停止	√	×
M8246 ~ M8255	C246 ~ C255 脉冲方向控制，ON 为减计数	√	√	M8350	Y001 脉冲输出监控	√	×
模拟量特殊适配器				M8351	Y001 清除信号输出	√	×
M8260 ~ M8269	第一台特殊适配器	√	×	M8352	Y001 原定回归方	√	×
M8270 ~ M8279	第二台特殊适配器	√	×	M8353	Y001 正转限位	√	×
M8280 ~ M8289	第三台特殊适配器	√	×	M8354	Y001 反转限位	√	×
M8290 ~ M8299	第四台特殊适配器	√	×	M8355	Y001 JOG 逻辑反转	√	×
标志位				M8356	Y001 零点逻辑反转	√	×
M8304	乘除运算结果为 0	√	×	M8357	Y001 中断逻辑反转	√	×
M8306	除法运算结果溢出	√	×	M8358	Y001 定位指令驱动中	√	×
I/O 安装出错				M8359	Y001 脉冲输出停止	√	×
M8316	I/O 未安装出错	√	×	M8360	Y002 脉冲输出监控	√	×
M8318	BFM 初始化出错	√	×	M8361	Y002 清除信号输出	√	×
M8328	指令不执行	√	×	M8362	Y002 原定回归方	√	×
M8329	指令执行异常结束	√	×	M8363	Y002 正转限位	√	×
定时时钟				M8364	Y002 反转限位	√	×
M8330	DUTY 定时时钟输出 1	√	×	M8365	Y002 JOG 逻辑反转	√	×
M8331	DUTY 定时时钟输出 2	√	×	M8366	Y002 零点逻辑反转	√	×
M8332	DUTY 定时时钟输出 3	√	×	M8367	Y002 中断逻辑反转	√	×
M8333	DUTY 定时时钟输出 4	√	×	M8368	Y002 定位指令驱动中	√	×
M8334	DUTY 定时时钟输出 5	√	×	M8369	Y002 脉冲输出停止	√	×
定位				M8370	Y003 脉冲输出监控	√	×
M8340	Y000 脉冲输出监控	√	×	M8371	Y003 清除信号输出	√	×
M8341	Y000 清除信号输出	√	×	M8372	Y003 原定回归方	√	×
M8342	Y000 原定回归方	√	×	M8373	Y003 正转限位	√	×
M8343	Y000 正转限位	√	×	M8374	Y003 反转限位	√	×
M8344	Y000 反转限位	√	×	M8375	Y003 JOG 逻辑反转	√	×
M8345	Y000 JOG 逻辑反转	√	×	M8376	Y003 零点逻辑反转	√	×
M8346	Y000 零点逻辑反转	√	×	M8377	Y003 中断逻辑反转	√	×
M8347	Y000 中断逻辑反转	√	×	M8378	Y003 定位指令驱动中	√	×
M8348	Y000 定位指令驱动中	√	×	M8379	Y003 脉冲输出停止	√	×

（续）

特殊辅助继电器	说　明	FX₃ᵤ	FX₂ₙ	特殊辅助继电器	说　明	FX₃ᵤ	FX₂ₙ
	高速计数功能				RS2 通道 2		
M8380	C235、C241、C244、C247、C249、V251、C252、C254 动作状态	√	×	M8421	发送待机标志	√	×
M8381	C236 动作状态	√	×	M8422	发送请求	√	×
M8382	C237、C242、C245 动作状态	√	×	M8423	发送结束标志	√	×
M8383	C238、C248、C250、C253、C255 动作状态	√	×	M8424	检测出进位标志位	√	×
M8384	C239、C243 动作状态	√	×	M8425	数据设定指标就绪标志	√	×
M8385	C240 动作状态	√	×	M8426	计算机链接全局 ON	√	×
M8386	C244（OP）动作状态	√	×	M8427	计算机链接下位通信请求发送中	√	×
M8387	C245（OP）动作状态	√	×	M8428	计算机链接下位通信请求出错标志位	√	×
M8388	高速计数器功能变更用触点	√	×	M8429	计算机链接下位通信请求字/字节切换	√	×
M8389	外部复位输入逻辑切换	√	×	M8438	串行通信出错	√	×
M8390	C244 功能切换	√	×		定位		
M8391	C245 功能切换	√	×	M8460	DVIT 指令 Y000 用户中断输入指令	√	×
M8392	C248、C253 功能切换	√	×	M8461	DVIT 指令 Y001 用户中断输入指令	√	×
	RS2 通道 1			M8462	DVIT 指令 Y002 用户中断输入指令	√	×
M8401	发送待机标志	√	×	M8463	DVIT 指令 Y003 用户中断输入指令	√	×
M8402	发送请求	√	×	M8464	DSZR、ZRN 指令 Y000 清除信号软元件有效	√	×
M8403	发送结束标志	√	×	M8465	DSZR、ZRN 指令 Y001 清除信号软元件有效	√	×
M8404	检测出进位标志位	√	×	M8466	DSZR、ZRN 指令 Y001 清除信号软元件有效	√	×
M8405	数据设定指标就绪标志	√	×	M8467	DSZR、ZRN 指令 Y001 清除信号软元件有效	√	×
M8409	判断超时标志位	√	×				

附表 B-2 常用特殊数据寄存器的相关说明

特殊数据寄存器	说　明	适用机型 FX₃U	适用机型 FX₂N	特殊数据寄存器	说　明	适用机型 FX₃U	适用机型 FX₂N
		FX₃U	FX₂N			FX₃U	FX₂N
PLC 状态				D8045	ON 状态编号 6	√	√
D8000	看门狗定时器初值 200	√	√	D8046	ON 状态编号 7	√	√
D8001	PLC 类型及系统版本	√	√	D8047	ON 状态编号 8	√	√
D8002	内存容量	√	√	D8049	ON 时，保存报警继电器最小编号	√	√
D8003	内存种类	√	√	**出错检测**			
D8004	出错辅助继电器编号	√	√	D8060	输入/输出未安装，起始编号	√	√
D8005	电池电压	√	√	D8061	PLC 硬件出错代码编号	√	√
D8006	检测电池电压低的等级	√	√	D8062	PLC/PP 通信出错代码	√	√
D8007	检测出瞬时停电次数	√	√	D8063	通道 1 通信出错代码	√	√
D8008	检测出停电的时间	√	√	D8064	参数出错代码	√	√
D8009	DC24V 掉电的单元号	√	√	D8065	语法出错代码	√	√
时钟				D8066	梯形图出错代码	√	√
D8010	扫描的当前时间	√	√	D8067	运算出错代码	√	√
D8011	扫描时间的最小值	√	√	D8068	发送运算出错的步编号	√	√
D8012	扫描时间的最大值	√	√	D8069	M8065 ~ M8067 产生出错编号	√	√
D8013	时钟秒	√	√	**并行链接**			
D8014	时钟分	√	√	D8070	判断并行链接出错时间	√	√
D8015	时钟小时	√	√	**采样跟踪**			
D8016	日	√	√	D8074 ~ D8098	使用 A6GPP、A6PHPP、A7PHP 采样跟踪时被可编程序控制器占用	√	√
D8017	月	√	√				
D8018	年	√	√	**环形计数器**			
D8019	星期	√	√	D8099	0 ~ 32767 的递增环形计数器	√	√
输入滤波时间				**内存信息**			
D8020	X000 ~ X0017 输入滤波时间	√	√	D8101	PLC 类型及版本	√	×
	变址寄存器的内容			D8102	内存容量	√	√
D8028	Z0 寄存器的内容	√	√	D8104	功能扩展类型机型代码	√	√
D8029	V0 寄存器的内容	√	√	D8105	功能扩展内存版本	√	√
步进专用				D8107	软元件注释登录数	√	×
D8040	ON 状态编号 1（最小）	√	√	D8108	特殊模块的链接台数	√	×
D8041	ON 状态编号 2	√	√	**输出刷新出错**			
D8042	ON 状态编号 3	√	√	D8109	刷新输出出错 Y 编号	√	√
D8043	ON 状态编号 4	√	√	**RS 计算机链接**			
D8044	ON 状态编号 5	√	√	D8120	设定通信格式	√	√

（续）

特殊数据寄存器	说　明	适用机型		特殊数据寄存器	说　明	适用机型	
		FX$_{3U}$	FX$_{2N}$			FX$_{3U}$	FX$_{2N}$
RS 计算机链接				D8136	PLSY、PLSR 输出到 Y000、Y001 的脉冲合计低位	√	√
D8121	设定站台号	√	√	D8137	PLSY、PLSR 输出到 Y000、Y001 的脉冲合计高位	√	√
D8122	发送数据剩余点数	√	√	D8138	HSCT 表格计数器	√	√
D8123	接收点数	√	√	D8139	HSCS、HSCR、HSZ、HSCT 执行的指令数	√	√
D8124	报头 STX	√	√	D8140	PLSY、PLSR 输出到 Y000 的脉冲数或定位指令的当前地址低位	√	√
D8125	报尾 ETX	√	√	D8141	PLSY、PLSR 输出到 Y000 的脉冲数或定位指令的当前地址高位	√	√
D8127	指定下位通信请求的起始编号	√	√	D8142	PLSY、PLSR 输出到 Y001 的脉冲数或定位指令的当前地址低位	√	√
D8128	指定下位通信请求的数据数	√	√	D8143	PLSY、PLSR 输出到 Y001 的脉冲数或定位指令的当前地址高位	√	√
D8129	设定超时的时间	√	√	D8144	—	—	—
高速计数器比较				变频器通信			
D8130	HSZ 高速比较表格计数器	√	√	D8150	通道 1 通信响应等待时间	√	×
D8131	HSZ 速度型表格计数器	√	√	D8151	通道 1 通信中的步编号，初始值 −1	√	×
D8132	HSZ 速度型式频率低位	√	√	D8152	通道 1 通信错误代码	√	×
D8133	HSZ 速度型式频率高位	√	√	D8153	通道 1 通信出错步的锁存，初始值 −1	√	×
D8134	HSZ、PLSY 速度型式目标脉冲数低位	√	√	D8154	通道 1 IVBWR 指令发生错误的参数编号，初始值 −1 或 EXTR 指令响应等待时间	√	√
D8135	HSZ、PLSY 速度型式目标脉冲数高位	√	√	D8155	通道 2 通信响应等待时间	√	√

（续）

特殊数据寄存器	说　明	适用机型		特殊数据寄存器	说　明	适用机型	
		FX_{3U}	FX_{2N}			FX_{3U}	FX_{2N}
变频器通信				D8185	V2 寄存器的内容	√	√
D8156	通道1通信中的步编号，初始值 −1 或 EXTR 指令的错误代码	√	√	D8186	Z3 寄存器的内容	√	√
D8157	通道2通信错误代码	√	√	D8187	V3 寄存器的内容	√	√
D8158	通道2通信出错步的锁存，初始值 −1	√	×	D8188	Z4 寄存器的内容	√	√
D8159	通道2 IVBWR 指令发送错误的参数编号，初始值 −1	√	×	D8189	V4 寄存器的内容	√	√
扩展功能				D8190	Z5 寄存器的内容	√	√
D8164	指定 FROM、TO 指令传送点数	×	√	D8191	V5 寄存器的内容	√	√
D8169	使用第2密码限制存取的状态，H0000 未设定2级密码；H0010 禁止写入；H0011 禁止读写；H0012 禁止所有操作；H0020 解除密码	√	×	D8192	Z6 寄存器的内容	√	√
简易 PLC 间链接设定				D8193	V6 寄存器的内容	√	√
D8173	相应的站号设定状态	√	√	D8194	Z7 寄存器的内容	√	√
D8174	通信子站的设定状态	√	√	D8195	V7 寄存器的内容	√	√
D8175	刷新范围的设定状态	√	√	简易 PLC 间链接监控			
D8176	设定站号	√	√	D8201	当前链接扫描时间	√	√
D8177	设定子站数	√	√	D8202	最大的链接扫描时间	√	√
D8178	设定刷新范围	√	√	D8203 ~ D8210	站号 1 ~ 7 数据传送顺控出错计数	√	√
D8179	刷新次数	√	√	D8211 ~ D8218	站号 1 ~ 7 数据传送出错代码	√	√
D8180	监视时间	√	√	模拟量特殊适配器			
变址寄存器				D8260 ~ D8269	第一台适配器专用	√	×
D8182	Z1 寄存器的内容	√	√	D8270 ~ D8279	第二台适配器专用	√	×
D8183	V1 寄存器的内容	√	√	D8280 ~ D8289	第三台适配器专用	√	×
D8184	Z2 寄存器的内容	√	√	D8290 ~ D8299	第四台适配器专用	√	×

（续）

特殊数据寄存器	说　明	适用机型 FX_{3U}	适用机型 FX_{2N}	特殊数据寄存器	说　明	适用机型 FX_{3U}	适用机型 FX_{2N}
	定时时钟			D8353	Y001 最高速度低位，初始值 100000	√	×
D8330	DUTY 指令定时时钟输出 1 用扫描计数器	√	×	D8354	Y001 最高速度高位，初始值 100000	√	×
D8331	DUTY 指令定时时钟输出 2 用扫描计数器	√	×	D8355	Y001 爬行速度，初始值 1000	√	×
D8332	DUTY 指令定时时钟输出 3 用扫描计数器	√	×	D8356	Y001 原点回归速度低位，初始值 50000	√	×
D8333	DUTY 指令定时时钟输出 4 用扫描计数器	√	×	D8357	Y001 原点回归速度低位，初始值 50000	√	×
D8334	DUTY 指令定时时钟输出 5 用扫描计数器	√	×	D8358	Y001 加速时间，初始值 100	√	×
D8336	DVIT 指令用中断输入初始值设定	√	×	D8359	Y001 减速时间，初始值 100	√	×
	定位			D8360	Y002 当前值寄存器低位	√	×
D8340	Y000 当前值寄存器低位	√	×	D8361	Y002 当前值寄存器高位	√	×
D8341	Y000 当前值寄存器高位	√	×	D8362	Y002 偏差速度，初始值 0	√	×
D8342	Y000 偏差速度，初始值 0	√	×	D8363	Y002 最高速度低位，初始值 100000	√	×
D8343	Y000 最高速度低位，初始值 100000	√	×	D8364	Y002 最高速度高位，初始值 100000	√	×
D8344	Y000 最高速度高位，初始值 100000	√	×	D8365	Y002 爬行速度，初始值 1000	√	×
D8345	Y000 爬行速度，初始值 1000	√	×	D8366	Y002 原点回归速度低位，初始值 50000	√	×
D8346	Y000 原点回归速度低位，初始值 50000	√	×	D8367	Y002 原点回归速度低位，初始值 50000	√	×
D8347	Y000 原点回归速度低位，初始值 50000	√	×	D8368	Y002 加速时间，初始值 100	√	×
D8348	Y000 加速时间，初始值 100	√	×	D8369	Y002 减速时间，初始值 100	√	×
D8349	Y000 减速时间，初始值 100	√	×	D8370	Y003 当前值寄存器低位	√	×
D8350	Y001 当前值寄存器低位	√	×	D8371	Y003 当前值寄存器高位	√	×
D8351	Y001 当前值寄存器高位	√	×	D8372	Y003 偏差速度，初始值 0	√	×
D8352	Y001 偏差速度，初始值 0	√	×	D8373	Y003 最高速度低位，初始值 100000	√	×

（续）

特殊数据寄存器	说　明	适用机型 FX₃U	适用机型 FX₂N	特殊数据寄存器	说　明	适用机型 FX₃U	适用机型 FX₂N
	定位				RS2 通道 2 【计算机链接】		
D8374	Y003 最高速度高位，初始值 100000	√	×	D8420	设定通信格式	√	×
D8375	Y003 爬行速度，初始值 1000	√	×	D8421	设定站号	√	×
D8376	Y003 原点回归速度低位，初始值 50000	√	×	D8422	发送剩余点数	√	×
D8377	Y003 原点回归速度低位，初始值 50000	√	×	D8423	接收点数监控	√	×
D8378	Y003 加速时间，初始值 100	√	×	D8425	显示通信参数	√	×
D8379	Y003 减速时间，初始值 100	√	×	D8427	指定下位通信请求起始编号	√	×
	中断程序及环形计数器			D8428	指定下位通信请求数据数	√	×
D8393	延迟时间	√	×	D8429	设定超时时间	√	×
D8398	0 ~ 2147483647 递增环形计数器低位	√	×	D8430	报头	√	×
D8399	0 ~ 2147483647 递增环形计数器高位	√	×	D8431	报头	√	×
	RS2 指令通道 1			D8432	报尾	√	×
D8400	设定通信格式	√	×	D8433	报尾	√	×
D8402	发送剩余点数	√	×	D8434	接收数据求和（接收数据）	√	×
D8403	接收点数监控	√	×	D8435	接收数据求和（计数结果）	√	×
D8405	显示通信参数	√	×	D8436	发送数据求和	√	×
D8409	设定超时的时间	√	×	D8438	通道 2 串行通信出错	√	×
D8410	报头	√	×	D8349	显示动作模式	√	×
D8411	报头	√	×		特殊模块		
D8412	报尾	√	×	D8449	特殊模块错误代码	√	×
D8413	报尾	√	×		定位		
D8414	接收数据求和（接收数据）	√	×	D8464	DSZR、ZRN 指令 Y000 指定清除信号软元件	√	×
D8415	接收数据求和（计数结果）	√	×	D8465	DSZR、ZRN 指令 Y001 指定清除信号软元件	√	×
D8416	发送数据求和	√	×	D8466	DSZR、ZRN 指令 Y002 指定清除信号软元件	√	×
D8419	显示动作模式	√	×	D8467	DSZR、ZRN 指令 Y003 指定清除信号软元件	√	×

附录 C　可编程序控制器状态指示灯一览表

指示灯类型	灯 状 态	PLC 状态
POWER LED	灯亮（绿色）	PLC 电源正常
	闪烁	电源不正常或 PLC 内部故障
	灯灭	PLC 电源不正常
RUN LED	灯亮（绿色）	用户程序执行中
	灯灭	未执行用户程序
BATT LED	灯亮（红色）	电池电压过低
	灯灭	电池电压超过 M8006 设定值
ERROR LED	灯亮（红色）	看门狗定时器出错或 PLC 硬件出错
	灯闪烁	用户程序参数出错、语法出错、回路出错
	灯灭	用户没有出错

附录 D　错误代码表

错误类型（软元件）	错误代码	错误原因	备 注
I/O 构成出错（M8060、D8060）	四位 BCD 码	使用未安装 I/O 扩展单元的 I/O 编号	BCD 码最高位为 1 是输入 X 出错，为 0 便是输出 Y 出错，其余 3 位为软元件编号。出现此类错误 PLC 可继续运行
串行通信出错 2（M8438、D8438）	0000	无异常	PLC 可继续运行
	3801	奇偶校验或溢出校验、帧出错	
	3802	通信字符出错	
	3803	通信数据和校验不一致	
	3804	数据格式出错	
	3805	命令错误	
	3806	监视超时	
	3807	调制解调器初始化出错	
	3808	简易 PC 间链接的参数出错	
	3812	并行链接字符出错	
	3813	并行链接求和校验出错	
	3814	并行链接格式出错	
	3820	变频器通信时出错	
PLC 硬件出错（M8061、D8061）	0000	无异常	PLC 停止运行
	6101	RAM 出错	
	6102	运算回路出错	
	6103	I/O 总线出错	
	6104	扩展单元电源掉电	
	6105	看门狗定时器出错	
	6106	I/O 表制作	

（续）

错误类型 （软元件）	错误代码	错误原因	备注
PLC 与手持编程器通信（D8062）	0000	无异常	PLC 继续运行
	6201	奇偶校验、溢出、帧出错	
	6202	通信字符出错	
	6203	通信数据的校验和不一致	
	6204	数据格式错误	
	6205	命令错误	
串行通信出错 1（M8063、D8063）	0000	无异常	PLC 可继续运行
	6301	奇偶校验或溢出校验、帧出错	
	6302	通信字符出错	
	6303	通信数据和校验不一致	
	6304	数据格式出错	
	6305	命令错误	
	6306	监视超时	
	6307	调制解调器初始化出错	
	6308	简易 PC 间链接的参数出错	
	6312	并行链接字符出错	
	6313	并行链接求和校验出错	
	6314	并行链接格式出错	
	6320	变频器通信时出错	
参数出错（M8064、D8064）	0000	无异常	PLC 停止运行
	6401	程序的和校验不一致	
	6402	内存容量的设置错误	
	6403	保持区域的设置错误	
	6404	注释区域的设置错误	
	6405	文件寄存器的区域设置错误	
	6406	BFM 初始值数据的和校验不一致	
	6407	BFM 初始值数据异常	
	6409	其他的设定错误	
语法出错（M8065、D8065）	0000	无异常	PLC 停止运行
	6501	指令、软元件符号、软元件编号错误	
	6502	T C 设定值前没有线圈驱动指令	
	6503	T C 后面没有设定值	
	6504	标签编号重复、中断和高速输入重复	
	6505	软元件编号超出范围	
	6506	使用了未定义的指令	
	6507	P 标签编号定义错误	
	6508	I 标签标号定义错误	
	6509	其他	
	6510	MC 的嵌套标号关系错误	

（续）

错误类型（软元件）	错误代码	错误原因	备注
回路出错（M8066、D8066）	0000	无异常	PLC 停止运行
	6610	LD、LDI 连续使用超过 9 次	
	6611	相对 LD、LDI，ANB、ORB 使用次数过多	
	6612	相对 LD、LDI，ANB、ORB 使用次数过少	
	6613	MPS 连续使用超过 12 次	
	6614	遗漏 MPS	
	6615	遗漏 MPP	
	6616	MPS 与 MRD、MPP 之间输出遗漏	
	6617	应该连接在母线上的指令没连在母线上	
	6618	只能在主程序中使用的程序在主程序以外使用	
	6619	FOR-NEXT 之间程序不能使用的指令	
	6620	FOR NEXT 嵌套超出	
	6621	FOR NEXT 数量关系出错	
	6622	无 NEXT	
	6623	无 MC	
	6624	无 MCR	
	6625	STL 指令连续使用超出 9 次	
	6626	STL RET 中有不能使用的指令	
	6627	无 STL	
	6628	主程序中有不能使用的指令	
	6629	无 P、I	
	6630	无 SRET、IRET	
	6631	错误使用 SRET	
	6632	错误使用 FEND	
运算出错（M8067、D8067）	0000	无异常	PLC 继续运行
	6701	没有 CJ CALL 目标地址	
	6702	CALL 指令嵌套超过 6 次	
	6703	中断嵌套超过 3 次	
	6704	FOR NEXT 嵌套超过 6 个	
	6705	应用指令的操作数软元件错误	
	6706	应用指令的操作数软元件地址范围出错	
	6707	未设定文件寄存器参数，就对文件寄存器进行访问	
	6708	FROM TO 指令出错	
	6709	不正确的分支等	

（续）

错误类型 （软元件）	错误代码	错误原因	备注
运算出错 （M8067、 D8067）	6710	参数之间不匹配	PLC 继续运行
	6730	采样时间对象范围错误	
	6732	输入滤波器常数对象范围出错	
	6733	比例增益的对象范围出错	
	6734	积分时间的对象范围出错	
	6735	微分增益的对象范围出错	
	6736	微分时间的对象范围出错	
	6740	采样时间小于运算周期	
	6742	测量值变化超出范围（PID）	
	6743	偏差超出范围（PID）	
	6744	积分时间超出范围	
	6745	由于微分增益超出导致微分值超出	
	6746	微分计算值超出	
	6747	PID 运算结果超出	
	6748	PID 输出上限设定值＜输出下限值设定	
	6749	PID 输入变化量报警设定值、输出变化量报警值异常	
	6750	阶跃响应自整定结果出错	
	6751	阶跃响应自整定动作方向不一致	
	6760	来自伺服的 ABS 数据和校验不一致	
	6762	变频器指定的通信端口已经被占用	
	6763	DSZR DVIT ZRN 指令中指定的 X 已经被占用。DVIT 指令中断信号软元件设定超出范围	
	6764	脉冲输入 Y 地址已经被占用	
	6765	应用指令使用次数出错	
	6770	快闪存储器的写入错误	
	6771	未连接快闪存储器	
	6772	快闪存储器禁止写入时写入出错	
	6773	RUN 时快闪存储器访问出错	
特殊模块 出错（M8049、 D8049）	*020	一般数据的和校验出错	PLC 继续运行
	*021	一般数据的报文出错	
	*090	FROM TO 访问的 BFM 地址出错	
	*091	外围设备访问出错	确认模块连接是否正常

参 考 文 献

[1] 邓松. 可编程控制器综合应用技术 [M]. 北京：机械工业出版社，2010.

[2] 阮友德. 电气控制与 PLC 实训教程 [M]. 北京：人民邮电出版社，2006.

[3] 阮友德. PLC 基础实训教程 [M]. 北京：人民邮电出版社，2007.

高等职业技术教育机电类专业规划教材

注: 加★的为普通高等教育"十一五"国家级规划教材

地址: 北京市百万庄大街22号
邮政编码: 100037
电话服务
网络服务
社服务中心: (010)88361066
门户网: http://www.cmpbook.com
销售一部: (010)68326294
教材网: http://www.cmpedu.com
销售二部: (010)88379649
读者购书热线: (010)88379203
封面无防伪标均为盗版

ISBN 978-7-111-34485-8
丛书策划: 于宁 / 封面设计: 鞠杨
定价: 38.00元

ISBN 978-7-111-34485-8

9787111344858